KB162739

버마의 나날

옮긴이 **공진호**

뉴욕시립대학교에서 영문학과 창작을 전공했다. 옮긴 책으로 에드워드 세인트 오빈의 〈패트릭 멜로즈 소설 5부작〉, 윌리엄 포크너의 『소리와 분노』, 허먼 멜빌의 『필경사 바틀비』, 하퍼 리의 『파수꾼』, 샤를 보들레르의 『악의 꽃』, 루시아 벌린의 『청소부 매뉴얼』과 『내 인생은 열린 책』, 『웰컴 홈』을 비롯하여 『에드거 앨런 포우 시선: 꿈속의 꿈』, 『안나 드 노아이유 시선: 사랑 사랑 뱅뱅』, 『아틸라 요제프 시선: 일곱 번째 사람』, E. L. 닥터로의 『빌리 배스게이트』 등이 있다.

조지 오웰 · 소설 전집

버마의 나날

초판 1쇄 발행 2023년 2월 10일

지은이 · 조지 오웰
옮긴이 · 공진호

펴낸이 · 조미현
책임편집 · 김호주
교정교열 · 홍상희
디자인 · 나윤영

펴낸곳 · (주)현암사
등록 · 1951년 12월 24일 · 제10-126호
주소 · 04029 서울시 마포구 동교로12안길 35
전화 · 02-365-5051
팩스 · 02-313-2729
전자우편 · editor@hyeonamsa.com
홈페이지 · www.hyeonamsa.com

ISBN 978-89-323-2271-1 04840
ISBN 978-89-323-2270-4 (세트)

GEORGE ORWELL

조지 오웰 소설 전집

버마의 나날

공진호 옮김

BURMESE DAYS

(1934)

ᘐ현암사

일러두기

-이 책의 번역 대본으로는 *Burmese Days*(Penguin Classics, 2009)를 사용했다.
-본문에 나오는 각주는 모두 옮긴이주다.

이 접근하기 어려운 광야에서,
우수에 젖은 나뭇가지의 그늘 아래서

—셰익스피어, 『좋으실 대로』

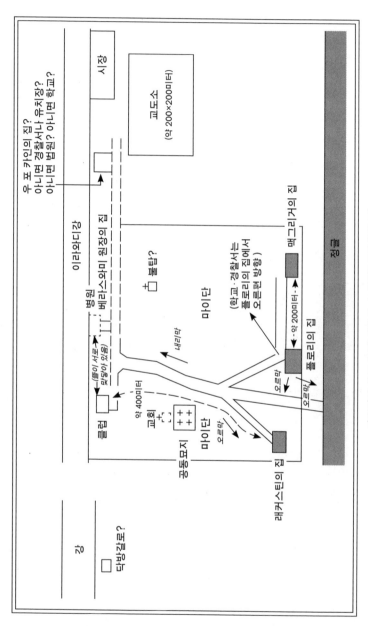

카옴티디 약도 (조지 오웰의 스케치를 도식화한 것)

차례 ————

버마의 나날

9

해설

기억과 외로움, 그리고 제국주의

—공진호

472

조지 오웰 연보

490

1

북버마 카욕타다의 군(郡) 치안판사 우 포 카인이 베란다에 앉아 있었다. 8시 30분밖에 되지 않았는데도 4월이라 공기가 좀 후텁지근했다. 길고 숨 막히는 한낮이 될 모양이었다. 약하긴 하지만 드문드문 불어오는 바람이 상대적으로 시원했고 방금 물을 흠뻑 준 난초가 처마에 매달려 살랑거렸다. 난초 저편으로 먼지투성이의 구부러진 야자나무 몸통과 그 뒤로 빛나는 군청색 하늘이 보였다. 바로 머리 위 하늘에는, 아찔할 만큼 높은 곳에서 독수리 몇 마리가 날갯짓을 전혀 하지 않으면서 빙빙 돌고 있었다.

우 포 카인은 자기(磁器)로 된 거대한 신상처럼 눈 한 번 깜짝하지 않고 맹렬한 햇살을 뚫어지게 쳐다보고 있었다. 나이가 쉰인 그는 살이 너무 쪄 오래전부터 도움 없이 혼자서는 의자에서 일어나지도 못했지만, 그 비대함에는 멋져 보이기까지 할 정도로 균형미가 있었다. 버마인들은 뚱뚱해도 백인처럼 살이 축 처지거나 여기저기 불룩해지지 않고 탱탱하게 커지는 과일처럼 균형미 있게 뚱뚱했다. 우 포 카인의 어마어마하게 크고 누런 얼굴에 주름은 전혀 없고 눈은 황갈색이었다. 발은 볼이 넓고 발가락 길이가 모두 똑같았으며 발바닥 안쪽은 매우 움푹했다. 신발을 신지 않고, 바싹 짧게 깎은 머리에 아무것도 쓰지 않은 그는 버마인들의 평상복인 아라칸족 특유의 녹색과 자홍색 체크무늬가 있는 밝은색 롱지* 차림이었다. 그는 탁자 위의 옻칠한 상자에서 구장** 잎을 꺼내 씹으면서 지난날을 회상하고 있었다.

이제까지 그는 눈부시게 출세했다. 우 포 카인의 가장 어릴 적 기억은 1880년대로 거슬러 올라갔다. 올챙이배를 한 벌거숭이 아이는 만달레이로 의기양양하게 진군해 들어오는 영국 군대를 물끄러미 바라보고 있었다. 얼굴이 불그레하고 육식을 하는 거대한 몸집의 군인들, 빨간색 상의에 어깨총을 하고 대오를 맞춰 율동적으로 행군하는 그들의 걸음걸이를 보고 겁에 질렸던 기억이 났다.

* 버마의 전통 의상. 긴 천을 치마처럼 허리에 둘러 입는다.
** 후춧과의 식물로 특유의 향미가 있어 인도와 동남아시아 여러 국가에서 그 잎을 기호품으로 씹는다.

그는 몇 분쯤 구경하다 달아났다. 어린 마음에도 자기 나라 사람들은 그 거인 인종을 당할 수 없다는 것을 알았다. 결국 영국 편에 서서 싸우는 것, 그들에게 붙어 기생하는 것이 그의 주된 포부가 되었다.

그는 열일곱 살에 관리가 되려고 애를 썼으나 가난한 데다 도와주는 사람이 없어 결국 실패했다. 그 뒤 3년 동안 냄새 고약하고 미로 같은 만달레이의 시장에서 쌀가게 점원으로 일하는 한편 가끔 도둑질도 하며 살았다. 그러다 스무 살에 운 좋게도 누군가에게 400루피를 뜯어낼 일이 있었고, 그것을 가지고 곧장 랑군으로 가서 관청 서기직을 샀다. 박봉이었지만 부수입이 짭짤한 자리였다. 당시 관청 서기들은 한통속이 되어 관아의 비품을 유용해서 고정 수입을 올렸다. 포 카인(그때만 해도 그냥 포 카인이었고, 경칭인 '우'는 여러 해가 지나서 붙었다)도 그런 일에 자연스럽게 적응했다. 하지만 수완이 워낙 뛰어난 그는 평생을 창고 서기로 일하며 보잘것없는 푼돈이나 훔치면서 살 인물이 아니었다. 어느 날 그는 정부에서 부족한 하급 관리를 서기들 중에서 선발할 예정이라는 사실을 알았다. 채용 공고가 나기 한 주 전이었지만 포 카인의 자질 중 하나는 항상 남들보다 한발 앞서 정보를 얻는 재주였다. 그는 자신에게 기회가 왔음을 알아보고, 자기와 함께 해먹던 동료들이 미처 경계심을 갖기도 전에 그들을 당국에 고발했다. 그들 대부분이 감옥에 들어갔고 포 카인은 정직함에 대한 포상으로 부읍장이 되었다. 그 후 그는 꾸준히 승진해서 쉰여섯 살이 된 지금은 관구(管區) 치안판사였는데, 아마 더 승진하여 영국인들과 동급이 되고 영국인을 부하로 둘 수도 있는 부판무관 대리까지 될 것 같았다.

치안판사로서 그의 규율은 간단했다. 아무리 많은 뇌물에도 판결을 팔지는 않는다는 것이었다. 부적절한 판결을 내리다가는 오래잖아 들통날 것을 알기 때문이었다. 그의 수단은 훨씬 더 안전한 것으로, 뇌물을 양쪽 모두에게 받되 판결은 철저히 법에 근거해서 내리는 것이었다. 이렇게 해서 그는 공정한 판결을 내린다는 유용한 평판을 얻었다. 우 포 카인은 소송 당사자들로부터 들어오는 수입 외에도 개인적으로 조세를 거둬들이는 계책을 세워, 자신이 관할하는 모든 마을에 끊임없이 통행세를 부과했다. 우 포 카인에게 공물을 바치지 않은 마을은 무장 강도단의 습격을 받게 한다든가, 지도자 격인 마을 사람들에게 누명을 뒤집어씌워 체포한다든가 하는 식으로 응징했고, 그러면 얼마 안 있어 반드시 돈이 완납되었다. 그는 또한 자신의 관할 구역에서 발생한 도적질의 장물이 크면 그 수익금도 모두 나눠 먹었다. 물론 우 포 카인의 상급자들만 모르고(영국인 관리는 누구도 자신의 부하 직원에 대한 부정적인 말을 믿으려 하지 않는다) 다른 사람들은 그런 일의 내막을 대부분 다 알고 있는데도 그의 범죄를 폭로하려는 시도는 반드시 실패했다. 그와 한 패인 사람들이 너무 많았다. 그들은 장물을 나눠 먹는 대가로 그에게 충성했다. 우 포 카인은 자신을 고발하는 사람이 나타나면 위증을 할 증인들을 세워 고발의 신빙성을 간단히 떨어뜨린 다음 맞고소했고, 결국 자신의 입지를 전보다 더 단단히 다졌다. 그는 사람 보는 눈이 워낙 뛰어나 부적절한 사람을 도구로 쓰는 일이 없었고, 계략에 무엇보다 열중하므로 부주의하거나 몰라서 낭패 보는 일이 절대로 없기 때문에 사실상 누구도 그를 당해내지 못했다. 그는 잘못이 들통나는 일 없이 계속 성공할 것이며, 마침내 죽음에 이르렀을 때는 온갖 명예와 몇십만 루피의 재산을 소유하고 있으리라고 누구나 거의 확언할 수 있었다.

그의 성공은 저승에서도 계속될 것만 같았다. 불교에서는 현생에 악행을 저지른 사람은 내생에 쥐나 개구리 같은 하등동물로 환생한다고 한다. 독실한 불교 신자인 우 포 카인은 그런 위험에 대비할 생각이었다. 말년에 이르면 선행을 베풂으로써 평생에 값하고도 남을 공덕을 쌓겠다는 것이었다. 그 공덕이란 건 아마도 불탑을 세우겠다는 말일 것이다. 꼭대기에 금칠한 우산이 씌워져 있고 바람에 짤랑거리는 종 하나하나가 그를 위한 기도가 되어주는 작은 석조 불탑을 네 개, 다섯 개, 여섯 개, 일곱 개, 아니 몇 개든 얼마든지 세울 것이며 그 수는 승려들

이 알려줄 것이다. 그러면 그는 남자로 이승에 다시 태어
나거나 (여자는 쥐나 개구리와 동일한 등급으로 여겨지므
로) 최악의 경우 코끼리처럼 위엄 있는 짐승으로 환생하
리라는 믿음이 있었다.

이 모든 생각이 대부분 그림 같은 형태로 우 포 카인의
머릿속을 주마등처럼 스치고 지나갔다. 그는 잔꾀에 밝
지만 머리가 정말 야만스러워서 뚜렷한 목적이 없으면
작동하지 않았다. 단순한 묵상이라는 것을 할 수 없는 사
람이었다. 그는 이제 원래 하려던 생각에 이르렀다. 자그
마한 세모꼴 손을 의자 팔걸이에 얹고 몸을 슬쩍 돌리더
니 약간 쌕쌕거리는 숨소리를 내며 사람을 불렀다.

"바 타익! 어이, 바 타익!"

우 포 카인의 하인 바 타익이 구슬발을 헤치고 베란다
로 나왔다. 왜소하고 마맛자국이 있는 그의 얼굴 표정이
소심하고 허기져 보였다. 우 포 카인은 임금을 주지 않고
그를 부렸다. 그는 유죄판결을 받은 도둑으로 우 포 카인
의 말 한마디면 감옥에 갈 신세였다. 바 타익은 다가오며
합장하고 절을 했다. 그 자세가 너무 낮아서 마치 물러나
는 듯한 느낌을 주었다.

"부르셨습니까, 지존하신 나리?"

"나를 만나려고 기다리는 사람이 있나, 바 타익?

바 타익은 찾아온 사람들을 손가락으로 꼽았다. "티핑
기 마을 촌장이 선물을 가지고 왔습니다, 나리. 그리고

14

앞으로 재판받을 폭행 사건 때문에 주민 둘이 왔는데, 그들도 선물을 가져왔습니다. 부판무관실 서기장 코 바 세인이 나리를 뵙고 싶답니다. 그리고 알리 샤 경관과 이름을 모르는 무장 강도단 사람이 하나 와 있습니다. 저들이 훔친 금팔찌 때문에 시비가 붙은 모양입니다. 그리고 어떤 젊은 여자가 아기를 데리고 왔습니다."

"그 여자는 뭣 때문에 왔대?"

"그 아기가 지존하신 나리의 아기랍니다."

"아! 그보다 촌장은 얼마나 가져왔나?"

바 타익은 고작 10루피와 망고 한 바구니가 전부인 것 같다고 말했다.

"촌장에게 가서 전하게, 20루피여야 한다고. 내일까지 돈을 가져오지 않으면 촌장과 마을에 좋지 않은 일이 생길 거라고 해. 다른 사람들은 지금 보겠네. 코 바 세인 오라고 해."

바 세인이 곧 나타났다. 자세가 꼿꼿하고 어깨가 좁으며 버마인치고 키가 상당히 컸으며, 묘하게 매끈한 얼굴은 커피 블랑망주*를 연상시켰다. 우 포 카인은 그를 유용한 도구로 여겼다. 상상력이 부족하지만 근면한 그는 서기로서 훌륭했다. 그래서인지 맥그리거 부판무관은 그를 믿었고, 공무상의 비밀도 대부분 그에게 말해주었다.

＊ 젤리 같은 질감의 디저트.

우 포 카인은 스스로의 생각에 기분이 좋아져서 바 세인을 웃음으로 맞이하고는 구장 상자를 가리켰다.

"그래, 코 바 세인, 우리 일은 어떻게 진척되고 있는가? 친애하는 맥그리거 부판무관 말마따나," 우 포 카인은 영어로 다음 말을 이어갔다. "'눈에 띄는 진척이 있나'?"

바 세인은 그 하찮은 농담에 웃지 않았다. 몸이 뻣뻣하고 허리가 긴 그는 앉으면서 대답했다.

"아주 잘되어갑니다, 나리. 오늘 아침 신문이 왔습니다. 여길 보십시오."

바 세인은 《버마의 애국자》라는 2개 국어 병용 신문을 한 부 내놓았다. 압지만큼이나 질 나쁜 종이에 형편없이 인쇄된, 보잘것없는 8면짜리 삼류 신문으로, 그 내용은 《랑군 가제트》의 일부를 무단으로 차용한 글에 박력 없는 민족주의의 과장된 표현을 가미한 기사로 이루어져 있었다. 마지막 페이지는 활자 인쇄가 잘못되어, 마치 적은 발행 부수를 애도하기라도 하듯 전체가 시커멓게 나왔다. 우 포 카인이 펼친 페이지는 나머지와는 특징이 좀 달랐다. 이런 기사였다.

영화와 기관총, 매독, 그리고 그 밖에 많은 좋은 것들을 지닌 강력한 서구 문명으로 생활의 향상을 보고 있는 이 행복한 시대에 사는 우리 가엾은 흑인들에게 우리의 유럽인 은인들의 사생활보다 더 고무적인 화제가 어디 있겠는가? 따라서 우리는 독자들이 카욕타다 내륙 지방에서 일어나는 사건들에 대해 관심을 가질 것으로 생각한다. 상기 지방의 명예로운 맥그리거 부판무관에 관한 것이라면 특히 그럴 것이다.

맥그리거 부판무관은 훌륭한 영국 신사의 전형으로 우리는 이 행복한 시대에 그와 같은 사례를 아주 많이 목격할 수 있다. 그는 우리와는 사촌지간 같은 영국인들 말마따나 '가정적인 사람'이다. 맥그리거 부판무관은 정말이지 매우 가정적인 사람이다. 얼마나 가정적인지 카욕타다에서는 벌써 아이를 셋이나 낳았고 전임지인 슈웸요 관구에 남겨두고 온 아이는 여섯이나 된다. 그 어린 유아들의 양육비를 주지 않아서 그 아이들을 낳은 여자들 중 일부가 굶어 죽을 지경에 놓인 것은 아마도 맥그리거 부판무관이 깜박했기 때문일 것이다. (어쩌고저쩌고).

이와 비슷한 내용의 칼럼도 실렸는데, 비록 졸렬하기는 해도 나머지 기사들에 비하면 수준이 훨씬 나은 편이었다. 원시가 있는 우 포 카인은 신문을 멀찍이 들고 기사를 주의 깊게 읽었다. 명상에 잠긴 듯이 입술을 뒤로 당기고 있어서 작고 빼곡한 완벽한 치아에 묻은 구장의 붉은 즙이 보였다.

"신문사 편집인은 이걸로 6개월 형을 살 거야." 포 카인이 마침내 말을 꺼냈다.

"그런 건 개의치 않더군요. 감방에 들어가 있는 동안은 빚쟁이들의 독촉을 피할 수 있다면서 말이죠."

"그런데 자네 밑에 있는 흘라 페라는 이름의 어린 수습생이 이 기사를 전부 혼자 썼다는 거지? 아주 영리한 녀석이군―장래가 촉망돼! 공립 고등학교 교육이 시간 낭비라는 말을 다시는 하지 말게. 흘라 페를 반드시 서기로 만들어줘야겠어."

"그럼 이 기사로 충분한 겁니까, 나리?"

우 포 카인은 바로 대답하지 않았다. 그는 의자에서 일어나느라 헉헉 숨을 몰아쉬며 힘겨워하는 소리를 냈다. 바 타익에게는 익숙한 소리였다. 그는 구슬발 뒤에서 나타나 바 세인과 함께 우 포 카인을 양쪽에서 잡아 일으켜주었다. 우 포 카인은 다리에 힘을 줘 배로 쏠리는 무게의 균형을 잡느라 잠시 그대로 서 있었다. 마치 생선 장수가 등에 진 짐의 위치를 바로잡는 동작 같았다. 그는 바 타익에게 물러가라고 손짓했다.

"충분하지 않지. 전혀 충분하지 않아. 아직 할 게 많아. 하지만 시작은 제대로 됐네. 내 말 잘 듣게."

우 포 카인은 난간으로 가서 구장을 씹어 나온 붉은 즙을 뱉었다. 그러고는 뒷짐을 지고 짧은 걸음으로 베란다를 이리저리 서성거렸다. 거대한 넓적다리가 맞닿아 약간 뒤뚱거렸다. 그는 관공서에서 버마어 동사에 영어의 추상적인 표현을 갖다 붙여 쓰는 저속한 변말을 곁들여 가며 이야기했다.

"자, 그럼 이 일을 처음부터 검토해보세. 우리는 교도소 민간인 외과 의사이자 소장인 베라스와미 박사를 협공할 것이네. 그를 중상해서 평판을 해치고 결국엔 완전히 파멸시키는 거야. 상당히 세심한 주의를 요하는 작전이 될 거야."

"네, 나리."

"위험하지는 않겠지만, 그래도 서두르면 안 돼. 고위 관리를 상대로 하는 일이니까. 인도인이라도 고위 관리이니만큼 서기를 상대로 할 때와는 달라. 서기는 어떻게 파멸시키지? 간단해. 고발한 다음 증인을 스무 명쯤 세워 파면시키고 교도소에 집어넣으면 되니까 말이야. 하지만 이 경우엔 그게 안 먹힐 걸세. 그러니까 조심스럽게, 아주 조심스럽게 다루자는 거지. 추문을 내는 건 안 되네. 무엇보다 공식적인 조사가 뒤따르는 방식은 안 돼. 상대방이 응수할 수 있는 고발이어서는 안 된단 말이야. 그러면서 석 달 안에 카욕타다의 모든 유럽인들 머릿속에 그 의사 선생은 악한이라는 인식을 심어야 해. 그러려면 어떤 식으로 고발을 해야 할까? 뇌물로 엮는 건 안 될 말이고. 병원은 뇌물이 오가는 데가 아니란 말이지. 그러니 어찌해야 할까?"

"교도소에서 폭동이 일어나게 할 수 있을 겁니다. 원장 선생이 교도소장으로서 책임을 지게 되겠죠."

"아냐, 그건 너무 위험해. 교도관들이 사방에 총을 쏴대는 상황은 내가 원치 않아. 그뿐 아니라 그런 일은 돈도 많이 들잖아. 그렇다면 방법은 딱 하나, 불충 혐의를 씌우는 것이겠지─민족자결주의, 선동적 유언비어 유포 같은 걸로. 원장이 영국에 적대적이고 불충한 소신을 가지고 있다고 유럽인들을 설득하는 거야. 그런 혐의는 뇌물 수수보다 훨씬 더 심각하지. 그들도 원주민 관리란 으레 뇌물을 먹겠거니 하고 별로 대수롭지 않게 여긴단 말이야. 하지만 이런 일은 조금이라도 충성심을 의심받기 시작하면, 그걸로 끝장나는 거야."

"그 증거를 대는 게 어려울 텐데요. 유럽인들에 대한 원장 선생의 충성심은 대단하잖아요. 누가 유럽인들에 대해 부정적인 말을 하면 화를 내죠. 유럽인들도 그걸 알 텐데요, 안 그렇습니까?"

"허튼소리 말아, 허튼소리." 우 포 카인이 쾌활하게 말했다. "증거 따위에 신경 쓰는 유럽인은 아무도 없어. 그 사람의 얼굴이 검다면 의심이 곧 증거야. 투서 몇 통이면 기적 같은 효과가 날 걸세. 집요하기만 하면 돼. 고발하고, 또 고발하고, 계속 고발하는 거지─유럽인들을 구워삶으려면 그래야 해. 그들 모두에게 투서를 보내는 거야, 지속적으로. 그러다 그들의 의심이 완전히 고개를 쳐들었을 때─" 우 포 카인이 뒷짐 지고 있던 짤막한 팔을 앞으로 돌려 손가락으로 딱 소리를 내고는 말을 이었다. 《버마의 애국자》에 기사를 싣고 나서 본격적으로 작업을 시작하는 거야. 유럽인들이 그걸 보면 분노하며 소리를 지르겠지. 그러면 우리는 그걸 쓴 사람이 바로 원장 선생이라고 그들이 생각하게끔 하는 작업에 들어가는 걸세."

"원장 선생에겐 유럽인 친구들이 있어서 어려울 텐데요. 그들 모두 아플 때 원장 선생을 찾잖아요. 이번 추위에 맥그리거 부관무관이 고창(鼓脹)을 앓았을 때도 고쳐줬죠. 모두들 그를 솜씨 좋은 의사라고 생각하는 거 같아요."

"자넨 어찌 그리도 유럽인들의 마음을 모르나, 코 바 세인! 유럽인들이 베라스와미에게 가는 건 카욱타다에 다른 의사가 없기 때문이야. 검은 얼굴을 가진 사람을 신뢰하는 유럽인은 아무도 없어. 암, 그렇고말고. 그리고 투서는 얼마나 많이 보내는가가 유일한 관건이야. 내가 조만간 반드시 원장의 친구들이 다 떨어져 나가게 할 테니 두고 봐."

"플로리 씨 있잖아요, 그 목재상요, 그 플로리 씨가 원장과 친합니다. 플로리 씨는 카욱타다에 와 있을 때는 매일 아침 원장 선생 집에 가요. 두 번인가는 원장 선생을 자기 집 저녁 식사에 초대하기도 했죠." 코 바 세인은 '플로리'를 '폴리'라고 발음했다.

"아하, 그건 자네 말이 맞아. 플로리가 베라스와미의 친구라면 우리 일에 지장이 생길 수 있어. 유럽인을 친구로 둔 인도인을 해치는 건 곤란하지. 그러면 그 인도인이—자네가 그리도 좋아하는 그 말, 뭐더라? 그렇지 위세—위세를 부리니까. 하지만 일단 분란이 일어나기 시작하면 플로리는 곧바로 그 친구를 버릴 거야. 이 사람들은 현지인에 대해 의리라곤 전혀 없으니까. 게다가 난 마침 플로리가 겁쟁이란 걸 알고 있네. 플로리는 내가 상대할 수 있어. 코 바 세인, 자네가 할 일은 말이야, 맥그리거 부판무관의 일거수일투족을 살피는 거야. 맥그리거 부판무관이 최근 판무관에게 편지를 보낸 일이 있나? 밀서같은 거 말이야."

"이틀 전에 보냈죠. 하지만 우리가 김을 쐬어 봉투를 열어봤는데, 전혀 중요한 내용이 아니었어요."

"그렇다면 뭐, 우리가 무언가 중요하게 쓸 내용을 만들어줘야지. 부판무관이 베라스와미를 의심하기 시작하자마자 내가 얘기한 그 다른 추문 작업에 들어가는 거야. 그러면 우리는—맥그리거 부판무관이 쓰는 말처럼—그 말이 뭐더라? 아, 그렇지—'일석이조의 효과'를 보는 거야. 두 마리 정도가 아니라 떼로 잡는 거지. 아하하!"

우 포 카인의 웃음소리는 배 속에서 거품이 이는 듯한 역겨운 소리였다. 기침을 하려고 뜸 들이는 것 같다고나 할까. 하지만 그것은 어린애와도 같은 유쾌한 웃음이었다. 그는 그 '다른 추문'이 뭔지 더 길게 말하지 않았다. 아무리 베란다라도 거기서 논하기엔 너무 은밀했던 것이다. 바 세인은 면담이 끝난 것을 알고 일어나 나무 접자처럼 뻣뻣하고 절도 있게 절했다.

"달리 시키실 일은 없는지요?" 바 세인이 물었다.

"맥그리거 부판무관이 그 기사가 실리는 《버마의 애국자》를 반드시 보게 만들게. 그리고 흘라 페에게는 이질 걸렸다고 핑계 대고 출근하지 말라고 해. 그가 투서를 쓰도록 했으면 하네. 자네가 할 일은 일단 그게 전부일세."

"그럼 이만 가도 될까요, 나리?"

"살펴 가게."

우 포 카인은 거의 건성으로 그렇게 말하고는 바로 바 타익을 소리쳐 불렀다. 그는 한시도 시간을 허비하지 않았다. 다른 방문객들을 상대하는 데는 많은 시간이 걸리지 않았다. 마을의 젊은 여자를 대했을 때는 그녀의 얼굴을 자세히 들여다보고는 모르는 여자라면서 빈손으로 돌려보냈다. 그리고 아침 식사를 할 시간이 되었다. 매일 아침 정확히 이 시간이면 엄습하는 격렬한 공복통에 속이 괴롭기 시작했다. 그는 다급히 소리쳤다.

"바 타익! 어이, 바 타익! 킨 킨! 아침 먹어야지! 빨리 빨리, 배고파 죽겠다고."

구슬발 너머 거실의 식탁 위에 쌀밥 한 대접과 카레, 건새우, 얇게 썬 푸른 망고 등 여남은 접시로 이루어진 아침 식사가 이미 차려져 있었다. 뒤뚱뒤뚱 식탁으로 간 우 포 카인은 끙 하는 소리를 내며 앉자마자 음식을 마구 먹기 시작했다. 그의 아내 마 킨이 등 뒤에 서서 시중을 들었다. 마 킨은 마흔다섯 살이었고 옅은 갈색의 상냥한 얼굴은 원숭이 같고 체격은 홀쭉했다. 우 포 카인은 식사하는 동안 그녀를 거들떠보지도 않았다. 코를 쌀밥 대접에 묻을 듯 갖다 대고 가쁜 숨을 쉬어가며 기름투성이 손가락으로 날래게 밥을 퍼 입안에 욱여넣었다. 그의 식사 시간은 언제나 빠르고 열정적이었으며 양은 어마어마했다. 주지육림은 아니어도 카레와 쌀밥을 폭식했다. 식사를 마친 그는 뒤로 기대 앉아 트림을 몇 번 하고 마 킨에게 녹색 버마 시가를 가져오라고 시켰다. 영국산 담배는 맛이 없다며 피우지 않았다.

우 포 카인은 곧 바 타익의 시중을 받아 업무 복장으로 갈아입고 거실의 긴 거울 앞에 서서 자신의 모습을 감탄스럽게 바라보았다. 티크 몸통임을 아직도 알아볼 수 있는 두 개의 기둥이 목재 천장을 지탱하고 벽도 목재로 이루어진 거실은 버마인들의 방이 다 그렇듯이 더럽고 어둑했다. 하지만 우 포 카인은 합판으로 만든 찬장과 의자, 영국 왕실을 묘사한 석판화들을 벽에 걸었을 뿐 아니라 소화기까지 비치해두는 등 거실을 영국식으로 꾸몄다. 바닥에는 라임과 구장 즙을 듬뿍 뿌린 돗자리가 깔려 있었다.

마 킨은 돗자리 한쪽 구석에 앉아 엔지*에 바느질을 하고 있었다. 우 포 카인은 자신의 뒷모습을 보려고 거울 앞에서 천천히 몸을 돌렸다. 그는 머리에 연분홍 비단으로 만든 강바웅**을 쓰고, 풀 먹인 모슬린 엔지와 호화로운 연어색 바탕에 노란색 무늬를 넣은 만달레이 비단으로 만든 파소***를 둘렀다. 그는 어렵사리 고개를 돌리고는 자신의 엉덩이가 윤이 나는 파소에 꼭 감싸여 있는 모양을 보며 흡족해했다. 살이 찐 것을 고귀함의 상징으로 여기는 그는 자신의 뚱뚱한 몸을 자랑스러워했다. 한때 미천하고 굶주렸던 그가 이제는 살이 찌고 부유하고 남에게 두려움을 주는 존재가 되었다. 그는 적들의 몸을 제물 삼아 자신의 몸집을 불렸다. 생각이 여기에 이르자 무언가 시에 가까운 말이 떠올랐다.

"이 새 파소가 22루피면 싼 거야, 안 그래, 킨 킨?"

마 킨은 바느질을 하느라 고개를 숙이고 있었다. 단순하고 전통적인 사고방식을 지닌 마 킨은 유럽식 생활 습관을 익히지 못하기는 우 포 카인만도 못했다. 그래서 의자에 앉는 것을 불편해했다. 아침이면 여느 마을 여자처럼 광주리를 머리에 이고 장을 봐 왔고 저녁이면 뜰에서 무릎을 꿇고서 마을 높은 곳에 솟은 하얀 탑을 향하여 기도했다. 마 킨은 스무 해가 넘도록 우 포 카인이 계략을 털어놓은 믿을 만한 상대였다.

---

* 버마의 전통 상의.
** 버마의 전통 모자로, 천을 접어 만든 머릿수건의 형태다.
*** 롱지와 비슷한 전통 남성 하의.

"코 포 카인, 당신은 평생 나쁜 짓을 너무 많이 했어요."

마 킨의 말에 우 포 카인이 손을 휘 저었다. "그게 뭐 어때서? 탑을 세워 모든 걸 속죄할 텐데. 아직 시간 많아."

마 킨은 우 포 카인의 행동이 못마땅할 때 늘 그러듯 고집스럽게 다시 고개를 숙이고 바느질을 이어갔다.

"하지만, 코 포 카인, 이 모든 음모와 계략을 꾸밀 필요가 뭐죠? 당신과 코 바 세인이 베란다에서 하는 얘기 나도 들었어요. 당신, 베라스와미 원장을 상대로 나쁜 짓을 꾸미고 있잖아요. 왜 그 인도인 의사를 해하려는 거예요? 그 원장 선생 좋은 사람인데."

"이 여편네야, 당신이 이런 공적인 일에 대해 뭘 알아? 원장은 나한테 방해가 돼. 우선 그자는 뇌물을 받지 않아. 그래서 우리 같은 사람들이 일하기가 힘들어. 그뿐 아니라―에, 더 말해봤자 당신은 그런 걸 이해할 머리가 없으니, 그만두지."

"코 포 카인, 당신은 돈과 권세를 가졌지만 그래서 당신한테 이로운 게 뭐가 있어요? 우리는 가난했을 때 더 행복했어요. 난 당신이 읍장이었을 때랑 우리가 처음으로 집을 장만했을 때가 눈에 선해요. 고리버들 가구를 새로 샀을 때, 그리고 당신이 황금 클립이 달린 만년필을 샀을 때 얼마나 뿌듯했다고요! 또 그 젊은 영국인 경관이 우리 집에 와서 제일 좋은 의자에 앉아 맥주를 마셨을 땐 얼마나 영광스러웠고! 행복은 돈에 있지 않아요. 여기서 더 많은 돈을 가진들 뭘 하겠어요?"

"이 여편네가, 바보 같은 소리는! 당신은 밥이나 하고 바느질이나 해. 알지도 못하는 공무에 대해 괜히 이러쿵 저러쿵하지 말고."

"글쎄요, 모르겠어요. 난 당신 아내이고 언제나 당신에게 순종했어요. 하지만 공덕을 쌓는 일은 빠를수록 좋아요. 공덕을 쌓도록 노력해요, 코 포 카인! 예를 들어 물고기를 사서 강에 방생하는 건 어때요? 그러면 공덕을 많이 쌓을 수 있다고요. 그리고 오늘 아침 스님들이 시주를 받으러 와서 그러는데 절에 새로 온 스님 두 분이 굶주리고 있대요. 스님들에게 시주 좀 하지 않겠어요, 코 포 카인? 나는 아무것도 주지 않았어요, 당신이 직접 줘서 당신 앞으로 공덕이 쌓이도록 말이에요."

우 포 카인은 거울 앞에서 돌아섰다. 그녀의 하소연에 마음이 약간 흔들렸다. 그다지 성가신 일 없이 할 수만 있다면 공덕 쌓을 기회를 절대로 놓치지 않는 그였다. 그가 보기에 공덕을 쌓는 것은 끝없이 불어나는 은행예금과도 같았다. 물고기 한 마리를 방생할 때마다, 승려에게 보시할 때마다 열반에 한 걸음 더 가까이 간다고 했다. 그 생각을 하면 안심이 되었다. 그는 촌장이 가져온 망고를 사원에 갖다주라고 지시했다.

그는 곧 집에서 나와 출근길에 올랐다. 바 타익이 서류철을 들고 뒤따랐다. 우 포 카인은 거대한 배 때문에 몸의 균형을 잡기 위해 등을 매우 꼿꼿이 편 채 노란색 비단 양산을 받쳐 들고 느릿느릿 걸었다. 그의 분홍색 파소가 햇빛을 받아 설탕에 절인 견과의 매끄러운 표면처럼 빛났다. 그날의 사건 심리를 위해 법정에 가는 길이었다.

2

우 포 카인이 오전 업무를 시작했을 무렵, 베라스와미 원장의 친구인 목재상 '플로리 씨'는 클럽에 가려고 집을 나서고 있었다.

플로리의 나이는 서른다섯, 중키에 체격이 나쁘지 않았다. 뻣뻣하고 새까만 머리는 이마 선이 낮았고, 검은 수염은 바싹 다듬어져 있었다. 혈색은 원래 누르스름했는데 볕에 타 바뀐 모양이었다. 살이 찌거나 머리가 벗어지지 않은 덕에 실제보다 나이가 많아 보이지는 않았지만, 햇볕에 탄 뺨이 홀쭉하고 푹 들어간 데다 눈가가 쭈글쭈글해서 무척 수척해 보였다. 이날 아침에는 면도를 안 한 듯했다. 평소대로 카키색 능직 반바지와 긴 양말, 흰 셔츠 차림에, 머리에는 토피 대신 낡은 테라이해트를

한쪽 눈 위로 비스듬히 기울여 썼다.* 손목에 걸 수 있는
끈이 달린 대지팡이를 들고 걷는 그의 뒤를 '플로'라는
이름의 검은색 코커스패니얼이 천천히 따라 걸었다.

하지만 이 모든 묘사는 부차적인 것이었다. 그에게서
제일 처음 눈에 띄는 것은 왼쪽 눈가에서 시작해 우툴두
툴한 초승달 모양으로 입가까지 이어진 흉한 반점이었
다. 그를 왼쪽에서 보면 출생점인데도 검푸른 색이라서
멍이 들어 보였는데, 마치 구타를 당해 비탄에 잠긴 듯한
모습이었다. 플로리는 그것이 흉하다는 자의식 때문에
혼자 있지 않을 때면 늘 자세가 비스듬했다. 반점이 있는
쪽을 보이지 않으려고 계속 자세를 고치기 때문이었다.

플로리의 집은 마이단** 위쪽 끝, 정글 가장자리에서
가까운 곳에 있었다. 문을 나서면 마이단이 아래쪽으로
급한 경사를 이루었다. 풀이 볕에 시들어 누렇게 뜬 마이
단 주위를 따라 눈부신 흰색 방갈로 열두어 채가 흩어져
있었는데, 모두 뜨거운 공기에 아른아른 흔들리며 떠는
듯 보였다. 언덕을 내려가다 보면 중간쯤 양철 지붕을 올
린 작은 교회가 나오고, 그 옆에는 흰 담이 둘러쳐진 영

---

* '토피(topi)'는 과거 영국인들이 인도에서 여름에 흔히 쓰던 챙이 넓은
모자 '솔라 토피(sola topi)'를 가리킨다. 한편 '테라이해트(Terai hat)'는 챙이
넓고 춤이 높은 펠트로 만든 모자로 상대적으로 시원한 계절에 썼다.
** 힌디어로 '공한지' 또는 '풀밭'을 뜻한다. 영국이 식민지 통치 당시 나무
를 밀어내고 풀밭으로 된 평지로 만든 광장 같은 공터다.

국인 공동묘지가 있었다. 그리고 그 너머로는 유럽인 클럽이 보였다. 볼품없는 단층 목조건물인 이 클럽을 바라보는 건 곧 마을의 진정한 중심지를 바라보는 것이나 마찬가지였다. 인도*의 어느 마을에서건 유럽인 클럽은 영혼의 성채요 영국의 영향력이 행사되는 실재적 중심지이며, 원주민 관리들과 큰 부자들이 헛되이 갈망하는 열반의 세계였다. 이 클럽의 경우는 더욱 그러했다. 버마에 있는 클럽 중에서도 동양인을 회원으로 받아들이지 않은 것을 자랑으로 삼는 거의 독보적인 클럽이 이 카욕타다 클럽이었다. 클럽 뒤편으로는 황토색의 커다란 이라와디강이 흐르며 햇빛에 수면이 다이아몬드처럼 반짝였고, 강 건너편에는 불모지가 된 논이 언덕마루로 이루어진 거무스름한 지평선까지 펼쳐졌다.

원주민 마을과 법원과 교도소는 위에서 내려다봤을 때 마이단의 오른편에 있었다. 대부분은 푸른 보리수 숲에 가려 보이지 않았다. 불탑의 뾰족한 꼭대기만 금칠한 가는 창처럼 나무숲 위로 솟아 있을 뿐이었다. 북버마의 지극히 전형적인 마을인 카욕타다는 마르코 폴로 시대로부터 영국과 버마의 제2차 전쟁이 있기까지 크게 변하지 않았다. 만일 철도 종착역으로 편리한 지점이 아니었다

---

* 영국과 버마의 관계는 1752년 동인도 회사의 첫 영국 사절이 버마의 왕을 만나면서 시작되었고, 1886년 버마는 영국의 식민지가 되고 행정적으로 이웃 식민지인 인도의 한 주로 편입되었다.

면 아마 100년은 더 중세 시대의 잠에서 깨어나지 못했을지도 모른다. 정부는 1910년에 이곳을 군청 소재지이자 진보의 거점으로 지정했다. 다시 말해서 큰 법원 건물과 탐욕스럽고 살찐 변호인 무리, 병원과 학교가 생겨났고, 영국이 지브롤터에서 홍콩에 이르는 모든 지역에 지어놓은 거대하고 튼튼한 교도소가 이곳에도 들어섰다. 인구는 약 4천여 명으로, 인도인 2백여 명과 중국인 수십 명, 유럽인은 일곱 명이 포함되어 있었다. 그 밖에 각각 미국인 침례교 선교사와 로마가톨릭 선교사의 자제인 프랜시스와 새뮤얼이라는 이름의 유라시아인 남자도 둘 있었다. 이 마을에는 무엇이든 희한한 것이라곤 전혀 없었다. 다만 시장 근처의 나무 위에서 기거하며 20년 동안 아침마다 주민들이 바구니에 담아 올려주는 음식을 먹고 살아온 인도인 탁발승은 예외가 되겠다.

플로리는 하품하며 문밖으로 나왔다. 전날 밤 술에 조금 취했던 탓인지 자신을 맞는 강렬한 햇빛에 기분이 언짢았다. '빌어먹을, 이 망할 놈의 땅 구석!' 그는 언덕을 내려다보며 마음속으로 내뱉었다. 이어 주위에 개밖에 없는 것을 보고는 "거룩, 거룩, 거룩, 오 거룩하신 이여"라는 찬송가 멜로디에 "망할, 망할, 망할, 오 망할 놈의 땅 구석이여"를 넣어 큰 소리로 노래 부르면서 뜨거운 구릿빛 흙길 가장자리의 메마른 풀들을 지팡이로 탁탁 갈기며 내려갔다. 9시가 거의 다 되었고, 햇볕은 속속 더 강렬해지고 있었다. 머리가 더위에 지끈거리는 게, 꼭 일정한 간격으로 거대한 덧베개에 얻어맞는 기분이었다. 플로리는 클럽 정문 앞에 이르러 그리로 들어갈까, 아니면 베라스와미 원장을 보러 갈까 망설였다. 곧 오늘은 '영국발 우편의 날'이니 신문이 왔으리라는 생각에 클럽 구내로 들어가 큰 테니스 코트 앞을 지나갔다. 코트 철망에 별 모양의 담자색 꽃을 피운 덩굴식물이 무성했다.

길 가장자리를 따라 풀협죽도와 미나리아재비, 접시꽃, 피튜니아 등 영국산 꽃들이 아직 햇볕에 살해되지 않고 크고 선명하게 만발해 있었다. 피튜니아는 거의 나무만큼이나 컸다. 잔디는 없지만, 대신 이 지방의 자생 나무와 수풀로 이루어진 숲이 있었다. 핏빛 꽃들이 우산처럼 넓게 가지를 뒤덮는 골드모후르* 나무, 줄기 없는 꽃을 피우는 크림색 인도 재스민, 자주색 부겐빌레아, 진홍색 히비스커스, 분홍 월계화, 칙칙한 녹색 파두, 깃털 같은 잎을 가진 타마린드. 눈부신 햇빛 아래 펼쳐진 그 모든 빛깔의 부조화에 눈이 아팠다. 벌거벗다시피 한 정원사가 물뿌리개를 들고 거대한 꿀새처럼 꽃의 밀림 속을 돌아다니고 있었다.

클럽 건물 앞 계단에 모랫빛 머리의 영국인이 양손을

---

* '골드모후르(gold mohur)'는 저자가 힌디어의 '굴모하르(Gulmohar)'를 소리나는 대로 표기한 것으로 생각된다. 학명은 Delonix regia이며 '봉황목'이나 '불꽃나무'로 부를 수 있다.

반바지 호주머니에 넣고 서 있었다. 콧수염이 꺼끌꺼끌해 보이고, 연회색 눈에 미간이 넓고, 종아리가 비정상적으로 가는 그는 관구 경찰서장 웨스트필드였다. 그는 콧수염이 코를 간질일 정도로 윗입술을 삐죽 내민 채 발뒤꿈치로 균형을 잡고 무료한 듯 몸을 앞뒤로 흔들거리고 있었다. 그가 고개를 약간 옆으로 돌려 플로리를 맞았다. 그의 군인 같은 말투는 생략해도 무방한 단어는 모두 생략하면서 짧게 잘라내는 듯했다. 농담으로 던지는 모든 말은 대부분 어조에 힘이 없고 우울했다.

"어이, 플로리. 정말 지독한 날씨야, 안 그런가?"

"이맘때면 그러려니 해야지 뭐." 플로리는 반점이 있는 쪽 얼굴을 웨스트필드에게 안 보이는 쪽으로 약간 비스듬히 돌렸다.

"그렇지, 젠장. 앞으로 두 달은 맨날 날씨가 이 모양이겠지. 작년엔 6월까지 비 한 방울 안 왔는데. 저놈의 하늘 좀 보게, 구름 한 점 없어. 새파란 법랑 냄비 같아. 망할! 지금 피커딜리에 있다면 얼마나 좋을까, 안 그래?"

"신문 왔어?"

"응. 고대하던 《펀치》, 《핑크언》,* 《라 비 파리지엔》까

---

* Pink'un(=Pink One). 지역 일간지들이 스포츠 기사를 분홍색 종이에 인쇄해 주말판 부록으로 끼워 팔거나 개별 신문으로 판 것을 일컫는 말. 《라 비 파리지엔(*La Vie Parisienne*)》은 프랑스의 주간 잡지로 연예와 패션을 주로 다루었고, 《펀치(*Punch*)》는 영국의 유머 주간 잡지로 19세기 대중 사이에 큰

지 전부 왔네. 그런 걸 읽으면 고향이 그리워지잖나? 자, 얼음이 다 녹기 전에 들어가서 한잔하세. 래커스틴은 완전히 술독에 빠져 있어. 벌써 곤죽이 됐지."

그들은 안으로 들어갔다. 웨스트필드가 들어가며 침울한 목소리로 한마디 던졌다.

"앞장서게, 맥더프."[*] 벽을 티크 널로 마감한 클럽 실내에서는 석유 냄새가 났고 방은 네 개뿐이었다. 그중 하나는 곰팡이가 핀 소설책 500권 정도가 있는 방치된 '도서실'이었고, 다른 한 방은 낡고 더러운 당구대가 놓인 방인데 거의 사용하는 일이 없어 연중 대부분은 딱정벌레들이 등불 근처에서 윙윙 날아다니거나 당구대 천을 잠자리 삼아 여기저기 흩어져 있었다. 또 하나는 카드 게임 방이고, 나머지 하나는 넓은 베란다 너머로 강이 보이는 '라운지'였다. 그러나 이 시간에는 모든 베란다에 녹색 대발이 쳐져 있었다. 바닥에는 코코넛 껍질로 만든 멍석이 깔려 있고 의자와 탁자마다 반질반질한 화보로 가득한 잡지들이 널려 있는, 그리 편안하지 않은 방이었다. 장식으로 '본조'[**] 그림들과 먼지투성이 삼바 사슴 두개

영향력을 발휘했다.

[*] Lead on, Macduff. 셰익스피어의 『맥베스』 중 맥베스의 대사 "Lay on, Macduff"(덤벼라 또는 해봐라, 맥더프)에서 유래한 표현. "after you"처럼 "앞장서라"는 관용적 의미로 쓰인다.

[**] Bonzo. 1911년 조지 스터디가 그린 만화 속 강아지로, 1920년대에 남녀노소 모두에게 사랑받은 캐릭터로 널리 상품화되었다.

골들이 걸려 있었고, 펑카*가 게을리 퍼덕이며 미지근한 공중에 먼지를 날렸다.

라운지에는 세 사람이 있었다. 펑카 아래 탁자에는 몸집이 다소 비대하고 얼굴은 불그스름하니 잘생긴 마흔 살의 남자가 머리를 두 손으로 감싸고 죽 엎드려 있었다. 목재 회사의 지부장인 래커스틴이었다. 그는 전날 밤 지독히 취한 대가를 치르고 있었다. 다른 회사의 지부장인 엘리스는 게시판 앞에서 분한 표정으로 어떤 공고문을 열심히 들여다보고 있었다. 그는 머리털이 빳빳하고 날카로운 이목구비에 안색은 창백하고 몸동작이 차분하지 못한 작은 체구의 사내였다. 산림청 소장 대리 맥스웰은 긴 의자에 누워《필드》**를 읽고 있었는데, 의자 뒤에서는 뼈가 굵직한 두 다리와 우람한 팔뚝만 보였다.

"이 방탕한 친구 좀 보게. 젊은이들에게 좋은 본이잖아? 하느님의 은혜가 없었다면 누구라도 그렇게 됐을지 몰라 어쩌고 할 때의 그 본보기 말이야. 이 친구를 보면 자칫하면 마흔 살에 어찌되는지 알 수 있지." 웨스트필드가 래커스틴의 어깨를 다정하게 잡아 흔들며 말했다.

래커스틴이 "브랜디"라고 하는 듯한 신음 소리를 냈다.

"이런 불쌍한 친구 같으니. 인생을 온전히 술에 바친

---

* 천장에 매달아 줄을 당겨 움직이는 큰 부채.
** *The Field*. 1853년에 창간하여 2013년에 폐간한 영국의 야외 스포츠 월간지.

사람의 전형 아닌가? 이거 봐, 술이 땀구멍으로 스며 나오잖아. 모기장을 치지 않고 잠을 자던 늙은 대령이 생각나는군. 사람들이 대령의 하인에게 그 이유를 물었더니 '밤에는 주인님이 너무 취해 모기가 있는 줄도 모르고, 아침에는 모기들이 너무 취해 주인님이 있는 줄 모른답니다'라고 했다는 거야. 이 친구 보게—간밤에 그렇게 술을 많이 마시고도 더 달라고 하잖아. 어린 조카가 여기와 있기로 했다면서. 오늘 밤에 온다고 하지 않았나, 래커스틴?"

"에, 그 주정뱅이 좀 가만 내버려둬." 엘리스가 돌아서며 말했다. 런던 사투리의 독살스러운 말투였다.

래커스틴이 다시 신음했다. "—조카가 뭐? 나 브랜디 좀 줘."

"조카한테 참 좋은 교육이 되겠군. 숙부가 주 7일 내내 술에 떡이 되어 있는 꼴을 볼 테니. 어이, 집사! 여기 래커스틴 나리에게 브랜디 대령하게!"

검은 피부에 몸집이 땅딸막하고 개처럼 맑은 노란색 눈을 가진 드라비다인 집사가 브랜디를 놋쇠 쟁반에 받쳐 들고 왔다. 플로리와 웨스트필드는 진을 주문했다. 래커스틴은 브랜디를 목구멍으로 조금씩 몇 번 넘기고는 뒤로 기대앉더니, 이제 더욱 체념한 듯한 신음소리를 냈다. 칫솔 모양으로 콧수염을 기른 그의 살찐 얼굴은 천진난만해 보였다. 그는 자칭 '좋은 시간'을 즐기는 것 외에 야망이라곤 전혀 없는 정말 단순한 사람이었다. 그의 아내는 단 한 가지 가능한 방식으로, 즉 한두 시간 이상은 자신의 시야에서 벗어나지 않도록 함으로써 그를 통제했다. 딱 한 번, 결혼한 지 1년이 지났을 때 그만 두고 2주 동안 어디를 다녀온 적이 있는데, 정해진 날짜보다 하루 일찍 돌아와 보니 래커스틴은 만취해 있었고, 벌거벗은 버마 여자 둘이 양쪽에서 그를 쓰러지지 않게 받친 채로 다른 한 여자가 위스키를 병째 거꾸로 들어 그의 입에 퍼붓고 있었다. 그날 이후로 그녀는 그의 말마따나 "염병할 쥐구멍을 감시하는 고양이처럼" 그를 감시했다. 그럼에도 그는 그럭저럭 꽤 많은 '좋은 시간'을 찾아 즐겼으나 대개는 쫓기듯 서둘러야 했다.

"빌어먹을, 오늘 아침은 머리가 왜 이리 지근지근한지! 집사 좀 다시 불러주게, 웨스트필드. 마누라가 나타나기 전에 브랜디 한 잔 더 해야겠어. 마누라가 그러는데, 조카가 오면 내 하루 주량을 소다 섞은 브랜디 네 잔으로 제한하겠다네. 염병할 것들!"

래커스틴이 침울하게 말을 마치자 엘리스가 곧 시큰둥한 목소리로 말했다.

"그 바보 같은 소리들 좀 작작 하고 내 말 좀 들어봐."

입을 열기만 하면 반드시 누군가를 모욕하는 엘리스는 늘 독특한 방식으로 기분을 잡쳐놓았다. 냉소적인 느낌을 주는 자신의 런던 사투리를 일부러 과장해서 써서 말하는 버릇이 있었던 것이다. "맥그리거의 공고문 봤어? 모두에게 작은 꽃다발이 될걸. 맥스웰, 그만 정신 차리고 일어나 들어와봐!"

맥스웰이 《필드》를 내려놓았다. 혈색 좋은 금발 청년인 그는 스물다섯인가 스물여섯 살로 그 부서에서 일하기에는 상당히 어린 나이였다. 팔다리가 굵직하고 속눈썹은 희고 빽빽해서 짐마차 끄는 망아지를 연상시켰다. 엘리스는 증오에 찬 짧은 동작으로 공고문을 잡아떼더니 큰 소리로 읽기 시작했다. 그것은 관구 부판무관이자 클럽 총무이기도 한 맥그리거가 게시한 글이었다.

"좀 들어봐. '이 클럽에는 아직 동양인 회원이 없고, 요즘은 관보에 실린 지위의 관리라면 현지인이건 유럽인이건 모두 회원으로 받아들이는 경우가 흔하므로 카욕타다의 우리 클럽도 그런 관행을 따르는 문제를 고려해봐야 할 것입니다. 이 안은 차기 총회에서 심의될 예정입니다. 한편 짚고 넘어가야 할 것은'—뭐, 지겹게 전체를 다 읽을 필요는 없겠지. 맥그리거는 문학적인 설사를 싸지르지 않으면 공고문도 제대로 못 쓰나 봐. 아무튼 요점은 이거야. 모든 규칙을 깨고 친애하는 검둥이 녀석 하나를 클럽에 들이자는 거지. 예를 들어 **친애하는** 베라스와미 원장 같은 사람 말이야. 난 그를 베리슬라이미*라고 부

---

* '베라스와미'를 '베리슬라이미(Very-slimy)'라고 비슷한 음으로 발음해

르지만. 정말 경사 났어, 안 그래? 올챙이배를 한 작은 검둥이들이 브리지를 하며 우리 얼굴에 마늘 냄새를 풍길 테니. 빌어먹을, 생각만 해도! 우리 모두 똘똘 뭉쳐서 반대하고 나서야 해. 자네들 생각은 어때? 웨스트필드? 플로리?"

웨스트필드는 달관한 듯이 홀쭉한 어깨를 으쓱였다. 그러고는 탁자에 앉아 시커멓고 냄새가 지독한 버마산 여송연에 불을 붙인 뒤 대답했다.

"참아야지 뭐. 요즘은 원주민 놈들을 안 받는 클럽이 없으니까 말이야. 폐구 클럽마저 받았다던데. 여기 추세가 그렇잖아. 버마에서 지금까지 이대로 버티고 있는 건 우리 클럽밖에 없을걸."

"그래 우리 클럽밖에 없지. 여기서 양보하지 말고 단연코 계속해서 버텨야 해. 이 안에서 검둥이 회원을 보는 일이 없도록 난 끝까지 싸우겠네." 엘리스는 몽당연필을 꺼냈다. 그러곤 하나의 짧은 동작에 악의란 악의는 몽땅 담아내는 독특한 태도로 공고문을 게시판에 도로 붙이더니, 맥그리거의 서명 옆에 연필로 '멍청이'라고 매우 작고 단정하게 써넣었다. "그래, 바로 이게 맥그리거의 안에 대한 내 생각이야. 맥그리거가 여기 오면 똑같은 말을 해줘야지. 자넨 어떻게 생각하나, 플로리?"

서 '매우 비굴한'이라는 뉘앙스를 준다.

플로리는 그들이 그러는 동안 입을 다물고 있었다. 그는 본래 말이 없는 사람이 아니었지만, 클럽과 관련한 대화에는 별로 할 말이 없었다. 탁자 앞에 앉은 그는 왼손으로 플로의 머리를 쓰다듬으면서 《런던 뉴스》에 실린 G. K. 체스터턴의 기사를 읽고 있었다. 하지만 엘리스는 의견을 밝힐 때까지 상대를 계속 성가시게 구는 사람이었다. 그의 되풀이되는 질문에 플로리가 얼굴을 쳐들자 두 사람의 눈이 마주쳤다. 엘리스의 코 주변 피부가 거의 잿빛을 띨 정도로 갑자기 창백해졌다. 화가 났다는 표시였다. 어떤 전조도 없이 그는 연이어 욕설을 쏟아내기 시작했다. 매일 아침 그런 말을 듣는 데 익숙하지 않았더라면 다들 아주 깜짝 놀랐을 것이다.

"이거야 원, 난 자네라면 이럴 때 나를 지지할 아량이 있을 줄 알았는데. 저 냄새나는 검둥이 돼지들이 우리가 즐겁게 지낼 수 있는 유일한 곳에 들어오지 못하게 하는 문제잖아. 아무리 저 번들번들한 검둥이 올챙이배 의사 놈이 자네의 절친한 친구라지만 이러면 안 되지. 자네가 저잣거리 쓰레기들을 친구로 삼든 말든 **내가** 알 바 아니지만. 베라스와미의 집에 가서 그의 검둥이 친구들과 어울려 위스키 마시는 게 좋으면 그건 자네가 알아서 할 일일 테니. 그러고 싶으면 클럽 밖에서 하면 돼. 하지만 말이야, 검둥이들을 이 안에 불러들이는 건 맹세코 다른 문제라고. 자넨 그 쪼그만 베라스와미를 클럽 회원으로 받았으면 하는 거지? 우리 대화에 끼어들고, 그 축축한 손으로 이 사람 저 사람 만지고, 숨 쉴 때마다 우리 면전에 그 역겨운 마늘 냄새나 풍기고. 난 그 검둥이가 저 문 안으로 주둥이 디미는 걸 보면 발로 엉덩이를 걷어차 내쫓을 거야. 기름기가 번들번들하고 올챙이배를 한 그 쪼그만—!" 어쩌고저쩌고.

그의 이야기는 몇 분 더 이어졌다. 그 말이 어찌나 진지한지 묘하게 인상적이었다. 엘리스는 정말 동양인들을 싫어했다. 어느 정도인가 하면, 마치 사악하거나 불결한 무언가를 대하듯 아주 심하고 줄기차게 싫어했다. 이곳에서 목재 회사의 지부장으로 일하며 살기 때문에 끊임없이 버마인들을 상대해야 하는데도 그들의 검은 얼굴들을 보는 데 전혀 익숙해지지 않았다. 동양인에 대해 조금이라도 우호적인 감정을 느끼는 것을 그는 끔찍이 괴팍한 짓으로 여겼다. 똑똑하고 회사에서는 유능한 직원이었지만 동양에는 절대로 오지 말았어야 할—불행히도 흔한—부류의 영국인이었다.

플로리는 엘리스와 눈을 마주치지 못하고 무릎 위에 앉힌 플로의 머리만 어루만졌다. 가뜩이나 얼굴의 반점 때문에 최상의 조건 속에서도 사람들을 정면으로 잘 바라보지 못하는 그였다. 그리고 말을 할 준비가 되더라도 그는 자신의 목소리가 흔들리는 것을 의식했다. 흔들리지 말아야 할 때 흔들리는 식이었기 때문이었는데, 그러면 어떤 때는 이목구비까지 걷잡을 수 없이 뒤틀렸다.

"말조심해, 말조심하라고." 플로리가 마침내 언짢지만 무기력하게 말했다. "그렇게 흥분할 건 없잖아. 나는 원주민을 회원으로 들이자고 한 적 없어."

"아하, 그려서? 자네가 그러고 싶어 하는 건 우리 모두가 너무 잘 알고 있는데? 그렇지 않다면 어째서 아침마다 그 기름이 번질번질하고 쪼그만 바부* 집에 가는 거지? 그 바부가 백인이라도 되는 것처럼 함께 앉아 그 불결한 검은 입술의 침이 묻었던 잔으로 술도 마시고 말이지—난 생각만 해도 토할 것 같은데."

"앉게, 이보게, 앉아. 이제 그만하고 일단 술이나 한잔 하면서 생각하게. 다툴 가치도 없는 걸 가지고 뭘 그래. 너무 흥분했어."

웨스트필드의 말에 엘리스는 조금 마음을 가라앉히고 한두 걸음씩 앞뒤로 왔다 갔다 하며 말을 이었다. "이거야 원 참, 난 자네들이 이해가 안 돼. 그냥 이해가 안 된다고. 멍텅구리 같은 맥그리거가 특별한 이유도 없이 검둥이를 클럽에 들이려 하는데 한마디 말도 없이 순순히 받아들이려 하다니. 정말 큰일이야. 아니, 이 나라에서 우리가 할 일이 뭔가? 이 나라를 다스리지 않을 작정이면, 빌

※ babu. 원래는 영국인들이 교육받은 벵골인을 칭하는 말이었으나 19세기 말부터 점차 하위 관리직 같은 직종에 종사하는 인도인이나 영어 교육을 받은 모든 인도인을 일컫는 모욕적 호칭으로 쓰였다.

어먹을 그냥 철수해버리지그래? 그런데 우리는 지금 어쩌고 있지? 유사 이래 줄곧 노예였던 이 빌어먹을 검둥이 돼지 무리를 다스려야 하는 우리가 어리석게도 놈들을 우리와 동등하게 대하고 있지 않는가 말이야. 그리고 자네들은 멍청이처럼 그걸 당연시하고 있잖아. 플로리는 또 어떻고. 인도의 대학이라는 데서 2년 공부한 걸 가지고 스스로 의사라 부르는 검둥이 바부를 단짝으로 삼고 말이야. 웨스트필드, 자넨 또 어떤가? 뇌물이나 먹는 겁쟁이 안짱다리 경찰들을 아주 자랑스러워하잖아. 맥스웰이라고 다른가? 유라시아인 매춘부들 꽁무니나 따라다니며 세월을 보내고 있지. 그래, 자네 말이야, 맥스웰. 자네가 만달레이에서 몰리 페레이라라는 냄새나는 어린 계집애를 끼고 무슨 짓거리를 하고 돌아다녔는지 내가 다 들었다고. 위에서 이리로 전근 보내지 않았다면 자넨 아마 그 계집애와 제멋대로 결혼까지 했겠지? 자네들 모두 그 더러운 검둥이 연놈들이 **좋은가 봐**. 빌어먹을, 도대체 우리한테 뭐가 썩은 건지 모르겠군. 정말 모르겠어."

"자, 그러지 말고, 술이나 한잔 더 하게." 웨스트필드가 말했다. "어이, 집사! 얼음 녹기 전에 맥주 한 잔만 가져오게, 응? 집사! 맥주 가져오라니까!"

집사가 뭔헨 맥주를 몇 병 가져왔다. 엘리스는 얼른 작은 두 손으로 차가운 맥주병 하나를 감싸 잡고 다른 사람들과 함께 탁자 앞에 앉았다. 그의 이마에 땀이 흐르고 있었다. 아직 부루퉁한 상태였지만 화는 가라앉았다. 늘 독살스럽고 심술궂은 그는 한바탕 격렬히 화를 낸 뒤 이내 가라앉았고, 사과하는 일은 절대로 없었다. 말다툼은 클럽 생활에서 늘 있는 일상적인 일이었다. 래커스틴은 컨디션이 괜찮아졌는지《라 비 파리지엔》의 화보를 열심히 들여다보았다. 9시가 지났고 웨스트필드가 피우는 여송연의 매캐한 연기 냄새로 가득한 방이 숨 막힐 듯 더웠다. 모두의 셔츠가 그날 처음 흘리기 시작한 땀에 젖어 등에 들러붙었다. 바깥의 안 보이는 곳에서 줄을 잡아당겨 펑카를 부치던 급사는 눈부신 햇빛 속에서 졸고 있었다.

"집사!" 엘리스가 소리를 지르자 집사가 나타났다. "가서 저 급사 놈 깨워!"

"네, 나리."

"그리고 집사!"

"네, 나리?"

"얼음은 얼마나 남았나?"

"10킬로그램 정도 남았습니다, 나리. 오늘이면 다 없어질 것 같습니다. 이제 얼음을 차게 보관하기가 무척 어렵게 여겨집니다."

"이런 염병할, 그렇게 말하지 마! '어렵게 여겨집니다'가 뭐야? 사전을 집어삼키기라도 했어? '죄송합니다만 나리, 얼음을 차게 보관할 수 없습니다'—이렇게 말하는 거야. 아무래도 이 친구, 영어를 너무 잘하게 되면 클럽에서 내보내야겠어. 난 영어를 하는 하인들을 견딜 수가 없거든. 내 말 알아들어, 집사?"

"네, 나리." 집사가 대답하고 물러갔다.

"맙소사! 월요일까진 얼음이 없겠군." 웨스트필드가 말했다. "자넨 정글로 돌아가나, 플로리?"

"응. 벌써 출발했어야 하는데. 영국에서 온 우편물 때문에 들렀어."

"난 여행이나 해야겠군. 여행 수당이나 좀 타가지고 말이야. 이맘때면 빌어먹을 사무실을 견딜 수가 없거든. 염병할 펑카 아래 앉아 보고서에 결재나 하고. 계속 똑같이 반복되는 서류 업무지. 젠장, 다시 전쟁이나 났으면!"

"난 모레 갈 걸세." 엘리스가 끼어들었다. "이번 일요일엔 그 염병할 신부가 와서 미사를 집전한댔지? 어쨌든 그럼 난 더더욱 여기 있지 말아야지. 미사라니 젠장, 무슨 무릎 꿇는 훈련도 아니고."

"난 다음 주일 미사에 참석하겠다고 약속을 했어." 웨스트필드가 말했다. "맥그리거도 마찬가지고. 안 그러면 사실 불쌍한 신부님에게 좀 가혹하잖아. 기껏 여섯 주에 한 번 오시는데 말이야. 그러니 되도록이면 그때 신도들이 좀 모이는 게 좋잖아."

"젠장! 나도 신부를 기쁘게 해주기 위해 훌쩍거리며 시편을 읊을 수는 있지만, 그 빌어먹을 현지인 신도들이 우리 교회에 들이닥치는 걸 견딜 수가 없다고. 마드라스인 하인들이며 카렌족 교사들 무리며. 그뿐이야? 프랜시스와 새뮤얼, 그 두 튀기 놈들도 있지. 그놈들, 자기들이 크리스천이라더군. 지난번에 신부가 왔을 때는 뻔뻔스럽게도 회중석 맨 앞자리로 올라와 백인들과 함께 앉더라니까. 누가 신부한테 말 좀 해야 해. 우리 영국이 선교사들을 제멋대로 내버려둔 건 정말 바보짓이었어! 시장 청소부들한테도 그들이나 우리나 똑같은 사람이라고 가르치니 말이야. '송구하지만 저도 나리와 똑같은 크리스천입니다요'라는 거야, 이 건방진 놈들이."

"이 다리 좀 봐, 멋지지 않아?" 래커스틴이 《라 비 파리지엔》을 건네며 말했다. "플로리, 자네 프랑스어 알잖아. 그 아래 뭐라고 쓰여 있는 거야? 젠장, 파리에 갔을 때 생각이 나는군. 결혼하기 전, 첫 휴가였지. 젠장, 또 갔으면 좋겠네."

"'워킹* 출신의 젊은 숙녀가 있었네' 얘기 들어들 보셨어요?"

맥스웰이 말했다. 그는 말수가 없는 축에 속하는 젊은이였지만 여느 영국 젊은이들처럼 재미있고 음탕한 운문에 애착을 가지고 있었다. 그가 워킹 출신 젊은 숙녀의 일대기를 읊고 나자 모두 한바탕 웃었다. 웨스트필드는

※ 영국 런던 외곽 남서부에 위치한 소도시. 'Woking'은 'walking'과 운이 맞고 'walking lady'는 대사 없이 용모만으로 배역을 맡는 여배우를 가리킨다. 또한 'walking the street'는 매춘을 의미하기도 한다.

일링 출신의 젊은 숙녀 이야기로 응답했고, 그러자 플로리는 매사에 조심스러운 호섭 출신의 젊은 부목사 이야기를 보냈다. 웃음이 더 뒤따랐다. 엘리스조차 마음이 누그러져 그런 운문 몇 개를 소개했다. 엘리스의 농담은 언제나 정말로 재치 있으면서도 추잡하기 짝이 없었다. 모두 기분이 유쾌해지면서 분위기가 화기애애하게 바뀌었다. 그들이 맥주를 다 마시고 한 잔 더 하려던 참에 신발이 바깥 층계를 밟아 삐걱대는 소리가 났다. 마룻널에 진동이 느껴질 만큼 우렁찬 목소리로 누군가 익살스럽게 말하고 있었다.

"그래, 굉장히 독특하게 유머러스하죠. 내가 그걸《블랙우드》*에 기고한 짤막한 기사 하나에 써먹었잖아요. 프롬**에 주재 중일 때도 기억나는군. 그건 또 아주 다른—아!—아주 재미있는 일이—"

맥그리거 부판무관이 도착한 모양이었다. 래커스틴이 "망할! 우리 마누라도 왔군" 하고는 앞에 있는 빈 잔을 최대한 멀리 밀어놓았다. 맥그리거 부판무관과 래커스틴 부인이 나란히 라운지에 들어섰다.

나이 마흔 줄에 들어선 맥그리거 부판무관은 몸집이 크고 육중한 사람으로 퍼그처럼 생긴 상냥한 얼굴에 금

* *Blackwood's Magazine*. 1817년부터 1980년까지 발행되던 영국 월간지.
** 버마 중부의 도시.

테 안경을 썼다. 어깨가 두툼한 데다 고개를 앞으로 내미는 버릇이 있어서 묘하게 거북이 같은 인상을 주었고, 실제로 버마인들은 그에게 '거북이'라는 별명을 붙였다. 그는 깨끗한 실크 셔츠를 입었는데, 벌써부터 겨드랑이 부근에 땀자국이 보였다. 익살스럽게 경례하는 흉내를 내며 사람들에게 두루 인사한 뒤 빙그레 웃으며 게시판 앞에 선 그의 거동은 마치 뒷짐 진 손으로 회초리를 만지작거리는 학교 선생님 같았다. 얼굴에 나타난 선량함은 진심에서 우러난 것임에도 어딘지 모르게 계산된 상냥함을 보이는 듯도 하고 근무시간이 아니니 자신의 공적 지위는 무시하려고 애쓰는 듯도 해서 사람들은 그와 함께 있는 것을 늘 불편해했다. 그의 대화 방식은 어린 시절의 익살맞은 학교 선생님이나 신부를 흉내 낸 게 분명했다. 농담에 쓰기에 적합할 것 같은 긴 단어나 인용구, 속담 같은 게 떠오르면 이제 곧 하려는 말이 농담임을 상대방에게 분명히 인지시키려는 듯이 "에" 또는 "어" 하며 뜸 들이는 소리를 냈다.

래커스틴 부인은 서른다섯 살쯤 되었는데, 패션 디자인 그림처럼 곡선미 없이 길쭉한 용모가 보기에 꽤 괜찮았다. 목소리는 불만이 가득하고 한숨을 쉬는 듯했다. 그녀가 들어오자 사람들이 모두 앉은 자리에서 일어섰다. 래커스틴 부인은 펑카 밑의 가장 좋은 의자로 가서 지친 듯이 털썩 앉아 도롱뇽 발 같은 가냘픈 손으로 얼굴에 부채질을 했다.

"어휴, 더워, 정말 더워도 너무 덥네! 맥그리거 부관무관님이 와서 차에 태워주셨어. 정말 고맙지 뭐예요. 그 한심한 인력거꾼 톰은 또 꾀병을 부리고 있어. 정말이지 당신, 그놈 정신 좀 차리게 따끔한 맛을 보여줘야겠어. 매일같이 이 뙤약볕 아래 걸어 다녀야 한다니 너무 끔찍해."

집에서 클럽까지는 400미터밖에 안 되는데도 래커스틴 부인은 그걸 걷지 못해 랑군에서 인력거를 가져왔다. 소가 끄는 달구지와 맥그리거의 자동차를 제외하면, 래커스틴의 인력거는 카욱타다에 유일한 바퀴 달린 수송 수단이었다. 도로라고 해봐야 군 전체를 통틀어 15킬로미터 정도밖에 되지 않았다. 래커스틴 부인은 물이 새는 텐트와 모기, 통조림 음식 등 끔찍한 환경을 감내하면 했지 정글이라 해도 절대로 남편 혼자 가게 두는 법이 없었고, 본부에 들어와 있는 동안에는 사소한 일에 대해 불평하는 것으로 그런 생활을 벌충했다.

"정말이지 이놈의 하인들이 발칙할 정도로 게으름을 피우는 것 같아요." 그녀가 한숨을 쉬었다. "안 그래요, 맥그리거 부관무관님? 요즘엔 원주민들에게 **우리의** 권위가 영 안 서는 것 같아요. 다들 그 불쾌한 '개혁'을 부르짖고, 신문을 통해 방자한 언행을 배우잖아요. 어떤 점에서는 거의 우리 본토의 하류 계층만큼이나 질이 나빠지고 있다고요."

"에이, 그 정도는 아니에요. 하지만 이곳에 민주주의 정신이 스며들고 있는 건 분명합니다."

"얼마 전까지만 해도, 하다못해 전쟁 전만 해도 다들 정말 **친절하고 공손했는데**! 사람들이 지나가면서 이마에 손을 대고 허리 굽혀 인사하는 게 아주 보기 좋았잖아요. 우리 집 집사가 매달 12루피만 받고도 강아지처럼 우리를 좋아하던 때가 생각나네요. 그런데 지금은 40루피, 50루피씩 달라고 하질 않나, 하인을 계속 **붙들어** 놓으려면 몇 달 치 급료를 체불해둘 수밖에 없더라고요."

"예전 같은 하인들은 사라지고 있죠." 맥그리거가 동조했다. "내가 젊었을 때만 해도 집사가 공손하지 않으면 '이걸 가져간 자에게 채찍질을 열다섯 번 해주십시오'라고 쪽지를 써서 교도소에 심부름을 보냈었는데. 아, 세월이 유수 같아요! 좋은 날은 다 갔고 다신 안 올 겁니다."

"아, 그건 부판무관님 말이 맞습니다." 웨스트필드가 침울하게 말했다. "이 나라는 다시 예전처럼 살 만한 곳이 못 될 겁니다. 개인적인 생각으론, 영국령 인도는 이제 볼 장 다 봤어요. 잃어버린 자치령이 되어버렸죠. 이제 손 씻고 나가야 할 때가 온 거예요."

그 말에 모두가 중얼중얼 공감을 표했다. 자칭 급진주의자로 악명 높은 플로리도, 버마에 온 지 3년도 채 안 된 젊은 맥스웰도 마찬가지였다. 인도에 거주하는 영국인치고 인도가 엉망이 되리라는 사실을 부인할 사람도, 부인한 사람도 없을 것이다.《펀치》지가 그렇듯, 인도도 결코 예전 같지 않았다.

한편 엘리스는 맥그리거의 등 뒤에 있는 공고문을 떼서 그에게 내밀며 시큰둥하게 말을 꺼냈다.

"자, 여기, 맥그리거, 이 공고문 다 읽었네. 우리 모두 현지인을 클럽 회원으로 받아들인다는 발상은 전적으로—"엘리스는 '개지랄 떠는 짓'이라고 말하려 했으나, 래커스틴 부인이 동석하고 있음을 기억하고 그 말을 억눌렀다. "전적으로 부적절하다고 생각하네. 어쨌든 우리는 즐거운 시간을 보내려고 오는 이 클럽에 현지인들이 어슬렁거리는 건 싫어. 그들이 없는 곳이 아직 한 군데라도 있다고 생각하고 싶어. 여기 다른 사람들도 모두 내 의견에 전적으로 동감하지."

엘리스는 주위를 돌아보았다. "옳소, 옳소!" 래커스틴이 퉁명스럽게 말했다. 그는 자기가 술을 마시고 있었으리라고 넘겨짚을 아내임을 알기에 분별 있는 의견을 나타내면 그 상황을 면하리라 생각했다.

맥그리거는 미소를 지으며 공고문을 받아 들었다. 그는 자신의 이름 옆에 '멍청이'라고 쓴 것을 본 데다 속으로 엘리스가 태도가 상당히 무례하다고 생각하면서도 농담으로 그것을 흘려보냈다. 맥그리거는 근무 중에는 품위를 지키기 위해 애를 쓰듯이, 클럽에서는 좋은 친구가 되기 위해 애를 쓰는 사람이었다.

"우리 친구 엘리스는, 그러니까, 에, 아리아인[*] 형제들과의 교제를 환영하지 않는다는 거군?"

"응, 그렇지." 엘리스의 말에 가시가 돋았다. "몽골 혈통의 형제들도 마찬가지고. 한마디로 말해서 난 검둥이가 싫어."

맥그리거는 인도에서는 사용이 금지된 '검둥이'라는 말에 온몸이 경직되었다. 그는 동양인에 대한 편견이 없을 뿐 아니라 그들을 무척 좋아했다. 자유가 주어지지 않는 한, 그들은 세상에서 가장 호감 가는 민족이라는 게 그의 생각이었다. 그런 그들이 마구잡이로 모욕당하는 것을 볼 때마다 그는 마음이 아팠다.

"이 사람들을 검둥이라고 부르는 게 과연 올바를까?" 그가 딱딱하게 말했다. "이 사람들이 그 호칭을 불쾌하게 여기는 건 당연해. 전혀 그런 인종이 아니잖아. 버마인들은 몽골 혈통이야, 인도인들은 아리아인이거나 드라비다인 혈통이고. 모두 완전히 다른—"

"에, 당치 않은 소리!" 엘리스가 말했다. 그는 맥그리거의 공적 지위에 전혀 위축되지 않았다. "그들을 검둥이라고 하든 아리아인이라고 하든 마음대로 하시지. 내 말은, 우린 이 클럽에서 검은 가죽을 쓴 사람은 누구든 보고 싶

---

[*] 기원전 1500년경 인도 북부에 침입하여 인더스 문명을 구축했다고 여겨지는 민족. 인도인들을 가리킨다.

지 않다는 거야. 표결에 부치면 전원이 반대한다는 걸 알게 될걸. 플로리가 친애하는 베라스와미를 여기 들이고 싶어 하지만 않는다면."

"옳소, 옳소!" 래커스틴이 또 같은 말을 되풀이했다. "나도 그들을 들이는 건 반대일세."

맥그리거는 입술을 오므리고 묘한 표정을 지었다. 입장이 곤란해졌다. 원주민 회원을 들이자는 건 그의 발상이 아니라 판무관실에서 내려온 지시였기 때문이다. 그러나 변명을 싫어하는 그는 좀 더 회유적인 어조로 말했다.

"여러분, 이 문제를 다음번 총회에 넘겨서 토의하는 건 어때요? 그때까지 각자 심사숙고해보도록 하고. 자, 그럼," 그는 탁자 쪽으로 이동하면서 말을 이었다. "나는—에—음료를 좀 마실까 하는데, 누가 함께하겠나?"

그는 집사를 불러 '음료'를 주문했다. 이제 날이 더 더워졌고 모두가 갈증을 느끼고 있었다. 래커스틴은 술을 주문하려다 아내와 눈이 마주치자 주눅이 들어 뚱한 목소리로 말했다. "난 됐네." 그는 두 손을 무릎에 모으고 앉아 다소 처량한 얼굴로 진을 탄 레모네이드를 마시는 래커스틴 부인을 바라보았다. 맥그리거는 그들에게 술을 사고 전표에 서명을 했지만 정작 자신은 술을 타지 않은 레모네이드를 마셨다. 그는 카욕타다의 유럽인들 가운데 유일하게 해가 지기 전에는 술을 입에 대지 않는 것을 원칙으로 삼았다.

"그럼 그러든가." 엘리스는 탁자 위에 두 팔을 올려놓고 잔을 만지작거리면서 투덜거리듯 말했다. 맥그리거와의 논쟁 때문에 그는 다시 안절부절못했다. "다 좋은데, 내 입장은 확고해. 이 클럽에 현지인 회원은 절대 안 돼! 그런 식으로 작은 걸 조금씩 계속 양보하다가 대영제국이 엉망이 된 거야. 우리가 너무 오냐오냐했어. 그러니까 이 나라가 선동으로 부패하고 말았잖아. 이들을 다룰 수 있는 정책은 딱 하나, 쓰레기는 쓰레기 취급을 해야 한다는 거야. 이건 위기야, 그러니 우리는 최대한 위신을 세우는 게 좋아. 단결해서 이렇게 말해야 한다고. '**우리는 주인이고, 너희들은 거지다—**'" 엘리스는 구더기를 누르듯이 작은 엄지손가락을 내리눌렀다. "너희들 거지들은 거지의 본분을 지켜라!'"

"어쩔 도리가 없어, 이 친구야." 웨스트필드가 말했다. "전혀 도리가 없다고. '관제(管制)에 얽매여 있는데 우리가 뭘 어쩌겠어? 그 거지 같은 원주민들이 우리보다 법규를 더 잘 알고 있어. 우리한테 대놓고 무례하게 굴고는 때리려고 하면 도망가는걸. 놈들한테 세게 나가지 않으면 아무 일도 못 해. 그런데 놈들한텐 싸울 배짱이 없는데 어떻게 그러겠나?"

"만달레이에 있는 우리 총독님이 결국 우리는 그냥 인도를 **떠날** 거라고 늘 말씀하셨죠." 래커스틴 부인이 끼어들었다. "우리 나라 젊은이들은 평생 모욕과 배은망덕한 꼴을 볼 테니 이젠 여기 오지 않으려 할 거란 말이죠. 우리는 그냥 여길 **떠야** 해요. 원주민들이 계속 있어달라고 사정사정해도 이렇게 말해야 해요. '아니, 당신들은 주어진 기회를 차버렸어. 그러니 어쩌겠어, 우리는 떠날 테니 당신들은 스스로 알아서 하시오'라고. 그러면 단단히 혼쭐이 나겠죠!"

"우리 나라는 온갖 법과 질서 때문에 볼 장 다 봤죠." 웨스트필드가 침울한 얼굴로 말을 받았다. 인도 제국이 지나친 법률 엄수로 인해 붕괴되리라는 건 웨스트필드가 자주 거론하는 논지였다. 계엄으로 다스리지 않을 수 없는 대대적 폭동이 일어나 줘야만 제국의 붕괴를 막을 수 있을 것이라는 주장이었다. "그 모든 서류 처리며 전표 처리. 그런 걸 다 하는 원주민 사무원들이 이제 이 나라의 실질적인 지배자들이라니까. 우린 끝났어요. 이제 최선은 그만 손 털고 저들이 자업자득으로 고생하게 내버려두는 것이죠."

"난 동감하지 않네, 전혀 동감하지 않아." 엘리스가 말했다. "우리가 원하면 단 한 달 만에 상황을 바로잡을 수 있을 거야. 용기가 조금 필요할 뿐이지. 암리차르*를 봐.

---

* 인도 서북부의 도시. 1919년 인도의 자치 정부를 지지하는 사람들이 영국군에게 학살당했다. 레지널드 다이어 부여단장이 광장에 모인 비무장 민간인들에게 경고 없이 발포 명령을 내려 400여 명이 사망하고 1,000여 명이 부상을 입었다. 다이어는 이 사건으로 문책을 받고 불명예 제대를 했다.

그 일로 그들이 어떻게 무너졌는지 보라고. 다이어는 그들을 어떻게 취급해야 할지 알았던 거야. 불쌍한 다이어! 누군가 해야 하는 더러운 일이었지. 저 본국의 겁쟁이들이 책임져야 할 부분이 있어."

다른 사람들의 입에서 탄식하는 듯한 소리가 새어 나왔다. 아마 일부 로마가톨릭교도들이 '블러디 메리'*라는 말을 들으면 낼 소리와 비슷했다. 유혈 사태와 계엄령을 혐오하는 맥그리거조차 다이어의 이름에는 고개를 절레절레 흔들었다.

"그 사람 참 안됐지. 패짓 같은 하원의원**들에게 희생되었지. 그래, 저들이 잘못했다는 걸 깨달았을 때는 이미 너무 늦을 거야."

"내가 전에 모시던 총독님이 그 일에 관해 들려주던 이야기가 있지." 웨스트필드가 말했다. "인도군의 한 늙은

---

* '블러디 메리'는 개신교(국교)도들이 메리 튜더, 즉 잉글랜드와 아일랜드의 여왕 메리 1세(재위 1553-1558)에게 붙인 별명이다. 메리 1세는 로마가톨릭교를 부활시키고 수많은 개신교도를 처형하는 피바람을 일으켰다. 당시 역사를 아는 일부 반개신교적 로마가톨릭교인들이 그 사건이나 그것에서 유래한 칵테일 이름을 들으면 그런 반응을 보일지 모른다는 것이다. 이 부분은 로마가톨릭에 반감을 가졌던 초기 오웰의 신랄한 '방백'이다. 영국 제국의 잔인함을 찬양하는 엘리스의 말에 좌중이 그때의 '영광'을 그리워함을 암시한다.
** Paget MPs. 식민지 사정에 어둡고 실질적인 경험도 없이 본국에서 식민지 통치에 대해 탁상공론만 일삼는 정치인들을 가리킨다. Paget은 1908년에 사망한 인종주의자 리처드 패짓 경을 가리키지만 본문의 'Paget MPs'라는 표현은 위와 같은 내용을 암시한 키플링의 시에서 유래한 것으로 보인다.

하사관에 관한 이야기인데—영국이 인도를 떠나면 무슨 일이 벌어질지 누군가 그에게 물었대. 그랬더니 그 늙은 하사관이 말하기를—"

플로리가 의자를 뒤로 밀며 일어났다. 이런 대화가 더 이상 계속되어서는 안 된다. 그럴 수는 없다. 아니, 그래서는 안 된다! 머리가 돌아버려 가구를 때려 부수고 벽에 걸린 그림들에 술병을 집어 던지기 전에 어서 빨리 이곳에서 벗어나야 한다. 둔하고 어리석고 술이나 마시는 돼지들! 날이 가고 해가 가도록 허구한 날 똑같이 《블랙우드》의 저열한 이야기를 흉내 내는 듯한 사악하고 철 없는 소리나 일삼는다는 게 있을 수 있단 말인가? 저들은 무언가 새로운 얘기는 할 줄도 모르나? 아, 정말 지긋지긋한 곳이야, 사람들이 정말 어이없어! 우리의 문명사회—위스키와 《블랙우드》와 본조 그림 위에 세워진 이 문명사회란 게 정말 한심하지 않은가! 오, 하느님, 우리 모두 그런 사회의 일원이오니 자비를 베푸소서.

이런 생각에 빠져든 플로리는 아무 말도 하지 않으면서 심기를 감추려 애썼다. 그는 몸을 비스듬히 돌린 채 자신의 인기를 확신하지 못하는 사람이 지을 법한 반웃음을 머금고 의자 옆에 서 있었다.

"나는 이만 가봐야겠어. 아쉽지만 아침 먹기 전에 볼일이 좀 있어서."

"여보게, 가지 말고 한 잔 더 해. 아침 시간이 창창한데 뭘. 진이나 한 잔 하게. 식욕도 돋울 겸." 웨스트필드가 말했다.

"고맙지만 사양하겠네. 가봐야 해. 가자, 플로. 그럼 먼저 가겠습니다, 래커스틴 부인. 모두 또 봅시다."

"검둥이들의 친구, 부커 워싱턴* 퇴장." 플로리가 나가자마자 엘리스가 말했다. 엘리스는 누구든 방에서 나간 사람에 대해 반드시 기분 나쁜 말을 했다. "베리슬라이미를 보러 가는 거겠지. 아니면 우리에게 한 잔씩 사는 게 싫어서 내빼는 거든가."

"에이, 저 친구 나쁜 사람 아냐. 가끔 급진적인 발언을 하지만 대부분은 말만 그런 걸 거야." 웨스트필드가 말했다.

"그래, 물론이지, 아주 좋은 사람이야." 맥그리거가 말했다. 포학한 범죄라도 저지르지 않는 이상, 인도에 있는 모든 유럽인에게는 좋은 사람이라는 말이 무슨 당연직처럼, 아니 그보다는 유럽인의 권위처럼 따라붙는다. 일종의 명예직 같은 것이다.

"내 입맛에는 **너무** 급진적이야. 나는 원주민들과 친구로 지내는 사람들을 봐줄 수가 없어. 플로리에게 검둥이 피가 조금 섞여 있다 해도 놀랍지 않을 거야. 얼굴에 검은 모반이 그래서 있는지도 모르지. 얼룩 피부. 머리가 검고 피부가 레몬색 같은 걸 보면 중국인 피가 있는 것

※ Booker T. Washington(1856-1915). 미국의 흑인 지도자이자 교육자.

같기도 하고."

엉뚱하게 플로리에 대한 추문도 언급되었지만 맥그리거가 추문을 좋아하지 않았기 때문에 금세 흐지부지됐다. 그들은 클럽에 계속 머물며 한 잔씩 더 마셨다. 맥그리거는 어떤 상황에서든 꺼낼 수 있는 프롬 지방에서 있었던 일화를 들려주었다. 그런 다음 대화는 다시 바뀌어 그들 누구도 싫증내지 않는 화제—원주민들의 방자함, 정부의 무기력함, 영국령 인도제국이 진정한 영국령 인도제국이었던 시절, 편지를 가져간 원주민에게 채찍 열다섯 대를 때려 보내도록 했다던 그리운 옛날 이야기—로 돌아갔다. 그들이 모이면 얼마 안 있어 반드시 그 이야기가 화제에 올랐는데, 부분적으로는 엘리스의 집착 때문이었다. 그게 아니더라도 유럽인들이 실컷 분통을 터뜨리는 것쯤은 너그러이 봐줄 수 있는 문제였다. 성인군자라도 동양인들 틈에서 살고 일하면 성질이 나빠질 수밖에 없는 것이다. 유럽인이라면 누구나, 특히 관리들은 원주민들의 꾐에 빠져 모욕을 당하는 게 어떤 건지 잘 알고 있었다. 웨스트필드든 맥그리거든, 심지어 맥스웰도 거의 매일 길을 갈 때마다 어리고 누런 얼굴—아주 타고난 듯한 불쾌한 경멸로 가득하고 금화처럼 매끈매끈한 몽골계 얼굴—을 한 원주민 고등학생들의 비웃음을 받을 뿐 아니라, 어떤 때는 뒤에서 하이에나 같은 웃음으로 야유하는 소리를 듣기도 했다. 인도 거주 영국인 관리들의 생활은 결코 즐겁지만은 않았다. 불편한 현장 캠프 촌, 찜통 같은 사무실, 흙먼지와 석유 냄새가 나는 관공서를 감안하면 그들에게는 조금 무례하게 굴어도 될 권리가 있다고 할 수 있을 것이다.

이제 10시가 다가오고 있었고, 더위는 참을 수 없을 지경이 되었다. 모두의 얼굴과 남자들의 팔뚝이 납작하게 퍼진 맑은 땀으로 번질번질했다. 맥그리거의 비단 상의 등에서는 땀자국이 점점 더 커졌다. 눈부신 햇빛이 녹색 대발을 친 창문을 뚫고 스며드는지 눈이 아프고 머릿속이 혼탁해지는 듯했다. 다들 느끼한 아침 식사와 길고 지긋지긋한 하루의 남은 시간을 생각하며 언짢음을 느끼고 있었다. 맥그리거는 한숨을 쉬면서 일어나 땀에 젖은 콧등으로 흘러내린 안경을 고쳐 썼다.

"이런 즐거운 모임을 이만 끝내야 한다니 안타깝군. 나는 집에 가서 아침을 먹어야겠어. 제국의 용무도 돌봐야 하고. 혹시 나와 같은 방향으로 가시는 분? 밖에 운전기사와 차가 대기하고 있어요."

"아, 고마워요. 우리 이이와 저를 집까지 태워주시면 좋겠어요. 이 더위에 걷지 않아도 되다니 정말 한숨 놨어요!" 래커스틴 부인이 말했다.

나머지 사람들도 일어섰다. 웨스트필드는 기지개를 켜고 코로 하품을 했다. "나도 가봐야겠군. 여기 더 있다간 잠들겠어. 찜통 같은 사무실에서 하루 종일 땀을 흘릴 생각을 하면! 처리할 서류가 산더미 같은데. 어이구!"

"모두들 오늘 저녁 테니스 약속 잊지 말게! 맥스웰, 이
게으른 친구야, 또 슬쩍 빠질 생각은 하지도 마. 라켓 가
지고 4시 30분까지 이리 나와." 엘리스가 말했다.

"Après vous(먼저 나가시죠), 부인." 맥그리거가 문 앞에
서 정중히 말했다.

"앞장서게, 맥더프." 웨스트필드가 말했다.

그들은 눈부신 백색의 햇빛이 내리쬐는 바깥으로 나갔
다. 오븐이 호흡하는 듯이 열기가 굼실굼실 땅에서 올라
왔다. 눈부신 꽃들이 눈을 압박했고 방탕한 태양 아래 꽃
잎들은 전혀 흔들리지 않았다. 눈부신 빛이 뼛속까지 사
람을 지치게 만들었다. 그 빛에는 무언가 지긋지긋한 데
가 있었다. 버마와 인도, 샴, 캄보디아, 중국까지 구름 한
점 없이 무한히 뻗어 있는 파랗고 눈부신 하늘을 생각하
면 진저리가 쳐졌다. 자동차의 금속 번호판은 만질 수 없
을 정도로 뜨겁게 달구어져 있었다. 하루 중 가장 지독한
시간이 시작되는 참이었다. 버마인들은 그 시간을 가리
켜 '발(足)이 침묵하는 때'라는 표현을 썼다. 더위에 자극
받아 길을 가로질러 종렬로 띠를 이루어 행진하는 검은
개미 떼와 기류를 타고 높이 날아다니는 독수리, 그리고
인간 외에, 살아 있는 생물은 아무것도 움직이지 않았다.

3

클럽에서 나온 플로리는 시장으로 이어지는 왼쪽 길을 택해 보리수나무 그늘을 따라 걸었다. 100미터쯤 떨어진 곳에서 혼란스러운 음악 소리가 들려왔다. 녹색 카키복 차림의 홀쭉한 인도인들로 이루어진 헌병 분대가 백파이프를 부는 구르카족 소년이 선도하는 부대의 대형으로 돌아가고 있었다. 플로리는 베라스와미 원장을 만나러 가는 길이었다. 원장의 집은 말뚝 위에 석유를 먹인 나무로 지은 기다란 방갈로였다. 너저분한 넓은 뜰은 클럽 뜰과 맞닿아 있었다. 강과 집 사이에 위치한 병원의 전면은 집과 마주 보고 집의 후면은 도로를 향하고 있었다.

플로리가 경내로 들어설 때, 집 안 여자들이 기겁하는 소리를 지르며 갈팡질팡 분주했다. 간발의 차이로 베라스와미의 아내와는 마주치지 않은 것 같았다. 그는 집 앞을 돌아가 베란다 너머로 베라스와미를 불렀다.

"원장님! 바빠요? 올라가도 될까요?"

흰옷에 검은 피부를 가진 작은 체구의 베라스와미 원장이 인형이 튀어나오는 상자 장난감처럼 집에서 불쑥 나오더니 베란다 난간으로 달려와 호들갑스럽게 외쳤다.

"올라와도 되냐뇨! 물론 되죠, 물론, 어서 올라와요! 아, 플로리 씨, 정말 반가워요! 어서 올라와요, 어서. 뭘 마시겠습니까? 위스키, 맥주, 베르무트? 다른 유럽산 술도 있어요. 오, 내 소중한 친구, 교양 있는 대화를 얼마나 나누고 싶었는지 몰라요!"

원장은 작고 통통한 체구에 피부가 검고 머리는 곱슬곱슬하며 눈이 둥근 것이 잘 속게 생긴 사람이었다. 철테 안경에, 잘 맞지 않는 흰 능직 양복 차림이었는데, 바지가 아코디언처럼 불룩하게 축 처져 검은 부츠를 덮었다. 열의를 가지고 신나게 떠드는 그의 목소리에 마찰음 's' 소리가 두드러졌다. 플로리가 계단을 올라오는 사이 원장은 베란다 끝 쪽으로 뛰어가 커다란 양철 아이스박스를 열고 뒤적이더니 재빨리 온갖 종류의 병들을 끄집어냈다. 베란다는 널찍하고 어둑했다. 낮은 처마에 양치식물을 심어놓은 바구니들이 죽 걸려 있어서 베란다는 햇빛의 폭포 뒤에 있는 동굴 같은 느낌을 주었다. 교도소 수인들이 제작한 길쭉한 등나무 의자가 있고, 한쪽 끝에 놓인 작은 책장에는 별로 끌리지 않는 에머슨이나 칼라일, 스티븐슨과 같은 작가들의 수필집들이 대부분이었다. 다독가인 원장은 그가 '도덕적 의미'라고 부르는 내용의 책들을 좋아했다.

"그런데, 원장님." 플로리가 말을 꺼내려는 찰나 베라스와미가 그를 긴 의자에 밀어 앉히더니 발받침을 끌어내 다리를 올려놓고 길게 기댈 수 있게 하고는 담배와 맥주도 그의 손이 닿는 곳에 놓아주었다. "그런데, 원장님, 요즘 어때요? 대영제국의 건강은 어떻죠? 변함없이 중풍을 앓고 있나요?"

"아하, 플로리 씨, 대영제국의 상태가 아주아주 안 좋아요. 심각한 합병증이 생겼어요. 패혈증에다 복막염, 신경절 마비까지 겹쳤으니, 이거 원 아무래도 전문의를 불러야 하겠습니다. 아하!"

이는 그들이 대영제국을 늙은 여성 환자로 놓고 늘 주고받는 농담이었다. 베라스와미는 2년 동안 물리지도 않고 그 농담을 즐기고 있었다.

"아, 원장님." 플로리가 의자에 길게 누운 채 말했다. "저 빌어먹을 클럽에 있다가 여기 오니 얼마나 좋은지 몰라요. 원장님 집에 올 때는 비국교도 목사가 예배를 슬쩍 빼먹고 시내에 나가 매춘부를 데리고 집에 가는 기분이라고요. '그들'로부터—" 그는 한쪽 발뒤꿈치로 클럽 방향을 가리켰다. "나의 사랑하는 제국 건설자 동료들로부터 벗어나는 게 얼마나 유쾌한 휴일 같은지 모른다니까요. 영국의 위신, 백인의 무거운 짐, 용감하고 흠잡을 데 없는 영국인 나리—그딴 것들로부터 말이죠. 그런 악취 나는 곳에서 한동안 벗어나 있으면 얼마나 마음이 편해지는지 몰라요."

"이 친구, 이 친구, 그게 무슨 말입니까, 무슨 말. 그만 해요! 말도 안 돼. 훌륭한 영국 신사들에 대해 그런 소릴 하면 안 되죠!"

"그 훌륭한 신사들 말에는 귀를 기울일 필요가 없어요, 원장님. 오늘 아침도 참을 만큼 참았다고요. '더러운 검둥이' 운운하는 엘리스, 웨스트필드가 늘 하는 농담, 맥그리거가 즐겨 쓰는 상투적인 라틴어구, 쪽지를 가져간 사람에게 곤장 열다섯 대를 치도록 했다는 이야기. 하지만 무엇보다 인도군의 늙은 하사관에 대한 그 이야기를 시작했을 때는 더 이상 견딜 수가 없더라고요. 영국이 인도에서 철수하면 돈은 씨가 마르고 처녀라곤 하나도 없을 거라고 했다는 그 늙은 하사관 이야기 말이에요. 그 이야기는 그만 은퇴시킬 때도 됐잖아요. 87년 여왕 즉위 50주년 기념식 이후로 계속 하던 얘기죠."*

플로리가 클럽 회원들을 비판할 때마다 늘 그렇듯 베

---

* 영국이 만달레이를 점령한 뒤 1886년 버마는 공식적으로 영국의 속국이 되었고 그 이듬해 빅토리아 여왕의 즉위 50주년 기념식이 거행되었다.

라스와미는 안절부절못했다. 흰 양복 차림의 그는 뚱뚱한 엉덩이를 베란다 난간에 기댄 채 가끔 손짓하며 말했다. 알맞은 단어를 찾을 때는 생각이 공중에 떠돌기라도 하는지 엄지와 집게손가락 끝을 모아 집는 것 같았다.

"하지만 정말이지 플로리 씨, 그런 말을 하면 안 돼요! 플로리 씨는 소위 푸카 사이브*들을 왜 그렇게 항상 매도하지요? 그들은 세상의 소금이에요. 그들이 행한 훌륭한 일들을 생각해봐요—지금의 영국령 인도를 만든 위대한 행정관들을 생각해봐요. 클라이브, 워런 헤이스팅스, 댈하우지, 커즌. 그들이 어떤 사람들이었는가 하면—당신들의 불멸의 셰익스피어를 인용하자면—완벽한 사람들, 우리가 다시는 보지 못할 그런 사람들이라고요!"

"원장님은 그런 사람들을 다시 보고 싶어요? 난 보고 싶지 않습니다."

"영국 신사가 얼마나 고결한 유형의 사람인지 생각해봐요! 서로를 향한 그 빛나는 충절! 명문 사립 중고등학교의 기풍! 그들은 태도가 불쾌한 이들마저—사실 거만한 영국인도 있거든요—그래도 그런 사람들마저 우리 동양인들에게는 없는 훌륭하고 신뢰할 만한 자질을 갖추고 있지요. 겉으로는 거칠어 보여도 속은 고결하죠."

---

* Pukka sahib. 인도에서 사는 영국인. 푸카(pukka)는 '진정한, 옳은, 적절한, 예의 바른'을 뜻하고, 사이브(sahib)는 인도에서 영국인이나 유럽인에게 붙이는 존칭으로 쓰였다.

"고결은 무슨, 허식이라고 하는 게 어때요? 영국과 버마의 유대 관계는 겉만 그럴싸하다고나 할까. 서로 지독히 싫어하면서도 함께 술을 마시고 상대방의 음식을 먹고 친구인 체하는 것이죠. 관행이에요. 우리 영국인들은 그걸 '협력'이라고 하죠. 정치적으로 필요하니까. 물론 그런 구조를 돌아가게 만드는 건 술이죠. 술이 없으면 우리는 아마 며칠 안으로 미쳐서 서로 죽이려 들 겁니다. 원장님이 읽는 계몽주의 수필가들이 글로 쓰기에 좋은 주제죠. 제국의 '접합제로서의 술'이라고 말이죠."

베라스와미는 머리를 가로흔들었다. "아, 정말이지, 나는 플로리 씨가 왜 그렇게 냉소적인 사람이 되었는지 모르겠네요. 그런 말은 도무지 당치 않아요! 고결한 인격과 재능을 가진 영국 신사인 플로리 씨가 《버마의 애국자》에나 어울릴 법한 선동적인 말을 하다니!"

"선동이라고요? 선동은, 내가 무슨. 아니, 내가 우리 영국인들이 여기서 쫓겨나기를 바라겠어요? 천만의 말씀! 나도 돈을 벌려고 여기 와 있는걸요. 백인의 무거운 짐 따위 같은 헛소리가 질색일 뿐이죠. 그놈의 훌륭한 신사 행세. 따분해요 따분해. 가끔씩이라도 위선의 가면을 벗으면 클럽의 저 멍청이들도 참을 만할 텐데 말이죠."

"위선의 가면이라뇨?"

"그야 물론 검은 피부를 가진 버마의 불쌍한 형제들을 약탈하려는 게 아니라 생활을 향상시켜주려고 우리가 여기에 와 있다는 위선이죠. 어쩔 수 없는 위선이긴 하죠. 하지만 그게 우리를 타락시키고 있어요. 그게 어떤 건지 원장님은 상상도 못할 겁니다. 우리 마음속에 좀도둑에 거짓말쟁이라는 의식이 들러붙어 밤낮 괴롭히니까 스스로를 정당화하지 않을 수 없는 것이죠. 현지인들을 대하는 우리의 추악한 태도의 바탕에는 대개 그런 의식이 있어요. 인도에 사는 우리 영국인들이 자신들은 도둑이라는 걸 인정하고 허튼소리 없이 그냥 도둑질만 해 간다면 그나마 참아줄 만할지 모르죠."

베라스와미는 매우 만족스러운 표정을 지으며 엄지와 검지를 맞붙였다. "그 주장에는 결함이 있어요. 내 생각에 그 결함이란, 당신들 영국인들은 도둑이 **아니라는** 점이에요." 베라스와미는 자신의 역설을 의식하고 배시시 웃었다.

"자, 보세요, 원장 선생님—"

플로리가 일어나 앉았다. 까끌까끌한 등나무 의자에 댄 등의 땀띠가 수많은 바늘로 찌르는 듯해서이기도 했지만, 한편으론 그가 즐기는 원장과의 논쟁이 본격적으로 시작되려는 참이기 때문이었다. 그들은 만날 때마다 이처럼 본질적으로 다소 정치적인 논쟁을 벌이곤 했다. 영국인인 플로리는 통렬히 반영국적이고 인도인인 베라스와미는 광신적으로 영국에 충성스러웠기 때문에 입장이 전도된 논쟁이었다. 베라스와미는 영국인들을 열렬히 찬미했다. 영국인들에게 수없이 무시당했어도 그의 의견은 흔들리지 않았다. 그는 인도인인 자신은 열등하며 퇴화한 인종이라고 단정적이고도 열렬히 주장하곤 했다. 영국의 사법 체계에 대한 믿음이 얼마나 대단한지, 감옥에서 채찍질과 교수형을 감독하는 날이면 검은 얼굴이 잿빛으로 창백해진 채 집에 돌아와 위스키를 마시면서도 그 열의에 전혀 흔들림이 없을 정도였다. 따라서 플로리의 선동적 언사에 충격을 받는 한편, 신앙심 깊은 신자가 주기도문을 거꾸로 외는 소리를 들을 때와 같은 짜릿한 쾌감을 느끼기도 했다.

"이봐요, 원장님, 원장님은 어떻게 우리 영국인들이 도둑질이 아닌 다른 목적으로 이 나라에 들어와 있다고 생각할 수 있죠? 생각하면 아주 간단한데 말이죠. 영국 관리가 버마를 제압하고 있는 동안 영국 장사꾼은 버마의 호주머니를 터는 거예요. 영국이 버마를 지배하고 있지 않으면 우리 회사가 채벌권을 딸 수 있겠어요? 다른 여러 목재 회사나 원유 회사, 광산, 경작, 교역은 어떻고요. 뒤를 봐주는 정부가 없다면 어떻게 미곡 매점 동맹이 가련한 농부들을 벗겨먹을 수 있겠어요. 대영제국 체제는 영국인들에게 전매권을 주는 장치일 뿐이죠. 아니, 영국인이 아니라 유대인과 스코틀랜드인이라는 게 맞겠지만."

"이봐요, 플로리 씨가 그런 말을 하다니 참 딱하군요. 참으로 딱해요. 교역을 위해 여기 와 있다고요? 물론이죠. 버마인들 스스로 어떻게 교역을 하겠어요? 기계를 만들 줄 아나, 배를 만들 줄 아나, 철도나 도로를 놓을 줄을 아나. 영국이 없으면 아무것도 못 하죠. 영국이 아니면 버마의 삼림은 어떻게 될까요? 아마 즉각 일본에 팔릴 겁니다. 일본은 깡그리 채벌해서 삼림을 파괴하겠죠. 버마의 삼림은 영국의 지배로 사실상 개선되고 있어요. 영국의 장사꾼들이 버마의 자원을 개발하는 동안 관리들은 순수한 공공 정신을 발휘해서 버마 사람들을 교화하고 자신들과 같은 수준으로 끌어올려 주고 있어요. 그건 훌륭한 자기희생의 증거예요."

"아이, 원장님도, 무슨 그런 객쩍은 소리를. 우리 영국인이 버마의 젊은이들에게 위스키와 축구를 가르쳐준다는 건 나도 인정해요. 하지만 그 외에는 대단한 게 별로 없죠. 학교를 봐요. 값싸게 부려먹을 서기를 생산하는 공장일 뿐. 영국이 유용한 수공업을 뭐 하나라도 가르쳐준 적이 없잖아요. 경쟁자를 키우는 꼴이 될까 봐 차마 그러지 못하는 거라고요. 오히려 여러 산업들을 짓밟기만 했죠. 인도의 모슬린업은 지금 어떻게 됐죠? 1840년대쯤엔 원양항해 선박도 건조하고 선원도 양성한 인도가 지금은 먼바다에 나갈 변변한 어선 한 척 만들지 못하잖아요. 18세기만 해도 인도는 어쨌든 유럽 표준에 달하는 총기를 주조했었는데, 지금은 어떤가요? 영국이 인도에 들어간 지 150년이 된 지금, 그 큰 대륙 어디에서도 황동 탄약

통조차 생산하지 못하잖아요. 동양에서 단기간에 개발을 이룬 유일한 국가는 독립국가들뿐이에요. 일본을 예로 들 것도 없이 샴만 해도—"

베라스와미는 흥분하여 손을 내저었다. 샴 이야기가 나오면 난감해지기 때문에 늘 그 대목에서 플로리의 말을 가로막곤 했다(그들의 이야기는 매번 거의 말 한 마디 틀리지 않고 똑같이 반복되어왔다).

"이런, 이런. 플로리 씨는 동양인의 품성을 잊고 있으니 그런 말을 하는 거예요. 무감각하고 미신이나 믿는 우리가 어떻게 스스로 개발할 수 있겠어요? 영국은 적어도 법과 질서를 가져다주었죠. 강력한 영국의 사법 제도와 팍스 브리타니카 말이에요."

"폭스 브리타니카겠죠,* 원장님. 폭스 브리타니카라고 해야 맞아요. 어쨌든, 그 팍스는 누구를 위한 팍스죠? 대금업자와 변호사를 위한 팍스죠. 물론 영국은 영국의 이익을 위해서이긴 하지만 인도의 평화를 지킵니다. 그런데 그 모든 법과 질서의 핵심은 뭘까요? 더 많은 은행과 더 많은 감옥. 그 법과 질서의 의미는 바로 그거예요."

"무슨 그런 터무니없이 부당한 말을! 감옥은 필요하지

---

* 'Pax Britannica'는 '영국의 지배에 의한 평화'라는 뜻으로 1815년 이후 영국의 영토 확장 정책과 이에 따른 대영제국주의 시대를 가리킨다. 팍스 (Pax)는 '평화'를 뜻하지만 플로리가 비꼬아 말하는 '폭스 브리타니카'의 '폭스(pox)'는 '매독'을 뜻한다.

않다는 말인가요? 그리고 감옥 말고 다른 건 해준 게 없어요? 더러움과 고문과 무지가 난무했던 티바우왕 시절의 버마를 생각해봐요. 그리고 주위를 둘러봐요. 이 베란다에서 내다보기만 해도 금방 알 수 있죠. 저 병원을 봐요, 저 오른쪽에 있는 학교와 저 경찰서는 어떤가요. 이 모든 급변하는 발전상을 보라고요!"

"물론 어떤 면에서는 우리가 이 나라를 현대화시키고 있다는 건 나도 부인하지 않아요. 이곳을 현대화시키지 않을 수 없죠. 그런데 사실은 버마의 민족문화가 송두리째 뽑힌 다음에야 그 현대화가 완료될 겁니다. 영국은 버마를 문명화하고 있는 게 아니라 영국의 오물을 바르고 있을 뿐이에요. 원장님이 말하는 그 솟구치는 발전의 종착역은 어디일까요? 기껏해야 집집마다 전축이 있고 돼지우리처럼 중산모 쓴 남자들로 득실거리는 저 소중한 영국일 뿐. 나는 가끔 앞으로 한 200년 후에는 말이죠—" 플로리는 한쪽 발을 쳐들어 지평선을 향해 휘 저었다. "저 모든 게 사라지고 없을 거라는 생각이 들어요. 삼림과 마을, 사원, 불탑. 모든 게 사라지는 거죠. 그 자리에 분홍빛 저택들이 50미터 간격으로 세워질 테죠. 저 모든 언덕 위에 눈길 닿는 곳마다 하나둘 들어설 거예요. 집집마다 축음기가 있고, 그 축음기에서는 똑같은 음악이 흘러나오고. 나무는 모두 바짝 잘려 나가겠죠. 잘린 나무들은 분쇄되어 《뉴스 오브 더 월드》를 찍는 종이에 쓰인다

든가, 축음기 케이스를 만드는 목재로 쓰인다든가 하겠
죠. 하지만 「들오리」의 노인이 말하듯이 나무들은 복수
를 합니다. 물론 입센은 읽어봤겠죠?"

"아뇨, 유감스럽게도! 입센에게 감화된 버나드 쇼는 입
센을 가리켜 '대단한 재간꾼'이라고 했다죠. 나는 플로리
씨가 오면 참 즐거워요. 친구여, 하지만 영국의 문명은 밑
바닥인 것조차 우리에겐 발전이라는 걸 플로리 씨는 몰
라요. 축음기든 중산모든 《뉴스 오브 더 월드》든, 모든 게
동양인의 게으름보다는 낫다는 것을 모른다는 말이오.
덜떨어진 영국인도, 나는—에—" 베라스와미는 적절한
표현을 찾다가 아마도 스티븐슨이 말했을 표현을 생각해
냈다. "진보의 길을 밝히는 선구자라고 생각해요."

"내 생각은 달라요. 우리 영국인들은 자기만족에 빠진
위생적인 최신식 기생충 같다고나 할까. 이 기생충들은
온 세계를 기어다니며 감옥을 짓죠. 감옥을 하나 짓고는
그걸 진보라고 하고." 플로리는 마지막 말을 하고 조금
후회했다. 베라스와미가 그 암시를 알아듣지 못할 것이
기 때문이었다.

"왜 자꾸 감옥 얘기만 해요! 당신 나라 사람들이 이룬
다른 업적들도 생각해봐요. 철도를 놓고 사막에 관개시
설을 만들고 기아를 정복하고 학교를 세우고 병원을 짓
고 콜레라, 한센병, 천연두, 성병 등 전염병과 싸우고—"

"전염병이야 저들이 가져온 건데요 뭘." 플로리가 그의

말을 잘랐다.

"당치 않은 소리!" 베라스와미는 그게 무슨 공훈이라도 되는 듯 안달하며 자기 나라 사람들 때문이라고 주장했다. "당치 않은 소리. 이 나라에 성병을 옮긴 건 인도 사람들이에요. 인도 사람들이 성병을 옮기고 영국인들은 치료를 했어요. 이걸로 플로리 씨의 모든 비관론과 선동에 대한 답변이 되겠죠."

"이거 참. 우린 영원히 의견의 일치를 못 보겠어요. 원장님은 최신 발전상을 좋아하지만 난 모든 게 약간 부패해 있는 걸 좋아하니 말이죠. 티바우왕 시대의 버마가 나한텐 더 잘 맞았을 거 같아요. 그리고 좀 전에도 말했지만, 문명화의 입김이 작용하는 곳에는 더 큰 규모의 약탈이 뒤따를 뿐이에요. 수지가 맞지 않으면 당장이라도 여길 떠날 겁니다."

"나는 플로리 씨가 그렇게 생각하지 않으면서 괜히 그런다는 거 알아요. 진심으로 대영제국을 부정한다면 여기서 은밀히 그러지 않고 온 세상 사람 모두 들으라고 외칠 테니까. 난 플로리 씨를 본인보다 더 잘 알아요."

"미안하지만 난 세상에 대고 외치는 일엔 관심 없습니다, 원장님. 배짱이 없어요. 『실낙원』의 늙고 타락한 천사처럼 사람들에게 '굴욕적으로라도 편안하게 살 것을 충고'하자는 주의이거든요. 그게 더 안전해요. 이 나라에선 '푸카 사이브'가 아니면 죽은 몸이나 마찬가지죠. 지난 15년 동안 나는 원장님 외엔 누구와도 진술한 대화를 나눈 적이 없어요. 여기서 내가 하는 이야기는 안전밸브 같은 거죠. 약간의 은밀한 악마 숭배 의식을 치르는 것 같다고나 할까요."

이때 바깥에서 처량한 통곡이 들려왔다. 유럽인 교회의 힌두교인 관리인인 마투가 베란다 아래 햇볕 속에 서 있었다. 열병에 시달리는 듯한 노인인 마투는 인간이라기보다는 메뚜기 같은 외모에 옷이라곤 손바닥만 한 더러운 넝마 조각이 전부였다. 마투 영감은 교회 근처, 석유 깡통들을 납작하게 펴서 만든 오두막에 기거했다. 간혹 유럽인이 눈에 띄면 부산스럽게 달려 나와 이마에 손을 대고 절을 한 뒤 한 달에 18루피라는 자신의 '탈랍'* 에 대해 통곡하듯 무언가를 말하곤 했다. 마투 영감은 측은하게 베란다를 올려다보면서, 한 손으로 흙빛의 배를 문지르며 다른 손으로는 입에 음식을 넣는 시늉을 했다. 인정 많기로 소문이 나서 카욱타다 거지들이 표적이었던 베라스와미는 호주머니에서 4아나**짜리 동전을 꺼내 베란다 난간 너머로 던져 주었다.

"퇴화한 동양의 모습이란 저런 거요." 베라스와미가 애벌레처럼 몸을 구부린 채 고맙다며 흐느끼는 마투를 가

---

* talab. 우르두어로 '임금', '갈증', '굶주림' 등을 뜻한다.
** 옛 버마에서 쓰였던 화폐단위. 16아나가 1루피다.

리켰다. "저자의 비참한 팔다리를 봐요. 장딴지 굵기가 영국인의 팔목만도 못하잖아요. 저 비굴함과 노예근성. 저 무지함. 유럽에서는 정신장애인 시설에서나 저런 무지렁이를 볼 수 있죠. 언젠가 마투에게 몇 살이냐고 물었더니, '열 살인 걸로 알고 있습니다, 나리' 하더군요. 이런 걸 보면서 어떻게 자신이 태생적으로 우월하지 않은 척할 수 있죠, 플로리 씨?"

"불쌍한 마투 영감. 그 급증하는 현대적 발전상의 혜택을 보지 못했나 보군요." 플로리도 4아나짜리 동전을 던져주었다. "이제 가요, 마투, 그걸로 한잔해요. 마음껏 퇴화하시오. 그런 게 전부 사회 개량 속도를 늦출 테니."

"아하. 나는 가끔은 플로리 씨가 나를 놀리려고 괜히 그런다는 생각이 들어요. 예의 그 영국인의 유머 감각이겠죠. 알다시피 우리 동양인에게는 유머 감각이 없죠."

"운이 좋은 거죠. 그놈의 유머 감각은 우리 영국을 파멸로 이끈 원인이 되어왔는데." 플로리는 두 손으로 머리 뒤를 받친 채 하품을 했다. 마투는 감사하다는 인사를 시끄럽게 한차례 늘어놓은 뒤 비틀거리며 가버렸다. "저 지겨운 해가 너무 높이 올라가기 전에 이만 가봐야겠어요. 금년엔 더위가 기승을 부리겠군요. 피부로 느껴져요. 그런데 원장님, 논쟁에 빠지는 바람에 무슨 새로운 소식이라도 있는지 아직 못 물어봤네요. 바로 어제 정글에서 돌아왔는데 모레 또다시 들어가 봐야 해요. 하지만 갈까 말까 하고 있죠. 그간 카욕타다에선 별일 없었어요? 무슨 스캔들이라도 없어요?"

갑자기 심각한 얼굴이 된 베라스와미가 안경을 벗었다. 맑은 다갈색 눈을 가진 얼굴이 검정 레트리버를 연상시켰다. 그는 고개를 돌리고 더 주저하며 입을 열었다.

"사실은 상당히 불쾌한 일이 진행되고 있어요. 플로리 씨가 들으면 웃을지도 모르겠어요. 아무것도 아닌 것처럼 들릴 테니. 내가 지금 심각한 곤경에 빠져 있어요. 아니, 곤경에 빠질 위험에 처했다는 편이 맞을 거요. 모종의 음모가 암암리에 꾸며지고 있어요. 유럽인들의 귀에는 그런 얘기가 직접 들어가지 않을 거예요. 여기서는ㅡ"베라스와미가 한 손을 쳐들어 시장 쪽을 가리켰다. "유럽인들은 모르는 음모와 모략이 끊임없이 벌어지고 있죠."

"무슨 일이 벌어지고 있다는 거예요?"

"말하죠. 나를 음해하려는 계획이 꾸며지고 있어요. 내 인격을 헐뜯어 관직에서 몰아내려는 심상찮은 음모예요. 플로리 씨는 영국인이라서 아마 그런 사정을 모를 겁니다. 내가 우 포 카인이라는 관구 치안판사의 비위를 건드렸어요. 매우 위험한 인물이죠. 플로리 씨는 모르는 사람일 거예요. 그자는 나한테 막대한 피해를 입힐 수 있어요."

"우 포 카인이라. 누구를 말하는 거죠?"

"그 몸집이 크고 뚱뚱하고 이빨이 빼곡한 사람 있잖아요. 저 길로 100미터쯤 가면 그자의 집이 있고요."

"아, 그 뚱뚱한 불한당? 그자라면 나도 잘 알죠."

"아니, 아니에요, 그럴 리가!" 베라스와미가 열을 내며 소리쳤다. "플로리 씨가 그자를 알 리가 없어요. 동양인만이 그자가 어떤 사람인지 알 수 있어요. 플로리 씨는 영국 신사라서 우 포 카인 같은 자의 심중을 깊이 들여다보지 못해요. 우 포 카인은 불한당 정도가 아니에요. 그자는 말하자면, 음, 적절한 말이 생각나지 않는군요. 우 포 카인은 인간의 거죽을 뒤집어쓴 악어 같죠. 악어처럼 교활하고, 잔인하고, 흉포해요. 플로리 씨가 그자의 이력을 알면 놀랄 겁니다! 그 모든 불법행위! 금품 강요, 뇌물 수수! 그자에게 겁탈당한 어린 여자들. 엄마들이 보는 앞에서 그 짓을 당하기도 했어요! 아, 영국 신사들은 그런 인물을 상상도 못 할 겁니다. 그런 자가 이번엔 내 신세를 망쳐놓겠다고 단단히 작정한 거죠."

"나도 다양한 소식통을 통해 우 포 카인에 대해 들은 얘기가 많아요. 버마인으로 지극히 전형적인 관구 치안판사 같던데요. 어떤 버마인이 그러더군요, 전쟁이 났을 때 우 포 카인이 모병관 일을 했는데, 자신의 사생아로 1개 대대를 채웠다고요. 사실인가요?"

"그건 아닐 거예요. 그땐 아이들이 아직 어렸을 테니. 하지만 당시 악행은 의심할 여지가 없죠. 우 포 카인이 이제는 나를 파멸시키려 해요. 무엇보다 내가 자기에 대해 너무 많은 걸 알고 있기 때문에 나를 미워하죠. 그게 아니더라도 정직한 사람이라면 누구나 그의 적이죠. 그런 부류가 늘 그렇듯, 중상모략으로 작업을 시작할 겁니다. 소문을 퍼뜨리는 거죠. 사실이 아닌 악랄한 내용으로. 이미 시작되었어요."

"하지만 그런 자가 원장님에 대해 퍼뜨리는 나쁜 소문을 누가 믿겠어요? 고작 그런 비천한 치안판사 따위의 말을. 원장님은 고위직 관리인데."

"아, 플로리 씨는 동양인의 잔꾀를 이해하지 못해요. 우 포 카인은 나보다 더 높은 관리들도 파멸시킨 적이 있어요. 그는 남들이 자기 말을 믿게 하는 방법을 아는 사람이에요. 그러니까 이 일은, 아아, 어려운 일이에요, 어려운 일!"

베라스와미는 손수건으로 안경을 닦으면서 한두 걸음 왔다 갔다 했다. 상황의 미묘함 때문에 말로 꺼내지 못하는 무언가가 있는 게 분명했다. 베라스와미의 거동이 매우 불안해 보여 플로리는 자기가 도울 방법이 있는지 물어볼까 싶었지만, 그것도 잠시뿐 이내 생각을 접었다. 동양인끼리의 불화에 간섭해봐야 소용없는 짓임을 잘 알고 있었기 때문이다. 유럽인은 누구도 그런 알력의 진상을 규명하지 못한다. 유럽인의 머리로는 이해할 수 없는 무언가가 늘 있다. 음모 뒤의 음모, 모략 뒤의 모략. 그뿐 아니라 '원주민들'의 알력에 간섭하지 않는 것은 푸카 사이브의 십계명 중 하나였다. 어정쩡한 플로리는 캐물었다.

"어려운 일이라뇨, 뭐가요?"

"그건, 만일―아아, 플로리 씨가 비웃을지도 모르겠네요. 그건 이런 겁니다. 내가 유럽인 클럽 회원이라면 얼마나 좋을까! 그렇게만 된다면! 그러면 내 위상이 얼마나 달라질까!"

"클럽? 어째서요? 그게 무슨 도움이 된다는 거죠?"

"이런 문제는 모든 게 위신에 달려 있어요. 우 포 카인이 드러내 놓고 공격해 오지는 않을 것이거든요. 감히 그러지 못할 거예요. 대신 뒤에서 비방하고 흉을 보는 거죠. 사람들이 우 포 카인의 말을 믿고 안 믿고는 유럽인들과의 관계에서 내가 어떤 위치인가에 달려 있어요. 인도에서는 모든 게 그런 식이죠. 그 관계에서 위신이 서 있으면 살고 아니면 죽는 겁니다. 수많은 관공서 보고서보다 고갯짓과 눈짓으로 일의 성패가 갈리거든요. 유럽인 클럽의 회원이 된 인도인이 어떤 위신을 얻을 수 있는지 플로리 씨는 모를 거예요. 클럽 회원이 되면 유럽인이나 다름없는 신분이 되는 겁니다. 그러면 어떤 중상모략으로도 그 사람을 어쩌지 못하죠. 클럽 회원은 신성불가침의 존재예요."

플로리는 베란다 난간 너머로 눈길을 돌렸다. 그는 떠나려는 듯이 일어섰다. 베라스와미는 의사인데도 단지 피부가 검다는 이유로 클럽 회원이 될 수 없었다. 이 사실을 인정할 수밖에 없을 때마다 플로리는 수치스럽고 마음이 불편했다. 인도의 사회 분위기에서는 매우 자연스럽더라도 친하게 지내는 사람과 사회적으로 동등하지 않다는 것은 유쾌한 일이 아니었다.

"다음번 총회에서 원장님을 회원으로 선정할지도 몰라요. 반드시 그렇게 된다는 얘긴 아니지만, 불가능하지도 않아요."

"플로리 씨, 내 말을 추천 부탁으로 받아들인 건 아니겠죠? 절대로 아니에요! 그건 플로리 씨 입장에서 난감한 일이라는 걸 나도 아는걸요. 다만 내가 클럽 회원이라면 안전할 거라는 얘기일 뿐이에요."

플로리는 테라이해트를 비딱하게 살짝 얹어 쓰고 의자 밑에서 잠든 플로를 지팡이로 툭 건드려 깨웠다. 심기가 몹시 불편했다. 엘리스와 맞서 싸울 마음만 먹으면 베라스와미 원장을 클럽 회원으로 만들어줄 수 있을 것 같았다. 어쨌든 베라스와미는 친구 아닌가. 버마에서는 사실상 유일한 친구나 마찬가지였다. 그들은 무수히 많은 대화와 토론을 나눈 사이였다. 플로리가 베라스와미를 저녁 식사에 초대하는가 하면 베라스와미는 자신의 아내를 소개해주겠다고까지 할 정도였다. 그의 아내는 독실한 힌두교 신자라 결국 기겁을 하고 거절했다. 그들은 함께 수렵 여행을 가곤 했다. 탄띠를 어깨에 두르고 사냥용 칼로 무장하고 대나무 잎으로 미끄러운 언덕을 기어오르며 아무것에나 총을 쏘아대던 베라스와미. 플로리는 상식적으로 베라스와미 원장을 도와주어야 마땅했다. 그러나 그는 원장이 도움을 청하지 않으리라는 것도, 또 클럽에서 동양인을 회원으로 받아들이려면 추악한 말싸움을 피할 수 없으리라는 것도 잘 알고 있었다. 그래, 그런 싸움은 하고 싶지 않아! 그럴 가치가 없어.

"실은 말이죠, 이미 그런 이야기가 있었어요. 오늘 아침에 논의되었죠. 그러자 비열한 엘리스 자식이 변함없이 그 '더러운 검둥이' 설교를 늘어놓았어요. 맥그리거가 원주민 한 명을 회원으로 뽑자고 한 걸 가지고. 아마 상부로부터 지시가 내려온 모양입니다."

"네, 그 얘기 들었어요. 그런 게 다 우리 귀에 들어오거든요. 그래서 내가 그런 생각을 한 거예요."

"오는 6월 총회에서 안건으로 올라올 거예요. 결과가 어떻게 될지는 모르겠군요. 맥그리거에게 달린 문제라서. 내 표는 원장님에게 가겠지만, 그 이상은 할 수 있는 게 없어서 미안합니다. 어떤 언쟁이 벌어질지 원장님은 모를 겁니다. 원장님을 선정할 공산이 크지만, 그렇더라도 아마 불쾌하게 억지로 그럴 겁니다. 그들은 이 클럽을 백인 외 출입금지 클럽으로 유지해야 한다는 생각에 집착하고 있어요."

"물론 그렇겠죠, 물론! 전부 다 이해해요. 나 때문에 플로리 씨와 유럽인 친구들 사이에 말썽이 생겨서는 절대로 안 됩니다. 부디 언쟁에 휘말리지 말아요! 플로리 씨가 내 친구라는 걸 사람들이 아는 것만으로도 나는 플로리 씨가 상상도 못할 혜택을 보고 있어요. 위신은 기압계 같은 거예요. 플로리 씨가 우리 집에 드나드는 걸 사람들이 볼 때마다 수은주 눈금이 조금씩 올라가죠."

"그래요. 우리 그 '유리한 조건'을 유지하도록 해야 하겠어요. 그게 내가 할 수 있는 전부인 것 같군요."

"그것만으로도 많은 도움이 돼요. 플로리 씨는 웃을지 모르지만 한 가지 경고할 게 있어요. 우 포 카인을 조심하세요. 그 악어 같은 자를 조심해야 합니다! 플로리 씨가 내 뒤를 돌봐주고 있다는 게 우 포 카인의 귀에 들어가면 플로리 씨도 공격을 받을지 몰라요."

"그러죠. 그 악어 조심할게요. 하지만 나를 어쩌진 못할 거예요."

"적어도 시도는 할 겁니다. 난 그자를 잘 알아요. 나와 내 친구들 사이를 갈라놓는 수법을 쓸 겁니다. 어쩌면 플로리 씨를 비방하는 소문을 퍼뜨릴지도 몰라요."

"나를요? 저런! 나를 비방하는 소문을 누가 믿는다고. Civis romanus sum.* 영국인인 나를. 아예 의혹의 대상이 아니죠."

"그래도 중상모략을 조심해요. 우 포 카인을 과소평가

---

* "나는 로마의 시민이다." 로마제국 시대에 로마 시민이 법적 권리를 주장할 때 썼던 말.

해선 안 돼요. 플로리 씨의 어디를 공격하면 좋을지 알 거예요. 악어 같다니까요. 그러니까 악어처럼—"베라스와미는 엄지와 검지로 덥석 무는 시늉을 반복했다. 언뜻 언뜻 우 포 카인의 모습이 겹쳐 보였다. "악어처럼 항상 상대의 급소를 노려요!"

"악어들이 항상 급소를 노려요?"

두 사람은 웃었다. 그들은 가끔 베라스와미의 이상한 표현에 웃을 수 있을 정도로 서로 친했다. 원장은 클럽 회원으로 추천해주겠다는 확실한 말이 없어서 실망했다. 그러나 그걸 말하는 것은 죽기보다 싫었다. 플로리는 클럽 이야기를 그만하게 되어 기뻤다. 아예 거론되지 않았더라면 좋았을 불편한 화제였던 것이다.

"자, 그럼 이제 정말 가야겠어요. 정글에 돌아가기 전에 또 못 만날지도 모르니 안녕히 계세요. 총회에서 얘기가 잘됐으면 좋겠습니다. 맥그리거는 그리 나쁜 사람이 아니거든요. 아마 원장님을 선출하자고 할 거예요."

"그랬으면 좋겠어요. 그러면 우 포 카인이 몇백 명, 아니 몇천 명 몰려와도 걱정 없어요! 그럼 잘 가요, 친구, 살펴 가요."

플로리는 테라이해트를 눌러썼다. 아침을 먹으러 눈부신 마이단을 가로질러 집으로 올라갔지만, 술과 담배와 연속된 긴 대화로 이미 식욕을 잃었다.

4

하루 종일 빈둥거린 플로리는 전통 샨족 바지만 입은 채 땀에 젖은 침대에 누워 자고 있었다. 매달 석 주 정도는 현장 캠프촌에 가 있다가 카욕타다로 들어오면 대개 며칠은 그냥 빈둥거렸다. 사무실 업무라야 별로 할 게 없었다.

하얀 회벽의 크고 네모난 침실의 문에는 문짝이 없었다. 천장을 얹지 않은 서까래에는 참새 둥지가 있었다. 가구는 모기장을 차양처럼 말아 올린 커다란 사주식(四柱式) 침대와 고리버들 탁자와 의자, 작은 거울, 엉성한 책꽂이가 전부였다. 매년 우기를 거치면서 곰팡이가 핀 책들은 좀투성이었다. 툭투 도마뱀이 문장에 새겨진 용처럼 벽에 납작하게 붙어 움직이지 않았다. 베란다 처마 너머에서 흰 기름같이 빛나는 햇빛이 비처럼 쏟아졌다.

대숲에서 비둘기들의 단조로운 울음소리가 들려왔다. 졸음을 부르는 그 소리는 자장가라기보다는 마취제에 가까웠고 더위와 묘하게 잘 어울렸다.

200미터쯤 떨어진 맥그리거 부판무관 집의 경비가 인간 시계인 양 쇠난간을 네 번 두드려 시간을 알렸다. 그 소리에 잠을 깬 플로리의 하인 코 슬라는 취사장으로 가 깜부기불을 살려 장작을 때고 물을 끓인 뒤 차를 우렸다. 그러고 나서 분홍색 강바웅을 쓰고 엔지를 입은 그는 차를 쟁반에 담아 주인의 침실로 가져갔다.

코 슬라(본명은 마웅 산 흘라로, 코 슬라는 약칭이었다)는 버마인이었다. 땅딸하고 촌티가 나고 피부가 까무잡잡한 그는 늘 표정이 고달파 보였다. 윗입술을 따라 둥그렇게 콧수염을 길렀지만 대부분의 버마인들이 그렇듯 턱수염은 없었다. 플로리가 버마에 처음 왔을 때부터 줄곧 그의 하인으로 일했다. 나이는 플로리와 한 달 차이밖에 나지 않았다. 그들은 청년 시절을 함께 보내며 도요새와 오리를 찾아 돌아다니기도 하고 사냥 전망대에 올라앉아 헛되이 호랑이가 나타나기를 기다리기도 했다. 그러면서 현장 캠프촌들을 전전하는 생활과 행군의 불편도 함께 했다. 코 슬라는 플로리에게 매춘을 알선해주거나 중국인 대금업자들에게서 돈을 빌려다 주었고, 그가 술에 취하면 침대에 데려다 뉘었으며 열병을 앓을 땐 간호까지 해주었다. 독신인 플로리는 코 슬라의 눈에 아직도 옛날의 그 청년이었다. 반면에 코 슬라 자신은 결혼해서 자식을 다섯 낳은 뒤 다른 여자와 또다시 결혼해서 중혼의 괴로움에 시달리는 무명의 순교자가 되어 있었다. 독신 남성의 하인이 다 그렇듯이 코 슬라도 게으르고 지저분했지만 플로리에게는 헌신적이었다. 플로리의 식사 시중을 남에게 미루는 일이 없을 뿐 아니라, 사냥을 가면 대신 총을 메주고, 조랑말에 올라탈 때는 고삐를 잡아주었다. 먼 길을 가다 시내를 만나면 플로리를 업고 건너기도 했다. 그는 전반적으로 플로리를 불쌍히 여겼다. 어린애처럼 잘 속기도 하고 얼굴의 흉측한 모반 때문이기도 했다.

코 슬라는 쟁반을 탁자 위에 살며시 놓고 발치로 가서 플로리의 발가락을 간질였다. 경험상 이렇게 하지 않으면 플로리가 잠을 깨며 성질을 부렸다. 플로리는 욕설을 내뱉으며 돌아누워 베개에 얼굴을 묻었다.

"방금 4시를 쳤어요, 주인님. 그 **여자**가 온다고 해서 찻잔은 두 개 가져왔어요."

그 **여자**란 플로리의 정부인 마 홀라 메이였다. 코 슬라는 그녀를 꼭 그 **여자**라고 불렀다. 탐탁지 않게 여긴다는 표시였다. 플로리의 정부라서가 아니라 집안일에 미치는 마 홀라 메이의 영향력을 시기하기 때문이었다.

"주인님, 오늘 저녁에 테니스 치실 건가요?"

"아니, 너무 덥잖아." 플로리가 영어로 대답했다. "아무 것도 먹고 싶지 않으니까 이 쓰레기 같은 건 치워버리고 위스키나 좀 가져와.”

코 슬라는 말은 못해도 영어를 곧잘 알아들었다. 테니스 라켓과 함께 위스키를 병째 가지고 돌아온 코 슬라는 짐짓 의미심장한 태도로 침대 맞은편 벽에 라켓을 기대어 놓았다. 테니스는 영국인이라면 누구나 치러야 할 신비한 의식이라고 생각하는지 코 슬라는 플로리가 저녁 시간을 빈둥거리며 보내는 꼴을 보는 게 못마땅했다.

버터 바른 토스트를 보고 넌더리를 내며 옆으로 밀어버린 플로리는 차에 위스키를 조금 타서 마시고 기분이 나아졌다. 정오부터 내리 자서인지 머리가 지근거리고 온 뼈마디가 쑤셨으며 입에서는 종이가 탄 듯한 냄새가 났다. 음식을 즐긴 지가 얼마나 오래됐는지 모른다. 버마의 유럽 음식은 어지간히 넌더리가 났다. 야자 술로 발효해 만든 빵은 잘못 구운 싸구려 롤빵 같은 맛이었다. 버터처럼 깡통에 담겨 배달되는 우유는 말이 우유지 물처럼 묽고 회색빛이 돌았다.

코 슬라가 방에서 나가려는 참에 샌들 끄는 소리와 함께 카랑카랑한 여자 목소리가 들려왔다. “우리 나리 일어나셨나요?”

“들어와.” 플로리의 말투가 찌무룩했다.

빨간 에나멜 샌들을 문 앞에다 걷어차듯 벗고 마 홀라 메이가 들어왔다. 플로리 나리와 겸상을 하거나 그의 면전에서 샌들을 신을 수는 없었지만 차를 함께 마실 수 있는 특권을 누렸다.

마 흘라 메이는 나이 스물두셋에 키는 150센티미터 남짓한 여자였다. 수를 놓은 연청색 중국산 공단으로 만든 롱지와 풀을 먹인 하얀 모슬린 엔지를 입고 있었다. 엔지에는 금으로 된 로켓 여러 개가 줄에 달려 달랑거리고, 원통 모양으로 똘똘 말아 올린 흑단빛의 검은 머리에는 재스민 꽃이 꽂혀 있었다. 자그마하고 반듯하면서 홀쭉한 몸은 꼭 나무에 새긴 부조처럼 밋밋했다. 눈이 가느다랗고 구릿빛의 잔잔한 달걀형 얼굴은 이국적이면서도 그로테스크하게 아름다운 인형 같았다. 마 흘라 메이는 백단유와 야자유 향을 몰고 들어왔다.

마 흘라 메이는 곧장 침대로 가서 가장자리에 걸터앉아 플로리를 와락 껴안았다. 그리고 납작한 코를 버마식으로 그의 얼굴에 갖다 대고 냄새를 맡았다.

"나리, 오늘 오후엔 왜 안 불렀어요?"

"잠잤어. 딴짓하기엔 너무 덥잖아."

"아니, 마 흘라 메이 없이 혼자 자는 게 낫다는 건가요? 내가 얼마나 못생겼으면! 나 못생겼어요, 나리?"

"저리 가." 플로리는 그녀를 밀어내며 말했다. "지금 시간엔 네가 필요 없어."

"그럼 입술로 만지기라도 해줘요.(버마어에는 키스를 가리키는 말이 없다.) 백인들은 아내한테 그러던데."

"자, 옛다. 이제 그만 나 좀 내버려두고 담배나 좀 사 와서 나도 하나 줘."

"요즘엔 왜 도통 나랑 안 자요? 흥. 2년 전 나리는 완전히 달랐는데! 만달레이에 가면 금팔찌나 비단 롱지를 사다 주기도 했는데. 그땐 나를 사랑했잖아요. 그런데 지금은, 이거 봐요―" 모슬린에 가린 자그마한 팔을 내밀었다. "팔찌가 하나도 없잖아요. 지난달까지만 해도 서른 개 있었는데 지금은 전부 전당 잡혀서 하나도 없다고요. 팔찌가 없는 데다 맨날 똑같은 롱지 차림이니 시장엔 어떻게 가겠어요? 시장 여자들 보기에 창피하다고요."

"팔찌를 전당 잡힌 게 내 탓이야?"

"2년 전 같았으면 전당 잡힌 걸 찾아줬을 테니까 그렇죠. 아아, 나리는 이제 마 흘라 메이를 사랑하지 않나 봐!"

마 흘라 메이는 그를 다시 껴안고 키스했다. 플로리에게 배운 유럽식 습관이었다. 머리에서 풍기는 백단유와 야자유, 마늘, 재스민의 향기. 이 냄새를 맡으면 늘 이가 아렸다. 플로리는 별생각 없이 마 흘라 메이를 베개에 누이고 기묘하게 생긴 앳된 얼굴을 내려다보았다. 툭 튀어나온 광대뼈에 팽팽한 눈꺼풀, 자그마한 입술은 탐스럽고 치아는 새끼 고양이처럼 예쁘장하다. 2년 전 그녀의 부모로부터 300루피를 주고 산 여자였다. 플로리는 깃 없는 엔지에서 꽃줄기처럼 자라난 듯한 가냘프고 부드러운 갈색 목을 쓰다듬었다.

"내가 백인이고 돈이 있기 때문에 나를 좋아하는 거잖

아."

"나리, 나는 나리를 사랑해요. 무슨 말이 그래요? 난 이
세상에서 나리를 제일 사랑하는데. 내가 신의를 저버린
적이 한 번이라도 있어요?"

"너, 딴 남자 있잖아."

"웩!" 마 흘라는 짐짓 몸서리쳤다. "갈색 손이 내 몸을
만진다는 생각만 해도! 버마 남자가 나를 건드리면 차라
리 칵 죽어버릴 거예요!"

"거짓말쟁이."

플로리가 그녀의 가슴에 손을 얹었다. 마 흘라 메이는
내심 그가 그러는 것을 좋아하지 않았다. 버마에서는 가
슴이 없는 여자를 이상적으로 여기는데, 그런 행동은 자
신에게 가슴이 있음을 상기시키기 때문이었다. 마 흘라
메이는 사람의 손길을 좋아하는 고양이처럼 어렴풋한 미
소를 머금고 수동적이면서도 만족스럽게 가만히 누워 그
가 하고 싶은 대로 하게 내버려두었다. 플로리와의 성교
가 아무런 의미 없으면서도 (마 흘라 메이의 숨겨둔 애인
은 코 슬라의 동생 바 페였다) 소홀한 취급을 받으면 몹시
불쾌해했다. 마 흘라 메이는 간혹 플로리의 음식에 최음
제를 넣기도 했다. 화려하게 치장하고 고향 마을을 방문
해서 '보카도', 즉 백인의 아내로서의 신분을 뽐내는 것
이 마 흘라 메이가 첩으로서의 생활을 좋아하는 이유였
다. 마 흘라 메이는 고향에 가면 사람들에게 자신은 플로

리의 정식 아내임을 납득시켰고, 그럴 때는 자신이 실제로 그렇다고 믿었다.

플로리는 일을 마치고 돌아누웠다. 피곤하고 수치스러웠다. 왼손으로 얼굴의 모반을 가리고 아무 말이 없었다. 무언가 수치스러운 일을 할 때마다 문득 자신의 모반이 떠올랐다. 혐오감에 젖은 플로리는 야자유 냄새가 나는 축축한 베개에 얼굴을 묻었다. 날이 지독히 더웠고, 바깥에서는 비둘기들이 여전히 구구대고 있었다. 알몸으로 기대어 누워 있는 마 흘라 메이가 탁자의 고리버들 부채를 집어 들고 플로리에게 부채질을 해주었다.

마 흘라 메이는 부채를 부치다 말고 일어나 옷을 입은 뒤 담배에 불을 붙이고 침대로 돌아와 앉아 플로리의 맨어깨를 어루만졌다. 이상하고 권력의 느낌을 주는 하얀 피부는 늘 마 흘라 메이의 마음을 강하게 사로잡았다. 플로리는 어깨를 씰룩 움직여 그녀의 손을 털어냈다. 이런 순간에는 그녀가 혐오스럽고 지긋지긋했다. 어서 시야에서 사라졌으면 하는 마음뿐이었다.

"나가."

마 흘라 메이는 입에 물고 있던 담배를 플로리에게 권했다. "나리는 왜 나랑 자고 나면 꼭 그렇게 화를 내요?"

"나가라니까."

마 흘라 메이는 계속 플로리의 어깨를 어루만졌다. 이럴 때 그를 혼자 내버려두는 슬기를 터득하지 못했다. 색

93

욕은 남자를 지배해서 약하게 만들고 종국에는 바보스러운 노예가 되게 하는 마법의 힘을 지닌 일종의 주술이라는 믿음이 있었다. 성교의 횟수가 늘어남에 따라 플로리의 의지력이 약해지고, 주문은 더 단단히 걸리리라는 것이 마 홀라 메이의 신념이었다. 그래서 다시 할 생각으로 그를 귀찮게 굴기 시작했다. 담배를 내려놓은 마 홀라 메이는 그의 냉정함을 나무라며 그를 팔로 감아 돌려 눕힌 다음, 옆으로 돌린 그의 얼굴에 키스를 했다.

"가! 가라고!" 플로리가 화를 냈다. "내 반바지 호주머니 뒤져봐. 거기서 5루피 가지고 가."

마 홀라 메이는 호주머니에서 발견한 5루피짜리 지폐를 엔지 가슴팍에 넣고 침대 옆에서 서성거리며 갈 체도 하지 않았다. 마음이 불안해진 플로리가 화를 벌컥 내며 일어났다.

"나가! 가라고 했잖아! 너랑 관계한 후엔 네가 여기 있는 게 싫다고."

"무슨 말을 그렇게 해요! 나를 매춘부 취급하다니!"

"매춘부 맞잖아. 나가." 플로리는 그녀의 어깨를 잡아 방에서 밀어내고 샌들을 그녀 쪽으로 걸어차 보냈다. 그들의 만남은 그렇게 끝나기 일쑤였다.

플로리는 방 한가운데 서서 하품을 했다. 결국 테니스를 치러 클럽에 가야 할까? 아니지. 그러면 면도를 해야 하잖아. 술도 안 마시고 어떻게 그런 수고를 해. 플로리는 까칠한 턱을 만지면서 어정버정 거울 앞으로 가다 말고 문득 돌아섰다. 거울 속의 누렇고 홀쭉한 얼굴을 보고 싶지 않았다. 몇 분 동안 축 늘어진 채로 서서 책장 위의 도마뱀이 나방을 노리고 살며시 접근하는 것을 지켜보았다. 마 흘라 메이가 떨어뜨린 담배가 누렇게 타 들어가며 매캐한 냄새를 풍겼다. 플로리는 책장에서 책을 한 권 뽑아 펼쳤다가 염증을 내며 던져버렸다. 책을 읽을 기운조차 없었다. 이런 제장. 이 망할 저녁엔 뭘 하지?

플로가 산책 가자며 꼬리를 흔들면서 어기적어기적 방으로 들어왔다. 기분이 언짢은 플로리는 침실에 면한 욕실에 들어가 돌바닥에서 미지근한 물로 얼굴을 적시고 나와 셔츠와 반바지를 입었다. 해가 지기 전에 무슨 운동이든 몸을 움직여야겠다고 생각했다. 인도에서 한 번이라도 땀을 흠뻑 흘리지 않고 하루를 보내는 건 이래저래 해롭다. 그런 날에는 천 번의 음란 행위보다 더 큰 죄의식이 싹튼다. 게으른 하루를 보내고 어두운 밤이 오면 자살 충동을 일으키는 권태가 극도로 기승을 부린다. 일도 기도도, 독서나 음주나 대화도, 모두 권태 앞에 무력하다. 땀을 흘려야만 몰아낼 수 있는 것이다.

플로리는 밖으로 나가 정글로 이어지는 오르막길을 올라갔다. 정글이라도 초입에는 작은 덤불만 빽빽하고 나무라고는 자두만 한 열매를 맺는 반야생 망고나무가 전부였다. 그러나 곧 키 큰 나무들 속으로 길이 이어졌다.

정글은 이맘때면 메말라 생기를 잃었다. 길 양쪽에 빽빽한 흐린 녹갈색 잎들이 칙칙했다. 새도 별로 보이지 않았다. 개똥지빠귀인지, 초라하고 보기 흉한 갈색 새들이 관목 숲 아래로 어설프게 돌아다니는 것이 전부였다. 멀리서 다른 새들의 울음소리가 메아리쳤다. "아, 하, 하! 아, 하, 하!" 하고 웃는 듯한 그 소리는 외롭고 공허했다. 바닥에 떨어져 뭉개진 잎이 독성의 담쟁이덩굴 같은 냄새를 풍겼다. 햇빛이 힘을 잃으면서 누렇고 비스듬해졌지만 더위는 여전했다.

3킬로미터쯤 들어간 곳에 흐르는 시내의 여울에서 길이 끝났다. 이곳에는 물이 흐르고 키 큰 나무들이 있어 주위가 한결 푸르렀다. 시냇가에는 고목이 된 커다란 미모사에 난초가 거미줄처럼 얼기설기 자랐다. 야생 라임나무에는 밀랍처럼 흰 꽃이 피어 있었다. 라임꽃은 베르가모트 향 같은 강한 냄새를 풍겼다. 빨리 걸은 탓에 셔츠가 흠뻑 젖고 땀이 흘러 눈이 따가웠다. 땀을 흘리자 기분이 나아졌다. 어쨌든 이 시내를 보면 언제나 기분이 좋았다. 이렇게 맑은 물은 진흙으로 뒤덮인 이 고장에서는 매우 드물었다. 플로리는 징검다리를 건넜고 플로는 물을 철벙거리며 뒤따랐다. 잘 아는 좁은 길로 들어섰다. 개울로 물을 마시러 다니는 소들이 다져놓은 이 길은 인적이 드물었다. 이 길을 따라 관목 숲을 통과하면 50미터쯤 올라간 상류에 물웅덩이와 보리수 한 그루가 있었다.

몸통 직경이 2미터는 되는 이 판근 나무는 마치 거인이 밧줄을 엮어 밑동에 버팀목을 많이 댄 듯한 형상이었다. 판근에는 자연스러운 동굴이 형성되어 있었고, 그 아랫부분에서는 푸른빛을 띤 샘물이 부글부글 솟고 있었다. 하늘과 주위를 가린 무성한 잎들이 빛을 차단하는 그곳은 마치 잎으로 벽을 세운 초록의 동굴 같았다.

플로리는 옷을 벗고 물속에 몸을 담갔다. 그늘 아래의 물속은 공기보다 시원했다. 그대로 앉자 물이 목까지 찼다. 기껏해야 정어리만 한 은빛의 마흐시어 담수어 무리가 그의 몸에 주둥이를 비벼대며 입질을 했다. 플로는 물속에 철벙 뛰어들어 물갈퀴 같은 발을 펴고 조용히 헤엄치며 수달처럼 돌아다녔다. 플로리가 카욕타다에 머물때면 곧잘 오는 이 물웅덩이는 플로에게도 익숙한 곳이었다.

보리수 꼭대기가 흔들리며 물이 끓는 듯한 소리가 들렸다. 열매를 먹는 청비둘기 떼였다. 위를 쳐다보았지만 둥근 천장처럼 하늘을 가린 나뭇잎밖에 보이지 않았다. 보호색을 띤 청비둘기들이 식별되지 않아 나무 전체가 부산스럽게 흔들리는 가운데 어렴풋한 빛이 가물거리는 것을 보며 새의 유령인가 싶었다. 플로는 판근에 기대앉아 위를 쳐다보며 보이지 않는 새들을 향해 으르렁거렸다. 그러던 중 청비둘기 한 마리가 퍼드덕 내려와 아래쪽 나뭇가지에 앉았다. 자기를 지켜보는 눈이 있는 줄 모르

는 모양이었다. 집비둘기보다 작고 섬세한 새였다. 옥색
등은 벨벳처럼 부드럽고 목과 가슴은 무지갯빛을 띠었으
며 다리는 치과에서 쓰이는 분홍색 밀랍 같았다.

　나뭇가지에 앉은 비둘기는 앞뒤로 흔들거리며 잔뜩 부
풀린 가슴 깃털 속에 산호색 부리를 파묻기를 반복했다.
플로리의 가슴이 아려왔다. 외롭구나 외로워, 홀로 있어
한스럽고 외롭구나! 그는 숲속 쓸쓸한 곳에 오면 자주 그
런 심정이 되었다. 새든 꽃이든 나무든, 형언할 수 없이
아름다운 무언가를 보면 그것을 함께 나눌 사람이 있었
으면 했다. 공유하지 못하는 아름다움은 무의미하다. 단
한 사람이라도 좋으니 쓸쓸한 마음을 달래줄 사람이 있
으면 얼마나 좋을까! 청비둘기가 문득 나무 아래의 인간
과 개를 보고는 파닥파닥 날개를 치며 총알처럼 날아가
버렸다. 야생의 청비둘기를 그렇게 가까이에서 볼 수 있
는 경우는 드물었다. 높이 날아다니고 주로 우듬지에 서
식하며 물을 먹기 위해서가 아니면 땅에 내려오지 않는
다. 사냥꾼의 총에 맞더라도, 즉사하지 않는 이상 숨이
끊길 때까지 가지에 매달렸다가 사람이 포기하고 자리를
뜬 뒤에야 비로소 땅에 떨어진다.

　플로리는 물에서 나와 옷을 입고 시내를 건넜다. 그러
나 왔던 길로 되돌아가지 않고 정글로 들어가는 남쪽 길
을 택했다. 집에서 멀지 않은 정글 언저리에 있는 마을을
경유해 갈 생각이었다. 플로는 관목 아래를 들락날락 뛰

놀며 조용히 뒤따랐다. 그러다 가끔 가시나무에 긴 귀가 걸리면 깨갱깨갱 울었다. 이 길에서 언젠가 플로가 산토끼를 발견한 적이 있었다. 플로리는 천천히 걸었다. 파이프 담배의 연기가 흐트러짐 없이 똑바로 떠올랐다. 산책과 맑은 물 덕분에 그는 만족스럽고 편한 마음이 되었다. 울창한 숲 아래에는 아직 드문드문 열기가 남아 있지만 이제 어느 정도 더위도 가시고 햇살도 온화해졌다. 멀리서 삐걱삐걱 들려오는 달구지의 바퀴 소리가 평화로웠다.

조금 지나서 플로리는 길을 잃었다. 고사목과 덤불숲으로 빽빽한 미로를 헤매는 중에 커다랗고 추한 식물들이 앞길을 가로막았다. 엽란을 확대한 듯한 모양에 잎의 끄트머리는 가시 달린 채찍처럼 생긴 식물들이었다. 한 관목 밑동에서 개똥벌레 한 마리가 초록색 빛을 발하고 있었다. 그러고 보니 나무가 더 울창한 곳에는 이미 땅거미가 깔리기 시작했다. 잠시 후 그들과 나란히 같은 곳을 향해 가는 달구지 소리가 가까워졌다.

"어이, 사야 기, 사야 기!"* 플로리가 목줄을 잡아 플로를 붙들어 두고 외쳤다.

"바 레-데?" 버마인이 대답하는 소리가 들렸다. 소가 땅을 차는 소리에 이어 사람이 소에게 고함을 지르는 소리가 들렸다.

---

* 'saya'는 '선생', 'gyi'는 존칭으로 쓰이는 말이다.

"이리 좀 와주세요, 선생! 훌륭하신 선생! 길을 잃었어요. 잠시 멈춰요! 위대한 불탑을 만드는 이여!"

버마인이 달구지를 세우고 긴 버마 칼로 덩굴식물들을 가르면서 숲을 헤치고 왔다. 애꾸눈에 땅딸막한 중년 남자였다. 플로리는 그를 따라 달구지가 있는 곳으로 갔다. 버마인은 플로리를 평평하고 불편한 달구지에 태우고 고삐를 잡았다. 버마인이 소리를 지르면서 짧은 막대로 황소들의 엉덩이를 내리치자 달구지가 귀에 거슬리는 바퀴소리를 내며 움직이기 시작했다. 버마인들은 달구지의 바퀴 축에 기름을 잘 치지 않는다. 구르는 바퀴의 날카로운 소리가 악귀들의 접근을 막는다는 미신 때문일 텐데, 흔히 기름 살 돈이 없기 때문이라고 한다.

덩굴식물들에 반쯤 가려진 사람 키만 한 흰 목탑 앞을 지나자 마을로 들어가는 구불구불한 길이 나왔다. 황폐한 초막 20여 채와 열매 없는 대추야자 아래의 우물이 전부인 마을이었다. 대추야자 숲에 앉아 있던 해오라기들이 숲 위로 날아올라 흰 화살처럼 줄지어 둥지를 향했다. 초막 부근에서 살갗이 누렇고 뚱뚱한 여자가 롱지를 겨드랑이까지 끌어 올리고 개를 쫓아가 대나무로 때리면서 웃고 있었다. 개는 개대로 웃는 듯했다. 니야웅레이핀이라는 마을 이름은 '네 그루의 보리수나무'를 뜻하지만 정작 보리수나무는 없었다. 아마도 한 100년 전쯤에 베어져 잊혔을 것이다. 마을 사람들은 마을과 정글 사이의 좁다란 밭을 경작하기도 하고 달구지를 만들어 카욱타다에 내다 팔기도 했다. 집집마다 처마 밑에는 달구지 바퀴들이 어지러이 놓여 있었다. 직경이 1.5미터쯤 되는 육중한 바퀴들이었다. 바큇살은 엉성하게 다듬어졌지만 튼튼해 보였다.

달구지에서 내린 플로리는 4아나를 주고 사례했다. 이 집 저 집에서 나온 점박이 잡종 개들이 플로에게 접근해 냄새를 맡았다. 또한 올챙이배를 한 벌거숭이 아이들이 무리 지어 나타나 일정한 거리를 유지한 채 신기한 듯이 플로리를 구경했다. 쭈글쭈글한 갈색 나뭇잎같이 생긴 마을 촌장이 집에서 나오더니 합장을 하고 고개 숙여 인사했다. 플로리는 촌장의 집 앞 계단에 앉아 파이프에 불을 붙였다. 그는 목이 말랐다.

"여기 우물물은 마시기 괜찮습니까, 촌장님?"

촌장은 오른발의 긴 발톱으로 왼쪽 허벅다리를 긁으며 잠시 생각했다. "마시는 사람은 마시고, 안 마시는 사람은 안 마십니다, 타킨."※

"아! 지혜로군요."

떠돌이 개를 쫓던 뚱뚱한 여자가 거무스름한 도기 찻주전자와 손잡이가 없는 그릇을 내왔다. 연녹색 차에서 나

※ thakin. 버마어로 '주인님, 나리'라는 뜻으로 버마인들이 영국인들을 부를 때는 그렇게 불러야 했다.

무 땐 연기 맛이 났다.

"이제 그만 가봐야겠습니다, 촌장님. 차를 주셔서 감사합니다."

"신이 함께하시길."

정글에서 마이단으로 나온 플로리는 집으로 갔다. 날이 어두웠다. 코 슬라가 깨끗한 엔지를 입고 플로리의 방에서 기다리고 있었다. 코 슬라는 등유통 두 개 분량의 목욕물을 데우고, 석유 등불을 밝히고, 깨끗한 양복과 셔츠를 준비해놓았다. 저녁 식사 후 면도를 하고 옷을 갈아입고 클럽에 가라는 뜻이었다. 플로리는 가끔 샨족 전통바지 차림으로 의자에 앉아 빈둥거리며 책이나 읽으면서 저녁 시간을 보내곤 했는데, 코 슬라는 그런 그의 습관을 못마땅하게 여겼다. 자신의 주인이 다른 백인들과 다른행동을 보이는 게 싫었다. 클럽에서 술에 취해 돌아오는경우가 많은데도 그 생각에는 변함이 없었다. 백인이 술에 취하는 것은 정상적이고 용인할 수 있는 행동이었던것이다.

"그 여자는 시장에 갔어요." 마 흘라 메이가 없을 때면언제나 그렇듯 코 슬라가 자못 흐뭇해하며 말했다. "바페가 등불을 가지고 그 여자 마중을 나갔어요."

"잘했군." 플로리가 말했다.

5루피를 쓰러 나갔겠지. 물론 도박을 했을 테고.

"주인님, 목욕물 준비됐어요."

"잠깐, 그전에 플로부터 돌봐줘야겠어. 솔 좀 가져와." 플로리가 말했다.

두 사람은 쭈그리고 앉아 플로의 매끄러운 털을 빗기고, 발가락 사이를 살피며 진드기를 찾아 잡았다. 매일 저녁 해야 하는 일이었다. 하루 종일 돌아다니며 진드기를 꽤 많이 묻혀 들어오기 때문이었다. 핀 대가리만 한 끔찍한 회색 진드기가 플로의 몸에 들러붙어 실컷 피를 빨아먹으면 완두콩만 해졌다. 코 슬라는 진드기를 하나씩 떼어내어 바닥에 놓고 용의주도하게 커다란 발가락으로 꾹 눌러 죽였다.

플로리는 면도와 목욕을 한 뒤 옷을 갈아입고 저녁을 먹었다. 코 슬라는 그의 뒤에서 음식 시중을 들거나 고리버들 부채를 부쳤다. 그릇에 담아 식탁 중앙을 장식한 진홍색 히비스커스 꽃과 마찬가지로 음식은 외관만 그럴싸할 뿐 사실은 불결했다. 몇 세기 전 인도의 프랑스인들에게 요리를 배운 하인들의 후예인 아라칸인 요리사들은 입에 맞는 요리 외에는 무슨 음식이든 다 만드는 특별한 재주들이 있었다. 식사를 마친 플로리는 카욕타다에 머물 때면 거의 매일 밤 그러듯 브리지를 하고 술에 실컷 취하기 위해 클럽으로 내려갔다.

5

클럽에서 위스키에 취한 보람도 없이 플로리는 그날 밤 잠을 설쳤다. 떠돌이 개들이 짖어댔기 때문이었다. 아직 절반도 안 찬 달이 한밤중임에도 거의 기울었는데 더위 속에서 하루 종일 잠을 실컷 잔 개들이 보름달도 아닌 달을 향해 벌써부터 월광 합창곡을 시작한 것이다. 그중 한 마리는 플로리의 집을 싫어하는지 일정한 방식으로 그의 집을 향해 자리를 잡고 짖어댔다. 대문에서 50미터쯤 내려간 곳에서 시곗바늘 돌아가듯 주기적으로, 한 번에 30초쯤 성난 듯이 날카롭게 짖기 시작하면 새벽닭이 울 때까지 두세 시간 동안 계속되곤 했다.

플로리는 두통에 시달리며 좌우로 뒤척였다. 동물을 미워하면 안 된다고 어떤 바보가 그랬는지, 인도에서 며칠만 지내보라지. 끝내 참지 못하고 일어나 침대 밑의 제복 보관용 양철통을 더듬어 탄약 두어 개를 집은 플로리는 소총을 들고 베란다로 나갔다.

달이 반의반밖에 차지 않았는데도 빛이 제법 밝아서 문제의 개도, 소총의 가늠쇠도 잘 보였다. 플로리는 베란다 나무 기둥에 몸을 기대고 신중하게 조준했다. 단단한 경화고무 개머리판이 맨어깨에 닿자 주춤했다. 소총의 반동이 상당히 세 어깨에 멍이 들 것이기 때문이었다. 부드러운 어깨 살이 움찔했다. 플로리는 소총을 도로 내렸다. 무자비하게 방아쇠를 당길 만한 배짱이 없었다.

잠을 청해도 소용없었다. 플로리는 재킷과 담배를 집어 들고 나가 정원 길을 거닐었다. 길 양쪽의 꽃들이 유령처럼 어른거렸다. 날은 더운데 그를 찾아낸 모기들이 귓가에서 웽웽거리며 떨어지지 않았다. 마이단에서는 개들이 유령처럼 서로의 꽁무니를 쫓고 있었다. 마이단 왼편, 영국인 공동묘지의 희부옇게 빛나는 묘석들이 은근히 불길했다. 그 이웃에는 옛날 중국인들의 묘지였으나 이제 몇 개 안 남은 흙무덤이 있었다. 언덕 중턱인 바로 그 부근에 귀신이 출몰한다는 말이 돌았다. 클럽의 급사들은 그쪽으로 심부름을 보내면 훌쩍거리며 가지 않으려 했다.

"똥개야 똥개. 우유부단한 똥개." 플로리는 속으로 중얼거렸을 뿐, 워낙 익숙한 생각이라 열을 내지는 않았다. "비겁하게 굴고 빈둥거리며 술이나 마시고 오입질을 하고는 자기성찰과 자기연민에 빠지는 똥개. 너는 저 클럽의 바보들보다, 저 아둔한 무지렁이들보다 우월하다고 생각하며 흡족해하지만, 사실 그들은 전부 너보다 나아. 멍청해도 사내답잖아. 겁쟁이도, 거짓말쟁이도 아니잖아. 반송장이나 다름없이 썩고 있지도 않고. 한데 너는―"

플로리는 자신을 욕할 이유가 있었다. 그날 저녁 클럽에서 아주 불쾌하기 짝이 없는 일이 있었다. 지극히 평범하고 전에도 있었던 일이지만, 그럼에도 더럽고, 비겁하고, 굴욕적인 일이었다.

플로리가 클럽에 갔을 때 엘리스와 맥스웰만 있었다. 래커스틴 부부는 맥그리거의 차를 빌려 타고 야간열차로 도착하는 조카딸을 마중하러 가서 없었다. 그들 셋이서 제법 우호적인 분위기 속에서 브리지를 하고 있는데, 웨스트필드가 모랫빛 낯이 시뻘게져서 화를 내며 들이닥쳤다. 그의 손에 《버마의 애국자》라는 버마 신문이 들려 있었다. 맥그리거를 공격하고 명예를 더럽히는 기사가 실려 있었다. 엘리스와 웨스트필드의 분노가 하늘을 찌를 듯했다. 그들의 분노가 얼마나 대단했는지, 플로리는 비위를 맞추기 위해 힘들여 억지로 화난 체를 했다. 엘리스는 한 5분 동안 연신 욕을 퍼붓고 나서 이상한 논리로 그 책임을 베라스와미가 져야 한다는 결론을 내렸다. 게다가 반격 안까지 내놓았다. 공고문을 게시하자는 것이었다. 즉, 전날 맥그리거가 붙인 공고문에 대한 자신들의 입장을 밝히고 반박하는 안이었다. 엘리스는 아주 작지만 알아보기 쉬운 글씨로 즉석에서 그 내용을 써 내려갔다.

"우리 부판무관님에 대한 비겁한 모욕을 감안할 때, 본 공고문의 서명인들은 지금은 검둥이들을 클럽 회원으로 들이는 문제를 검토하기에 극히 부적절한 시기라는 의견을 개진하고자 한다" 어쩌고저쩌고.

웨스트필드가 '검둥이'라는 표현에 이의를 제기하자 그 단어는 가느다란 줄 하나로 지워지고 '원주민'이라는 말로 대체되었다. 공고문의 서명인은 'R. 웨스트필드, P. W. 엘리스, C. W. 맥스웰, J. 플로리'였다.

엘리스는 자신의 착상에 자못 만족하여 화가 어느 정도 가라앉았다. 공고문 자체로는 뭘 어떻게 할 수 없겠지만, 이튿날이면 그 내용이 베라스와미에게 알려질 게 분명했다. 사실 그는 어차피 유럽인 사회에서 이미 공공연히 검둥이라 불리고 있지 않겠는가. 이 생각에 엘리스는 기분이 좋았다. 그날 밤 내내 그는 게시판에서 눈을 떼지 못하고 기뻐서 몇 분마다 이렇게 외쳤다. "이 정도면 그 땅딸막한 배불뚝이가 뭔가 생각하는 게 있겠지? 우리가 제까짓 놈을 어떻게 생각하는지 깨닫겠지? 그러면 주제 파악을 하겠지?" 어쩌고저쩌고.

이러구러 플로리도 자신의 친구를 공개적으로 모욕하

는 일에 서명을 했다. 평생 그 같은 일을 수없이 많이 했고 이번에도 그랬을 때와 똑같은 이유로 동참했다. 거부할 용기가 눈곱만큼도 없기 때문이었다. 물론 마음만 먹으면 얼마든지 거부할 수 있었을 것이다. 그러나 그랬더라면 물론 엘리스나 웨스트필드와 언쟁을 벌여야 했을 것이다. 하지만 말다툼이라면 질색이다! 그 성가신 잔소리, 그 모든 조롱! 생각만 해도 진저리가 난다. 얼굴의 모반을 의식하게 되면 목구멍에 무언가 걸린 듯하며 흐리멍덩하고 죄 지은 듯한 목소리가 나온다. 그럴 수는 없지! 자신의 행위가 베라스와미의 귀에 들어갈 게 뻔하지만 그를 모욕하는 편이 더 쉬웠다.

플로리는 버마에서 15년을 살았다. 버마에서 살면 세평과 대립하는 입장에 놓이지 않는 편이 좋다는 것을 체득하기 마련이지만, 그가 그렇게 된 데는 훨씬 더 오래된 원인이 있다. 그것은 운명이 어머니의 태내에서 그의 얼굴에 푸른 모반을 찍어 넣었을 때 이미 시작되었다. 플로리는 어린 시절 모반이 끼친 영향을 떠올렸다. 아홉 살. 처음 학교에 갔을 때의 뭇시선. 그리고 며칠 뒤부터 '푸른 얼굴'이라는 별명으로 불리기 시작했다. 이 별명은 학교에서 시적 재능을 가진 한 학생(플로리는 그가 훗날《네이션》에 제법 괜찮은 글을 기고하는 평론가가 되었다는 사실을 떠올렸다)이 2행시를 지을 때까지 그를 따라다녔다.

불쾌한 신입생 플로리는 괴상하게 생겼네,
얼굴이 원숭이 궁둥이 같다네

이렇게 해서 그의 별명은 '원숭이 궁둥이'로 바뀌었다. 그 후 몇 년의 학창 시절은 어땠던가. 상급생들은 토요일 밤마다 종교재판이라는 놀이를 하곤 했다. 그들이 특히 즐기던 고문은 스스로 특별한 지식을 가졌다고 주장하는 소수의 학생들만 알고 있는 '특별한 토고'라는 것으로, 누군가가 한 학생을 아프게 꽉 붙잡고 있는 동안 다른 누군가가 마로니에 열매를 줄에 매달아 그것으로 붙잡힌 학생을 때리는 식으로 진행되었다. 하지만 시간이 흐르면서 플로리는 결국 '원숭이 궁둥이'라는 오명을 씻었다. 그는 거짓말쟁이였고 축구를 잘했는데, 이 두 가지는 성공적인 학창 시절에 필수적인 자질이었다. 마지막 학기에 그 학교 시인은 소네트를 쓰다가 잡혀 플로리와 다른 학생에게 붙들려 있는 동안 축구부 주장에게 징 박힌 축구화로 여섯 대를 맞았다. 이것이 인격 형성기의 일부를 차지했다.

그 후 플로리는 돈이 적게 드는 삼류 사립 남자중고등학교로 진학했다. 겉만 그럴싸하고 가난한 이 학교는 영국국교회의 고교회파주의를 따르고 크리켓 시합을 하고, 라틴어 시문을 가르치는 전통을 지닌 일류 사립학교들을 겨우 흉내만 냈다. 〈삶의 스크럼〉이라는 제목의 교가에서 하느님은 위대한 주심으로 묘사되었다. 그렇지만 사립 명문의 주된 강점인 학구적 분위기는 찾아볼 수 없었다. 학생들은 배우는 것이 거의 없었다. 회초리는 쓸모없고 따분한 교과과정을 주입시키기에 충분치 않았다. 박봉에 시달리는 불쌍한 선생들은 무의식적으로라도 삶의 지혜를 심어줄 수 있는 인물들이 못 되었다. 결국 플로리는 막돼먹은 무지렁이 청년으로 졸업했다. 그래도 그에게는 어느 정도 장래성이 있었고, 플로리 자신도 그것을 알고 있었다. 그 장래성에는 그를 말썽으로 이끌 부분도 포함되어 있었다. 그래서 그는 물론 그런 부분을 억누르려 노력했다. '원숭이 궁둥이'라는 별명을 얻은 학생은 교훈을 얻어 사회에 나가기 마련이다.

플로리는 스무 살이 채 안 되었을 때 목재 회사 직원으로 버마에 왔다. 선량하고 자식에게 헌신적인 그의 부모가 구해준 직장이었다. 생활에 여유가 없는 상황에서 어려움을 무릅쓰고 아들의 취직을 위해 돈을 썼다. 하지만 플로리는 부모의 노고에 보답은커녕 몇 달에 한 번 성의 없는 답장을 대충 써 보냈을 뿐이었다. 처음 여섯 달 동안은 랑군에서 서류 업무를 배웠다. 그때 그는 방탕한 생활에 모든 것을 쏟던 네 명의 청년과 합숙 생활을 했다. 얼마나 방탕한 생활이었던가! 그들은 속으로는 싫어하면서도 위스키를 물처럼 마셨고, 피아노 반주에 맞춰 추잡하고 유치한 노래를 고래고래 불러댔으며, 악어같이 생긴 늙은 유대인 창녀들에게 몇백 루피씩 탕진했다. 이 또한 인격 형성기의 일부분을 차지했다.

랑군 생활을 마친 플로리는 곧바로 티크 목재를 채취하는 만달레이 북쪽 정글의 현장 캠프촌으로 보내졌다. 불편하고 외로운 생활, 그리고 무엇보다 버마에서 살기에 거의 최악의 조건인, 불결하고 변화가 없는 식생활에도 불구하고 정글 생활은 그리 나쁘지 않았다. 그때만 해도 영웅 숭배를 할 만큼 젊디젊은 나이였고 회사 친구가 여럿 생겼기 때문이었다. 그들과 총사냥을 가는가 하면 낚시를 즐겼다. 1년에 한 번인가는 치과에 간다는 핑계를 대고 잠깐씩 랑군에 다녀오곤 했다. 아, 랑군에 놀러 갈 때 얼마나 기뻤는지! 급히 스마트 앤드 무커덤 서점에 들러 영국에서 새로 온 신간 소설들을 사고, 앤더슨 레스토랑에 가서 1만 2천 킬로미터를 날아온 냉장 버터와 비프스테이크를 먹고 유쾌한 주연을 벌이던 추억! 그 생활이 어떤 미래를 부를지 알기엔 너무 젊은 나이였다. 앞날에 펼쳐진 길고 외롭고 무료한 타락의 생활을 그는 내다보지 못했다.

플로리는 버마 생활에 잘 적응했다. 몸도 낯선 열대기후의 변화에 순응했다. 2월부터 5월까지 태양이 노한 신처럼 이글거리고 나면 어느새 매서운 돌풍을 앞세운 계절풍이 동쪽으로 불어가며 장마를 몰고 왔다. 옷이며 침대며 심지어 음식까지 마를 틈이 없을 정도로 모든 것을 흠뻑 적시는 폭우에 날은 무더웠다. 대기에 증기가 함유된, 숨 막힐 듯한 더위. 정글 저지대의 길은 소택지(沼澤地)로 바뀌고, 논은 물이 고여 쥐처럼 퀴퀴한 냄새를 풍기는 불모지가 되었다. 책과 부츠에도 곰팡이가 끼었다. 폭이 1미터는 되는 야자나무 잎을 모자 삼아 쓴 남정네들이 알몸으로 물소를 몰아 물이 무릎까지 찬 논을 갈고 나면 아녀자들은 작은 갈고리를 들고 모내기를 했다. 7월과 8월에는 비가 그치지 않았다. 그러다가 어느 날 밤 문득 높은 하늘에서 보이지 않는 새들의 울음소리가 들려오곤 했다. 중앙아시아에서 남쪽으로 날아가는 도요새들이다. 비는 차츰 드문드문 내리다 10월이 되면 완전히 그쳤다. 그러면 논밭이 마르고 벼가 무르익었다. 아이들은 '곤인'이라는 식물의 씨를 가지고 망차기를 하거나 시원한 바람에 연을 날리곤 했다. 길지 않은 겨울이 시작되었다는 신호였다. 이 계절의 북버마는 영국의 유령인가 싶었다. 그만큼 사방에 만발한 꽃 — 빽빽한 수풀을 이룬 인동덩굴, 배 맛 사탕의 향기가 나는 들장미, 깊은 숲속의 제비꽃까지 — 을 보면 영국과 같지는 않아도 느낌은 비슷했다. 태양은 낮게 떠 흘러가고, 밤과 이른 아침이면 몹시 추웠다. 계곡들은 끓는 주전자처럼 안개를 뿜어냈다. 오리와 도요새의 사냥철이 온 것이다. 도요새가 무수히 많았다. 늪의 기러기 떼가 날아오르는 소리는 철교를 건너는 화물열차처럼 요란했다. 사람 가슴 높이까지 자라고 누렇게 익은 벼는 밀처럼 생겼다. 추위로 얼굴이 누렇게 뜨고 오그라든 사람들은 머리에 천을 두르고 팔짱을 낀 채 밭일을 나갔다. 사냥을 나가는 아침의 안개 낀 풍경은 조화롭지 않았다. 젖은 풀밭과 헐벗은 나무로 이루어진 개간지를 지날 때는 해돋이를 기다리는 원숭이들이 나무 꼭대기에 웅크리고 있는 것을 볼 수 있었으니 말이다. 날이 저물어 추위 속에 캠프로 돌아오는 좁은 길에서는 소년들이 집으로 몰고 가는 물소 떼와 마주치기도 했다. 멀리 안개 속에서 어렴풋이 보이던 초승달 모양의 물소 뿔들이 가까워지며 점차 크게 드러나곤 했다. 사냥에서 돌아온 날 야전침대에는 담요가 석 장 놓여 있었다. 그리고 늘 똑같은 닭고기 대신 사냥감으로 만든 고기 파이를 먹었다. 저녁을 먹은 뒤에는 크게 지핀 모닥불 옆의 통나무에 앉아 맥주를 마시며 사냥 이야기를 나누었다. 모닥불은 붉은 열매가 달린 호랑가시나무 가지처럼 너울너울 춤을 추며 주위에 빙 둘러앉은 하인들과 인부들을 비추었다. 그들은 백인들에게 방해가 되지 않게 조심하면서 불 주위에 강아지처럼 바싹 몰려들었다. 침대에 누워 있으면 굵지만 부드러운 빗물 같은 이슬이 떨어지는 소리가 들렸다. 장래나 옛날을 생각할 필요가 없는 청년에게는 풍요로운 생활이었다.

플로리가 스물네 살이 되던 해 휴가로 고국을 방문하려던 차에 전쟁이 일어났다. 이미 병역을 기피하고 있었는데, 당시엔 그게 쉽기도 했고 당연한 그래야 하는 것으로 여겨졌다. 버마에 거주하는 민간인들은 '직장에 충실한 것'(일 자체가 아니라 직장에 충실하다는 말은 얼마나 기막힌 표현인가!)이야말로 무엇보다 진정한 애국이라는 주장을 위안으로 삼았다. 나아가 그들은 직장을 버리고 군에 입대하는 사람들에게 은밀한 적개심마저 품었다. 그러나 플로리가 전시에도 병역을 기피한 것은 버마 생활에 타락해 있었기 때문이다. 위스키와 하인, 버마 여자들을 버리고 따분한 연병장과 무자비한 행군이라는 고달픈 생활을 택하고 싶지 않았다. 계속되는 전쟁은 지평선 너머의 폭풍 같았다. 위험에서 멀리 떨어져 있긴 하지만 지저분하고 무더운 나라에서 외롭고 방치된 기분으로 생활하던 플로리는 독서에 취미를 들이고 아무거나 닥치는 대로 읽었다. 그렇게 해서 삶이 지겨울 때 책에 의지하는 법을 터득했다. 어른이 되어가면서는 유치한 향락에 싫증을 냈고, 체계는 별로 없지만 스스로 사고하는 법을 배웠다.

　그는 스물일곱 살 생일을 병원에서 맞았다. 머리부터 발끝까지 온몸에 진흙 종기라는, 끔찍한 종기가 난 것이다. 위스키와 안 좋은 음식 때문이었을 것이다. 종기가 남긴 작은 자국들은 2년쯤 지나서야 없어졌다. 그 일로 그는 부쩍 나이 들어 보였고, 기분도 그런 모습과 다르지 않았다. 청춘기가 지나간 것이다. 동양의 나라에서 보낸

8년, 열병과 외로운 생활, 간헐적인 음주가 흔적을 남긴 것이다.

그 후로는 해가 거듭될수록 외로움과 가슴속 응어리만 커졌다. 주변의 제국주의적 분위기에 대한 쓰라린 증오심이 나날이 커감에 따라 모든 생각이 증오심을 중심으로 돌아갔고 생활에 독이 되었다. 플로리는 지력의 발달과 함께 영국과 대영제국의 진상을 알게 되었다. 지력이 자라는 것을 어찌하겠는가마는, 제대로 교육받지 못한 채 그릇된 인생길에 들어선 사람에게는 뒤늦게 깬 머리가 비극을 부를 수 있는 법이다. 인도제국은 전제군주국이다. 아마 온정적인 통치를 하겠지만 어쨌든 도둑질이 정부의 최종 목표인 전제군주국이다. 플로리는 사이브로그,* 즉 동양의 영국인들과 어울리는 것을 무척 싫어하게 되어 편견 없이 그들을 대할 수 없었다. 어차피 그 불쌍한 자들이 특별히 못난 것도 아니었는데 말이다. 그들의 생활은 부러워할 만한 것이 못 된다. 적은 보수를 받으며 30년 동안 외국에 나가 일한 끝에 남는 것은 술로 엉망이 된 간과 등나무 의자 때문에 궁둥이에 밴 우툴두툴한 자국밖에 없다. 그런 뒤 본국으로 돌아가면 기껏 하찮은 클럽의 따분한 단골로 주저앉아 말년을 보낸다면 그건 형편없는 거래이지 않은가. 그렇다고 사이브로그로

---

* Sahiblog. '백인'을 뜻하는 'Sahib'의 집합명사, 즉 '지배 민족'을 의미한다.

서의 생활을 이상화하려는 것은 아니다. '대영제국 식민지'에 주재하는 영국인들은 적어도 유능하고 근면하다는 인식이 널리 퍼져 있는데, 그것은 환상이다. 산림청이나 공공사업국처럼 과학과 관련된 일을 하는 관리가 아니라면 특별히 유능할 필요가 없다. 식민지에는 영국의 지방 우체국장보다 근면하거나 똑똑한 관리도 거의 없다. 행정 업무도 일다운 일은 주로 원주민 부하 직원들의 몫이다. 게다가 전제군주국을 지탱하는 진정한 근간은 관리가 아니라 군대인 것이다. 일단 군사력만 뒷받침되면 영국인 관리나 사업가들은 아무리 멍청해도 안전하게 일을 해나갈 수 있다. 그들 대부분은 정말 멍청하다. 점잖지만 둔한 국민. 그들은 수많은 총검 뒤에 숨어 자신들의 우둔함을 꼭 끌어안고 강화한다.

그 세계는 질식할 것만 같고 사람을 멍청하게 만든다. 이 모든 말과 생각을 검열하는 세계. 영국에서는 그런 분위기를 상상할 수조차 없다. 영국은 모든 사람이 자유롭다. 영국에서는 친구들이 앞에서는 서로 이해득실에 따라 양심에 부끄러운 언행을 하고 속으로는 그것을 철회한다. 하지만 모두가 독재의 바퀴에 달린 톱니일 때는 우정조차 찾아보기 힘들다. 언론의 자유는 생각도 할 수 없다. 이 외에는 어떤 자유나 허용된다. 술꾼이나 게으름뱅이, 겁쟁이, 중상자, 간음자가 되는 것도 자유다. 하지만 독자적인 의견을 가질 수는 없다. 상상할 수 있는 모든 중요한 문제에 대한 의견은 푸카 사이브 사회가 정한 규칙이 정한다.

결국 마음속에 품은 반발심은 은밀한 질병처럼 자신의 삶에 해독을 끼친다. 삶 전체가 거짓이 되는 것이다. 해가 바뀌어도 허구한 날 오른손에는 위스키를, 왼손에는 《핑크언》을 들고 키플링*이 나타날 것만 같은 클럽에 앉아 보저 대령이 이 염병할 나라의 민족자결주의자들을 모두 기름에 튀겨버려야 한다는 지론을 펴는 것을 들으며 열렬한 찬성의 뜻을 나타낸다. 자신의 동양인 친구들을 일컬어 "알랑쇠 바부들"이라는 소리를 들어도 실로 그렇다고 순종적으로 인정한다. 영국에서 학교를 갓 나온 얼간이들이 이곳에 와서 머리가 하얗게 센 원주민 하인들에게 발길질을 서슴지 않는 꼴을 목격하다 보면 같은 영국인이라도 그들에 대한 혐오로 가슴이 불타오른다. 그러면 원주민들이 봉기해서 대영제국을 피로 물들였으면 하는 것이다. 하지만 이는 고결함은커녕 진정성조차 거의 없는 감정이다. 사실 인도제국이 전제국이건 아니건, 인도인들이 괴롭힘과 착취를 당하건 말건 웬 신경을 쓰는가 자문하면, 자신에게 표현의 자유라는 권리가 허용되지 않기 때문에 신경을 쓸 뿐이라는 대답이 돌

---

* 『정글 북』을 쓴 소설가 러디어드 키플링은 자서전 『*Something of Myself*』(1937)에서 《*The Sporting Times*》(1865-1932)를 《핑크언》이라고 부른다.

아오기 때문이다. 그는 승려나 야만족의 금기 체제보다 더 단단히 개인을 속박하는 전제군주국의 산물, 푸카 사이브인 것이다.

세월은 흘러갔다. 플로리는 해가 바뀌면서 점점 더 사이브의 세계에서 마음이 편하지 않았다. 무슨 화제에 대해서든 진지하면 분란에 잘 휘말렸다. 결국 자신의 내면으로 움츠러든 플로리는 말할 수 없는 혼자만의 생각과 독서에 파묻힌 은밀한 생활 방식을 터득했다. 베라스와미 원장과 대화를 할 때도 독백하듯 말했다. 원장은 좋은 사람이지만 플로리의 말을 조금밖에 이해하지 못했다. 자신의 실생활을 은밀하게 유지하는 사람은 부패할 수 있다. 인생은 흐르는 대로 따라가야지 역행하면 안 되는 것이다. 내면의 불모의 세계에 숨어들어 자신을 위로하며 홀로 조용히 사는 것보다는 술에 취해 왕년에 다닌 학교의 교가 〈40년 후〉*를 부르며 눈물을 찔끔거리는 우둔한 푸카 사이브인 편이 나을 것이다.

플로리는 영국에 한 번도 다녀오지 않았다. 왜? 본인은 그 이유를 잘 알고 있었지만 남에게 설명하는 건 곤란했다. 처음에는 뜻밖의 사건들 때문에 가지 못했다. 먼저 전쟁이 일어났다. 전후에는 숙달된 조수가 부족하다는 이유로 2년 더 회사에 붙들려 있었다. 그리고 마침내 귀

---

* 1572년 영국 런던에 설립된 해로 사립 기숙학교의 교가.

국길에 올랐다. 초췌하고 단정하지 않은 모습으로 예쁜 여자를 마주하는 것처럼 고국을 보는 것이 두려우면서도 애타게 그리웠다. 영국을 떠날 땐 플로리도 모반이 있긴 해도 잘생기고 장래가 촉망되는 소년이었다. 그로부터 10년밖에 되지 않았는데 얼굴이 누렇게 뜨고, 홀쭉하고, 주벽이 들고, 버릇과 외모는 중년이나 다름없이 변했다. 그래도 영국을 애타게 그리는 마음은 여전했다. 배는 거칠게 두드려 편 은판 같은 광막한 바다로 나가 겨울 무역풍을 타고 서쪽으로 항해했다. 좋은 음식과 바다 냄새는 플로리의 묽은 피에 활력을 불어넣었다. 그러자 인생을 새로 시작할 수 있을 만큼 자신은 아직 젊다는 생각이 문득 떠올랐다. 버마의 정체된 공기 속에서 까맣게 잊고 있던 사실이었다. 문명사회로 돌아가 1년쯤 머물겠다고 생각했다. 그리고 자신의 모반을 아무렇지도 않게 볼 여자―인도의 백인 여자가 아닌, 문명화된 여자―를 만나 결혼해서 버마에 돌아와 10년 내지 15년쯤 더 견뎌볼 요량이었다. 그런 다음 은퇴해 영국으로 돌아가면 어떨까. 퇴직금으로 1만 2천에서 1만 5천 파운드 정도는 받을 수 있을 듯했다. 그 돈으로 지방에 아담한 집을 사고 친구들과 책과 아들딸과 동물들에 둘러싸인 삶을 살 것이다. 푸카 사이브 사회의 악취로부터 영원히 해방되는 것이다. 그를 망쳐놓을 뻔했던 버마, 그 지긋지긋한 나라를 기억에서 몰아내리라.

콜롬보에 도착했을 때 전보가 기다리고 있었다. 회사 직원 세 명이 흑수열로 급사했다는 전갈이었다. 미안하지만 곧장 랑군으로 돌아와 달라면서, 이후 가장 빠른 시일 안에 다시 휴가를 보내주겠다는 것이었다.

플로리는 자신의 운수를 저주하며 다음 배편에 올랐고, 랑군에 돌아가 기차를 타고 회사로 복귀했다. 당시 그는 카욱타다가 아니라 북버마의 다른 마을에 주재하고 있었다. 모든 하인들이 승강장에 나와 그를 기다리고 있었다. 그곳을 떠날 때 후임자에게 일괄적으로 넘겨준 하인들이었다. 그 후임자가 사망한 것이다. 친숙한 그들의 얼굴을 다시 보니 기분이 상당히 야릇했다. 불과 열흘 전만 해도 영국으로 항해하는 배에서 이미 고향에 가 있는 자신의 모습을 상상하고 있었다. 그런데 지금 그의 눈앞에는 벌거벗은 검은 피부의 인부들이 서로 그의 짐을 나르겠다고 다투는가 하면 버마인이 자신이 모는 소에게 고함을 지르는 그 케케묵은 진부한 풍경이 펼쳐지고 있었다.

상냥한 갈색 얼굴의 하인들의 그를 빙 둘러싸고 선물들을 내놓았다. 코 슬라는 삼바 사슴 가죽을, 인도인들은 사탕 과자와 금잔화 화환을 가져왔다. 당시 어린 소년이었던 바 페는 고리버들로 만든 새장에 다람쥐를 넣어 왔다. 플로리의 짐을 실을 황소 달구지들이 대기하고 있었다. 플로리는 덜렁거리는 큰 화환을 목에 걸고 우스꽝스러운 모습으로 집까지 걸어갔다. 추운 저녁의 누런 햇살이 정겨웠다. 문 앞에서 흙빛의 인도인이 작은 낫으로 잔디를 베고 있었다. 요리사와 정원사의 아내들은 하인 숙소 앞에 무릎을 꿇고 앉아 맷돌에 카레를 갈고 있었다.

플로리는 가슴이 뭉클했다. 인생을 살다 보면 어떤 거대한 변화와 퇴보를 의식하는 순간이 있는데, 그때가 그랬다. 플로리는 문득 자신이 돌아오게 되어 내심 기뻐하고 있음을 깨달았다. 그가 혐오하는 나라가 이제 그의 고국, 그의 고향이 된 것이다. 버마 생활 10년 만에 그의 몸을 이루는 모든 입자는 그 땅에서 나온 것으로 조합되었다. 누르스름한 저녁 햇살, 잔디를 깎는 늙은 인도인, 달구지 바퀴의 삐걱거림, 줄지어 날아가는 해오라기 ─ 이모든 풍경은 플로리에게 영국보다 더 고향 같았다. 깊은 뿌리를 이국에 내린 것이다. 어쩌면 뽑지 못할 깊은 뿌리인지도 모른다고 생각했다.

그 후로는 귀국 휴가를 신청하지도 않았다. 아버지가 세상을 떠났고, 어머니도 그 뒤를 따랐다. 플로리는 얼굴이 말상인 무뚝뚝한 누이들을 워낙 싫어했지만 그들이 결혼한 후 거의 연락을 끊고 산 지 오래였다. 유럽과는 이제 책 외에는 아무런 인연이 없다고 생각했다. 영국으로 돌아가는 것만으로는 외로움을 해결할 수 없으리라는 것을 깨달았을 뿐 아니라, 특별히 인도에서 거주하던 영국인들을 기다리는 고국 생활의 고충이 어떤 것인지를 간파했기 때문이다. 아아, 바스나 첼튼엄에서[*] 지루한 이야기나 나누는 사람들의 처량한 모습이란! 인도에서 살다가 다양하게 부패한 상태로 고국에 돌아와 무덤 같은 하숙집을 전전하는 사람들이 1888년 보글리왈라에서 일어난 일에 대해 이러쿵저러쿵하는 모습은 또 어떤가! 싫어하던 이국에 마음을 두고 떠나온 것이 무엇인지를 그 불행한 사람들은 잘 안다. 플로리는 확연히 깨달았다. 출구는 단 하나뿐임을. 버마에서 인생을 함께 산 뒤, 내면의 은밀한 삶을 자신과 함께 나누며, 정말로 함께 나누는 인생을 산 뒤, 자신과 똑같은 추억을 가지고 함께 고국으로 돌아갈 사람을 찾아야 한다는 것을. 자신처럼 버마를 사랑하고, 또 자신처럼 버마를 싫어할 사람. 아무것도 숨기거나 가슴에 담아두지 않고도 살 수 있게 자신을 도와줄 사람. 자신을 이해해줄 사람, 요컨대 친구가 되어줄 사람.

친구. 아니, 아내라고 할까? 도저히 양립할 수 없는 존재. 가령 래커스틴 부인 같은 여자는 어떨까? 칵테일을 홀짝이면서 남의 험담을 하지 않으면 하인들에게 잔소리나 해대고, 20년이나 살았으면서도 버마 말은 한 마디도 배우지 못하고, 누르스름하고 홀쭉한 그런 넌더리 나는 멤사이브**는 제발 안 걸렸으면!

---

* 영국 서부의 두 온천 도시.
** memsahib. 과거 인도에서 유럽 여성을 높여 부르던 말.

플로리는 낮은 문 위로 몸을 구부렸다. 달이 검은 장막 같은 정글 뒤로 모습을 감추고 있지만 개들은 여전히 길게 울부짖고 있었다. 문득 길버트*의 말이 떠올랐다. "복잡한 심경을 논한다"라든가 뭐라든가 하는 진부하고 유치한 말이지만 말의 뜻보다는 음운이 그 뜻을 더 잘 드러내는 구절이었다. 길버트는 재능 있는 비열한 사람이었다. 그의 모든 문제는 단순히 그 한 마디로 요약되는 것일까? 부유한 가정의 불행한 소녀들이 해대는 잠꼬대 같은, 복잡하고 나약하기만 한 넋두리였을까 말이다. 그는 하릴없이 빈둥거리며 상상의 비애를 만들어내는 게으름뱅이에 불과했을까? 영혼이 위티털리 부인** 같은 사람이었을까? 시심이 없는 햄릿? 그럴지도 모른다. 그렇더라도 그것으로 자신의 문제가 견딜 만한 것이 될 수 있었을까? 그것은 자신의 잘못일지도 모르지만, 그렇다고 해서 정처 없이 떠돌다 불명예와 소름 끼치는 허무감을 안고 쇠퇴해가면서도 내면 어딘가에 자신은 괜찮은 사람일 가능성이 있음을 알아도 자신의 잘못을 의식하는 쓰디쓴 심정은 감소되지 않는다.

뭐, 그래도 어쩔 수 없는 노릇. 그러니 자기 연민은 이

<hr />

※　W. S. Gilbert(1836-1911), 영국의 극작가이자 시인.
※※　찰스 디킨스의 소설 『니컬러스 니클비(*Nicholas Nickleby*)』에 등장하는 유한부인. 심신이 허약한 체하는 심기증 환자이지만, 무엇이든 자기 뜻대로 안될 때는 대단한 성미를 부린다.

제 그만! 플로리는 소총을 든 채 얼굴을 약간 찡그리고 들개를 겨누어 발포했다. 총성이 사방으로 울려 퍼졌지만 총알은 표적을 크게 빗나가 마이단 쪽으로 날아갔다. 플로리의 어깨에 자주색 멍이 들었다. 들개는 겁에 질려 소리를 지르고는 50미터쯤 달아나더니, 그곳에 다시 앉아 규칙적인 간격으로 길게 울부짖기 시작했다.

6

아침 햇살이 마이단을 비스듬히 거슬러 올라가 하얀 집 정면에 금박처럼 들러붙었다. 보랏빛을 띤 검은 까마귀 네 마리가 날아와 베란다 난간에 앉았다. 까마귀들은 코 슬라가 플로리의 침대맡에 가져다 둔 버터 바른 빵을 훔 쳐 갈 짬을 엿보았다. 모기장을 헤치고 기어 나온 플로리 가 진을 가져오라고 소리친 다음 욕실로 가서 함석 욕조 의 찬물에 잠시 앉았다 나왔다. 시커먼 수염이 워낙 금방 자라기 때문에 어차피 면도를 또 해야 해서 저녁까지 미 루는 습관이 있었지만 진을 마시고 기분이 나아지자 면 도를 했다.

플로리가 침울한 기분으로 욕조에 들어가 있던 시간, 맥그리거 부판무관은 반바지에 러닝셔츠 차림으로 체조를 할 요량으로 침실에 놓은 대발 위에서 노덴플라이트의 〈늘 앉아 있는 사람들을 위한 유연체조〉 중 5, 6, 7, 8, 9번을 따라 하느라 버둥거리고 있었다. 그는 아침 체조를 거의 거르지 않았다. 8번(드러누운 채 두 다리를 구부리지 않고 직각으로 드는 동작)은 마흔세 살의 남자에겐 매우 고통스러운 운동이었다. 9번(드러누운 채 손가락이 발가락에 닿게 상체만 일으키는 동작)은 더 힘들었다. 그래도 체력 관리를 해야 해! 맥그리거 씨가 고통을 무릅쓰고 발가락을 향해 힘껏 몸을 구부리자 붉은 기색이 목 언저리로부터 점점 위로 올라가 얼굴을 물들이며 뇌졸중의 징조를 보였다. 커다랗고 기름진 가슴팍에 땀이 송골송골 맺혔다. 견뎌야지, 견뎌야 해! 체력 관리를 하지 않으면 안 돼. 주인이 갈아입을 옷을 팔뚝에 걸어 가지고 온 하인 모하메드 알리가 반쯤 열린 문 밖에서 그 모습을 들여다보았다. 하인의 좁다랗고 누르스름한 얼굴에 이해력도 호기심도 엿보이지 않았다. 지난 5년 동안 매일 아침 몸을 비트는 맥그리거 씨를 봐온 하인은 무슨 신비스럽고 가혹한 신에게 바치는 자기희생인가 하고 막연히 상상할 뿐이었다.

역시 같은 시간, 경찰서의 웨스트필드는 잉크 얼룩이 지고 홈이 파인 책상에 기대어 있었다. 순경 둘이 감시하고 있는 어떤 용의자가 뚱뚱한 부경위의 심문을 받고 있었다. 용의자의 나이는 마흔 살, 회색빛이 도는 얼굴은 소심해 보였고, 무릎까지 걷어 올린 너덜너덜한 롱지 밑으로 드러난 홀쭉하고 굽은 정강이에 온통 진드기 물린 자국이 보였다.

"뭐 하는 사람이야?"

"도둑입니다, 서장님. 비싼 에메랄드가 두 개 박힌 이 반지를 가지고 있는 걸 잡았습니다. 놈이 사실을 불지 않지만, 훔친 게 뻔하죠. 가난한 날품팔이가 어떻게 에메랄드 반지를 가지고 있을 수 있겠어요?"

부경위가 사나운 얼굴로 다시 돌아서더니 자신의 얼굴을 수고양이처럼 용의자의 얼굴에 바짝 쑥 들이대고 큰 소리로 을러댔다.

"이건 훔친 반지가 맞아!"

"아니에요."

"넌 상습범이야!"

"아니에요."

"전과가 있잖아!"

"아니에요."

"뒤돌아!" 갑자기 묘안을 떠올린 부경위가 호통쳤다. "허리 구부려!"

용의자는 고통에 찬 회색빛 얼굴을 돌려 웨스트필드를 쳐다보았지만 웨스트필드는 다른 데로 눈길을 돌렸다. 두 순경이 용의자를 돌려세운 뒤 강제로 허리를 구부리자 부경위가 용의자의 롱지를 잡아당겨 엉덩이를 드러냈다.

"이것 보세요, 서장님!" 부경위가 흉터를 가리켰다.
"대나무로 매 맞은 자국이 있어요. 상습범인 거죠. 그러니
까 훔친 반지가 맞아요!"

"그렇군. 유치장에 집어넣어." 웨스트필드가 침울한 기
색으로 지시하며 호주머니에 양손을 찔러 넣고는 어슬렁
어슬렁 책상 저쪽으로 옮겨갔다. 좀도둑놈들이나 잡아들
이는 일이 지겨웠다. 무장 강도나 반란군이 아니라 이런
비굴한 좀도둑들이나 상대하고 있다니! "유치장엔 지금
몇 명이나 있나, 마웅 바?"

"세 명 있습니다, 서장님."

위층에 있는 유치장은 15센티미터 두께의 각목으로 만
들어졌고, 카빈총을 든 순경이 지키고 있었다. 숨 막히도
록 덥고 어두컴컴한 유치장 안에는 악취가 하늘을 찌를
듯한 흙 변소 외에는 아무런 시설이 없었다. 죄수들 중
둘은 나머지 한 명으로부터 뚝 떨어져 각목 창살 옆에 웅
크린 채였고, 혼자 있는 인도인 날품팔이의 몸은 머리부
터 발끝까지 미늘 갑옷처럼 백선으로 덮여 있었다. 한 버
마인 순경의 뚱뚱한 아내가 감옥 앞에 무릎을 구부리고
앉아 묽은 비둘기콩 수프와 쌀밥을 작은 양철 접시에 담
고 있었다.

"음식은 먹을 만한가?" 웨스트필드가 물었다.

"네, 먹을 만합니다, 서장님." 죄수들이 한목소리로 대
답했다.

정부는 죄수 1인당 매끼 2.5아나를 책정해놓았는데, 순경의 아내는 거기서 1아나의 이윤을 기대했다.

밖으로 나온 플로리는 지팡이로 잡초를 찍어 누르면서 백인 거주 구역 안을 천천히 거닐었다. 신록과 분홍빛을 띤 갈색 흙과 나무둥치 등, 이 시간에는 만물이 흐릿한 빛깔을 머금었다. 나중에는 이글거리는 햇빛에 자취를 감출 아름다운 수채화 같은 풍경이었다. 마이단 아래쪽에는 낮게 나는 작은 갈색 비둘기 떼들이 서로를 쫓았고 선녹색 딱새들이 제비처럼 그러나 느리게 노닐고 있었다. 청소부들이 각자의 짐을 옷으로 대충 덮어가지고 정글 언저리의 악취 나는 쓰레기장을 향해 한 줄로 걸어가고 있었다. 제대로 먹지 못해 야윈 불쌍한 사람들. 팔다리는 가느다란 막대기 같고 무릎은 너무 약해 똑바로 펴지 못하고 누더기 같은 흙색 옷을 걸친 그들이 걷는 모습은 마치 수의를 감은 해골들의 행진 같았다.

정원사가 대문 근처의 비둘기장 옆에서 새 화단을 가꾸기 위해 땅을 갈고 있었다. 동작이 굼뜨고 머리가 모자란 힌두 청년인 정원사는 거의 말이 없었다. 제르바디족※ 출신인 그의 아내까지 포함해서 아무도 못 알아듣는 인도 마니푸르주(州) 방언을 쓰기 때문이었다. 혀가 입에

※ 미얀마의 소수민족 로힝야족의 분파.

비해 너무 큰 탓도 있었다. 정원사가 플로리를 보자 두 손으로 얼굴을 감싸고 허리를 깊이 굽혀 인사했다. 다시 괭이를 높이 들어 엉성하게 마른땅을 내리칠 때 그의 섬세한 등 근육이 가볍게 떨었다.

그때 "크와아아!"라고 하는 것 같은, 귀에 거슬리는 날카로운 비명이 들려왔다. 하인 숙소에서 코 슬라의 아내들이 아침마다 다투는 소리였다. 순한 투계(鬪鷄) 네로가 플로를 경계하며 점잖 뺀 걸음으로 다가왔다. 탈곡하지 않은 쌀을 한 사발 가지고 나온 바 페가 네로와 비둘기들을 먹였다. 하인 숙소에서 다시 고함 소리가 나더니 곧 싸움을 말리는 남자들의 거친 목소리가 뒤따랐다. 코 슬라는 아내들 때문에 고생이 많았다. 본처인 마 푸는 여러 차례의 출산으로 깡마른 몸에 얼굴은 수척하고 무표정했다. 게으르고 심술궂고 뚱뚱한 여자는 마 이라는 이름의 첩으로 본처보다 몇 살 손아래였다. 플로리가 사무실에 나가고 없을 때 두 여자가 한자리에 모이면 언제나 쉴 새 없이 싸웠다. 언젠가 마 푸에게 쫓기던 코 슬라가 플로리의 등 뒤로 숨는 바람에 그녀가 휘두르는 대나무 작대기에 플로리가 다리를 세게 맞은 적도 있었다.

맥그리거 부판무관이 굵은 지팡이를 흔들며 경쾌하게 성큼성큼 올라오고 있었다. 카키색 평직 셔츠와 무명 반바지에 멧돼지 사냥꾼 모자 차림이었다. 그는 체조 외에도 시간이 나면 매일 아침 속보로 3킬로미터쯤 산책을 하곤 했다.

"좋은 아침이네!" 맥그리거가 이른 아침의 기운찬 목소리로 플로리를 향해 아일랜드 억양으로 소리쳤다. 매일 아침 이 시간이면 냉수욕을 한 듯이 상쾌하고 기운 찬 태도를 갖추려고 힘쓰는 맥그리거는 이날 아침엔 유독 더 명랑한 척했다. 지난밤에《버마의 애국자》의 악의적인 기사를 보고 상한 마음을 내색하지 않으려는 것이었다.

"안녕하세요!" 플로리는 최대한 기운차게 대꾸했다.

심술궂은 뚱뚱이 중늙은이! 플로리는 다가오는 맥그리거를 물끄러미 바라보며 생각했다. 궁둥이가 불룩 튀어나오게 꼭 끼는 반바지를 입은 꼴이라니. 그림 신문의 사진에서 볼 수 있는 불쾌한 중년 보이스카우트 단장 같은 인물, 그런 사람들은 거의 예외 없이 동성애자 같아 보이지. 누가 푸카 사이브 아니랄까 봐 저렇게 아침 식사 전에 운동하는 티를 낼까. 아기 다리처럼 보조개가 폭 파인 통통한 무릎을 드러내고 저 우스꽝스러운 복장으로 말이야. 혐오스러워!

저만치서 자홍색과 흰색의 얼룩처럼 보이던 옷을 입은 버마인이 고갯길을 올라왔다. 교회에서 멀지 않은 작은 사무실에서 일하는 플로리의 부하 직원이었다. 문 앞에 도착한 그는 합장하며 고개 숙여 인사한 뒤, 버마식으로 봉인이 찍힌 때 묻은 봉투를 하나 내밀었다.

"안녕하세요, 나리."

"어서 오게. 뭔가?"

"근거리 편지입니다, 나리. 오늘 아침에 배달된 건데요, 익명의 편지 같습니다, 나리."

"에이 귀찮게시리—알았네. 나는 11시쯤 출근하겠네."

봉투를 뜯어 보니 큼직한 패지에 쓴 편지였다.

존 플로리 나리 귀하,

이 편지의 서명자인 저는 나리의 명예에 관한 유용한 정보와 함께 **경고**의 말씀을 올리고자 합니다.

민간인 의사인 베라스와미 씨와 귀하의 친분은 카욕타다 전역에 이미 잘 알려져 있습니다. 나리께서 그의 집을 드나들거나 그를 나리의 집에 초대하는 등등의 일들 말입니다. 나리, 베라스와미 원장은 **질이 좋은 사람이 아니며** 어느 모로 보나 유럽 신사의 친구로 합당하지 않음을 알려드리는 바입니다. 이 의사는 현저하게 부정직하고 불성실하고 부패한 공무원입니다. 뇌물 수수와 금품 강요 외에도 환자에게 색소 탄 물을 주고 진짜 약은 뒤로 팔아 부당한 이득을 취합니다. 죄수 둘을 대나무로 매질한 뒤 그들의 친척들에게 금품을 요구했지만 듣지 않자 상처 부위에 고추를 문지른 일도 있습니다. 게다가 그는 국민당과 관련이 있고, 최근에는 《버마의 애국자》에 명예로운 맥그리거 부판무관님을 공격하는 흉악한 글을 기고했습니다.

그는 또한 병원을 찾는 여성 환자들을 겁탈하고 있습니다.

하여 나리께서는 나리의 명예에 누가 될 베라스와미 원장 부류를 위피하시기를 간절히 바랍니다.

나리의 무궁한 건강과 번영을 빌겠습니다.

(서명) 나리의 친구 올림

필체가 둥글둥글하고 떠는 듯한 게 보아하니 시장 거리의 편지 대필업자가 쓴 모양이었다. 마치 술에 취한 사람이 습자한 글씨 같았다. 하지만 그 대필업자는 '위피'라는 어려운 말을 생각해내지 못했을 것이다. 어떤 관청 서기가 불러준 게 틀림없어. 우 포 카인이겠지. 그 '악어'가. 플로리는 생각에 잠겼다.

편지의 어조가 못마땅했다. 언뜻 굴종적인 듯하지만 분명 은근히 협박하는 조였다. "그 의사와 절교하지 않으면 따끔한 맛을 보여주겠어"라는 것이다. 그렇다 한들 별로 신경 쓸 것은 없었다. 영국인이라면 동양인에게 실제 위협을 느끼지 않는다.

플로리는 손에 편지를 쥔 채 어떻게 해야 할지 망설였다. 익명의 편지에 대한 조처 방식은 둘 중 하나다. 아무런 언급을 않든가, 관련된 사람에게 보여주든가. 물론 베라스와미 원장에게 알아서 하라고 편지를 주는 편이 당연하고 적절한 조처일 것이다.

그렇긴 하지만, 이 일에는 아예 관여하지 않는 것이 안전할 듯했다. '원주민들'의 불화에 간섭하지 않는 것은 매우 중요했다(아마도 푸카 사이브의 십계명 중 가장 중요할 것이다). 인도인들과는 의리도, 진정한 우정도 있을 수 없었다. 호의는—심지어 사랑까지도—괜찮았다. 영국인이 인도인—즉 원주민 관리나 삼림 감시원, 사냥꾼, 서기, 하인 등—을 사랑하는 경우는 심심찮게 있는 일이다. 영국인 대령이 은퇴할 때는 원주민 병사들이 곧잘 어린아이처럼 울기도 한다. 남녀가 정을 통하는 것도 용인된다. 하지만 원주민과 동맹을 맺는다든가 파벌을 형성한다든가 하는 일은 절대로 허용되지 않는다. 원주민의 불화에 누가 잘하고 누가 잘못했는지 아는 것마저 영국인으로서의 위신이 서지 않는 일이었다.

편지 내용을 공개한다면 한바탕 소동이 벌어지겠지. 그러면 공식 조사가 뒤따를 테고. 그러면 원장과 운명 공동체가 되어 우 포 카인에 대항하겠다는 뜻이 될 거야. 일이 그렇게 되면 우 포 카인이 아니라 유럽인들을 상대해야 할 테니 그게 문제였다. 너무 눈에 띄게 원장 편을 들었다간 아주 골치 아픈 일을 겪어야 할 것이다. 그러니 차라리 이 편지를 아예 받지도 않은 체하는 편이 훨씬 나을 것이다. 원장은 좋은 사람이지만, 푸카 사이브 군단의 집중포화에 맞선다는 건—아아, 생각만 해도 끔찍하다! 사람이 온 세상을 얻는다 해도 제 목숨을 잃으면 무슨 소용이 있으랴? 플로리는 편지를 북북 찢었다. 편지를 공개하는 데 따르는 위험은 굉장히 근소하고, 매우 불분명하긴 했지만, 인도에서는 불분명한 위험일지라도 조심해야 한다. 공기와도 같은 위신은 그 자체가 불분명하다. 플로리는 조심스럽게 편지를 잘게 찢어 문밖으로 던져버렸다.

그때 질겁해서 지르는 듯한 비명이 들려왔다. 코 슬라의 아내들과는 다른 소리였다. 정원사는 괭이를 내리고 소리 나는 방향을 멍하니 바라보았다. 하인 숙소에 있던 코 슬라도 그 소리를 듣고 모자도 안 쓴 채 뛰쳐나왔다. 플로는 벌떡 일어나 사납게 짖어댔다. 비명이 반복되었다. 집 뒤쪽 정글에서 난 그 소리는 영국인의 목소리, 공포에 질려 지르는 영국인 여자의 비명이었다.

집 뒤로는 백인 거주 구역 밖으로 나가는 길이 없었다. 플로리는 재빨리 울타리 문을 넘어가려다 무릎을 가시에 긁혀 피가 났다. 그는 거주 구역의 담장 옆으로 돌아가 정글로 들어갔다. 플로가 뒤를 따랐다. 그의 집 뒤편과 바로 맞닿는 수풀 언저리 너머에 작은 분지가 있고, 그곳에 냐웅레팡 지역의 물소들이 찾아오는 물웅덩이가 있었다. 초승달 모양의 뿔을 가진 거대한 물소의 위협에 겁을 먹은 영국인 여자가 덤불에 바짝 붙어 웅크리고 있었다. 그 어미 소 뒤에는 사달의 원인이 분명한 털북숭이 송아지가 있었다. 다른 물소가 선사시대의 분위기를 풍기는 온순한 머리를 찐득찐득한 웅덩이 위로 내밀고 무슨 일이냐는 듯이 그들을 바라보았다.

플로리가 나타나자 여자가 고통스러운 얼굴을 돌려 그를 쳐다보았다. "어! 빨리요!" 겁에 질린 사람이 그러듯 다급하고 성난 어조로 소리쳤다. "제발! 살려주세요! 살려주세요!"

플로리는 놀란 나머지 무슨 영문인지 물어볼 경황도 없었다. 얼른 달려가 막대기 대신 손으로 물소의 코를 찰싹 갈겼다. 거대한 물소는 투박하고 소심한 동작으로 돌아서더니 송아지를 데리고 느릿느릿 가버렸다. 겁에 질려 있던 여자가 플로리의 품에 안기다시피 달려들었다.

"오, 고마워요, 고마워요! 오, 저 무시무시한 짐승들! 저 짐승들은 도대체 **뭐죠**? 나를 죽이려는 줄 알았어요. 정말 무서웠어요! 저 짐승들, 대체 **뭐예요**?"

"그냥 물소예요. 저 윗마을에서 내려온 겁니다."

"물소라고요?"

"우리가 들소라고 부르는 야생 물소는 아니고요. 그냥 버마 사람들이 기르는 가축이죠. 아이구, 이런, 녀석들 때문에 굉장히 놀라셨나 봐요."

여자가 플로리의 팔을 붙들고 바짝 붙어 여전히 떨고 있었다. 눈을 지그시 내리뜨고 보니 모자를 쓰지 않은, 소년처럼 짧은 노랑머리만 눈에 들어올 뿐 얼굴은 보이지 않았다. 그의 팔뚝을 잡고 있는 길고 가냘픈 손을 보니 어려 보였고, 손목은 여학생처럼 주근깨로 얼룩덜룩했다. 그런 손을 본 게 몇 해 만인지 모른다. 자신의 몸에 밀착한 나긋나긋하고 앳된 여체와 그 호흡의 온기를 의식했다. 그러자 마음속 무언가가 녹아내리며 포근한 기분이 들었다.

"이제 괜찮아요. 물소들은 가고 없어요. 무서워할 것 없습니다."

겁에 질려 있던 여자는 이제야 정신을 차리고 약간 물러섰지만, 그의 팔을 잡은 한쪽 손은 놓지 않았다. "난 괜찮아요. 아무것도 아니에요. 다치지 않았어요. 물소들이 나를 건드리지 않았어요. 그냥 무서워 보였을 뿐이에요."

"물소는 사실 그리 위험하지 않아요. 뿔이 뒤로 길게 자라서 아무것도 찌르지 못하거든요. 아주 우둔한 짐승들이죠. 옆에 새끼가 있을 때만 싸울 것처럼 구는 거예요."

여자가 그에게서 완전히 떨어지면서 서로 약간 쑥스러운 기분이 되었다. 플로리는 이미 모반 있는 쪽 얼굴이 그녀에게 안 보이게 비스듬히 옆으로 돌아서 있었다.

"저, 서로 인사를 나누기엔 상황이 좀 뭣하지만, 어떻게 여기에 있게 되셨는지 묻지도 못했네요. 혹시 실례가 안 된다면, 어디서 오셨어요?"

"숙부 댁 정원에 있다가 나왔어요. 날씨가 좋아서 산책이나 할까 하고 나왔는데 저 무서운 짐승들이 내 뒤를 쫓아왔어요. 여긴 처음이거든요."

"숙부라고요? 아, 그렇지! 래커스틴 씨 조카군요. 오신다는 말은 들었어요. 저, 우리 마이단 쪽으로 갈까요? 가만, 여기서 그리로 통하는 길이 있을 텐데. 카욱타다에서 처음 맞는 아침일 텐데 정말 놀라셨겠어요! 버마에 대해 자칫 좋지 않은 인상을 가지겠어요."

"아뇨. 그냥 모든 게 생소할 뿐이에요. 숲이 정말 빽빽해요! 온갖 나무가 뒤엉켜 있고, 이국적이에요. 잘못하면 금방 길을 잃겠어요. 이게 정글이라는 건가요?"

"관목 정글이죠. 버마는 대부분이 정글이에요. 전 그냥 여길 불쾌한 초록의 땅이라고 하죠. 내가 아가씨라면 저 잔디밭으로는 지나가지 않을 겁니다. 풀씨가 스타킹에 들러붙어 살갗을 파고들거든요."

자신의 얼굴을 보이지 않는 게 마음 편한 플로리는 여자를 앞서 걷게 했다. 여자치곤 키가 큰 편이고 날씬한 몸매를 연보라색 무명 원피스가 감싸고 있었다. 팔다리의 움직임으로 보아 기껏해야 20대 초반일 것 같았다. 둥근 뿔테 안경을 썼고 머리가 자신의 머리처럼 짧다는 것만 알 뿐, 아직 그녀의 얼굴을 자세히 보지 못했다. 머리를 그렇게 짧게 자른 여자는 그림 신문에서나 보았지, 실제로는 처음 보았다.

마이단으로 나와 나란히 걸으면서 여자가 플로리 쪽으로 고개를 돌렸다. 이목구비가 반듯하고 예쁘장한 달걀형 얼굴이었다. 아름답다고는 할 수 없을지 몰라도, 전체적으로 누르스름하고 홀쭉한 여자들만 있는 버마에서는 생김새가 제대로 된 여자로 보였다. 얼굴의 모반이 그녀로부터 반대쪽을 향하고 있는데도 그는 얼른 고개를 돌렸다. 초췌한 얼굴을 너무 자세히 보이고 싶지 않았다. 눈가의 쪼글쪼글한 피부는 상처처럼 느껴졌다. 하지만 이날은 아침에 면도를 했다는 사실을 떠올리고 용기를 냈다.

"이봐요, 조금 전 일로 놀랐을 텐데, 우리 집에서 좀 쉬다 가시겠어요? 모자 없이 다니기엔 지금 햇살이 너무 뜨겁기도 하고요."

"오, 고마워요, 그러죠." 여자가 대답했다. 그녀가 인도 사람들의 예의범절을 알 리가 없다고 플로리는 생각했다. "저기 저 집인가요?"

"네. 저 앞으로 빙 돌아가야 해요. 하인들에게 양산을 가져다 드리라고 할게요. 머리가 짧아서 이런 햇볕에는 위험해요."

두 사람은 뜰의 작은 길로 올라갔다. 낯선 동양인을 보면 짖는 플로가 유럽인 냄새는 좋은지 관심을 끌려고 깡충깡충 뛰며 그들 주위를 돌았다. 햇살이 뜨거워지고 있었다. 길가의 피튜니아에서 까막까치밥나무 향기가 밀려왔다. 비둘기 한 마리가 파닥파닥 땅으로 내려왔다가 플로가 달려들자 도로 날아올랐다. 플로리와 여자가 꽃을 보려고 동시에 문득 멈춰 섰다. 불합리한 행복감이 그들을 예리하게 스쳤다.

"이렇게 햇볕이 뜨거울 때 모자를 쓰지 않고 다니면 안 돼요." 플로리의 반복된 언급에 어딘가 친밀함이 느껴졌다. 그녀의 짧은 머리가 얼마나 예쁜지 자신도 모르게 그 말을 꺼냈다. 그 말만 했는데도 손에 닿는 듯했다.

"어머나, 무릎에서 피가 나요. 저를 도우려다 다친 거예요?"

그녀가 카키색 긴 양말에 살짝 배어나 마르고 있는 자줏빛 핏자국을 가리켰다. "별거 아니에요." 말은 그렇게 했지만 플로리도 그녀도 별것 아니라는 생각은 하지 않았다. 그들은 꽃에 대해 매우 열띤 이야기를 나누었다. 여자는 꽃을 '숭배'한다고 말했다. 플로리는 그녀를 데리고 가는 길에 이 꽃 저 꽃을 가리키며 수다를 떨었다.

"이 풀협죽도가 자라는 걸 보세요. 여기선 여섯 달 동안 꽃을 피우죠. 햇볕을 아주 좋아하는 꽃이죠. 저 노란색 꽃은 색이 앵초꽃하고 비슷할걸요. 꽃무도 그렇지만 앵초꽃 본 지가 15년은 됐어요. 저 백일초도 곱죠? 그림 속 꽃처럼 광택 없는 색이 아름다워요. 이 꽃은 천수국이이에요. 잡초라고 할 수 있을 조야한 꽃이지만 색이 밝고 강렬해서 좋아하지 않을 수 없죠. 인도 사람들이 이 꽃을 굉장히 좋아해요. 천수국은 전부 흔적 없이 정글에 파묻힌 지 오래되어도 인도 사람들의 손길이 거친 곳에는 어김없이 자라고 있어요. 우리 집 베란다의 난초 보지 않을래요? 황금종처럼 생긴 건데 꼭 보여주고 싶어요. 이름

그대로 정말 황금 같아요. 꿀 같은 향기가 아주 강하죠. 이 지겨운 나라의 유일한 장점이라고나 할까. 꽃을 키우기엔 좋은 나라죠. 원예를 좋아하시겠죠? 이 나라에 사는 우리 영국인들에겐 원예가 가장 큰 위안을 주죠."

"어머나, 저도 원예 무척 좋아해요."

그들은 베란다로 갔다. 황급히 엔지를 입은 코 슬라가 비단 강바웅을 쓰고 유리병에 든 진과 술잔, 담배 상자를 담은 쟁반을 들고 나왔다. 쟁반을 탁자에 놓은 그는 염려스러운 듯한 눈빛으로 여자를 대충 훑어보고는 합장하며 고개 숙여 인사했다.

"시간이 너무 일러서 그쪽에게 술을 권하는 건 소용이 없겠죠? 아침 먹기 전에는 진을 마시지 않는 사람도 있다는 걸 아무리 말해도 하인들이 이해를 못 해요."

플로리는 손을 저어 코 슬라가 가져온 술을 사양함으로써 자신을 그런 사람으로 분류했다. 여자는 코 슬라가 베란다 한쪽 끝에 가져다 놓은 고리버들 의자에 앉았다. 진초록색 잎이 처마에 매달린 난초의 황금빛 수상화들이 그녀의 머리 뒤에서 꿀 같은 향기를 뿜어내고 있었다. 플로리는 모반이 있는 쪽 얼굴이 보이지 않도록 베란다 난간에 비스듬히 기대어 여자를 바라보았다.

"여기 전망이 너무 좋아요." 여자가 언덕 아래쪽을 바라보며 말했다.

"그렇죠? 해가 높이 뜨기 전에 비치는 이 누르스름한

빛 속의 풍경은 아주 아름답죠. 나는 저 마이단의 흐릿하고 누르스름한 빛깔과 진홍색 얼룩 같은 저 골드모후르 나무가 무척 좋아요. 저 거무스름한 지평선을 이루는 낮은 능선들도 좋고요. 내가 일하는 현장 캠프촌은 저 능선 너머에 있어요."

여자는 원시라서 멀리 보려고 안경을 벗었다. 초롱꽃보다 더 연하고 맑은 파란색 눈이었다. 눈가의 피부가 꽃잎처럼 부드러워 보였다. 그러자 다시금 자신의 나이와 초췌한 얼굴을 의식한 플로리는 얼굴을 약간 더 옆으로 돌렸다. 그런데도 그는 충동적으로 말을 꺼냈다.

"저어, 카욱타다에 오셔서 우리에게 큰 행운입니다. 이 근방에서 새 얼굴을 본다는 게 우리에겐 얼마나 대단한 일인지 상상도 못 하실 겁니다. 이 우울한 사회에서 맨날 같은 사람만 보며 지내다 보면 몇 달에 한 번씩 순시를 나오는 영국인 관리나 카메라를 메고 이라와디강을 거슬러 올라오는 미국인 여행가들을 보는 게 고작이거든요. 영국에서 바로 이리 오신 거죠?"

"아뇨, 그런 건 아니고요, 파리에서 살다 왔어요. 어머니가 화가거든요."

"파리! 정말요? 어떻게 파리에서 카욱타다로! 이런 누추한 곳에서 살다 보면 **파리 같은 곳이 있다는** 걸 아예 믿지 못하게 되죠."

"파리를 좋아하세요? 그녀가 물었다.

"본 적도 없어요. 하지만, 오오, 내가 얼마나 파리를 마음에 그렸는지! 파리―파리는 내 마음속에 뒤범벅된 그림처럼 존재하죠. 카페와 넓은 가로수 길이 있는 곳, 예술가들의 화실, 프랑수아 비용과 보들레르, 모파상. 그 모든 게 뒤섞여 있죠. 유럽 도시의 이름이 여기서 사는 우리들에게 어떻게 들리는지 그쪽은 아마 모를 겁니다. 그런 파리에서 살았다는 거 정말이죠? 이국의 미술학도들과 카페에 앉아 화이트 와인을 마시고 마르셀 프루스트를 논하기도 하면서?"

"오, 그런 거 말이군요. 그렇죠 뭐." 여자가 웃었다.

"여기는 거기와 얼마나 다른데요! 화이트 와인과 마르셀 프루스트보다는 위스키와 에드거 월리스*에 가까운 세계죠. 하지만 혹시 책이 필요하다면 내 책 중에 읽고 싶은 게 있을지도 모르겠군요. 클럽 서가에는 형편없는 책밖에 없거든요. 물론 내 책들은 별수 없이 시대에 뒤처진 것들이긴 하지만요. 그쪽은 안 읽은 책이 없겠죠."

"전혀 안 그래요. 물론 책 읽는 걸 참 좋아하긴 하죠."

"오, 책을 좋아하는 사람을 만난다는 건 참으로 귀한 일인데! 클럽에 있는 것들 말고 정말 읽을 가치가 있는 책 말입니다. 내가 이렇게 말을 많이 해서 정신이 없으시

＊ Edgar Wallace(1875-1932). 영국의 소설가. 가난한 사생아로 태어나 정규교육을 제대로 받지 못하고 종군기자가 되었고, 아프리카에서의 경험을 바탕으로 스릴러물을 썼다.

더라도 부디 너그러이 봐주세요. 책이라는 게 존재한다는 걸 아는 사람을 만나면 더운 맥주처럼 이렇게 정신을 못 차리지 뭡니까. 이런 나라에서는 관대히 봐주셔야 할 흠이죠."

"오, 하지만 전 책 얘기를 하는 게 좋은걸요. 책을 읽는 건 정말 좋은 거 같아요. 책을 읽지 않으면 사는 게 어떻겠냐는 거죠. 그건 아주—아주—"

"아주 개인적인 앨세이셔* 같겠죠. 그래요—"

두 사람은 열을 띠며 엄청나게 많은 이야기를 나누기 시작했다. 책에서 사냥 이야기로 넘어가자 여자는 흥미를 느꼈는지 더 말해달라고 재촉했다. 몇 년 전 코끼리를 죽인 이야기를 들려줄 때는 무척 신이 났다. 플로리는 자기 혼자서만 떠들고 있다는 것을 깨닫지 못했다. 그녀도 마찬가지였을 것이다. 그렇게 수다를 떠는 즐거움이 얼마나 컸던지 플로리는 말을 멈출 줄 몰랐다. 마침 그녀도 이야기를 들어줄 기분이었다. 어쨌든 물소로부터 자신을 구해준 사람이었고, 그 가공할 짐승들이 무해하다는 말을 아직도 믿지 않았던 것이다. 일단 플로리는 영웅 같은 존재로 비쳤다. 세상사라는 게 대개는 자신이 이루지 않은 것을 가지고 명성을 얻기 마련이다. 대화가 너무나 수

---

* 런던의 플리트 스트리트와 템스강 사이에 위치한 구역으로 15-17세기경 성역으로서 면책 특권을 받아 범죄자들이 모여드는 우범지대가 되었다.

월하고 자연스럽게 흘러가서 영원히 끝나지 않을 것만 같은 그런 시간이었다. 그러다 그들의 즐거움이 갑자기 증발해버렸다. 문득 어느새 자신들이 혼자가 아님을 깨달은 두 사람은 깜짝 놀라 입을 다물었다.

시커먼 얼굴에 콧수염을 기른 누군가가 베란다 반대쪽 끝, 난간 가로대 사이로 호기심에 가득 찬 눈빛으로 그들을 엿보고 있었다. 아라칸인 요리사 새미 영감이었다. 그의 뒤에는 마 푸와 마 이, 코 슬라의 네 손위 아이들, 누구인지 모를 벌거숭이 아이 외에도 영국 여자가 '전시'되고 있다는 소식을 듣고 촌락에서 내려온 두 늙은 여자가 있었다. 한 자 길이의 여송연을 입에 문 티크 조각상 같은 두 늙은 여자는 영국의 시골뜨기가 전통 예복을 차려 입은 줄루족 전사를 구경하듯 영국 여자를 황홀히 쳐다보았다.

"저 사람들……." 여자는 그들이 있는 쪽을 바라보며 언짢은 듯이 말했다.

들킨 것을 깨달은 새미는 마음이 켕기는지 터번을 고쳐 쓰는 척했다. 얼굴이 티크 조각상 같은 두 늙은 여자를 제외한 다른 사람들은 약간 겸연쩍어했다.

"젠장, 뻔뻔하게!" 플로리는 괴로울 만큼의 실망감에 휩싸였다. 그녀를 더 오래 붙들어 두는 데 도움이 되지 않을 일이었다. 그런 와중에 그녀도 그도 서로가 생판 모르는 사람이라는 사실을 떠올렸다. 그녀는 얼굴을 약간 붉히더니 안경을 도로 썼다.

"이 사람들에게 젊은 영국 여자는 진기한 구경거리일 뿐, 해를 끼치려는 건 아니에요. 저리들 가!" 플로리가 손을 흔들며 화를 내자 그들은 자취를 감췄다.

"있잖아요, 미안하지만 이제 그만 가봐야겠어요." 여자가 일어서며 말했다. "나온 지 너무 한참 돼서 아마 어딜 갔나 다들 궁금해하고 계실 거예요."

"정말 가야 해요? 아직 많이 이른 시간인데. 머리에 뭔가 쓰고 갈 수 있게 해드릴게요."

"정말 가야—"

문 쪽으로 눈길을 돌린 그녀가 입을 다물었다. 마 흘라 메이가 베란다로 나오고 있었다.

마 흘라 메이는 한 손을 허리에 올린 채 걸어왔다. 집 안에서 나온 그녀의 태도는 자신이 그곳에 마땅히 있을 권리가 있다는 듯이 침착했다. 두 여자는 2미터쯤 떨어져서 서로 마주 보았다.

두 사람은 지극히 이상한 대비를 이루었다. 한 사람은 사과꽃 같은 희미한 색채를 띤 여자였고, 맞은편 사람은 가무잡잡한 몸에 주황을 띤 분홍색의 야한 비단 롱지를 입고 원통형의 검은 머리는 거의 금속성 느낌의 빛이 나는 여자였다. 플로리는 마 흘라 메이의 얼굴이 얼마나 검은지를, 꽃병 같은 엉덩이 외에 다른 곡선은 없이 군인처럼 곧고 뻣뻣한 그녀의 작은 몸이 얼마나 이상한지를 전에는 미처 깨닫지 못했다. 그는 두 여자에게 무시된 채 그들을 물끄러미 바라보며 베란다 난간에 기대어 있었다. 두 여자는 족히 1분 동안은 서로에게서 눈을 떼지 못했다. 그러나 어느 쪽 때문에 그 상황이 더 우스꽝스럽고 터무니없게 느껴졌는지는 알 길이 없다.

마 홀라 메이가 고개를 돌리더니, 연필로 선처럼 가는 검은 눈썹을 찡그리고 샐쭉한 얼굴로 다그치듯 물었다. "이 여자 누구예요?"

그는 하인에게 지시하듯 태연하게 대꾸했다.

"당장 나가. 너 말썽 부리기만 해봐, 그럼 나중에 대나무로 갈비뼈 하나 남아나지 않게 두들겨 패줄 테니."

마 홀라 메이는 잠시 주저하더니 작은 어깨를 으쓱하고 사라졌다. 영국 여자는 그녀가 가버린 쪽을 응시하며 신기한 듯이 물었다.

"저 사람, 남자예요 여자예요?"

"여자예요. 어느 하인의 아내인가. 세탁물에 대해 물어볼 게 있어서 왔을 뿐이에요."

"어머나, 버마 여자들은 저렇게 생겼어요? 참 묘하게도 생겼네! 기차 타고 오면서 저런 사람들 많이 봤어요. 난 그 사람들이 모두 소년인가 생각했지 뭐예요. 딱 목각 관절 인형 같지 않아요?"

여자는 마 홀라 메이가 보이지 않자 그녀에 대한 흥미를 잃고 베란다 계단 쪽으로 갔다. 플로리는 가지 말라고 여자를 붙잡지 않았다. 마 홀라 메이는 능히 다시 돌아와 한바탕 소란을 피울 여자이기 때문이었다. 두 여자가 서로의 언어를 할 줄 모르니 그런 일이 생긴다 한들 사실 별로 문제가 될 것은 없었다. 플로리가 코 슬라를 불렀다. 방수 비단을 씌운 대나무 살 우산을 가지고 달려온 코 슬라가 계단을 내려온 여자에게 공손히 우산을 펴 씌웠다. 플로리는 대문 앞까지만 마중을 나갔다. 강렬한 햇볕 속에 잠시 서서 악수를 나누면서 모반이 있는 쪽 얼굴을 약간 옆으로 돌렸다.

"여기 이 친구가 집까지 바래다 드릴 겁니다. 이렇게 와주셔서 감사합니다. 그쪽을 만나게 되어 얼마나 기쁜지 몰라요. 덕분에 여기 카욱타다가 크게 달라 보일 것 같군요."

"안녕히 계세요, 어머, 내 정신 좀 봐! 성함도 모르고 제가 이러네요."

"플로리, 존 플로리입니다. 그쪽은—성이 래커스틴이겠죠?"

"네, 이름은 엘리자베스예요. 안녕히 계세요, 플로리 씨. 정말 고마웠어요. 그 물소, 정말 끔찍했어요. 플로리 씨는 제 생명의 은인이에요."

"뭘요, 별것도 아닌데. 오늘 저녁에 클럽에서 볼 수 있겠죠? 숙부와 숙모가 올 테니까. 그럼 그때 봐요, 잘 가요."

플로리는 문 앞에서 그들이 가는 모습을 지켜보았다.

엘리자베스. 아름다운 이름이야, 요즘엔 드문 이름이지. 철자가 Elisabeth보다는 Elizabeth면 좋을 텐데. 우산을 받쳐 들고 뒤를 따르는 코 슬라는 최대한 그녀에게서 떨어져 묘하고 불편한 걸음걸이로 쫄랑쫄랑 걸었다. 시원한 바람이 언덕 위로 거슬러 불어왔다. 버마의 추운 계절에 간혹 어디선가 난데없이 일시적으로 불어오곤 하는 바람이었다. 그럴 때면 찬 바닷물, 인어의 포옹, 폭포수, 얼음동굴에 대한 갈증과 향수로 가슴이 부풀어 올랐다. 그 바람이 가지가 둥글게 활짝 펼쳐진 골드모후르 나무를 스치며 바스락바스락 소리를 냈고, 플로리가 찢어발긴 익명의 편지 조각들을 흩날렸다.

7

엘리자베스는 래커스틴 씨 집의 응접실 소파에 쿠션을
베고 누운 채 마이클 알린의『이 매력적인 사람들』을 읽
고 있었다. 그녀는 대체로 마이클 알린을 좋아했지만 진
지한 무언가를 읽고 싶을 때는 윌리엄 J. 로크 쪽으로 마
음이 기울었다.*

회칠한 벽의 두께가 1미터쯤 되는 응접실은 전체적으
로 색깔이 옅은 시원한 방이었다. 보조 탁자들과 바라나

---

* 『이 매력적인 사람들(*These Charming People*)』은 돈이 없는 사람들이 극심
한 가난으로 고생하는 모습을 위트 있게 그린 소설이다. 마이클 알린(1895-
1956)은 영국의 극작가이자 소설가로 1920년대에 영국의 상류층에 관한 이
야기로 큰 인기를 끌었다. 윌리엄 J. 로크(1863-1930)는 영국의 소설가로 당
시 베스트셀러 작가였으며 그의 여러 작품들이 영화화되었다.

시산(産) 놋쇠 장식품들이 어수선하게 놓여 있어서 좁아 보이긴 해도 사실은 큰 방이었다. 실내에 시들어가는 꽃과 옥양목 냄새가 맴돌았다. 래커스틴 부인은 위층에서 자고 있었다. 바깥채의 하인들도 목침을 베고 죽은 듯이 오수에 잠겨 조용했다. 길 아래 작은 목조 사무실에 나가 있는 래커스틴 씨 역시 낮잠을 자고 있었을 것이다. 잠을 자지 않는 사람이라곤 엘리자베스와 래커스틴 부인의 침실 바깥에 누운 채 고리 손잡이에 발뒤꿈치를 걸어 펑카 줄을 잡아당기고 있는 하인뿐이었다.

고아인 엘리자베스는 갓 스물두 살이 되었다. 아버지는 그의 동생 톰보다 술은 덜 마셨지만 기질은 비슷했다. 홍차 거간꾼이었던 아버지는 사업이 큰 폭으로 부침을 거듭하는데도 기질이 워낙 낙천적이라서 경기가 좋을 때 저축을 해두지 않았다. 무능하고 아둔하면서도 허세를 부리며 자기 연민에 빠져 살던 어머니는 자신에게 있지도 않은 예술가적 섬세한 감수성을 핑계로 집안일을 돌보지 않았다. 그리고 몇 년 동안 여성의 참정권이니 고등사상이니 하는 것을 가지고 어영부영 시간을 보내는가 하면 책을 쓴다 어쩐다 하다가 무위로 끝나자 종국엔 화가가 되기로 했다. 그림은 재능이나 공부가 없어도 누구나 시작할 수 있는 유일한 예술 분야다. 그녀는 '속물들'—남편도 물론 그 무리에 속했다—에 끼어 유배 생활을 하는 예술가인 양 굴었고, 이러한 태도는 남에게 폐를 끼치는 길을 거의 무한정으로 열어주었다.

엘리자베스의 아버지는 군 복무를 간신히 피하고 전쟁이 끝나가던 해에 큰돈을 벌었다. 그리고 정전 협정 직후 온실과 관목 숲, 마구간, 테니스 코트가 딸린 집들이 즐비한 하이게이트 지역에 새로 지은 크고 음산한 집으로 이사를 했다. 그는 많은 하인들을 고용했고 앞날을 얼마나 낙관했는지 집사까지 두었다. 엘리자베스는 돈이 무척 많이 드는 기숙학교를 다녔다. 비록 두 학기였지만 얼마나 즐겁고 좋았는지 잊지 못할 정도였다. 그 학교 재학생 가운데 네 명은 귀족의 자녀였다. 학생들은 거의 모두 작은 말을 소유했으며 토요일 오후에는 말을 탈 수 있었다. 사람은 누구에게나 품성을 결정짓는 짧은 시기가 있기 마련인데, 엘리자베스의 경우 부자들과 어울리던 그 두 학기가 그랬다. 그 후 그녀가 지니게 된 삶의 규범은 하나의 간단한 신념으로 요약되었다. 선(그녀가 '즐거운 것'으로 명명한 것)은 값비싼 것, 우아한 것, 귀족적인 것과 같은 뜻이었고, 악(그녀가 '불쾌한 것'으로 명명한 것)은 값싼 것, 저급한 것, 초라한 것이었다. 이 신조를 가르치는 것이야말로 비싼 여학교의 존재 이유일 것이다. 엘리자베스가 나이를 먹어감에 따라 미묘해진 그 신조는 그녀의 생각 전반에 고루 스며들었다. 스타킹 하나에서 인간의 영혼에 이르기까지 모든 것을 '즐거운 것' 혹은 '불쾌한 것'으로 분류할 수 있었다. 그러나 래커스틴의 운은 지속되지 않았고, 유감스럽게도 '불쾌한 것'이 엘리자베스의 삶을 지배하게 되었다.

그 피할 수 없었던 몰락은 1919년 말에 찾아왔다. 엘리자베스는 기숙학교를 떠나 값싸고 불쾌한 학교들을 전전했다. 등록금을 낼 형편이 안 되어 한두 학기를 쉬기도 했다. 그녀가 스무 살이 되던 해, 아버지는 독감에 걸려 세상을 떠났다. 아버지가 남긴 것이라곤 어머니 앞으로 나오는 연 150파운드뿐이었고 그마저 어머니가 죽으면 끊길 터였다. 어머니의 쌈쌈이로는 주에 3파운드 가지고 두 식구가 영국에서 살기엔 어림도 없었다. 그들은 결국 파리로 이사를 갔다. 생활비가 저렴하기도 하거니와 어머니는 예술에 일생을 바칠 셈이었다.

파리! 파리에서의 삶! 플로리는 수염이 덥수룩한 예술가들이 푸른 플라타너스 그늘 아래 모여 끝없이 대화를 나누는 모습을 상상했는데, 이는 실제에서 많이 빗나간 것이었다. 엘리자베스의 파리 생활은 별로 그렇지 못했다.

몽파르나스가에 작업실을 얻자마자 다시 지저분하고 게으른 생활로 돌아간 못난 어머니는 어리석게도 돈 관리를 못했다. 지출이 수입보다 훨씬 많은 탓에 엘리자베스는 몇 달 동안 먹을 것을 제대로 먹지 못한 적도 있었다. 그즈음 엘리자베스는 어느 프랑스 은행의 지점장 가족에게 영어 가르치는 일을 구했다. 그들은 그녀를 '우리의 영국인 아가씨'라고 불렀다. 지점장의 집은 몽파르나스에서 먼 12구에 있었기 때문에 엘리자베스는 그 근방에 하숙을 구했다. 골목길에 있는 그 좁다란 노란색 건물 건너편에는 정육점이 있었다. 호색한 같아 보이는 노쇠한 신사들이 매일 아침 그곳에 들러 애정 어린 표정으로 죽은 멧돼지 냄새를 킁킁거리며 맡곤 했다. 정육점 옆에는 '우정 카페. 복 포미더블(Bock Formidable)'이라는 간판이 붙은 불결한 카페가 있었다. 엘리자베스가 그 하숙집을 얼마나 싫어했던가! 늘 검은 옷을 입고 다니는 주인아주머니는 세면대에 스타킹 빨래를 하는 하숙인을 적발하려고 아래위층을 살금살금 오르내리며 염탐하던 비열한 늙은이였다. 하숙인들 중 화를 잘 내고 독설적인 과부들은 하숙집의 유일한 남자인 온순한 대머리 사내를 쫓아다니며 참새들이 빵 껍질을 쪼듯이 괴롭혔다. 또 식사 시간에는 누구의 접시에 더 많은 음식이 놓이는가 서로서로 지켜보았다. 화장실은 벽에 더럼이 부스럼처럼 덕지덕지 붙어 있었고, 낡아빠지고 녹청투성이인 온수 탱크는 미지근한 물을 5센티미터쯤 욕조에 내뱉고는 무슨 짓을 해도 더 이상 작동하지 않았다. 엘리자베스가 가르치던 아이들의 아버지인 은행 지점장은 나이는 쉰 살이고 살찐 얼굴은 피로에 찌들어 있었으며 검누런 정수리는 반들반들하게 벗어져 꼭 타조 알 같았다. 그녀가 온 둘째 날, 아이들 공부방에 들어온 그는 옆에 앉아 엘리자베스의 팔꿈치를 슬쩍 꼬집었다. 사흘째 되던 날에는 종아리를 만지더니 나흘째 날에는 무릎을 쓰다듬었고, 닷새째에는 손이 무릎 위로 올라왔다. 그때부터 저녁마다 족제비 같은 그의 손을 막느라 애를 써야 하는 소리 없는 전투가 이어졌다.

엘리자베스는 금수 같은 누추한 생활을 견뎌야 했다. 그 '금수 같은 생활'은 전엔 그런 게 있으리라고 상상도 못했던 수준에 이르렀다. 그녀를 가장 우울하게 만들고 더 비천한 세계로 빠져들고 있다는 느낌을 갖게 한 것은 다름 아닌 어머니의 화실이었다. 어머니는 하인이 없으면 생활이 엉망이 되는 부류였다. 그림과 살림 사이에서 안절부절못하고 어느 쪽도 못하는 악몽 같은 생활이었다. 그런 가운데 어머니는 불규칙적으로 '학교'를 다니면서 더러운 붓에 기초한 화법으로 그림을 그리는 선생의 지도를 받아 우중충한 정물화를 그렸다. 그 외의 시간엔 집에서 찻주전자나 프라이팬을 쓸 뿐 게으름을 피우며 비참하게 시간을 보냈다. 화실의 상태는 엘리자베스를 우울하게 한다는 말만으로는 부족했다. 그곳은 몹시 불쾌하고 사악한 곳이었다. 책과 신문지가 바닥에 이리저리 쌓여 어질러져 있고, 춥고 먼지가 많은 돼지우리였다. 녹슨 가스레인지 위에 몇 세대 전부터 쌓여온 듯한 기름때 긴 냄비들이 놓여 있었고, 침대는 오후가 될 때까지 정돈된 적이 없었다. 물감이 지저분하게 섞인 테레빈유 깡통들과 차가운 홍차가 반쯤 든 주전자들이 여기저기 별

별 곳에 다 놓여 있어서 발에 걸어차여 엎어지거나 밟히기 십상이었다. 의자 방석을 들추면 삶은 달걀 찌꺼기가 남아 있는 접시가 나오곤 했다. 엘리자베스는 밖에서 들어오기가 무섭게 한바탕 이렇게 소리를 지르곤 했다.

"아니, 엄마, 어떻게 이래? 화실 꼴 좀 봐! 이렇게 살다니 정말 끔찍해!"

"여기 말이냐? 왜? 지저분해?"

"지저분한 정도가 아니야! 엄마, 죽 먹은 접시를 저렇게 침대 위에 놔둬야겠어? 저 냄비들은 또 어떻고! 끔찍해 보이잖아. 누가 여기 오기라도 해봐!"

그러면 어머니의 눈은 집안일을 해야 할 때면 늘 그렇듯 딴 세상 사람처럼 넋을 잃은 표정이 되었다.

"내 친구들은 아무렇지 않게 생각할걸. 우리 예술가들, 우리 보헤미안들은 다 그러니까. 우리가 얼마나 그림 그리는 데 정신이 팔려 있는지 넌 몰라. 얘, 넌 예술가적 기질이 없잖니."

"저 냄비들 한번 좀 닦아봐야겠어. 엄마가 이렇게 산다는 걸 생각하면 견딜 수가 없어. 냄비 닦는 솔은 어디다 뒀어?"

"냄비 닦는 솔? 가만있자, 어디서 봤더라. 아, 그렇지! 어제 팔레트 닦을 때 썼지. 하지만 테레빈유로 씻으면 될 거야."

그러고서 어머니는 자리에 앉아 계속 콩테로 도화지를

문질렀고 엘리자베스는 청소를 했다.

"넌 참 감탄스럽구나, 얘. 얼마나 실제적인지 몰라. 누굴 닮아 그럴까. 나한테 미술은 그야말로 **전부**란다. 내 가슴속에서 미술이 대양처럼 솟구치는 것 같아. 그래서 사소하고 보잘것없는 모든 걸 덮어버리지. 어제 점심은 설거지할 시간이 아까워서 《내시 매거진》에 놓고 먹었단다. 정말 좋은 생각이지! 깨끗한 접시 대신 잡지 한 장을 뜯어 쓰는 거야." 어쩌고저쩌고.

엘리자베스는 파리에서 사는 동안 친구가 없었다. 어머니의 친구들은 자신과 비슷한 여자이거나 초로의 무능한 독신 남자로, 그들은 적은 수입에 의존해 살면서 나무를 조각하거나 도기에다 그림이나 그리면서 하찮고 덜된 미술을 미술이랍시고 하는 사람들이었다. 그 외에 엘리자베스가 본 사람들은 모두 외국인뿐이었다. 그녀는 외국인이라면 모두 다 싫었다. 적어도 행색이 초라하고 식사 예절이 역겨운 외국인 남자는 누구라도 다 싫었다. 이즈음 엘리제가에 있는 아메리칸 라이브러리에 가서 보는 그림 신문이 그녀에게 큰 위안을 주었다. 일요일이나 평일 오후 시간이 비면 그곳에 가서 반들반들하고 커다란 탁자 앞에 앉아 《스케치》나 《태틀러》, 《그래픽》, 《스포츠와 공연》 같은 잡지들을 보며 많은 시간을 공상에 잠겨 보낼 때가 있었다.

아아, 그 그림들이 묘사하는 모습들은 얼마나 즐거워

보였던가! "버로딘 경의 아름다운 워릭셔 저택, 찰턴 홀의 잔디밭에 모인 사냥개들." "올여름 크루프트 개 경연대회에서 준우승을 차지한 멋진 독일산 셰퍼드 쿠빌라이 칸과 대저택의 정원에 있는 타이크-볼비 여사." "칸에서 일광욕을 즐기는 명사들. 왼쪽부터 차례대로 바버라 필브릭 양, 에드워드 터크 경, 웨스트로프 경의 아내인 레이디 파멜라, '터피' 베너크리 함장."

근사하고도 근사한 금빛 찬란한 세계! 그런 잡지 속에서 자신을 내다보는 동창생 사진을 두 장 본 적이 있다. 그때 엘리자베스는 가슴이 아렸다. 모교 급우들은 말과 자동차를 소유하고, 그들의 남편들은 기병대에 소속되어 있었다. 그런데 자신은 형편없는 일과 형편없는 하숙집과 형편없는 어머니에 매여 살고 있다니! 여기서 벗어날 길은 없을까? 이 구저분하고 비루한 생활에서 영원히 벗어날 수 없는 운명일까? 사람답게 살 수 있는 세상으로 다시 돌아갈 희망은 없을까?

어머니가 본보기를 보이기도 했으니 엘리자베스가 미술이라면 지긋지긋해하는 것도 무리는 아니었다. 그녀가 보기에 지나치게 유식한(그녀의 말로는 '머리가 좋은') 사람들은 어딘가 '금수 같은' 구석이 있었다. 사람다운 사람들, 점잖은 사람들—들꿩 사냥을 하고, 애스컷 경마장에 다니고, 카우스 휴양지로 요트를 타러 다니는 이들은 머리가 좋은 것 같지는 않았다. 하지만 책을 쓴다든가,

화필을 가지고 바보짓을 한다든가 하는 허튼짓에는—사회주의와 같은 지식인들의 사상에도—관심이 없었다. 그녀의 사전에 '지식인'은 쓰라린 말이었다. 은행이나 보험회사에 영혼을 팔 바에는 평생 알거지로 살아도 그림을 그리겠다는 진정한 예술가와 한두 번 데이트한 적이 있는데, 엘리자베스는 취미처럼 미술에 손을 대는 어머니의 친구들보다 그를 더 경멸했다. 세상의 좋고 버젓한 모든 것을 의식적으로 거부하고 무익한 일에 한평생을 바친다는 건 수치스럽고 모멸적이며 악하기까지 했다. 엘리자베스는 독신으로 늙을 것이 두려웠지만 그런 사람과 결혼하느니 몇 번 다시 태어나도 차라리 참고 혼자 살겠다고 생각했다.

엘리자베스가 파리에서 산 지 2년이 다 되어갈 즈음 어머니가 프토마인 중독으로 급사했다. 그러나 정말 놀라운 건 그제야 프토마인 중독에 걸렸다는 사실이었다. 엘리자베스가 물려받은 재산은 달랑 100파운드도 되지 않았다. 부고를 접한 그녀의 숙부와 숙모가 버마로 오라는 말과 함께 다시 편지를 쓰겠다는 내용의 전보를 보내왔다.

래커스틴 부인은 편지를 어떻게 쓸까 한동안 깊은 생각에 잠겨 있었다. 입에 펜을 물고 예민한 세모꼴 얼굴로 편지지를 내려다보는 모습이 관조하는 뱀 같았다.

"어쨌든 1년은 우리한테 와 있으라고 해야겠지. 어유, 따분해! 하지만 생긴 게 웬만하면 보통은 1년 안에 결혼들을 하니까, 뭐 괜찮겠지. 여보, 편지에 뭐라고 쓸까?"

"뭐라고 쓰냐고? 응, 그냥, 여기에 오면 신랑감을 찾기
가 훨씬 더 쉬울 거라든가, 뭐. 그러면 되잖아."

"여보! 당신은 무슨 그런 듣기 거북한 말을 해!"

래커스틴 부인은 이렇게 썼다.

물론 이곳 대영제국 위수지(衛戍地)는 규모가 매우 작
아. 게다가 정글에 들어가 있는 날이 많지. 너는 즐거운
파리의 생활을 누렸으니 여기는 무척 지루할 거야. 하
지만 젊은 여자들에겐 이런 작은 해외 위수지들도 나
름대로 좋은 점이 있단다. 지역사회의 여왕이 될 수 있
거든. 외로운 독신 남자들이 여자와 어울릴 기회를 환
영한다는 말이야. (……)

엘리자베스는 30파운드를 들여 여름철 원피스들을
사 가지고 바로 출발했다. 그녀가 탄 배는 헤엄치며 몸
을 구르는 참돌고래들의 뒤를 따라 수면을 갈랐다. 지
중해를 횡단한 배는 곧 수에즈운하를 지나 광막한 초록
의 인도양으로 나아갔다. 인도양의 날치 떼들이 돌진하
는 선체에 겁을 집어먹은 듯 수면을 스치며 날아올랐다.
밤에는 바닷물이 인광을 발했고, 뱃머리에 이는 흰 물결
은 마치 초록색 불이 붙은 화살촉처럼 휘날렸다. 엘리자
베스는 선상 생활이 정말 좋았다. 밤마다 갑판에서 열리

는 무도회, 모든 남자들이 그녀에게 사주고 싶어 한 칵테일, 각종 오락 프로그램. 그런 것들이 전부 마음에 들었지만, 오락은 다른 젊은이들과 거의 같은 시기에 싫증이 났다. 어머니의 죽음이 불과 두 달 전의 일이었는데도 엘리자베스는 아무렇지도 않았다. 사실 어머니를 크게 좋아한 것도 아닌 데다 승객들은 그녀의 사정을 전혀 모르는 사람들이었다. 2년 동안의 구질구질한 생활 끝에 다시 부의 공기를 호흡하는 기분은 정말 최고였다. 승객의 대부분은 부자가 아니었다. 하지만 배로 여행하는 사람들은 모두가 부자인 양 행세하기 마련이다. 엘리자베스는 여행하는 중에 자신이 인도를 좋아하리란 것을 알았다. 승객들이 나누는 대화를 듣고 인도는 대단히 근사하다는 상상을 한 것이다. 또한 '이더 아오(idher ao)', '잘디(jaldi)', '사이브로그(sahiblog)'* 등의 필수적인 힌두스타니 말을 배우기도 했다. 천장에 매달려 펄럭이는 펑카, 흰 터번을 쓴 맨발의 소년들이 오른손을 이마에 대고 삼가는 태도로 인사하는 클럽의 쾌적한 분위기, 그리고 구릿빛으로 탄 얼굴에 짧은 콧수염을 기른 영국 남자들이 말을 몰아 마이단을 질주하며 폴로 공을 치는 광경을 미리 상상으로 느껴보았다. 그들이 인도에서 누리는 생활

※ 'idher ao'는 '이리 와', 'jaldi'는 '서둘러라', 'sahiblog'는 '백인', 즉 '지배민족'을 뜻한다.

은 대단한 부자들 못지않게 근사한 듯했다.

　콜롬보의 초록빛 투명한 앞바다에 거북이와 검은 바다뱀이 둥둥 떠다니며 햇볕을 쬐고 있었다. 피보다 붉은 구장 즙에 입술이 물든 새까만 남자들이 승객을 맞으러 삼판*을 타고 앞다투어 노를 저었다. 그들은 선객들이 내리는 트랩 주위에서 무슨 소리들을 지르며 악다구니 썼다. 엘리자베스가 동행자들과 트랩을 밟고 내려오자 삼판 왈라** 둘이 서로 뱃머리를 트랩에 갖다 대며 다투어 크게 외쳤다.

　"저자한테 가지 마세요, 아가씨! 저자는 안 돼요! 아가씨가 피해야 할 나쁜 인간이에요!"

　"이자 말은 거짓말이에요, 아가씨! 이자는 치사하고 못된 인간이에요! 치사하고 못된 속임수를 써요. 못된 원주민들 속임수라고요!"

　"허, 참! 저는 원주민이 아닌가! 아, 그렇지! 유럽인인가 보네. 그래서 아가씨 흰 피부와 어찌나 같은지. 하하!"

　"자네 둘, 바트*** 그만둬! 안 그러면 내가 누구든 걸어차겠어!" 엘리자베스와 친구가 된 여자의 남편이 말

---

　* sampan. 바닥이 납작하고 작은 나무배로 미얀마, 중국, 태국 등 동남아시아에서 흔히 볼 수 있다.

　** wallah. 무언가를 소유하고 파는 장사치를 뜻한다. '삼판 왈라'는 배를 태워주고 삯을 받는 뱃사공이다.

　*** ba(a)t. 힌두스타니어로 '말' 또는 '말다툼'을 뜻한다.

했다. 그는 농장주였다. 그들은 삼판 하나에 올라 햇빛이 쨍쨍한 부두를 향해 노를 저어 나아갔다. 호객에 성공한 삼판 왈라가 경쟁자를 돌아보고 입에 한참 가득 머금고 있었을 침을 뱉었다.

이곳이 동양이었다. 코코넛 오일과 백단향, 계피나무, 강황의 향기가 뜨겁고 어지러운 공기를 타고 수면 위에 떠돌았다. 동행한 사람들과 차를 타고 마운트 라비니아 해변으로 간 엘리자베스는 코카콜라처럼 거품이 이는 미적지근한 바닷물에서 헤엄을 치고 저녁때야 배로 돌아왔다. 그들은 일주일 뒤 랑군에 도착했다.

나무를 때워 달리는 기차가 만달레이의 북부 지방을 시속 20킬로미터의 속도로 느릿느릿 달렸다. 기차가 지나가는 메마르고 광대한 평야와 먼 지평선이 맞닿는 지점에 푸른 능선이 놓여 있었다. 왜가리처럼 균형을 잡은 채 꼼짝하지 않고 서 있는 쇠백로들. 햇볕에 건조되고 있는 고추 더미들. 이따금 흰 불탑이 보였다. 여자 거인이 가슴을 내놓고 평야에 반듯이 누워 있는 것처럼. 이른 열대의 밤이 깔린 가운데 기차는 흔들거리며 느릿느릿 나아갔고, 작은 역에 정차할 때마다 어둠 속에서 야만의 고함 소리가 들려왔다. 그러면 머리를 뒤로 묶은 반라의 사내들이 횃불을 들고 왔다 갔다 하는 모습이 보였는데, 엘리자베스의 눈에 그들의 모습은 마귀처럼 흉측했다. 나뭇가지들이 차창에 스치는 숲을 뚫고 통과한 기차가 카욕타다에 도착한 시간은 밤 9시였다. 숙부와 숙모가 맥그리거 부판무관의 차를 타고 마중을 나와 횃불을 든 하인들과 함께 기다리고 있었다. 숙모가 다가와 엘리자베스의 양어깨에 도마뱀 같은 가냘픈 손을 얹었다.

"네가 엘리자베스구나. 만나서 **정말** 반가워." 숙모가 엘리자베스의 볼에 입을 맞췄다.

래커스틴 씨가 횃불 불빛이 어른거리는 아내의 어깨 너머로 엘리자베스를 바라보더니 어설프게 휘파람을 불었다. "여어, 이게 누구야!" 그가 엘리자베스를 끌어당겨 볼에 입을 맞췄다. 생전 처음 그들을 본 엘리자베스로서는 필요 이상의 따뜻한 환대로 여겨졌다.

저녁 식사를 마친 뒤 엘리자베스와 숙모는 거실의 평카 아래 앉아 이야기를 나누었다. 래커스틴 씨는 뜰에 나가 협죽도 꽃의 향기를 음미하며 어슬렁거리는 것처럼 보였지만 사실은 하인이 집 뒤로 슬쩍 가져다준 술을 몰래 마시고 있었다.

"얘, 너 정말 곱게 생겼구나! 어디 다시 한번 보자." 숙모가 엘리자베스의 양어깨에 손을 얹었다. "이튼 커트*를 하면 아주 잘 어울리겠어. 파리에서 해봤어?"

"네. 이튼 커트를 안 한 여자가 없었어요. 머리가 아주

---

* 짧게 자른 머리에 기름을 발라 넘기는 헤어스타일로 1920년대에 유행했다.

작아야 어울려요."

"아, 그렇구나! 그리고 그 귀갑테 안경 있잖니. 스타일이 아주 맵시 있더라! 그런데 말이야, 음, 남미의 화류계 여자들이 모두 그런 안경을 좋아한다더라. 난 내 조카가 이렇게 **매혹적인** 미인일 줄 몰랐어. 애, 너 몇 살이라고 했지?"

"스물두 살요."

"스물둘! 내일 클럽에 가면 남자들이 얼마나 반색할까! 그 사람들, 새로운 얼굴을 보지도 못하고 가엾게도 무척 외로워들 하지. 그런데 너 만 2년 동안 파리에만 있었니? 파리 남자들은 대체 뭘 하길래 미혼인 너를 가만 내버려뒀는지 모르겠구나."

"외국인들 말고는 남자를 만날 기회가 별로 없었어요, 숙모. 우린 조용히 살아야 했죠. 그리고 전 일을 했고요." 엘리자베스는 그 말을 하면서 어쩐지 수치스러운 고백이라고 생각했다.

"그럼, 그럼." 래커스틴 부인은 한숨을 쉬었다. "여기저기서 그런 얘기 듣는 해. 매력적인 젊은 여자들이 생계를 위해 일해야 한다는 얘기 말이야. 얼마나 안타까운 일인지! 신랑감을 찾는 가여운 여자들이 그렇게 많은데 독신으로 사는 남자들, 너무 이기적인 거 아니니?" 엘리자베스에게서 아무런 대꾸가 없자 래커스틴 부인은 한숨을 쉬며 말을 이었다. "나라면 젊었을 때 아무한테나 시집갈 거야, 말 그대로 **아무한테나!**"

두 여자의 눈이 마주쳤다. 래커스틴 부인은 하고 싶은 말이 많았지만 에둘러 암시만 줄 생각이었다. 그녀의 이야기는 대부분 암시로 이루어졌지만 대개는 어떻게든 자신의 뜻을 분명히 알렸다. 살가우면서도 정감 없는 어조로 일반적인 관심사를 논하는 듯한 이야기가 이어졌다.

"아, 그렇지, 이 얘기를 해줘야겠네. 젊은 여자가 결혼을 못 하면 그건 **여자 자신의 잘못**인 경우들이 있지. 바로 요 얼마 전에도 그런 경우가 있었어. 어떤 젊은 여자가 버마에 있는 제 오빠한테 와서 한 1년 동안 살았단다. 그동안 허다한 남자들의 청혼을 받았대. 그중엔 경찰, 삼림감시원, 그리고 장래가 **상당히** 유망한 목재 회사 직원도 있었다는데, 그들의 청혼을 전부 거절했다지 뭐야. 대영제국 문관과 결혼하고 싶었다더라. 그러다 어떻게 됐겠니? 당연히 오빠는 동생을 무한정 데리고 있을 수 없었지. 최근에 듣기론 본국에 돌아가 일종의 가정부로 일한다더라. 그래 봐야 뭐 **하인**이나 마찬가지인 거지. 불쌍한 것. 주에 고작 15실링을 받는단다! 생각만 해도 끔찍하니 않니?"

"끔찍하죠!"

그 이야기는 더 이상 이어지지 않았다. 이튿날 아침, 플로리의 집에서 돌아온 엘리자베스는 숙모와 숙부에게 모험담을 들려주었다. 그들은 꽃이 가득한 식탁에 앉아 아침을 먹고 있었다. 머리 위에서 펑카가 펄럭였다. 키가 크고 흰 옷에 흰 터번을 둘러 황새 같아 보이는 이슬람교도 집사가 쟁반을 들고 래커스틴 부인의 의자 뒤에 서 있었다.

"그런데, 숙모, 참 흥미로운 걸 봤어요! 어떤 버마 여자가 베란다로 들어왔어요. 저는 버마 여자를 본 적이 없었거든요, 아니 적어도 여자인 줄 알고 본 적은 없었어요. 어쩜 그렇게 이상하게 생겼는지─둥글고 누런 얼굴에 검은 머리를 위로 똘똘 말아 올린 게 꼭 무슨 인형 같았어요. 나이는 기껏 열일곱쯤 되어 보이고요. 플로리 씨가 그러는데 세탁부래요."

인도인 집사의 기다란 몸이 경직되었다. 순간 곁눈질로 엘리자베스를 흘긋 내려다보는 그의 검은 얼굴에 눈 흰자위가 번득했다. 그는 영어를 잘하는 사람이었다. 우둔해 보이는 입을 벌린 채 포크로 생선을 떠 올리던 래커스틴 씨의 손이 문득 멈췄다.

"세탁부? 세탁부라니! 아따, 뭔가 잘못 안 거겠지! 이 나라에 세탁부란 건 없어. 여기서 세탁은 남자의 일이야. 말하자면─"

누가 발을 밟았는지 래커스틴 씨가 돌연 입을 다물었다.

8

그날 저녁 플로리는 코 슬라를 시켜 이발사를 불렀다. 카 욕타다 유일의 이발사로 인도인인 그는 같은 인도인 인 부들에게 매달 8아나씩 받고 격일로 물을 쓰지 않는 면 도를 해주며 먹고살았다. 이발사가 따로 없는 유럽인들 도 그를 부르곤 했다. 플로리가 테니스를 치고 돌아왔을 때 이발사가 베란다에서 기다리고 있었다. 플로리는 끓 는 물과 콘디 살균액으로 가위를 소독하게 한 다음 이발 을 했다.

"제일 좋은 팜비치 정장이랑 실크 셔츠, 삼바 가죽 구 두 준비해놓게. 지난주에 랑군에서 보내온 새 넥타이도 내놓고." 플로리가 코 슬라에게 지시했다.

"준비되었습니다, 타킨." 코 슬라는 그리하겠다는 말을 그렇게 했다. 플로리가 침실로 들어갔을 때 외출복이 준비되어 있었다. 그 옆에서 대기하고 있던 코 슬라는 살짝 골이 난 듯했다. 플로리가 옷을 잘 차려입으려는 이유(즉 엘리자베스를 만날 꿈에 부풀어)를 알고 못마땅히 여기고 있음이 분명했다.

"왜 거기 있어?" 플로리가 물었다.

"옷 입는 거 거들어드리려고요, 타킨."

"오늘은 내가 혼자 할게. 그만 나가봐."

플로리는 면도를 할 생각이었다. 그날 두 번째 면도였다. 화장실에 면도 도구를 들고 들어가는 것을 코 슬라에게 보이고 싶지 않았다. 하루에 두 번 면도하는 게 몇 년 만인지 모른다. 지난주에 새 넥타이를 구입해놓아서 정말 다행이다. 이발 직후여서 뻗치는 머리칼을 차분히 가라앉히느라 15분 가까이 머리를 빗고 공들여 옷을 입었다.

그런 뒤 시간이 잠깐 지난 것 같은데, 어느새 엘리자베스와 시장으로 가는 길을 따라 걷고 있었다. 클럽 '도서실'에 혼자 있는 그녀를 발견한 플로리는 불현듯 용기가 솟아 함께 나가자고 청했는데, 그녀가 숙부 숙모에게 알리지도 않고 선뜻 따라오자 깜짝 놀랐다. 플로리는 버마에 너무 오래 살아서인지 그런 영국식을 잊고 있었다. 길가의 보리수나무 아래는 컴컴했다. 우거진 잎이 반달을 가렸기 때문이었다. 투명한 줄에 매달린 등불 같은 별들이 나무 틈을 비집고 백열의 빛으로 반짝일 뿐이었다. 협죽도가 풍기는 질릴 정도로 달콤한 향기, 그리고 베라스와미 원장의 집 건너편 오두막들에서 뿜어져 나오는 분뇨나 부패한 무언가의 희미한 악취가 차례차례 밀려왔다. 조금 떨어진 곳에서는 북 소리가 진동하고 있었다.

북 소리를 들은 플로리는 저 아래 우 포 카인의 집 앞에서 '푸에'*가 한창이리라는 생각을 떠올렸다. 그것은 사실 우 포 카인이 준비하고 다른 사람이 비용을 부담하는 공연이었다. 문득 대담한 생각이 떠올랐다. 엘리자베스를 푸에 공연에 데려가자! 좋아할 거야. 틀림없어. 눈이 있다면 누구나 분명 푸에 춤에 끌릴 테니까. 엘리자베스와 단둘이 함께 나가서 한참 후에 나란히 나타나면 아마 추문이 퍼지겠지. 하지만 그러라지! 그건 아무래도 상관없잖아? 엘리자베스는 클럽의 저 바보들 무리와는 달라. 그러니 푸에를 함께 구경하면 아주 재미있을 거야! 바로 그때, 아수라장이 난 듯한 요란한 음악 소리가 울려 퍼졌다. 귀에 거슬리는 새된 피리 소리, 달가닥거리는 캐스터네츠 소리, 소란스러운 북 소리, 이 모든 소리보다 더 크게 들리는 쉿소리 같은 사람의 고성.

"저게 무슨 소리죠?" 엘리자베스가 걸음을 멈추며 물었다. "재즈밴드인가 봐요!"

---

* Pwe. 불탑 축제 때 벌이는 민속 공연으로, 유랑 극단이 농촌 지역을 돌아다니며 음악과 춤, 연극을 무대에 올린다.

"민속음악이에요. 푸에 축제 중이에요. 푸에는 이 나라의 연극 같은 거죠. 역사극과 시사 풍자극을 합친 것과 비슷하다고 생각하면 돼요. 재미있을 겁니다. 저기 굽은 길만 돌아가면 돼요."

"아, 네." 엘리자베스는 의심스러운 듯한 어투로 말했다.

굽은 길을 돌자 불빛이 눈부셨다. 30미터쯤 이어진 길 전체가 푸에를 구경하는 인파로 발 디딜 틈이 없었다. 길 저편에 높은 무대가 마련되어 있고, 무대 위에는 휘발유 등불들이 잉잉 소리를 내며 타고 있었다. 무대 앞에 위치한 악단이 타악기에 맞춰 악을 쓰며 우는 듯한 곡을 연주하고 있었다. 무대 위에는 두 남자가 둥글게 휜 검을 들고 포즈를 취하고 있었다. 엘리자베스는 그들의 옷을 보고 중국 불탑을 떠올렸다. 흰 모슬린 옷에 분홍색 스카프를 어깨에 두르고 검은 머리를 원통 모양으로 올린 여자들의 뒷모습이 인산인해를 이루었다. 몇몇은 아예 돗자리를 깔고 드러누워 있었다. 중국인 노인이 구슬픈 소리로 "미아이페! 미아이페!"라고 외치며 인파를 헤치고 쟁반에 든 땅콩을 팔며 돌아다녔다.

"우리 여기서 잠깐 구경 좀 할까요?" 플로리가 말했다.

활활 타오르는 등불과 악단의 끔찍한 소음에 엘리자베스는 얼떨떨했다. 무엇보다 그녀를 놀라게 한 것은 그 모든 사람들이 극장 1층석처럼 길바닥에 앉아 있는 광경이었다.

"이 사람들은 항상 저렇게 길 한복판에서 공연을 해요?" 엘리자베스가 물었다.

"대개 그렇죠. 가설무대를 세웠다가 다음날 아침에 철거해요. 공연은 밤새 계속되고요."

"길을 통째로 막고 저러는 게 **허용**돼요?"

"그럼요. 여긴 교통법규가 없어요. 통제할 차량이 없거든요."

그녀에게는 그게 매우 이상하게 여겨졌다. 이때쯤 거의 모든 관객이 돗자리에 앉은 채 고개를 돌려 두 영국인을 응시하고 있었다. 구경꾼들 가운데 대여섯 개뿐인 의자에는 서기들과 관리들이 앉아 있었다. 그 가운데 자리 잡은 우 포 카인이 거대한 몸을 힘들게 돌려 유럽인들을 맞았다. 음악이 그치자 얼굴에 마맛자국이 있는 바 타익이 황급히 구경꾼들 사이를 헤치고 플로리에게 다가와 겁먹은 표정으로 합장하며 허리 굽혀 인사했다.

"나리, 저희 우 포 카인 어르신이 여기 젊은 백인 숙녀분과 오셔서 잠시 함께 푸에 구경을 하지 않으시겠냐고 여쭙습니다. 두 분이 앉으실 의자가 준비되어 있습니다."

"합석하잡니다." 플로리가 엘리자베스에게 말했다. "그럴까요? 생각보다 재미있어요. 잠시 후 무대의 저 두 사람이 나가면 춤이 시작될 겁니다. 지루하더라도 잠깐만 있다 갈까요?"

엘리자베스는 영 떠름했다. 그 냄새나는 원주민 군중

속에 들어가는 게 왠지 옳지 않을뿐더러 안전하지도 않은 듯했다. 하지만 플로리를 따라 의자가 있는 곳으로 갔다. 무엇이 옳은지 알 법한 플로리를 믿었다. 돗자리 위의 버마인들이 앉은 채로 길을 터주고 엘리자베스의 뒷모습을 응시하며 재잘거렸다. 그녀의 정강이가 모슬린 옷을 입은 사람들의 몸에 스쳤다. 야만의 역한 땀 냄새가 진동했다. 우 포 카인이 엘리자베스 쪽으로 몸을 구부리고 최대한 머리를 조아려 인사하고는 코맹맹이 소리로 말했다.

"어서 앉으십시오, 아씨! 이렇게 알게 되어 큰 영광입니다. 안녕하세요, 플로리 나리! 이렇게 오시다니 기쁘지만 전혀 뜻밖입니다. 영광스럽게도 이렇게 참석하실 줄 진즉 알았더라면 위스키와 다른 유럽식 다과를 준비했을 텐데요. 하하하!"

우 포 카인이 웃을 때 구장 잎에 벌겋게 물든 치아가 등불을 반사하며 빛났다. 엘리자베스는 육중하고 흉물스러운 그의 모습에 자신도 모르게 주춤했다. 보라색 롱지를 입은 홀쭉한 소년이 그녀에게 굽신하고 얼음을 탄 노란색 과즙 음료 두 잔이 담긴 쟁반을 내밀었다. 우 포 카인이 날카롭게 손뼉을 치며 "이봐, 카웅 칼라이!" 하고 옆에 있는 소년을 불렀다. 소년은 무언가 지시를 받더니 관중을 헤치고 무대로 갔다.

"특별히 우리를 위해 춤을 가장 잘 추는 사람을 내보내라는 겁니다." 플로리가 말했다. "아, 저기 나오네요."

무대 뒤에서 쪼그리고 앉아 여송연을 피우던 무녀가 등불이 비추는 앞쪽으로 나왔다. 상당히 젊고, 어깨가 가냘프고 가슴이 없었으며, 발까지 덮는 연푸른색 새틴 롱지 차림이었다. 상의는 골반 언저리에서 바깥쪽으로 곡선을 이루며 옷자락이 펼쳐지는 버마 전통 의상인 엔지를 입고 있었다. 옷자락들이 땅을 향해 벌어진 꽃잎 같았다. 무녀는 나른한 태도로 여송연을 악단 남자에게 던져주고는 가냘픈 한쪽 팔을 내밀어 근육을 풀듯이 뒤틀었다.

악단이 갑자기 울부짖는 듯한 음악을 연주하기 시작했다. 백파이프 같은 피리 소리가 울렸고, 한 사람은 대나무 판들로 이루어진 괴상한 악기를 작은 망치로 두드렸다. 한가운데서 크기가 다른 열두 개의 키 큰 북에 둘러싸인 사람이 이 북 저 북을 손바닥으로 빠르게 두드렸다. 그러자 곧 무녀가 춤을 시작했다. 하지만 장단에 맞춰 고개를 끄덕이면서 팔꿈치를 비튼 자세를 취할 뿐 처음부터 바로 춤을 추지는 않았다. 그 동작은 흡사 구식 회전목마의 구체 관절 목각 인형이 움직이는 것 같았다. 목과 팔꿈치를 회전시키는 모양이 딱 그런 인형이긴 했지만 놀라울 정도로 나긋나긋했다. 손가락을 한데 모아 뱀 머리처럼 뒤틀면서 뒤로 젖히면 팔뚝과 거의 나란했다. 춤 동작이 점차 빨라졌다. 긴 롱지가 발을 덮고 있는데도 좌우로 껑충 뛰었다가 무릎과 상체를 굽히면서 착지한 뒤

곧 놀랍도록 민첩하게 다시 뛰어오르곤 했다. 이어 무릎을 굽히고 앉을 듯 말 듯 몸을 앞으로 기울인 채 양팔을 뻗어 비트는가 하면 북 소리에 맞춰 머리를 움직이면서 기괴한 자세로 춤을 추었다. 음악이 빨라지며 절정에 다다르자 똑바로 일어나 팽이처럼 빠르게 빙빙 돌았다. 엔지 자락이 스노드롭 꽃잎처럼 펼쳐졌다. 그러다 곧 음악이 시작했을 때처럼 갑자기 멈추자 관중이 소란스럽게 갈채를 보내는 가운데 무녀는 무릎과 상체를 굽혔다.

엘리자베스는 공연을 구경하며 공포에 가까운 감정이 섞인 놀라움과 무료함을 느꼈다. 음료수를 조금 마셔보니 머릿기름 같은 맛이 났다. 발치에 깔린 돗자리에는 작은 달걀형 얼굴을 가진 소녀 셋이 같은 베개를 베고 새끼고양이처럼 나란히 누워 잠을 자고 있었다. 플로리는 음악 소리를 핑계 삼아 엘리자베스의 귓전에다 대고 진행 중인 춤에 대해 설명했다.

"나는 엘리자베스 양이 이 공연에 관심을 가질 줄 알았어요. 그래서 이리로 왔죠. 책도 많이 읽고 문명화된 곳들을 다녀봤으니 여기서 사는 우리들처럼 한심한 야만인은 아닐 테니 말이죠. 괴상하긴 해도 나름 구경할 만하지 않아요? 저 무녀의 춤동작을 봐요. 앞으로 구부린 괴상한 자세가 꼭두각시 같죠. 팔꿈치 아래를 비틀 때는 마치 코브라가 공격하려고 머리를 쳐드는 듯하고. 기괴하고 심지어 흉측하기도 한데, 그 흉측함에는 의도적인 무언가가 있죠. 거기엔 또 사악한 무언가가 있기도 하고요. 모든 몽골계 사람들이 가진 마성의 기운도 있어요. 하지만 자세히 들여다보면 그 이면에는 정말이지 몇 세기에 걸쳐 이어 내려온 문화와 예술이 있지 않겠습니까! 저 무녀의 동작 하나하나는 무수한 세대를 거쳐오면서 사람들이 배우고 전수한 것들이죠. 이들 동양 민족들의 예술을 자세히 살펴보면, 그건 우리 서양인들이 대청(大靑)을 엮어 몸을 가리던 시대, 즉 우리의 역사와 거의 같은 시대로 거슬러 올라감을 알 수 있어요. 내 식견으로는 분명히 규정할 수는 없지만, 저렇게 팔을 비트는 동작에는 버마 민족의 생활과 기질이 농축되어 있어요. 저 무녀를 보면 논이 보이죠, 또 티크 숲 기슭의 마을과 불탑, 누런 장삼을 입은 승려, 이른 아침 강가에 몸을 담근 물소가 보이고, 디보왕의 궁전이—"

음악과 함께 플로리의 말소리가 뚝 끊겼다. 푸에 춤은 산만하고 경솔한 이야기를 하도록 그를 부추기는 것들 중 하나였다. 원래가 그런 데다 지금은 자신이 소설 속의, 그것도 별로 훌륭하지 않은 소설 속의 인물처럼 이야기하고 있었을 뿐임을 깨달았다. 플로리는 눈길을 돌렸다. 엘리자베스는 그의 말을 들으며 기분이 오싹할 정도로 불편했다. 이 사람 대체 뭐라고 떠드는 거야? 처음엔 그런 생각이 들었다. 게다가 자신이 증오하는 '예술'이라는 말을 한두 번 들은 게 아니었다. 플로리는 전혀 모르는 타인이며 단둘이 나온 것은 현명하지 못했음을 그녀는 처음으로 깨달았다. 엘리자베스는 주위를 둘러보았다. 가무잡잡한 얼굴의 바다, 이글거리며 타는 붉은 등불. 그 광경이 이상하고 몹시 두려웠다. 왜 여기 와 있는 걸까? 마늘과 땀 냄새를 풍기는 검은 피부의 사람들과 몸이 닿을락 말락 하게 앉아 있는 게 바람직한 일은 분명 아닐 텐데? 클럽에서 우리 백인들 가운데 있지 않고 왜 여기서 이러는 거지? 플로리는 왜 나를 이곳에 데려와 원주민들 가운데서 이 끔찍하고 미개한 광경을 보게 하는 걸까?

풍악이 울리고 무녀가 다시 춤을 추었다. 분칠을 얼마나 두껍게 했는지 얼굴이 석고 가면을 쓴 것처럼 등불 아래 희미하게 빛났고 두 눈만이 생기를 띠었다. 죽음처럼 새하얀 달걀형 얼굴에 몸은 목각 인형처럼 부자연스러웠다. 그런 모습이 기이했고 귀신과도 같았다. 음악 속도가 바뀌자 무녀는 쇳소리 같은 목소리로 노래를 부르기 시작했다. 강약 장단의 빠른 곡은 흥겹고 격렬했다. 귀에 거슬리는 가사를 구경꾼 모두가 한목소리로 따라 부르기 시작했다. 무녀는 여전히 기이하게 구부린 자세로 몸을 돌려 관중을 향해 엉덩이를 내밀고 춤을 추었다. 비단 롱지가 금속처럼 빛났다. 양손과 팔꿈치를 돌리면서 그녀는 엉덩이를 흔들었다. 그러다 양쪽 엉덩이가 음악에 맞춰 따로따로 꿈틀거리기 시작했다. 롱지를 입고 있는데도 뚜렷이 드러나는 놀라운 묘기였다.

관중의 환호와 갈채가 터져 나왔다. 돗자리를 깔고 잠을 자던 세 소녀도 동시에 일어나 열광적으로 박수를 쳤다. 한 서기가 콧소리로 유럽인들을 위하여 "브라보, 브라보!"를 외쳤다. 유럽 여자들에 대해 잘 아는 우 포 카인이 이맛살을 찌푸리며 손을 내저었지만 엘리자베스는 이미 자리에서 일어서 있었다.

"난 갈게요. 가야 할 시간이에요." 엘리자베스가 얼굴을 딴 데로 돌리고 불쑥 말했지만 플로리는 그녀의 얼굴이 붉어진 것을 알 수 있었다.

당황한 플로리가 일어나 옆에 섰다. "이봐요. 조금만 더 있다 가면 안 돼요? 늦었다는 건 알지만, 저 무녀는 우리 때문에 예정보다 두 시간 일찍 무대에 나왔어요. 몇 분만이라도 안 될까요?"

"안 돼요. 어쩔 수 없어요. 아까 갔어야 했는데. 숙부와 숙모가 지금 무슨 생각을 하고 있을지 참."

엘리자베스는 곧바로 인파를 헤치고 나가기 시작했다. 플로리는 푸에 공연단의 수고에 감사를 표할 겨를도 없이 그 뒤를 따랐다. 버마 사람들이 떠름한 얼굴로 길을 내주었다. 공연 순서를 무시하고 최고의 무녀를 무대에 세우고는, 무녀가 춤을 시작하자마자 자리를 뜨는 이들 영국인들을 어떻게 좋아하겠는가? 플로리와 엘리자베스가 가버리자 푸에 무녀는 이어서 공연하기를 거부했다. 이에 구경꾼들이 계속할 것을 요구하면서 일대 소동이 벌어졌지만, 광대 둘이 서둘러 무대에 나와 폭죽을 터뜨리고 음담패설을 늘어놓기 시작하자 소란은 곧 가라앉았다.

플로리는 비굴하게 졸졸 뒤따라갔다. 엘리자베스는 얼굴을 돌린 채 걸음을 재촉하며 얼마 동안 말도 하지 않았다. 친해지려는 마당에 이게 웬 날벼락이람! 플로리는 연신 사과했다.

"미안해요! 저걸 그렇게 싫어할 줄은 몰랐어요."

"아무것도 아닌데 미안해하실 게 뭐가 있어요? 난 그저 돌아갈 시간이 됐다고 했을 뿐인데."

"내 생각이 짧았어요. 여기서 살다 보면 그런 건 건 별로 신경 쓰지 않게 되거든요. 여기 사람들의 미풍양속 관념은 우리와는 달라서요. 어떤 면에서는 더 엄격하지만—"

"그래서 그런 게 아니에요! 아니라고요!" 그녀가 벌컥 성을 냈다.

플로리는 자신이 상황을 더 악화시키고 있음을 깨달았다. 그들은 잠자코 걸었다. 플로리는 비참한 기분으로 뒤따라갔다. 바보, 바보! 그러나 그렇게 후회하면서도 그녀가 화를 내는 진짜 이유를 눈치채지 못했다. 엘리자베스는 푸에 춤을 춘 여자의 동작 그 자체 때문에 기분이 상한 게 아니었다. 그것은 단지 상황을 명확하게 해주었을 뿐이다. 그녀에게 안 좋은 인상을 준 것은 그런 유람 자체였다. 그 냄새나는 원주민들과 가까이 어울리기를 원한다는 그 발상. 백인이 그렇게 행동해서는 안 된다고 그녀는 확신했다. 게다가 긴 단어들을 써가며, 거의 시를 인용하듯이 늘어놓은 그 두서없는 장광설은 또 무엇이란 말인가! 파리에서 가끔 마주치던 지긋지긋한 화가들도 그런 식으로 말했지. 사실 이날 저녁까지만 해도 그를 남자다운 남자로 생각했었다. 그러나 곧 아침에 있었던 일, 맨손으로 물소와 맞선 플로리의 모습을 떠올리자 화가 조금 가라앉았다. 그리고 클럽에 이르렀을 때쯤 그를 용서하고 싶은 마음이 들었다. 때마침 플로리가 다시 말을 걸 용기를 냈다. 나무의 큰 가지 사이로 내리비치는 달빛 속에 들어서자 그가 걸음을 멈추었고, 그녀도 멈춰 섰다. 그녀의 얼굴이 희미하게 보였다.

"이봐요. 저, 이 일로 정말 화난 건 아니죠?"

"아뇨, 물론 아니에요. 그런 게 아니라고 했잖아요."

"거기엔 가지 말았어야 했는데. 용서하세요. 있잖아요, 사람들한테는 엘리자베스 양이 어디에 갔었는지 말하지 않을 생각이에요. 그냥 정원으로 산책을 나갔었다거나, 뭐 그렇게 얘기하는 게 좋겠군요. 백인 여자가 푸에 공연을 보러 갔다고 하면 다들 이상하게 여길 수 있으니까요. 그러니 그건 말하지 않을게요."

"네, 나도 그럴게요!" 엘리자베스의 다정한 말투에 플로리는 깜짝 놀랐다. 그는 자신이 용서받았다는 것을 알았다. 하지만 무엇에 대한 용서인지는 알지 못했다.

그들은 무언의 동의하에 따로따로 들어갔다. 유람은 확실한 실패였지만 클럽 라운지는 축제 분위기로 가득했다. 이 지역 유럽인들이 모두 엘리자베스를 환영하려고 기다리고 있었다. 제일 좋은 흰색 옷에 풀을 먹여 입은 집사와 여섯 명의 사환이 문 양쪽에 도열하여 웃음을 머금고 이마에 손을 대며 몸을 굽혀 인사했다. 유럽인들까지 모두 그녀를 맞은 뒤, 집사가 '사이브 아가씨'를 위해 하인들에게 준비시킨 커다란 화환을 가지고 앞으로 나왔다. 맥그리거 씨가 매우 익살스러운 환영사와 함께 엘리자베스에게 모두를 소개해주었다. 맥스웰은 '지역 수목 전문가'로, 웨스트필드는 '법과 질서의 수호자이자, 음, 지역 노상 강도단의 공포'라고 소개하는 식이었다. 그의 소개말은 사람들에게 많은 웃음을 선사했다. 젊고 예쁜 여성의 존재에 다들 기분이 좋아져, 맥그리거 씨가 저녁 시간을 거의 다 바쳐 준비한 연설마저 재미있어했다.

엘리스는 틈이 나자마자 은밀히 플로리와 웨스트필드의 팔을 잡아끌어 카드놀이 방으로 데려갔다. 평소보다 기분이 한결 좋은 그는 작고 단단한 손가락으로 아프지만 친근하게 굴며 플로리의 팔을 꼬집었다.

"이봐, 다들 자네를 찾고 있었어. 한참 동안 어딜 갔던 거야?"

"으응, 그냥 산책 좀 하느라고."

"산책이라니! 누구랑?"

"래커스틴 양하고."

"그럼 그렇지! 자네였군, 덫에 걸린 바보가. 남들은 볼 새도 없이 자네가 미끼를 문 거였어. 난 자네가 정말 그 정도로 어리다곤 생각하지 않았는데 말이야!"

"무슨 뜻이야?"

"무슨 뜻이냐니! 이 친구, 모르는 체하는 것 좀 보게! 나 참, 그야 물론 래커스틴 부인이 자네를 조카사위로 점 찍었다는 거야. 말하자면, 조심하지 않으면 그렇게 된다는 거지. 자네 생각은 어때, 웨스트필드?"

"그렇고말고. 신랑감으로 적당한 젊은 총각. 결혼의 올 가미이니 뭐니 하는 그런 스토리. 플로리를 딱 찍은 거지."

"어째서 그런 엉뚱한 생각들을 하게 된 거야. 여기 온 지 하루도 안 된 여자를 두고."

"아무튼 그 정도면 데리고 나가 정원 길을 산책하기엔 충분한 시간이지. 신중하게. 톰 래커스틴이 모주망태라 도 평생 조카가 얹혀사는 걸 내버려둘 바보 천치는 아니 야. 물론 조카도 자신에게 이득이 되는 게 뭔지 잘 알고 있을 거고. 그러니 조심하게. 자칫 자승자박하지 말고."

"허허, 무슨 권리로 그렇게 남의 말들을 하는지 모르겠 군. 어쨌거나 저 여자는 아직 어린데—"

"이 친구야—"새로운 스캔들거리가 생긴 엘리스는 플 로리의 재킷 깃을 잡고 소곤소곤 말했다. "이봐, 이봐, 어리석은 생각은 그만둬. 자넨 저 여자를 먹기 쉬운 과일로 생각하지만 절대 그렇지 않아. 본국에서 오는 여자들은 다 똑같아. '사내라면 누구든 환영이지만 혼전에는 아무 것도 허락하지 않는다'라는 게 그런 여자들의 좌우명이지. 예외가 없어. 저 여자가 왜 여기에 왔겠나?"

"왜? 몰라. 오고 싶으니까 왔겠지."

"어유, 바보 같은 친구 같으니! 당연히 결혼할 남자를 낚으려고 온 거지. 삼척동자도 다 아는 사실을! 모든 데서 실패한 여자들이 마지막 시도를 하는 곳이 인도야. 여기선 모두가 백인 여자를 그리워하니까. 인도 결혼 시장이라고들 하지, 식육 시장이라고 하는 게 맞겠지만. 냉동 양고기처럼 해마다 수많은 여자들이 배를 타고 건너오고, 자네 같은 추잡한 노총각들은 그들에게 집적거리지. 냉장 보관. 얼음에 재워두었던 갓 꺼낸 즙 많은 고깃덩어리."

"자네 말하는 게 고약하군."

"방목해 키운 최상품 영국산 고기." 엘리스가 자못 만족스러워하며 말을 이었다. "신선한 위탁 판매품. 최상의 상태 보증."

엘리스는 음란한 모양으로 킁킁거리며 큰 고깃덩어리의 품질을 검사하는 시늉을 했다. 한참을 우려먹을 만족스러운 농담을 찾은 것이다. 그의 농담은 대개 그런 식이었다. 여자들의 이름을 더럽히는 것보다 더한 즐거움은 없었다.

이날 밤 플로리는 엘리자베스를 별로 다시 보지 못했다. 이런 모임이 대개 그렇듯이 라운지는 무의미한 것에 대한 유치한 수다로 소란스러웠다. 플로리는 원래 그런 대화를 오래 하지 못했다. 클럽의 문명화된 분위기에 젖어 있다가 마치 막간의 공연 같은 불쾌한 푸에 공연에 다녀온 엘리자베스는 같은 백인들의 얼굴에 둘러싸이고 친숙한 그림 신문과 본조 그림이 걸려 있는 것을 보며 마음이 놓였다.

래커스틴 부부와 엘리자베스가 9시에 클럽을 나설 때 그들과 집까지 동행한 건 플로리가 아니라 맥그리거였다. 그는 어스레한 골드모후르 나무의 꼬부라진 그림자를 헤치며 엘리자베스와 옆에서 우호적인 도마뱀류의 괴물처럼 느릿느릿 걸었다. 프롬 일화며 다른 많은 이야기들을 늘어놓을 새로운 대상을 찾은 것이다. 카욱타다에 새로 오는 사람은 누구든 으레 맥그리거가 이야기를 쏟아놓는 대상이 되었다. 그는 다른 사람들에게는 이미 더없이 따분한 사람이기 때문이었다. 클럽에서는 그의 이야기를 가로막는 것이 전통처럼 되어 있을 정도였다. 하지만 엘리자베스는 원래 남의 말을 잘 들어주는 사람이었다. 맥그리거는 좀처럼 보기 힘든 총명한 여자를 만났다고 생각했다.

플로리는 클럽에 남은 사람들과 술을 더 마셨다. 엘리자베스에 대한 음란한 이야기가 많이 오갔다. 베라스와미를 회원으로 뽑자는 문제는 일단 보류되었다. 그 전날 저녁에 엘리스가 게시한 공고문도 붙어 있지 않았다. 맥 그리거 씨가 이날 아침 클럽에 들렀을 때 그것을 보고 공 정을 기해 당장 뗄 것을 요구했던 것이다. 그렇게 해서 그 공고는 금지되었지만 소기의 목적은 달성되었다.

9

그로부터 2주간 많은 일이 일어났다.

우 포 카인과 베라스와미 원장 간의 반목이 절정에 달하면서 마을 전체가 두 파로 갈렸다. 치안판사에서 시장 청소부까지 모든 주민이 어느 한쪽 편에 섰고 때가 되면 위증할 준비를 갖추고 있었다. 하지만 둘 중 원장 쪽이 훨씬 세가 약했고 중상모략에 있어서도 상대에 못 미쳤다. 《버마의 애국자》편집인은 선동과 명예훼손 혐의로 재판에 회부되었고 보석 신청은 받아들여지지 않았다. 그가 구속되자 랑군에서 소규모 폭동이 일어났지만, 경찰에 의해 진압되었고 사망자는 두 명의 폭도밖에 없었다. 감옥에 들어간 편집인은 단식 투쟁을 벌였으나 여섯 시간 만에 그만두었다.

카욱타다에서도 여러 가지 일이 벌어졌다. '나 슈에 오'라는 이름의 강도가 불가사의한 정황 속에 탈옥하는 일이 생겼다. 그리고 지역 원주민들이 반란을 준비하고 있다는 소문이 무성했다. 이 소문의 중심에 통와라는 마을이 있었다. 맥스웰이 티크 껍질을 벗기는 현장 캠프촌에서 멀지 않은 그곳에 버마 말로 '웨이크사' 즉 요술사가 어디선가 난데없이 나타나 영국의 지배력이 다했음을 예언하며 마법의 방탄조끼를 나눠주고 있다는 것이었다. 맥그리거 부판무관은 그 소문을 별로 심각하게 받아들이지 않았지만 헌병 병력의 증원을 요청했고, 조만간 영국인 장교가 거느리는 인도군 보병 중대가 카욱타다로 파병될 것이라는 말이 돌았다. 웨스트필드 서장이 그 말썽의 징조, 아니 말썽의 희망이 나타나자마자 서둘러 통와로 달려갔음은 물론이다.

"야아, 이놈들, 한 번만이라도 좀 제대로 들고일어나봤으면!" 웨스트필드가 출발하기 전 엘리스에게 말했다. "그래봤자 언제나처럼 참패로 끝나겠지만. 이런 반란은 언제나 똑같아. 제대로 시작하기도 전에 흐지부지돼 버리지. 내가 한 번도 사람을 쏴본 적이 없다고 하면 믿어져? 무장 강도도 못 쏴봤어. 전쟁을 빼면 11년 동안 단 한 사람도 죽인 적이 없어. 우울하다고."

"아니 뭐, 놈들이 소문처럼 일을 벌이지 않으면 우두머리들이라도 잡아다 몰래 족치면 되잖아. 젠장, 감옥이 무

187

슨 요양원인가, 모셔놓고 먹여주고 재워주게. 그냥 잡아
다 한번 족치는 게 훨씬 낫지." 엘리스가 말했다.

"흠, 그럴지도. 하지만 요즘엔 그러지 못해. 그놈의 솜
방망이 법인지 뭔지 때문에. 그런 걸 만든 우리가 바보긴
하지만 그래도 법은 법이니."

"흥, 법 따위 개나 주라고 해. 버마 놈들은 대나무로 매
를 맞아야 정신을 차려. 놈들이 매를 맞은 다음 어떻게
하는지 본 적 있어? 난 봤지. 달구지에 실려 나오면 여자
들이 으깬 바나나를 등에 발라주는데 그러면 비명을 지
르지. 놈들은 그래야 알아먹어. 내 마음대로 하라면 터키
처럼 발바닥에 곤장을 칠 텐데."

"어쩔 수 없지 뭐. 아무튼 이번엔 놈들 배짱이 있길 바
라세. 여차하면 우리는 소총으로 무장한 헌병대를 동원
할 테니. 몇십 명쯤 총알을 먹이는 거지. 그러면 상황이
말끔히 정리될 거야."

하지만 고대하던 기회는 오지 않았다. 웨스트필드는
쿠크리 칼을 쓰고 싶어 안달인 둥근 얼굴의 구르카족 출
신 경관 열두 명을 이끌고 통와로 갔다. 그러나 반란의
조짐은 어디에도 보이지 않고 우울할 정도로 평화로웠
다. 해마다 어김없이 우기가 찾아오듯 돌아오는, 인두세
납부를 피하려는 작업만 한창이었다.

더위는 날마다 더해갔다. 엘리자베스도 처음으로 땀
띠가 돋았다. 클럽 테니스장에는 한 세트 정도 활기 없

는 공이 오가고 나면 저마다 의자에 주저앉아 미지근한—일주일에 두 번씩 만달레이로부터 공급되는 얼음도 도착한 지 스물네 시간 안에 전부 녹아버리기 때문이었다—라임 주스나 들이켰고, 그나마 테니스를 치는 사람은 거의 없었다. '숲의 불꽃'※ 꽃이 만발했다. 버마 여자들은 땡볕으로부터 아이들을 보호한다며 아프리카의 무당처럼 얼굴에 노란 줄을 그어주었다. 크기가 오리만 한 황제비둘기와 녹색비둘기가 시장 길을 따라 늘어선 보리수 씨앗을 먹으러 떼로 몰려들었다.

한편 플로리는 마 흘라 메이를 집에서 내쫓았다.

비열하고 더러운 일이지 않은가! 구실은 충분했다. 플로리에게서 훔친 금으로 된 담배 케이스를 식료품 잡화점이자 불법 전당포를 운영하는 리 야이크라는 중국인에게 전당 잡혔다는 것. 그래도 그건 구실에 불과했다. 마 흘라 메이를 내보려 하는 것은 엘리자베스 때문임을 플로리 자신이 잘 알고 있었을 뿐 아니라 마 흘라 메이도, 하인들도 모두 아는 사실이었다. 마 흘라 메이의 말마따나 '머리를 염색한 영국 여자' 때문이었다.

처음엔 마 흘라 메이도 큰 소동을 피우지 않았다. 자신을 내보내는 이유를 말하면서 100루피 수표를 쓰는 플로

※ The Flame of the Forest. 인도, 동남아시아 지역에 서식하는 나무로 진홍색 꽃을 피운다.

리를 뚱하니 바라보기만 했다. 수표는 시장의 리 야이크나 인도인 체티*에게 가져가 현금으로 바꾸면 된다. 플로리의 심정은 마 흘라 메이보다 더 무안했다. 그녀를 똑바로 쳐다볼 낯이 없었다. 목소리가 기운이 없고 떳떳하게 들리지 않았다. 그녀의 짐을 실어 갈 달구지가 왔을 때는 침실에 들어가 상황이 종료되기를 기다리며 나와보지도 않았다.

달구지의 바퀴가 삐걱거리고 남자들이 외치는 소리가 들리는가 싶더니 별안간 가슴을 서늘하게 하는 비명이 울려 퍼졌다. 플로리는 얼른 밖으로 나갔다. 햇볕이 내리쬐는 문 앞에서 사람들이 서로 밀고 당기며 버둥거리고 있었다. 코 슬라는 문기둥을 붙들고 놓지 않는 여자를 다짜고짜 떠밀어 내느라 법석이었다. 얼굴에 불같은 노여움을 띤 마 흘라 메이가 계속 날카로운 비명을 질렀다. "타킨! 타킨! 타킨! 타킨! 타킨!" 자신을 쫓아낸 그를 여전히 그렇게 부르는 소리에 플로리는 마음이 아팠다.

"뭐 땜에 그래?" 플로리가 물었다.

마 흘라 메이와 마 이가 장식용 가발 하나를 놓고 서로 제 것이라고 주장하는 듯했다. 플로리가 그것을 마 이에게 주고 마 흘라 메이에게는 2루피를 주었다. 그러고 나

＊ Chetty. 남인도의 카스트 제도에서 바이샤 계급 또는 상위 수드라 계급으로 분류되는 다양한 분야의 상인들이 쓰던 직함.

자 달구지가 덜컹거리며 출발했다. 그 위에 탄 마 흘라 메이는 등을 곧게 펴고 앉아 뚱한 표정으로 버들고리 바구니 두 개를 옆구리에 끼고 무릎 위의 새끼 고양이를 쓰다듬었다. 불과 두 달 전에 플로리가 선물로 준 고양이였다.

오래전부터 마 흘라 메이가 없었으면 했던 코 슬라는 바라던 대로 됐는데도 기분이 썩 좋지 않았다. 사제가 도착하는 일요일에도 예전과 달리 여전히 카욕타다에 남아 교회―코 슬라는 교회를 '영국인 불탑'이라고 불렀다―에 가는 플로리를 보고 기분이 더 별로였다. 신도는 프랜시스와 새뮤얼, 원주민 기독교인 여섯 명, 선찮은 페달 하나가 달린 작은 풍금으로 〈나와 함께하소서〉를 연주하는 래커스틴 부인을 포함해 모두 열두 명이었다. 장례식 외에 플로리가 교회에 간 건 10년 만에 처음이었다. '영국인 불탑' 안에서 일어나는 일에 대한 코 슬라의 관념은 극히 막연했지만 예배 참석이 덕을 뜻한다는 것을 알고 있었다. 독신 남성을 주인으로 섬기는 하인들이 다 그렇듯 코 슬라도 덕을 무척 싫어했다.

"골치 아픈 일이 생길 거야." 코 슬라가 침울하게 다른 하인들에게 말했다. "내가 요 열흘간 그(그는 플로리를 의미했다)를 지켜봤는데, 담배를 하루에 열다섯 개비로 줄이고, 아침 식사 전에 마시던 진도 이젠 안 마시고, 매일 저녁 면도를 하더라고. 하지만 그는 내가 그런 걸 알아챘다는 걸 몰라. 내가 바보라는 거지. 게다가 실크 셔츠를 여섯 장이나 주문했단 말이지! 기한 내에 옷을 지어내라고 하는 그를 가리켜 개새끼라고 욕하는 양복장이 옆을 내가 지키고 서 있어야 했거든. 불길한 징조야! 한 석 달만 있어봐, 그러면 이 집에서 평화는 물 건너갈 거라고!"

"저런, 주인님 결혼해?" 바 페가 물었다.

"확실해. 백인 남자가 영국인 불탑에 가기 시작하면 종말의 시작이라고 할 수 있을 거야."

"내 평생 많은 주인 중 최악은 영국인 웜폴 대령이었지." 새미 영감이 말했다. "바나나 튀김 요리를 너무 자주 한다며 당번병한테 나를 탁자 위로 구부리게 시키고 뒤에서 달려와 육중한 군홧발로 엉덩이를 걸어차곤 했어. 그리고 술에 취하면 하인 숙소의 지붕을 향해 권총을 쏘곤 했어. 그러면 총알이 우리 머리 위를 스쳐 날아갔지. 그래도 웜폴 대령 밑에서 일하는 10년이 성가시게 잔소리하는 백인 마님 밑에서 일주일 있는 것보단 나아. 주인님이 결혼하면 난 그날로 그만둘 거야."

"난 안 그만둬. 여기서 하인 생활만 15년이야. 하지만 그 여자가 오면 우리에게 어떤 일이 일어날지 알아. 가구에 먼지가 조금 앉은 걸 갖고 윽박지르고, 잠자는 우릴 깨워 차를 내오라고 할 거야. 시도 때도 없이 걸핏하면 조리실에 나타나 냄비가 더럽다, 밀가루 통에 바퀴벌레가 있다, 어쨌다, 별의별 잔소리를 해댈 거라고. 내 생각에 이 백인 여자들은 뭘 갖고 하인들을 괴롭힐까 궁리하느라 잠도 안 잘 거야."

"백인 여자들은 작은 장부를 쓴다네." 새미가 말했다. "거기에 장 볼 돈을 기록하지. 이거에 2아나, 저거에 4아나 하는 식으로. 그래서 우리 몫으로는 단 한 푼도 어림없어. 양파 하나를 사도 백인 남자가 5루피를 가지고 그러는 것보다 더 잔소리를 해댄단 말이야."

"아, 누가 아니래! 아마 이 여자는 마 흘라 메이보다 더 지독할 거야. 여자들이란!" 그는 포괄적인 의견을 덧붙이며 한숨을 내쉬었다.

마 푸와 마 이까지 다른 하인들을 따라 한숨을 쉬었다. 두 여자는 아무도 코 슬라의 말을 자신의 성별에 대한 비난으로 받아들이지 않았다. 영국 여자는 다른 인종일 뿐 아니라 어쩌면 인간도 아닌 것으로 간주했다. 몇 년 동안 한 집에서 일해온 이들까지 포함한 모든 하인들의 대탈주를 예고할 정도로, 영국 여자들은 악명이 높았다.

10

하지만 사실 코 슬라의 근심은 시기상조였다. 처음 만난 지 열흘이 지났건만 플로리와 엘리자베스의 사이는 가까 워지지 않았다.

대부분의 유럽인들이 정글에 들어가 있었을 때 플로리 는 카욕타다에 남아 열흘 동안 그녀를 독점하다시피 했 다. 연중 벌목 작업이 가장 한창인 이때 카욕타다 사무실 에서 빈둥거릴 권리가 플로리에게는 없었다. 그가 부재 할 때의 현장 책임자인 무능한 유라시아인의 감독하에 모든 게 엉망이 되었다. 하지만 플로리는 열이 있다는 핑 계를 대고 카욕타다에 머물렀다. 그런 동안 현장 감독으 로부터는 거의 매일 재난적인 사태를 호소하는 절망적인 편지가 전달되었다. 코끼리 한 마리가 병이 났다거나, 티크 원목을 강까지 운반하는 데 쓰이는 경철도 기관차가 고장 났다거나, 인부 열다섯 명이 현장을 무단이탈했다거나 하는 내용이었다. 그래도 플로리는 카욱타다에 머물렀다. 엘리자베스를 두고 도저히 떠날 수 없었다. 아직 별다른 의도는 없었다. 처음 만난 날의 즐겁고 편안한 느낌의 정분을 다시 경험하고 싶을 뿐이었다.

사실 두 사람은 매일 아침저녁으로 만났다. 해 질 녘이면 클럽에서 테니스를 쳤다. 매년 이맘때 래커스틴 부인은 기운이 없고 래커스틴 씨는 간이 나쁘다는 이유로 테니스를 치지 않았기 때문에 플로리와 엘리자베스만 단식 경기를 했다. 그런 뒤 네 사람은 라운지에 앉아 브리지 게임을 하거나 이야기를 나누곤 했다. 플로리와 엘리자베스는 함께 있는 시간이 많았다. 둘만 있는 시간도 종종 있었지만, 그녀와 있을 때는 한시도 긴장이 풀리지 않았다. 사소한 화제인 한은 더없이 자유롭게 대화를 나누었지만, 여전히 생면부지의 남처럼 서먹서먹하기만 했다. 플로리는 그녀 앞에만 서면 경직되었다. 얼굴의 모반을 의식하지 않을 수 없었다. 두 차례나 면도한 턱은 쓰라리고, 몸은 위스키와 담배를 달라며 그를 고문했다. 그녀와 함께 있을 때는 술과 담배를 덜 하려고 노력했기 때문이다. 열흘이 지난 후에도 둘 사이는 그가 바라는 만큼 가까워지지 않은 듯했다.

왜 그런지 자신이 원하는 대로 이야기를 나눌 수 없었

다. 이야기를 나누자는 건데, 단지 이야기를 나누자는 건데! 그것은 대수롭지 않은 일 같으면서도 얼마나 큰일인지! 중년의 언저리에 이르기까지 매사에 자신이 피력하는 진솔한 의견을 신성모독인 양 취급하는 이들 틈에서 쓰라리게 외로운 생활을 한 사람이 가지는 욕구 중에 서로 마음이 통하는 누군가와 이야기를 나누고 싶은 욕구는 무엇보다 큰 법이다. 하지만 모든 대화를 진부한 것으로 바꾸는 마법에라도 걸렸는지 엘리자베스와 진지한 이야기를 나눈다는 것은 불가능한 듯했다. 전축 음반, 개, 테니스 라켓에 대한 이야기를 비롯해 흔하고 우울한 클럽 수다 수준에서 벗어나지 않았다. 엘리자베스는 다른 이야기는 하고 싶은 마음이 없어 보였다. 플로리가 조금이라도 흥미를 느끼는 화제를 언급하면 그녀의 목소리는 마치 '난 안 할래'라며 참여를 회피하는 투였다. 그녀의 독서 취향을 알게 되었을 때 플로리는 어처구니가 없었다. 하지만 아직 어리니까, 라며 스스로를 일깨웠다. 그래도 파리의 플라타너스 그늘 아래서 화이트와인을 마시며 마르셀 프루스트를 논하던 여자가 아닌가? 시간이 지나면 분명 그를 이해하고 그가 필요로 하던 동반자가 되어줄 것이다. 어쩌면 아직 그녀의 신뢰를 얻지 못했기 때문인지도 모른다.

그는 그녀를 상대로 눈치가 없었다. 오랫동안 독신으로 살아온 남자들이 다 그렇듯 관념만 앞섰지 사람에게는 잘 적응하지 못했다. 그런 까닭에 모든 대화의 내용이 피상적인데도 그녀는 가끔 짜증이 났다. 이야기 자체보다는 풍기는 느낌 때문이었다. 두 사람 사이에 거북한 감정이 감돌았다. 뭐라고 꼬집어 말할 수는 없었지만 그 때문에 그들은 다툴 뻔한 적이 많았다. 한 나라에 오래 거주한 사람과 새로 온 사람이 만나면 불가피하게 전자가 후자에게 안내원 노릇을 하기 마련이다. 이때는 엘리자베스가 버마를 처음 알아가던 시기였다. 따라서 플로리는 자연히 통역 노릇을 하며 버마에 대해 이것저것 설명하고 자신의 의견을 달았다. 엘리자베스는 그의 설명 내지는 그 방식에 막연하지만 깊은 반감을 느꼈다. 예를 들어 플로리는 '원주민'들에 대해 말할 때 거의 언제나 **그들 편**을 들었다. 언제나 버마의 풍속과 버마인의 국민성을 칭찬했고, 심지어 영국인과 비교해 더 낫다는 말까지 했다. 그럴 때 엘리자베스는 마음이 몹시 불편했다. 어쨌든 원주민은 원주민 아닌가. 물론 흥미롭긴 하지만 결국은 '피지배' 민족이요 검은 얼굴의 열등한 민족에 불과했다. 그녀가 보는 한 그의 태도는 **너무** 관대했다. 그런데도 플로리는 자신이 어떤 점에서 그녀의 반감을 사는지 깨닫지 못하고 있었다. 흐리멍덩하고 무관심한 눈으로 버마를 바라보는 인도의 백인 여자들과 달리 엘리자베스만은 버마를 사랑했으면 하는 마음이 앞섰던 것이다! 외국에 나오면 대부분은 그곳 주민들을 깔봐야만 마음이 편하다는 것을 그는 잊고 있었다.

플로리는 엘리자베스에게 동양의 풍물에 흥미를 느끼게 하고 싶어 몸이 달아 있었다. 한 예로 그녀에게 버마어를 배우라고 권유해보았지만 헛수고였다. (버마어를 하는 여자는 선교사들뿐이며, 교양 있는 여자는 부엌에서 필요한 우르두어만 알면 된다고 숙모로부터 들어 알고 있었다.) 그렇게 작은 의견의 차이가 많았다. 엘리자베스는 막연하나마 무릇 영국 남자라면 플로리처럼 생각해서는 안 된다고 파악하고 있었다. 한편 그녀가 분명히 파악한 것이 있으니, 그것은 자신이 버마 사람들을 좋아하고, 나아가 그들을 칭찬해주었으면 하는 것이 플로리의 바람이라는 사실이었다. 야만인에 가깝고, 보기만 해도 여전히 오싹한 검은 얼굴의 민족을 칭찬하라니!

이 문제는 다양하게 표출되었다. 길을 가다 한 무리의 버마인들을 지나칠 때면 엘리자베스는 호기심과 혐오가 섞인 초심자의 눈으로 그들을 뒤돌아보고는, 누구에게나 그랬을 말을 하곤 했다.

"어쩜 저렇게도 흉측하게 못생겼을까요?"

"그래요? 난 언제 봐도 꽤 매력적이던데요, 버마인들 말이에요. 몸이 아주 멋지잖아요. 저 사람 어깨 좀 봐요. 청동 조각상 같죠. 우리 영국인이 영국에서 저렇게 다 벗다시피 하고 돌아다닌다고 생각해봐요. 보기에 얼마나 끔찍하겠어요."

"하지만 저 사람들 두상 좀 봐요. 아주 흉측하잖아요! 등에서 완만히 경사져 올라가는 뒤통수가 마치 수고양이 같아요. 게다가 이마는 뒤로 비스듬해서 아주 **사악해** 보이잖아요. 어느 잡지에서 읽은 골상에 관한 글이 기억나요. 이마가 경사진 사람은 **범죄형**이라는 거였죠."

"에이, 그럴 리가. 그렇게 싸잡아 말할 순 없죠! 아마전 세계 인구의 절반은 이마가 저럴걸요."

"아니, 그야 뭐, **유색인종**까지 포함하면 물론—!"

강인한 암말처럼 엉덩이를 쑥 내밀고 머리에 물단지를 이고 줄지어 우물가로 가는 구릿빛 피부의 튼튼한 시골 처자들 곁을 지나칠 땐 또 어땠을까. 엘리자베스에게는 버마 여자들이 남자들보다 더 혐오스러웠다. 그들도 여자라는 생각이 들자 자신이 그런 검은 얼굴의 여자들과 같은 여자라는 사실이 불쾌했다.

"저 여자들 정말 흉측하지 않아요? 아주 **거세게** 생겼어요. 무슨 동물처럼. **누가** 저런 여자들을 매력적이라고 생각할까요?"

"그야 동족인 버마 남자들이겠죠."

"아마 그렇겠죠. 하지만 저 검은 피부 좀 봐요. 어떻게 저런 걸 보며 사는지!"

"하지만 시간이 지나면 저런 거에 익숙해져요. 실제로 이런 나라에서 몇 년만 살면 갈색 피부가 흰 피부보다 더 자연스럽게 느껴진다고들 하죠. 사실이 그런 거 같아요—어쨌거나 갈색 피부가 사실 더 자연스러워요. 세상을 전체적으로 보면 피부가 흰 게 별나죠."

"정말 이상한 생각을 갖고 계시네요."

모든 대화가 그런 식이었다. 그의 말은 처음부터 끝까지 그녀의 마음에 차지 않았다. 어딘지 건전하지 않게 느껴졌다. 어느 날 저녁 부랑자 같은 생활을 하는 프랜시스와 새뮤얼이라는 이름의 두 유라시아인이 클럽 문 앞에서 말 거는 걸 플로리가 받아준 일이 특히 그랬다.

엘리자베스가 플로리보다 몇 분 먼저 클럽에 도착했을 때였다. 마침 대문 앞에서 들려오는 그의 목소리를 듣고 테니스 코트 철망 옆으로 돌아 나왔다. 두 유라시아인이 공놀이를 하자는 한 쌍의 개처럼 플로리에게 들러붙어 있었다. 말은 대부분 프랜시스가 했다. 그는 불끈거리기 잘하는 시원찮은 사람으로, 남인도 여자에게서 나서 피부가 담뱃잎처럼 갈색이었다. 어머니가 카렌족 여자인 새뮤얼은 칙칙한 빨간 머리에 피부는 누렸다. 두 사람 모두 허름한 능직 정장에 커다란 토피를 썼는데, 몸이 홀쭉해서 독버섯 자루 같아 보였다.

엘리자베스는 그들 쪽으로 다가가다가 때마침 엄청나고 복잡한 자전적 이야기의 단편을 엿듣게 되었다. 프랜시스는 백인과—가급적 자신에 대한—이야기를 나누는 것을 생의 큰 즐거움으로 여겼다. 몇 달 만에 한 번씩, 자기 말에 귀 기울여줄 유럽인을 보면 자신의 인생 이야기

를 봇물처럼 쏟아냈다. 단조로운 어조의 코맹맹이 말이
놀랍도록 빨랐다.

"우리 아버지에 대해선 기억나는 게 별로 없지만, 화를
잘 내고 큰 대나무로 나와 이복동생과 어머니 두 분을 잘
때리는 분이었어요. 주교님이 왔을 때 어린 이복동생하
고 나는 롱지를 입고 신분을 숨기기 위해 버마 아이들 가
운데 끼어 가곤 했죠. 우리 아버지는 주교의 지위에 오르
지 못했어요. 28년 동안 재직하며 네 명밖에 개종시키지
못했거든요. 게다가 중국 곡주를 너무 좋아하고 성질이
불같다는 소문이 자자했죠. 이 때문에 아버지가 랑군 침
례교 출판사에서 출간한 『알코올의 응징』이라는 제목의
1루피 8아나짜리 소책자는 잘 안 팔렸죠. 내 어린 이복동
생은 맨날 기침을 하다가 어느 더운 날 죽었어요." 어쩌
고저쩌고.

두 유라시아인이 엘리자베스의 존재를 알아차리고 모
자를 벗어 꾸벅 인사하며 빛나는 치아를 드러냈다. 영국
여자와 이야기를 나눌 기회가 온 게 몇 년 만인지 모른
다. 프랜시스는 어느 때보다 더 넘치게 떠들기 시작했다.
그렇게 떠들면서 누가 끼어들어 이야기가 중단될까 봐
걱정하는 눈치였다.

"안녕하세요, 아가씨, 안녕하세요, 안녕하세요! 만나
뵈어 영광입니다, 아씨! 요즘 날씨가 아주 찌는 듯이 덥
죠? 하지만 4월다운 기온이죠. 땀띠로 고생이 심하신 건

아니죠? 땀띠엔 으깬 타마린드가 잘 들어요. 저도 밤마다 땀띠로 고생합니다. 우리 '유로우피언'들에게는 흔한 아주 흔한 병이죠."

프랜시스는 '유러피언'을 『마틴 처즐위트』*의 '촐로옵'처럼 '유로우피언'이라고 발음했다. 엘리자베스는 대꾸하지 않고 그들을 쌀쌀맞게 바라보았다. 그들이 누구며 어떤 사람들인지 어렴풋이 알고 있던 그녀로서는 그들이 자기에게 말을 거는 것이 무례한 짓으로 여겨졌다.

"고맙네, 타마린드 처방을 기억하도록 하지." 플로리가 말했다.

"유명한 중국인 의사의 특효 처방이죠. 그리고, 나리, 아씨, 또 한 가지 더 충고 말씀 드릴까요? 4월에 테라이 해트만 쓰는 건 현명하지 않습니다. 원주민들은 괜찮아요. 두개골이 단단하거든요. 하지만 우리에게 일사병은 언제나 위협적이죠. 유로우피언의 두개골에는 치명적이에요. 그런데, 제가 방해가 되고 있나요, 아씨?"

프랜시스는 실망했다는 듯이 말했다. 실제로 엘리자베스는 두 유라시아인들을 무시하기로 작정한 참이었다. 왜 그들의 말상대가 되어주는지 플로리를 이해할 수가 없었다. 엘리자베스는 테니스 코트로 되돌아가면서 라켓으로 공을 치는 시늉을 해 보였다. 플로리에게 테니스를 치기

※ *Martin Chuzzleuit*. 찰스 디킨스의 1844년 소설.

로 한 시간이 지났음을 알린 것이다. 플로리는 그것을 보고 비록 따분하기는 해도 불쌍한 프랜시스를 무시하고 싶지 않아 약간 머뭇거리다가 곧 그녀를 뒤따라갔다.

"이제 가야겠네. 잘 가게, 프랜시스. 잘 가게, 새뮤얼."

"안녕히 계세요, 나리! 안녕히 계세요, 아씨! 안녕히 계세요, 안녕히 계세요!" 그들은 모자를 벗어 흔들며 멀어져 갔다.

"저 사람들 대체 누구예요?" 엘리자베스가 뒤따라온 플로리에게 물었다. "참 별난 사람들이에요. 주일에 교회에서도 봤어요. 한 사람은 생긴 게 백인이나 다름없던데. 설마 영국인은 아니겠죠?"

"유라시아인들이에요. 아버지는 백인이고 어머니는 원주민이죠. 우린 그런 사람들을 '튀기'*라는 애칭으로 부르죠."

"그런데 여기서 뭘 하는 거죠? 어디서들 살아요? 직업은 있어요?"

"시장판에서 그럭저럭 살아가죠. 프랜시스는 인도인 대금업자 밑에서 서기로 일하고, 새뮤얼은 변호사들 서기로 일하고 있을걸요. 하지만 원주민들의 도움이 없으면 아마 가끔 굶주릴 거예요."

※ Yellow-belly. 원래는 누런 배를 가진 거북이나 개구리를 뜻하는 말로, 누런 피부를 가진 혼혈인을 모욕적으로 일컫는 뜻을 지니게 되었지만 플로리는 '애칭' 즉 친근하게 부르는 말이라고 설명하고 있다.

"원주민이라니! 원주민들한테 구걸 같은 걸 한단 말인가요?"

"그럴걸요. 구걸은 그럴 마음만 있으면 아주 쉬울 테니. 버마 사람들은 이웃을 굶주리게 두지 않아요."

엘리자베스에게 이런 이야기는 생전 처음이었다. 부분적이긴 해도 백인인데 '원주민' 틈에서 가난하게 살아가다니. 생각만 해도 충격적이었다. 엘리자베스는 문득 걸음을 멈췄다. 그 바람에 테니스는 잠시 후로 밀려났다.

"아, 비참해! 불량 표본이잖아요! 우리 중 누구 한 사람이 그렇게 된 거나 거의 마찬가지잖아요. 저 두 사람을 위해 뭔가 할 수 있는 게 없어요? 모금을 해서 어디 다른 데로 보낸다든가."

"그래봐야 별로 달라질 건 없을 거예요. 저들은 어딜 가든 똑같은 입장에 놓일 테니까요."

"제대로 된 일자리를 얻으면 되잖아요."

"안 될 겁니다. 시장판에서 자라고·교육도 받지 못한 저들 같은 유형의 유라시아인들의 인생은 애초부터 글렀어요. 유럽인들은 저들과 옷깃도 스치지 않으려 하기 때문에 최하급 관리가 되는 길조차 아예 차단되어 있거든요. 구걸할 수밖에 없는 구조인 거죠. 자신들이 유럽인이라는 허식을 버리지 않는 한은. 하지만 사실 저 녀석들에게 그런 걸 기대할 수는 없어요. 백인의 피가 섞였다는 사실은 그들이 가진 유일한 자산이거든요. 프랜시스 녀석은 볼 때마다 땀띠 이야기를 꺼내요. 원주민들은 땀띠로 고생하지 않는다는 걸 전제로 그러는 거죠. 물론 허튼소리지만 사람들은 그 말을 믿어요. 일사병 얘기도 마찬가지죠. 그들이 그 커다란 토피를 쓰는 것도 자신들이 유럽인의 두개골을 가졌다는 점을 상기시키려는 거죠. 일종의 문장(紋章)이랄까. 보기에 따라선 서자의 표시인 거예요."

만족스럽지 않은 설명이었다. 엘리자베스는 그가 여전히 남몰래 유라시아인들을 동정한다는 것을 알았다. 두 유라시아인의 생김새는 색다른 혐오감을 유발했다. 그녀는 그들이 어떤 부류인지 알아본 것이다. 그들은 생김새가 '데이고'* 같았다. 여러 영화에서 악역을 맡은 멕시코인이나 이탈리아인 또는 다른 남부 유럽인 같은.

"저 사람들, 형편없이 퇴화한 부류 같았어요, 그렇죠? 홀쭉하고 가냘프고 비굴하고. 얼굴들이 전혀 정직해 보이지도 않고. 이 유라시아인들은 정말 무척 퇴화한 사람들인가 봐요. 혼혈들에게는 반드시 양쪽 인종의 열성만 유전된다고 들었어요. 그게 사실인가요?"

"모르겠어요. 어쨌거나 유라시아인들은 대부분 별로 좋은 표본이 못 되죠. 그들의 양육 환경을 감안하면 사실

※ Dago. 스페인이나 이탈리아 사람들을 경멸하여 일컫는 말로, 그들의 흔한 이름인 디에고(Diego)의 변형이다.

그런 걸 기대하기 어렵죠. 하지만 그들을 대하는 우리의 태도는 좀 잔인해요. 그들에 대해 얘기할 때 으레 처음부터 모든 결점을 갖추고 땅에서 돋아난 버섯 취급을 하니까요. 그들의 존재에 대한 책임은 뭐니 뭐니 해도 우리에게 있는데 말이에요."

"책임이라뇨?"

"그들도 아버지가 있으니 태어난 거잖아요."

"아, 네…… 그야 물론……. 하지만 어쨌거나 플로리 씨 본인은 그런 책임이 없잖아요. 원주민 여자하고…… 음…… 관계를 갖는 건 저급한 남자나 그런 거 아니에요?"

"그럼요. 하지만 내가 알기론 저 두 사람은 아버지가 둘 다 성직자였어요."

플로리는 1913년 만달레이에서 자신이 꾀었던 유라시아인 여자 로사 맥피가 생각났다. 사람들 눈에 띄지 않게 겉창을 내린 마차를 타고 그 집에 다니던 시절. 로사의 구불구불한 컬. 그녀의 늙고 쇠약한 버마인 어머니가 양치류 화분과 고리버들 소파가 있는 어두운 거실로 차를 타다 주곤 했다. 훗날 버림받은 로사는 향수 바른 종이에 편지를 써 보내왔지만 나중에는 더 이상 그 지긋지긋한 애원의 편지들을 뜯지도 않았다.

테니스를 치고 난 뒤 엘리자베스는 다시 프랜시스와 새뮤얼에 관한 이야기를 꺼냈다.

"그 두 유라시아인. 클럽에 그들과 어울리는 사람 있어요? 그들을 집에 초대한다든가 하는."

"천만에요. 순 천덕꾸러기들인걸요. 사실 그들과 이야기를 나누는 건 탐탁지 않게 여겨지죠. 우리들 대부분은 만나면 간단한 인사 정도는 건네요. 엘리스는 그것도 안 하지만."

"하지만 **플로리 씨는** 그들과 대화까지 나누네요."

"나야 뭐, 가끔 관습을 따르지 않을 때가 있죠. 좀 전에 한 말은, 푸카 사이브들은 그런 모습을 보이고 싶어 하지 않으리란 거였어요. 하지만 난 푸카 사이브 노릇을 **안 하려고** 노력하죠. 아주 가끔 그런 배짱을 부릴 뿐이지만."

어리석은 말이었다. 엘리자베스도 이제는 '푸카 사이브'라는 용어의 뜻과 그것이 무엇을 상징하는지 잘 알고 있었기 때문에 플로리의 마지막 말은 그들의 관점 차이를 좀 더 선명히 드러내주기만 했다. 그를 바라보는 그녀의 시선이 약간 적대적이면서 이상하게 냉정했다. 사실 젊고 피부가 꽃잎 같아도 가끔 냉정해 보이는 얼굴이었다. 게다가 최신 유행의 귀갑테 안경은 매우 차분한 인상을 주었다. 안경은 이상하게 표정이 풍부한 물건이다. 과연 눈보다 더 표정이 풍부한 것 같다.

플로리는 아직 그녀를 이해하지도, 그녀의 신뢰를 얻지도 못했다. 그러나 적어도 표면적으로는 관계가 나빠지지 않았다. 플로리가 가끔 속을 긁어놓았지만 처음 만난 날 아침에 새겨진 인상은 아직 지워지지 않고 있었다.

이상한 사실은 지금은 그의 모반이 별로 눈에 들어오지 않고 있었다는 것이다. 게다가 그의 이야기 중에는 그녀가 반기는 화제들도 있었다. 예를 들어 사냥 이야기가 그랬다. 그녀는 사냥에 열의를 보이는 듯했는데, 젊은 여자로서는 드문 일이었다. 말 이야기도 마찬가지였지만 플로리는 말에 관해서는 사냥만큼 잘 알지 못했다. 그는 나중에 준비가 되면 언제 날을 잡아 그녀를 사냥에 데려가기로 했다. 두 사람 모두 탐험의 날을 학수고대했지만 그 이유는 서로 달랐다.

11

플로리와 엘리자베스는 시장 길을 따라 걸었다. 아직 아침인데 공기가 너무 뜨거워 열대의 바다를 건너는 느낌이었다. 시장에 다녀오는 버마인들이 샌들을 직직 끌며 줄지어 지나쳐 갔다. 머리에 윤기가 흐르는 소녀들은 네다섯씩 나란히 무리 지어 수다를 떨며 종종걸음으로 걸었다. 교도소에 이르기 직전 길가에 부서진 석탑의 잔재가 흩어져 있었다. 보리수의 강한 뿌리에 들어 올려져 금이 가 쓰러진 것이다. 석탑에 새겨진 성난 악귀들의 얼굴이 풀밭에 나동그라진 채 하늘을 바라보고 있었다. 근처의 다른 보리수 한 그루는 오랜 세월에 걸쳐 종려나무 한 그루를 휘감아 씨름하듯 뒤로 잡아당겨 그 뿌리를 드러내놓았다.

그 앞을 지난 두 사람은 교도소에 이르렀다. 그 거대한 네모꼴 단지는 가로세로 각각 200미터쯤 되고 반들반들한 콘크리트 벽의 높이는 6미터에 이르렀다. 교도소의 애완동물인 공작새가 흙벽을 따라 안짱걸음으로 뽐내듯 걷고 있었다. 인도인 교도관의 감시하에 여섯 명의 복역수가 고개를 수그린 채 흙을 담은 무거운 손수레 두 개를 끌고 지나갔다. 장기 복역수인 그들은 거친 흰 천으로 된 죄수복을 입고 박박 깎은 머리에 '바보 모자'*를 썼는데 팔다리의 동작이 굼떴다. 잿빛이 돌고 주눅이 든 얼굴들이 묘하게 납작했다. 다리에 찬 족쇄가 부딪치는 짤랑짤랑 소리가 맑게 울렸다. 생선 광주리를 머리에 인 여자가 지나갔다. 까마귀 두 마리가 주위를 돌며 광주리를 향해 날쌔게 돌진하곤 했지만 여자는 데면데면 손을 흔들어 까마귀들을 쫓았다.

조금 더 떨어진 곳에서 사람들이 시끄럽게 떠드는 소리가 들려왔다. "요 모퉁이만 돌면 시장이에요. 오늘은 장이 서는 날일 겁니다. 꽤 재미있어요."

엘리자베스는 플로리가 시장 구경이 재미있을 거라며 권해서 나온 것이다. 굽은 길을 따라 돌아가자 가축우리처럼 둘러막힌 커다란 장터가 나왔다. 그 가장자리를 따라 종려나무 줄기로 지붕을 인 노점들이 늘어서 있었다.

---

* 옛날 학교에서 공부를 못한 학생에게 벌로 씌우던 원뿔형 종이 모자.

소리를 지르고 밀치는 많은 사람들로 들끓었다. 그들이 입은 온갖 빛깔의 옷들이 꼭 단지에서 쏟아져 나오는 오색 장식 설탕 같았다. 시장 너머로 진흙탕 같은 큰 강이 보였다. 나뭇가지와 녹조가 빠른 속도로 떠내려가고 있었다. 강가에서는 새의 날카로운 부리 같은 뱃머리에 눈이 그려진 삼판들이 닻줄에 매인 채 흔들거렸다.

플로리와 엘리자베스는 잠시 그런 광경을 바라보며 서 있었다. 머리에 채소 광주리를 인 여자들이 줄지어 지나다녔고, 어린아이들은 눈을 휘둥그렇게 뜨고 유럽인들을 바라보았다. 하늘색으로 바랜 멜빵바지 차림의 늙은 중국인이 어떤 부위인지 식별할 수 없는 피 묻은 돼지 내장을 껴안듯 들고 허둥지둥 그들 옆을 스쳐 지나갔다.

"그럼 가서 노점들 구경 좀 할까요?" 플로리가 말했다.

"저 사람들 틈에서 돌아다녀도 괜찮아요? 모든 게 아주 굉장히 더러운데."

"에이, 괜찮아요. 우리가 지나가면 사람들이 비켜줄 거예요. 재미있을 겁니다."

엘리자베스는 미심쩍어하며 마지못해 그의 뒤를 따랐다. 어째서 항상 이런 곳으로 데려오는 걸까? 왜 언제나 '원주민들'이 모여 있는 데로 끌고 다니며 원주민들에게 관심을 갖게 하고 원주민들의 불결하고 역겨운 생활 습관을 관찰하게 하려고 애를 쓰는 걸까? 왠지 그 모든 게 너무 이상했지만, 그 거부감을 설명할 길이 없어 하는 수 없이 그를 따라갔다. 숨 막히는 더운 공기가 밀려와 그들을 맞았다. 마늘과 건어물, 땀, 먼지, 아니스, 정향, 강황 냄새가 풍겼다. 주위에 인파가 밀어닥쳤다. 앙바틈한 체구에 담배 빛깔 피부의 농부들, 백발이 성성한 머리를 뒤로 동그랗게 묶은 마을 노인들, 벌거벗은 갓난아이를 옆구리에 안고 다니는 젊은 엄마들이 득실거렸다. 플로가 누군가의 발에 밟혀 깽깽거렸다. 백인 여자를 구경할 경황이 없이 노점 좌판을 둘러싸고 흥정에 정신이 팔려 버둥거리는 키 작은 농부들의 단단한 어깨가 엘리자베스와 부딪쳤다.

"저거 봐요!" 플로리가 지팡이로 한 노점을 가리키고 무슨 말을 했지만, 어떤 두 여인이 파인애플 광주리를 가지고 서로 주먹을 휘두르며 지르는 고함 소리에 묻혀버렸다. 엘리자베스는 악취와 소음에 무춤했다. 플로리는 그것도 모르고 그녀를 인파 속으로 더 깊숙이 이끌며 이노점 저 노점을 가리켜 보였다. 판매되는 물건들은 괴상하고 보잘것없는 것들로 그녀에게는 이질적으로 보였다. 초록색 달처럼 줄에 주렁주렁 매달린 커다란 포멜로 열매, 붉은 바나나, 바닷가재만 한 연보랏빛 참새우가 쌓인 광주리, 바짝 마른 건어포 다발들, 진홍색 고추, 가운데를 갈라 햄처럼 절인 오리고기, 초록색 코코넛, 장수풍뎅이의 애벌레, 사탕수수 토막들, 작은 칼, 광택 나는 샌들, 체크무늬 실크 롱지, 비누 모양의 큰 알약 같은 치음제, 키가 1미터도 넘는 반들반들한 항아리, 마늘과 설탕으로 만든 중국산 사탕 과자, 초록색과 흰색의 시가, 보라색 가지, 감의 씨로 만든 목걸이, 고리버들 새장 속에서 삐악삐악 우는 병아리들, 황동 부처상, 하트 모양의 구장 잎, 활력 증강 소금, 인조 모발로 만든 헤어피스, 붉은 질그릇, 황소용 편자, 종이를 붙여 만든 꼭두각시 인형, 마법 효능을 지닌 악어가죽 조각들. 엘리자베스는 머리가 어질어질해지기 시작했다. 시장 안쪽 끝에 있는 한 승려의 우산을 통해 투과되어 거인의 귀를 통해 비친 햇빛처럼 붉은 빛이 보였다. 한 노점 앞에서는 드라비다족 여인 넷이 무거운 막대기로 커다란 나무절구에 강황을 빻고 있었다. 노랗고 매운 가루가 콧구멍을 자극하자 엘리자베스는 재채기를 했다. 이곳에 있는 것을 한순간도 더 견딜 수 없을 것 같았다. 그녀가 플로리의 팔을 가볍게 쳤다.

"이 인파, 정말 지독해요. 더위도 그렇고. 어디 햇살을 피할 그늘 없을까요?"

플로리가 몸을 돌렸다. 주위가 시끄러워 대부분은 그녀가 듣지 못하는데도 말하는 데 정신이 팔려 있던 그는 더위와 악취가 그녀에게 어떤 영향을 미치는지 모르고 있었다.

"어, 이런! 미안해요, 당장 갑시다. 우리 이렇게 하죠, 이 길로 죽 가면 리 야이크라는 중국인이 운영하는 식료품 잡화점이 있는데, 그리로 갑시다. 뭔가 마실 걸 줄 거예요. 여기가 숨 막히게 덥긴 하군요."

"이 모든 향신료들 말이에요. 숨을 못 쉴 지경이에요. 그런데 이 생선 비린내 같은 불쾌한 냄새는 도대체 뭐죠?"

"으응, 그 냄새요. 그건 그냥 참새우로 만든 일종의 소스예요. 몇 주 동안 땅에 묻어두었다가 쓰죠."

"끔찍하게 어떻게 그런 걸!"

"건강에 좋은걸요. 이리 와!" 플로리가 플로에게 소리쳤다. 플로는 아가미에 가시 모양의 돌기가 달린 작은 생선들 광주리에 코를 대고 킁킁거리고 있었다.

리 야이크의 가게는 안쪽으로 더 들어간 막다른 지점에 면해 있었다. 엘리자베스가 정말 원했던 것은 클럽으로 곧장 돌아가는 것이었다. 그러나 시장의 야만스러운 모습을 본 뒤 리 야이크의 가게에 이르자 다소 마음이 약간 누그러졌다. 가게 앞쪽에 랭커셔 면 셔츠와 믿을 수 없을 만큼 값싼 독일제 시계가 잔뜩 진열되어 있기 때문이었다. 문 앞 계단을 오르려는 찰나, 누군가 인파에서 떨어져 나와 달려왔다. 롱지에 파란 크리켓 블레이저와 선명한 노란색 신발까지, 혐오스러운 차림이었다. 영국식으로 가르마를 탄 머리에 기름을 바른 스무 살 된 홀쭉한 청년으로, 플로리에게 합장하고 절을 하는 둥 마는 둥 어색한 동작으로 인사했다.

"무슨 일이야?" 플로리가 물었다.

"편지가 왔습니다, 나리." 청년이 더러운 봉투를 내밀었다.

"잠깐 실례할게요." 플로리가 편지를 꺼내 펴면서 엘리자베스에게 양해를 구했다. 마 흘라 메이가 쓴 편지, 아니 누군가 대필해준 것에 그녀가 열십자 모양을 그려 서명한 편지였다. 은근히 협박하는 말투로 50루피를 요구했다.

플로리가 청년 옆에 바싹 다가섰다. "너 영어 할 줄 알아? 마 흘라 메이한테 가서 전해. 이 문제는 내가 나중에 처리하겠다고. 만일 한 번 더 날 협박하려 들면 한 푼도 못 받을 거라고 해. 알아들었어?"

"네, 나리."

"자, 그럼 가봐. 또 내 뒤를 쫓으면 경을 칠 줄 알아."

"네, 나리."

"일자리를 찾는 서기예요." 플로리가 엘리자베스와 계단을 올라가며 해명했다. "밤낮없이 찾아와 사람을 귀찮게 하죠." 그렇게 말한 뒤 그는 편지의 논조가 이상하다는 생각을 했다. 마 흘라 메이가 그렇게 빨리 협박하기 시작할 줄은 예상치 못했다. 하지만 당장은 그게 무엇을 뜻하는지 생각할 겨를이 없었다.

가게 안으로 들어서자 바깥에서 막 들어와 그런지 어두워 보였다. 광주리들 사이에 앉아 담배를 피우다 그들을 본 리 야이크가 다리를 절면서도 뛰어나오듯 그들을 반겼다. 플로리는 그의 친구였다. 그는 무릎이 휜 늙은이로 푸른색 옷을 입고 있었다. 턱이 없고 광대가 큰 누런 얼굴이 마치 자비심 많은 해골 같았다. 버마인들을 상대할 때 경적을 울리듯 내는 코맹맹이 소리로 플로리를 맞은 그는 곧장 가게 뒤편으로 가서 다과를 준비시켰다. 들큼한 아편 냄새가 희미하게 감돌았다. 벽마다 빨간색 바탕에 검은색 글씨를 쓴 긴 종이들이 붙어 있었다. 벽 한편에는 작은 제단이 마련되어 있었는데, 그 위에 덩치가 크고 평온해 보이는 자수 옷을 입은 두 사람의 초상화가 놓여 있고, 그 앞에 향 두 개가 연기를 피우며 타고 있었다. 중국인 할머니와 소녀가 돗자리에 앉아 옥수숫대 짚과 잘게 자른 말총 같은 살담배를 넣은 궐련을 말고 있었다. 검은 비단 바지를 입은 그들의 신발은 기껏해야 인형 신발만 했고, 붉은 굽의 나무 슬리퍼에 발을 욱여넣은 듯 발등이 툭 불거져 나왔다. 그리고 벌거벗은 어린아이가 커다란 황색 개구리처럼 엉금엉금 기어 다니고 있었다.

"저 여자들 발 좀 봐요!" 리 야이크가 등을 돌리자마자 엘리자베스는 플로리에게 귓속말을 했다. "정말 흉측하지 않아요? 어떻게 저렇게 될 수 있죠? 설마 저렇게 태어난 건 아니겠죠?"

"아뇨. 일부러 저런 기형으로 만드는 거예요. 중국 본토에서는 저런 풍습이 사라지고 있다지만 여기 중국인들은 시대에 뒤처졌죠. 리 야이크 영감의 변발도 시대에 뒤처진 것이고. 중국인들은 저런 작은 발이 아름답다고 생각하죠."

"아름답다니! 끔찍해서 못 봐주겠는데. 이 사람들 순 야만인들인가 봐요!"

"천만에요! 저들은 고도로 문명화된 사람들이에요. 내 생각엔 우리 영국인들보다 더 문명화된 국민이죠. 아름다움은 취향의 문제일 뿐이에요. 이 나라에는 팔라웅이라는 부족이 있는데, 그들은 여자의 목이 긴 것을 찬미하죠. 그래서 소녀들은 폭이 큰 황동 고리를 목에 차고 살아요. 그리고 기린처럼 목이 길어질 때까지 고리의 수를 늘여가요. 해괴하기로는 영국 여자의 버슬이나 크리놀린도 별다를 바 없죠."※

이때 리 야이크가 얼굴이 둥글고 뚱뚱한 젊은 버마 여자 둘과 함께 돌아왔다. 자매임이 분명한 두 여자는 의자 두 개와 차가 2리터는 들었을 파란색 중국 주전자를 내왔다. 리 야이크의 현재 첩이거나 예전 첩이었을 것이다. 초콜릿 깡통을 가져온 리 야이크가 뚜껑을 비틀어 열면서 담배에 검어진 세 개의 긴 앞니를 드러내며 아버지처럼 자애로운 미소를 지었다. 엘리자베스는 심기가 매우 편치 않은 상태로 의자에 앉았다. 이 사람들의 환대를 받아들이는 게 적절한 행동일 리 없다고 확신했다. 두 여자 중 하나가 곧바로 의자 뒤로 가서 플로리와 엘리자베스

※ 버슬과 크리놀린 둘 다 여자의 치마를 부풀게 하기 위한 버팀대다.

에게 부채질을 하기 시작했고 다른 한 여자는 그들의 발치에 무릎을 꿇고 앉아 차를 따랐다. 한 여자는 목덜미에 부채질을 하고 있고 중국인 노인은 앞에서 히죽거리고 있는 상황을 의식한 엘리자베스는 왠지 바보가 된 기분이 들었다. 플로리와 다니면 항상 불편한 상황에 처하는 듯했다. 엘리자베스는 리 야이크가 권하는 초콜릿을 받았지만 도저히 고맙다는 말은 할 수 없었다.

"이래도 괜찮아요?" 그녀가 플로리에게 귀엣말을 건넸다.

"괜찮냐뇨?"

"이 사람들 집에 들어와 앉아 있어도 되냐고요. 그러니까 말하자면, 우리 품위가 떨어지는 처신 아닌가요?"

"중국인 집은 괜찮아요. 이들은 이 나라에서 특별 대우를 받는 민족이에요. 생각도 상당히 민주적이죠. 우리와 대략 대등한 사람들로 취급하는 게 좋아요."

"이 차는 정말 야만스러워 보여요. 완전 녹색이 도네. 이 사람들, 우유를 타주는 센스도 없나 봐요?"

"맛이 나쁘지 않아요. 리 야이크 영감이 중국에서 공급받은 특별한 차죠. 오렌지 꽃도 함유되어 있을걸요."

"윽! 흙 맛이 나네." 그녀가 맛을 보고 말했다.

리 야이크는 도토리만 한 쇠 대통이 달린 60센티미터 길이의 담뱃대를 들고 서서 유럽인들이 차를 좋아하는지 지켜보았다. 의자 뒤의 여자가 버마어로 무슨 말을 하자리 야이크가 함께 킥킥 웃었다. 바닥에 무릎을 꿇고 앉아 있는 여자는 순진한 얼굴로 넋을 잃고 엘리자베스를 바라보았다. 그러더니 플로리에게 이 영국 여자가 코르셋을 착용했는지 물었다.

"쯧!" 리 야이크가 어이없다는 듯 발끝으로 그녀를 툭 쳐서 입을 다물게 했다.

"물어보고 싶지 않은데." 플로리가 말했다.

"에이, 타킨, 물어봐 줘요! 정말 알고 싶어요."

그들은 옥신각신했다. 의자 뒤의 여자도 부채질을 하다 말고 끼어들었다. 그들은 평생 진짜 코르셋을 무척 보고 싶었던 모양이었다. 구속복의 원리를 본떠 쇠로 만든 버팀 테로 단단히 조이고 살기 때문에 실제로는 가슴이 안 나왔다는 등, 코르셋에 대해 수많은 이야기를 들어 온 것이다! 두 여자는 자신들의 살찐 늑골 부위를 손으로 꾹 누르는 시늉을 하며 이야기했다. 이 영국인 여자에게 물어봐 주면 정말 고맙겠다고, 가게 뒤편에 방이 있는데, 그리로 가서 옷을 벗어 보여줄 수 없겠느냐고, 코르셋을 정말 너무나 보고 싶었다고 간청했다.

그러다가 문득 대화가 뚝 끊겼다. 엘리자베스는 찻잔을 들고만 있을 뿐 다시 입에 대지 못하고 굳은 미소를 띤 채 딱딱한 태도로 앉아 있었다. 동양인들의 흥이 깨졌다. 그들은 자신들의 대화에 참여하지 못한 영국 여자가 불편해하는 기색임을 알아차렸다. 조금 전까지만 해도 자신들을 매혹시킨 그녀의 우아함과 이질적인 아름다움이 슬그머니 두려워졌다. 플로리마저 그들과 같은 기분을 의식했다. 동양인들과 함께 있을 때면 흔히 서로의 시선을 피하며 무언가 말할 것을 생각해내려 애쓰게 되는 불편한 시간이었다. 이때 가게 뒤편에서 광주리들 사이를 돌아다니던 벌거벗은 아이가 유럽인들이 앉아 있는 곳으로 기어왔다. 아이는 그들의 신발과 양말을 신기한 듯이 뜯어보다 고개를 쳐들어 흰 얼굴을 보더니 겁을 먹은 듯 목 놓아 울며 바닥에 오줌을 쌌다.

늙은 중국 여자가 눈을 들어 그 모양을 쳐다보고 혀를 차고는 그냥 담배 마는 일을 계속했다. 다른 사람들은 아무도 그것을 알아차리지 못했다. 바닥에 오줌이 고이기 시작했다. 그것을 본 엘리자베스가 몸서리치며 황급히 찻잔을 놓다가 차를 엎지르고는 플로리의 팔을 확 잡아당겼다.

"저 아이! 저 아이 하는 짓 좀 봐요! 저런 저, 누가 좀! 어처구니없어."

모두 놀라서 잠시 멍하니 바라보다 곧 무슨 영문인지 알아차렸다. 한바탕 소동이 벌어지는 가운데 여기저기 혀 차는 소리가 들렸다. 아무도 아이는 신경 쓰지 않고 있었다. 일상적인 일이라 바로 알아차리지도 못했다. 그런 그들이 모두 민망해하며 아이를 타박하기 시작했다. "애는 망신스럽게 참! 아유, 더러워!" 늙은 중국 여자가 여전히 울부짖고 있는 아이를 들어 올리더니 문 앞으로 가서 마치 목욕 스펀지를 짜듯이 밖으로 내밀었다. 플로리와 엘리자베스는 거의 때맞춰 가게 밖으로 나갔다. 당황한 리 야이크와 그 집 식구들의 시선을 받으며 플로리가 엘리자베스를 따라 거리로 나갔다.

"저런 게 당신이 말하는 문명화된 민족이라니 놀랍군요!" 그녀가 소리쳤다.

"미안해요." 그가 맥없이 말했다. "전혀 예상치 못한―"

"아유, **역겨운** 사람들!"

엘리자베스는 단단히 화가 나 있었다. 그녀의 얼굴이 보기 좋게 고운 분홍빛을 띠었다. 너무 일찍 핀 양귀비 꽃봉오리와도 같았다. 그보다 더 짙은 분홍빛이 될 수는 없었을 것이다. 시장을 지나 큰길로 나가 50미터쯤 갔을 때 그가 다시 조심스럽게 말을 꺼냈다.

"이런 일이 생겨서 정말 미안해요. 리 야이크는 참 괜찮은 사람인데. 당신을 불쾌하게 만들었다는 생각에 무척 미안해할 겁니다. 몇 분만 더 있다가 나왔으면 좋았을 걸. 차를 대접해줘서 고맙다는 인사를 해야 했는데."

"고맙다는 인사! **저런** 일이 있었는데도!"

"하지만 솔직히 저런 건 신경 쓰지 말아야 해요. 이 나라에서는 그래요. 저들의 인생관은 우리와는 완전히 달라요. 우리가 적응해야죠. 가령 우리가 중세로 돌아간다고 상상해보면―"

"이 문제는 더 이상 논하고 싶지 않군요."

두 사람이 말다툼다운 말다툼을 한 건 처음이었다. 플로리는 기분이 너무 참담하여 자기가 왜 번번이 그녀의 기분을 상하게 하는지 자문하지도 않았다. 그녀에게 동양 문물에 대한 흥미를 갖게 하려고 이렇게 줄곧 애를 쓰는 게 그녀에게는 괴팍하고 비신사적인 행동—의도적으로 누추하고 '야만스러운' 것을 추구하는 것—으로 비친다는 것을 깨닫지 못하고 있었다. 그는 이번에도 '원주민'을 바라보는 그녀의 시선이 어떤 것인지 알아차리지 못했다. 자신의 삶과 생각과 미의식을 나누려 할 때마다 그녀가 놀란 말처럼 뒷걸음친다는 것을 알았을 뿐이다.

플로리는 그녀의 왼쪽 약간 뒤에서 걸었다. 자신을 외면하고 다른 쪽으로 돌린 얼굴, 테라이해트 챙 아래 목덜미로 비죽 나온 금발이 보였다. 그녀를 얼마나 사랑하는지 모른다, 정말 얼마나 사랑하는지! 차마 모반이 있는 쪽 얼굴을 마음 놓고 보이지도 못하는데, 이제는 면목도 없이 뒤에 처져 걸어가던 그는 이제야 그녀를 진정으로 사랑하는 듯한 생각이 들었다. 몇 번이고 말을 꺼내려다 도로 삼켰다. 목소리가 불안정하기도 했고, 그녀의 기분을 상하게 하지 않고 무슨 말을 할 수 있을지 알 수가 없었다. 그러다 마침내 허약한 시도지만, 아무렇지도 않은 척 심드렁하게 말을 꺼냈다.

"날이 야만스럽게 더워지고 있죠?"

그늘에 들어가도 기온이 32도가 넘는 날이니 그리 재기 있는 말은 아니었다. 그녀가 열의에 가까운 태도로 그 말에 응하자 플로리는 다소 놀랐다. 그를 돌아본 그녀가 다시 미소를 지었다.

"탈 듯이 덥네요."

그 말과 함께 두 사람은 다시 사이가 좋아졌다. 클럽식 수다와 같은 분위기를 띠는 그 바보스럽고 진부한 말에 기적처럼 그녀의 마음이 누그러진 것이다. 침을 질질 흘리며 뒤처져 오던 플로가 헐떡이며 두 사람을 따라잡았다. 그들은 금세 평소처럼 개에 대한 이야기를 했다. 집에 도착할 때까지 거의 그치지 않고 개 이야기만 했다. 개에 대한 이야기는 끝이 없는 법이다. 개, 개! 도무지 개 이야기 말고는 할 이야기가 없단 말인가? 플로리는 뜨거운 비탈길을 오르며 생각했다. 하늘 높이 오르며 불의 숨을 내쉬는 태양이 얇은 옷을 뚫고 어깨를 지졌다. 개 이야기가 아니면 전축 음반이나 테니스 라켓 이야기. 하지만 이렇게 시시한 주제를 이탈하지만 않으면 정말 사이 좋게 이야기를 나눌 수 있지 않은가!

그들은 빛나는 하얀 담장으로 둘러싸인 교회 공동묘지를 지나 래커스틴의 집 대문 앞에 이르렀다. 주위에 골드모후르 나무들과 키가 2.5미터에 이르는 접시꽃 덤불이 자라고 있었다. 동그란 꽃들이 홍조를 띤 소녀의 얼굴처럼 붉었다. 플로리는 나무 그늘 아래서 모자를 벗어 얼굴에 부채질을 했다.

"아, 그래도 더위가 기승을 부리기 전에 돌아와 다행이네요. 시장 구경이 생각대로 되지 않은 것 같아요."

"아뇨, 그렇지 않아요. 즐거웠는걸요. 정말이에요."

"아뇨. 모르겠어요. 언제나 무언가 유감스러운 일이 생기는 것 같아요. 아, 참! 모레 사냥 가기로 한 거 잊지 않았겠죠? 그날 괜찮은 거죠?"

"그럼요. 숙부가 총을 빌려주기로 했어요. 무척 재미있을 것 같아요! 총 쏘는 법을 처음부터 가르쳐주셔야 할 거예요. 정말 기대돼요."

"나도요. 사냥하기에 좋은 계절은 아니지만 한번 해보자고요. 그럼 일단 안녕."

"안녕히 가세요, 플로리 씨."

그는 그녀를 엘리자베스라고 불렀지만 그녀는 아직도 그를 플로리 씨라고 불렀다. 각자 그들의 관계를 바로잡아 줄 사냥 여행을 생각하며 발길을 돌렸다.

12

우 포 카인이 끈적끈적하고 나른하게 더운 거실을 서성거리며 호언장담하고 있었다. 구슬발이 쳐져 있어 어둑했다. 그러다 이따금 속옷 속으로 손을 넣어 땀에 젖은 가슴을 긁었다. 그의 가슴은 살이 쪄서 여성의 가슴만 했다. 마 킨은 돗자리에 앉아 가느다란 흰색 시가를 피우고 있었다. 침실의 열린 문 틈으로 커다란 영구대(靈柩臺) 같은 네 기둥 침대가 들여다보였다. 그가 수없이 많은 여자를 강간한 침대였다.

마 킨은 처음으로 '다른 사건'에 대해 듣고 있었다. 베라스와미에 대한 우 포 카인의 공격을 뒷받침하는 것이었다. 우 포 카인은 그녀의 지력을 경멸하면서도 대개 언젠가는 그녀와 비밀을 공유했다. 측근 가운데 마 킨은 그를 두려워하지 않는 유일한 사람이었다. 그렇기 때문에 그녀가 감탄하는 모습을 보는 것은 그에게 하나의 즐거움이었다.

"에헴, 킨 킨, 거봐, 모든 게 계획대로 됐잖아! 투서가 벌써 열여덟 통이야. 게다가 하나같이 모두 명문이라고. 당신이 그 진가를 알아볼 수 있다면 내가 그 내용을 일부 말해줄 텐데."

"하지만 유럽인들이 그 투서들을 묵살하면, 그럼 어떡해요?"

"묵살한다고? 하! 그럴 염려는 없어. 내가 유럽인들의 심리를 좀 알거든. 말해두는데, 킨 킨, 내가 **할 수 있는** 게 단 하나 있다면, 그건 바로 투서를 쓰는 거야."

그 말은 사실이었다. 우 포 카인이 말하는 투서는 이미 효력을 발휘했다. 주요 목표인 맥그리거 부판무관과 관련해서는 특히 그랬다.

이에 앞서 불과 이틀 전 밤, 맥그리거 부판무관은 베라스와미 원장이 정부를 배반하는 행위를 저질렀는가에 대한 판단을 내리느라 난처한 상황에 처해 있었다. 물론 공공연한 배반 행위를 저질렀는가 하는 문제는 아니었다. 그런 건 상관없었다. 문제는 원장이 선동적인 의견을 가질 수 있는 **부류**인가 하는 것이었다. 인도에서는 행위가 아니라 그 사람이 어떤 사람인가 하는 것으로 판단을 받는다. 충성심에 의심을 부르는 약간의 징조만으로도 동양인 관리는 몰락할 수 있다. 맥그리거는 상대가 동양인이라도 아무 생각 없이 즉각 처단할 정도로 불공정한 품성의 소유자가 아니었다. 그는 웨스트필드가 선인장 가시로 한데 꽂아 전달한 두 통 외에도 다섯 통이나 되는 투서를 포함한 여러 친전서들을 가지고 밤이 깊도록 골치를 앓았다.

투서만 가지고 그런 게 아니었다. 베라스와미에 대한 소문이 사방에서 쏟아져 들려왔다. 우 포 카인은 원장을 반역자라고 하는 것만으로는 충분치 않다는 사실을 잘 알고 있었다. 따라서 평판에 대한 공격을 가능한 모든 각도에서 행할 필요가 있었다. 그에 대한 고발은 반정부적 선동뿐 아니라 착취, 강간, 고문, 불법 수술, 취중 수술, 독살, 공명 주술, 육식, 살인자들에게 사망진단서 팔기, 신을 벗지 않고 불탑 경내에 들어가기, 헌병대 소년 고수(鼓手)에게 동성애적으로 접근하려는 시도 등을 전부 망라했다. 그에 관한 고발 내용들을 보면 누구든 마키아벨리와 스위니 토드, 그리고 사드 후작의 복합체가 아닌가 생각했을 것이다. 맥그리거는 처음엔 별로 신경 쓰지 않았다. 그런 고발에 퍽 익숙했던 것이다. 하지만 우 포 카인의 마지막 투서는 그가 생각해도 훌륭한 솜씨였다.

카욕타다 교도소에 수감된 강도 나 슈에 오의 탈옥과 관련된 것이었다. 마땅히 7년형을 받은 그는 몇 달 동안 탈옥을 계획하고 있었다. 그 일환으로 바깥의 동료들은 제일 먼저 인도인 교도관 중 한 명에게 뇌물을 먹였다. 선불로 100루피를 받은 교도관은 임종을 앞둔 친척을 보러 간다는 거짓말을 하고 만달레이의 사창가로 가서 며칠 바쁘게 보냈다. 시간은 흐르며 탈옥 예정일이 여러 번 연기되었다. 그동안, 교도관은 부쩍 더 사창가에 대한 향수를 느꼈다. 그러다 마침내 포상금을 노리고 우 포 카인에게 그 계획을 폭로하기로 했다. 하지만 우 포 카인은 그답게 기회가 왔음을 보았다. 그는 교도관에게 함구하지 않으면 중형을 내리겠다고 위협하고, 탈옥을 실행하는 당일, 당국이 무슨 수를 쓰기에는 너무 늦은 시간에 맥그리거에게 탈옥이 진행되고 있다고 경고하는 투서를 한 장 더 보냈다. 교도소 소장이기도 한 베라스와미 원장이 그 일을 묵인하는 대가로 뇌물을 받았다는 내용이 포함되었음은 말할 나위도 없다.

아침이 되자 나 슈에 오의 탈옥으로 큰 소란이 일었고 교도관과 경찰이 교도소를 들락날락하며 분주했다. (나 슈에 오는 우 포 카인이 알선해준 삼판을 타고 이미 강 하구 멀리 피신해 있었다.) 맥그리거도 이번만큼은 깜짝 놀랐다. 누가 투서를 썼든지 탈옥 계획을 잘 알고 있었던 사람임이 틀림없었다. 그렇다면 베라스와미의 묵인도 사실이었을 것이다. 이는 매우 심각한 사안이었다. 뇌물을 받고 죄수의 탈옥을 방관하는 교도소 소장이라면 무슨 짓이든 못 하랴. 따라서 베라스와미의 주된 혐의인 반정부 선동 혐의가 한층 더 확실해졌다, 이 논리의 이치는 분명하지 않지만 맥그리거 부판무관에게는 충분히 분명했다.

우 포 카인은 동시에 다른 유럽인들도 공략했다. 베라스와미의 친구이자 그의 위신을 세워주는 주 원천인 플로리는 쉽게 겁을 먹고 떨어져 나갔다. 웨스트필드의 경우는 약간 어려웠다. 웨스트필드는 경찰이라 우 포 카인에 대해 많은 것을 알고 있으니만큼 그의 계획을 좌절시키는 게 가능한 사람이었다. 경찰과 치안판사는 서로 천적이다. 그러나 우 포 카인은 이 사실마저 자신에게 유리하게 쓸 줄 알았다. 뇌물을 수수하는 악명 높은 악한 우 포 카인과 베라스와미가 한통속이라고─물론 익명으로─고발한 것이다. 이것으로 웨스트필드는 두 손 두 발다 들었다. 엘리스의 경우엔 투서조차 필요 없었다. 베라스와미에 대한 그의 악감정은 이 일로 더 나빠질 게 없었던 것이다.

유럽 여성의 영향력을 잘 아는 우 포 카인은 래커스틴 부인에게도 투서를 보냈다. 베라스와미가 유럽 여자들을 납치해 강간하라며 원주민들을 선동하고 있다는 내용이었다. 투서에는 구체적인 사실이 주어지지 않았고 또 그럴 필요도 없었다. 우 포 카인은 래커스틴 부인의 약점을 건드린 것이다. '선동', '민족주의', '반란', '자치'와 같은 말을 들으면 그녀의 머릿속엔 눈을 희번덕거리는 새까만 피부의 막일꾼들이 줄을 서서 자신을 강간하는 단 하나의 장면만 떠올랐다. 그 생각만 하면 밤에 잠을 못 이룰 때가 있었다. 베라스와미 원장에 대한 유럽인들의 호감은, 그게 한때 어떤 것이었든 간에 급속히 허물어져 갔다.

"이제 알겠지," 우 포 카인이 자못 흡족해하며 말했다. "내가 어떻게 베라스와미의 입지를 무너뜨리는지 말이야. 놈은 이제 밑동을 톱질한 나무 같아. 이제 한 번 살짝 밀기만 하면 넘어가는 거야. 한 3주 뒤에 그럴 예정이지."

"어떻게요?"

"그걸 말하려던 참이야. 당신도 이제 알 때가 된 거 같군. 당신은 이런 일에 대한 판단력은 없어도 입이 무거우니까. 통와 마을 근처에서 획책되고 있다는 반란 이야기 들어봤지?"

"네. 그 마을 사람들, 참 어리석기도 하지. 작은 검과 창으로 인도군에 맞서 뭘 어쩌겠다고 그런대요? 야생동물들처럼 총에 맞아 죽어 나갈 텐데."

"물론이지. 만일 전투가 벌어진다면 대량 학살을 당할 거야. 그들은 미신을 믿는 농부 무리일 뿐이야. 자기들이 받는 그 당치도 않은 방탄조끼를 신봉한단 말이지. 그 무지함이라니, 정말 경멸스러워."

"가여운 사람들! 당신이 그러지 못하게 막으면 안 돼요? 사람들을 체포할 필요까진 없잖아요. 당신이 그냥 그 마을에 가서 모든 계획을 다 알고 있다고 하면 누가 감히 실행하려 들겠어요."

"그야 뭐, 내가 마음만 먹으면 그런 사태를 사전에 막을 수 있고말고. 하지만 난 그럴 마음이 없거든. 나름 이유가 있지. 그게 말이야, 킨 킨, 이건 절대로 어디 가서 입 밖에 내면 안 돼. 그건, 말하자면 내가 꾸민 반란이니까. 내가 직접 꾸민 거라고."

"어머나!"

마 킨이 시가를 떨어뜨렸다. 눈이 얼마나 휘둥그레졌는지 푸르스름한 빛이 도는 흰자가 홍채 주위로 전부 드러날 정도였다. 겁에 질린 마 킨이 소리를 질렀다.

"코 포 카인, 그게 무슨 말이에요? 농담하지 말아요! 당신이, 반란을 획책하다니. 사실일 리 없어!"

"분명 사실이야. 게다가 아주 잘 진행되고 있지. 내가 랑군에서 불러온 그 마술사, 아주 영리한 친구야. 서커스단 마술사로 인도 전역을 돌아다닌 사람이지. 방탄조끼들은 화이트어웨이 앤드 레이드로 백화점에서 하나에 1루피 8아나를 주고 산 거야. 큰돈이 들긴 했지."

"하지만 코 포 카인! 반란이라니! 전투가 벌어져 총을 쏘게 되는 끔찍한 상황이 벌어지면 그 모든 가여운 사람들이 죽을 텐데! 설마 당신 미친 거 아니죠? 당신은 총살당하는 게 두렵지 않아요?"

우 포 카인은 서성거리던 걸음을 멈췄다. 깜짝 놀란 얼굴이었다. "맙소사, 이 여편네가 도대체 지금 무슨 생각을 하고 있는 거야? **내가 정부를 상대로 반란을 일으킨**

다고 생각하는 거야? 30년 동안 정부 관리로 일한 내가?
맙소사, 아니야! 반란을 **가동**시키는 거지, 직접 참여하는
게 아니야. 목숨을 거는 건 내가 아니라 이 멍청한 마을
사람들이야. 내가 그 일과 하등의 관계가 있다든가 앞으
로도 그러리라고 상상하는 사람은 아무도 없어. 바 세인
과 한두 사람 외에는."

"하지만 그 사람들에게 반란을 일으키게 한 사람이 당
신이라면서요?"

"물론이지. 그리고 베라스와미를 반정부 반란의 주동
자로 고발했고. 그러니 실제로 반란이 일어나는 걸 보여
줘야 하잖아, 안 그래?"

"으흥, 알겠어요. 반란이 일어나면 당신은 그 죄가 베
라스와미에게 있다고 할 거란 얘기죠?

"이제야 알아듣다니, 참 더디긴! 내가 반란을 획책하
는 게 그걸 진압하기 위해서라는 건 천치 바보라도 알겠
건만. 나는 말이야, 뭐냐면, 가만, 맥그리거가 쓰는 그 말,
그게 뭐더라? 그래, 아장 프로보카퇴르.* 라틴어라서 당
신은 모르겠지. 나는 아장 프로보카퇴르라고. 내가 통와
의 바보들을 선동해서 반란을 일으키게 한 다음, 또 내가
그들을 반역자로 체포하는 거야. 반란이 일어나기로 되
어 있는 바로 그 순간에 그곳을 덮쳐 주모자들을 몽땅 잡

* agent provocateur. 프랑스어로 '(경찰) 앞잡이'를 뜻한다.

아다 감옥에 처넣는 거지. 그러고 나서도 아마 전투가 벌어질 수 있겠지. 죽는 사람들도 좀 있을 테고, 안다만섬에 유배되는 사람은 더 많겠지. 한편 나는 싸움이 벌어지는 현장에 누구보다 먼저 가게 될 거야. 우 포 카인, 위험천만했던 봉기를 아슬아슬하게 진압한 인물! 나는 지역 영웅이 되는 거지.”

자신의 계획이 의당 자랑스러운 듯 우 포 카인이 만면에 미소를 머금고 뒷짐을 진 채 다시 서성거리기 시작했다. 마 킨은 묵묵히 얼마간 그의 계획에 대해 생각한 끝에 입을 열었다.

“그런데 당신이 왜 그러는지 모르겠어요, 코 포 카인. 결국 뭐를 위한 거죠? 베라스와미 원장은 무슨 상관이죠?”

“당신한텐 평생 지혜를 가르치지 못하겠군, 킨 킨! 베라스와미는 내가 하는 일에 방해가 된다고 내가 처음부터 말하지 않았어? 이 반란은 바로 그를 제거하기 위한 거야. 물론 우리는 반란의 책임이 베라스와미에게 있다는 걸 결코 입증하지 못할 거야. 하지만 그게 뭐가 중요해? 일이 그쯤 되면 유럽인들은 모두 이래저래 베라스와미가 연루되어 있다는 걸 당연시하게 텐데. 그게 그들의 사고방식이야. 그러면 베라스와미의 인생은 종 치는 거지. 그는 몰락하고, 나는 출세하고. 베라스와미를 속이 검은 사람으로 만들수록 나 자신의 행위는 더 빛나 보이는 거고. 자, 이제 이해돼?”

"네, 이해돼요. 그런데 아주 비열하고 사악한 계획이네요. 당신이 그걸 나한테 말해주는 게 창피한 줄 아는지 모르겠어요."

"이런, 킨 킨! 설마 또 그 허튼소리를 시작하려는 거야?"

"코 포 카인, 당신은 어째서 나쁜 짓을 할 때만 행복해하죠? 어째서 당신이 하는 일은 전부 다른 사람들에게 해를 끼쳐야만 하는 거냐고요. 이 일로 면직될 저 가여운 의사 선생은 뭐예요? 총에 맞아 죽거나 대나무로 매질을 당하거나 종신형을 받을 마을 사람들은 또 뭐고요. 꼭 그래야만 해요? 당신은 이미 부자인데 더 많은 돈을 벌어 뭘 하려고요?"

"돈이라니! 누가 돈 때문에 이런대? 이 여편네하곤. 당신도 언젠가는 세상에 돈 말고도 중요한 게 있다는 걸 깨달을 날이 있겠지. 가령 명성 같은 거 말이야. 대성하는 거지. 버마 총독이 나의 충성스러운 행동을 치하하는 훈장을 이 가슴에 달아줄 게 거의 확실하다는 거 알아? 아무리 당신 같은 여자라도 그런 영광이 자랑스럽지 않겠어?"

마 킨은 별 감흥 없이 고개만 가로저었다. "당신이라고 천년만년 살지 못한다는 걸 당신은 언제나 깨달을지. 악한 생을 산 자들이 어떻게 되는지 생각해봐요. 내생에 쥐나 개구리로 태어날 수도 있어요. 지옥에도 가야 할 테고. 언젠가 어떤 스님이 지옥에 대해 해준 이야기가 생각나네요. 팔리어 불경에 있는 걸 번역해준 건데 정말 끔찍했어요. 벌겋게 달궈진 두 개의 창이 천 세기에 한 번 가슴 속에서 맞부딪치는데, 그러면 그 사람은 자신에게 '이제 내가 받는 고통의 천 세기가 또 한 차례 끝났구나, 이제 지금까지 겪은 것만큼의 고통이 시작되는구나'라고 한대요. 그런 걸 생각하면 무시무시하지 않아요, 코 포 카인?"

우 포 카인은 웃으면서 손으로 건성건성 물결 모양을 만들어 보였다. 그것은 '불탑'을 의미했다.

"좋아요, 당신이 마지막 순간에도 웃을 수 있길 바랄게요. 하지만 나라면 그런 인생을 뒤돌아보고 싶지 않을 거예요."

마 킨은 그가 못마땅하여 가냘픈 어깨를 비스듬히 돌리고 시가에 다시 불을 붙였다. 우 포 카인은 몇 번 더 앞뒤로 서성거렸다. 그리고 마침내 다시 입을 열었을 때 더 진지하고 기도 약간 꺾인 듯했다.

"근데 말이야, 킨 킨. 이 모든 일 이면에는 다른 문제가 있어. 당신뿐 아니라 아무한테도 말하지 않은 것이지. 바세인도 몰라. 지금 그걸 당신한테 말해주려고 해."

"또 악행에 관한 거라면 난 듣고 싶지 않아요."

"아냐, 아냐. 당신이 방금 전에 물었지. 이 모든 일을 벌이는 진짜 목적이 뭐냐고. 베라스와미를 파멸시키려는 게 그저 그가 싫거나 뇌물 수수에 대한 그의 생각이 내일에 방해가 돼서라고 당신은 생각하는 모양인데, 그게 전부가 아니야. 그보다 훨씬 더 중요한 다른 이유가 있어. 그건 나뿐만 아니라 당신도 관련된 거야."

"그게 뭔데요?"

"보다 높은 것을 바라는 마음. 당신 그런 거 느껴봤어, 킨 킨? 우리의 성공에도 불구하고, 물론 나의 성공이라고 해야겠지만, 우리는 처음이나 지금이나 거의 같은 위치에 있다는 생각이 든 적 없어? 내 재산이 아마 20만 루피는 될 거야. 그런데 우리 사는 꼴 좀 봐! 이 방을 보라고! 단언컨대 일개 농부의 집보다 나을 게 없어. 손가락으로 밥을 먹고, 가난하고 열등한 버마인들하고만 어울리고, 궁핍한 관구 관리로 사는 게 지긋지긋해. 돈으론 충분치 않아. 나도 신분 상승의 기분을 만끽하고 싶어. 당신은 조금 더, 뭐랄까, 향상된 생활을 누렸으면 할 때가 없어?"

"우리가 어떻게 지금 가진 것보다 더 많은 걸 원할 수 있는지 난 모르겠어요. 난 어렸을 때 이런 집에서 살게 될 줄은 꿈에도 몰랐어요. 저 영국산 의자들을 봐요. 난 평생 저 의자에 앉아보지 않았지만, 저걸 보면서 내가 주인이라는 생각만 해도 아주 뿌듯한걸요."

"쯧! 그럼 애초에 고향 마을은 왜 떠났어? 우물가에서 머리에 물동이를 이고 수다나 떨면 딱 제격일 텐데. 하지만 고맙게도 나한텐 더 큰 포부가 있거든. 그럼 이제 내가 왜 베라스와미를 제거할 계략을 꾸미는지 진짜 이유를 말해주지. 나는 진정으로 웅대한 무언가를 이룰 생각이야. 고귀하고 영광스러운 무언가를! 동양인이 성취할 수 있는 무상(無上)의 영광을! 당신은 물론 그게 뭔지 알겠지?"

"아뇨, 그게 뭔데요?"

"이런, 이런! 내 인생의 가장 위대한 성취 말이야! 이젠 틀림없이 짐작할 수 있겠지?"

"오, 알았다! 자동차를 사려는 거군요. 하지만 여보, 코 포 카인, 내가 그걸 탈 거란 생각은 말아요!"

우 포 카인이 두 손을 들어 올리며 넌더리를 냈다. "자동차라니! 당신은 어째 생각하는 게 꼭 시장판 땅콩 장수 같아! 그런 건 내가 원하면 스무 대라도 살 수 있어. 하지만 이런 데서 자동차를 산들 뭐해? 아니야, 내가 생각하는 건 그보단 훨씬 더 굉장한 거야."

"그럼 뭐란 말이에요?"

"그건 이런 거야. 즉, 한 달만 있으면 유럽인들이 원주민 한 사람을 회원으로 선출할 예정이야. 그들은 그러고 싶지 않지만 총독의 명령이 내려왔으니 복종할 수밖에 없는 거지. 그러면 당연히 베라스와미를 선출할 거야. 그는 이 지역 원주민 관리로선 최고위직에 있으니까. 하지만 내가 베라스와미를 그 자리에서 물러나게 한다 이거야. 그러면―"

"그러면 뭐요?"

우 포 카인은 잠시 아무런 대답을 하지 않고 마킨을 바라보기만 했다. 턱이 넙적하고 이가 송알송알 박힌 그의 크고 누런 얼굴이 어린아이 같다고 할 수 있을 정도로 온화해졌다. 황갈색 눈에는 눈물이 어린 것 같기도 했다. 자신이 말하려는 것의 위대함에 스스로 압도된 양 외경심에 사로잡힌 작은 목소리로 그는 말했다.

"정말 모르겠어? 베라스와미가 면직되면 내가 클럽 회원으로 선출되리라는 걸?"

이 말의 효과는 압도적이었다. 마 킨은 한 마디도 하지 못했다. 우 포 카인이 품은 계획의 웅대함에 말을 할 수 없을 정도로 놀랐다.

우 포 카인이 평생 성취한 모든 것을 다 합해도 이에 비하면 아무것도 아니니 그녀로선 그럴 만도 했다. 하급 관리부터 시작해 한 발 한 발 올라 마침내 유럽인 클럽에 입성한다는 것은 진정 놀라운 업적이다. 더욱이 카욕타다에서는 더 말할 것도 없었다. 유럽인 클럽, 그 머나먼 신비의 사원, 열반에 들기보다 훨씬 더 어려운 그 지성소! 헐벗고 살던 만달레이 출신의 부랑아, 도둑질하던 서기, 미천한 관리였던 포 카인이 그 성스러운 곳을 드나들며 유럽인들에게 "여보게"라고 말을 건네며 소다수 넣은 위스키를 홀짝이고, 그들처럼 녹색 융단으로 덮인 테이블의 흰 공들을 치며 시간을 보내게 되는 것이다! 야자 잎으로 지붕을 인 대나무 오두막 틈새로 들어온 빛줄기가 이 세상에 나와 처음으로 본 빛이었던 촌부 마 킨이 비단 스타킹에 하이힐을 신고(그렇다, 그곳에서는 실제로 신발을 신게 될 테니까!) 높은 의자에 앉아 영국인 숙녀들과 아기용 속옷에 대해 힌디어로 담화를 나누게 되는 것이다! 누구라도 황홀해할 만한 전망이었다.

마 킨은 오랫동안 말이 없었다. 입을 헤벌린 채 유럽인 클럽과 그 안의 화려한 것들에 대해 생각했다. 평생 처음으로 우 포 카인의 계략을 비난하지 않고 개관해보았다. 마 킨의 잔잔한 마음에 야심의 씨앗을 심은 것은 클럽에 폭풍을 몰아치게 한 일보다 더 눈부신 개가였는지 모른다.

13

플로리가 병원 경내로 들어가는 대문을 통과할 때 누더
기 옷을 입은 청소부 넷이 30센티미터 깊이의 정글 무덤
에 묻을 어느 막일꾼의 시체를 들고 그의 옆을 지나갔다.
플로리는 벽돌 같은 흙으로 덮인 마당 양쪽의 곁채 사이
를 지나갔다. 널찍한 베란다에 죽 늘어선 시트 없는 간이
침대들 위에 잿빛 얼굴의 사내들이 말없이 가만히 누워
있었다. 절단된 수족을 먹어치운다는 더러워 보이는 잡
종 개 여러 마리가 첩첩이 세워진 건물들 사이에서 잠을
자거나 벼룩 물린 제 몸을 깨물었다. 병원 전체에 부패하
고 단정치 못한 분위기가 깔려 있었다. 베라스와미는 병
원을 청결하게 유지하려고 무진 애를 썼지만, 먼지와 열
악한 급수 시설, 청소부들의 타성, 얼치기 의사 보조들에

대해서는 어찌할 방도가 없었다.

플로리는 베라스와미 원장이 외래 진료실에 있다는 말을 들었다. 벽에 회반죽을 바른 진료실에는 집기라야 달랑 탁자 하나와 의자 두 개뿐이었고, 벽에는 표면이 꽤 뒤틀린 빅토리아 여왕의 초상화가 먼지를 쓴 채 걸려 있었다. 근육이 울퉁불퉁하고 색 바랜 누더기 차림의 버마인들이 줄지어 진료실로 들어가 탁자 앞에 줄 서 있었다. 반소매 차림의 원장은 땀을 줄줄 흘리고 있었다. 그는 기쁨의 탄성을 내며 벌떡 일어나 늘 그렇듯 부산을 떨며 플로리를 빈 의자에 앉게 하고 탁자 서랍에서 담배통을 꺼냈다.

"이렇게 와줘서 정말 반가워요, 플로리 씨! 편안히 계세요─이런 데서 편안히 있을 수 있을지 의문이지만, 하하하! 그리고 좀 이따 우리 집에 가서 맥주나 마시면서 편안하게 이야기합시다. 그럼 이 서민들 좀 봐줄 동안 실례할게요."

의자에 앉은 플로리는 금세 뜨거운 땀을 흘리기 시작해 셔츠가 흥건했다. 진료실의 더위가 숨 막힐 듯했다. 농민들은 땀구멍으로 마늘 냄새를 뿜어냈다. 원장은 환자가 탁자 앞에 설 때마다 의자에서 벌떡 일어나 환자의 등을 쿡쿡 찔러보고, 거무스름한 한쪽 귀를 심장에 갖다 대보고, 고약한 말로 몇 마디 질문을 한 뒤 처방전을 갈겨썼다. 환자는 그것을 마당 건너편 약제사에게 가져가 물에

식물성 염료를 탄 병을 받았다. 정부로부터 월급을 25루피밖에 받지 못하는 약제사는 주로 약물을 팔아 생계를 유지했다. 그러나 원장은 그런 사실을 모르고 있었다.

아침 시간에는 대부분 원장이 외래 환자들을 보지 않고 의사 보조들 중 한 명에게 일을 맡겼다. 그들의 진단법은 간단했다. 환자들에게 "어디가 아파요? 머리, 등, 아니면 배?" 하고 묻고, 대답에 따라 미리 준비해둔 세 뭉치의 처방전 가운데 하나를 빼서 주는 식이었다. 환자들은 이 방식을 원장의 방식보다 더 좋아했다. 원장은 성병에 걸렸냐는, 무의미하고 주책없는 질문을 하는 버릇이 있는가 하면 어떤 때는 수술을 권해서 그들이 몸서리를 치게 했기 때문이었다. 그들이 수술이라는 말 대신 쓰는 용어는 '복부 절단'이었다. 그들 대다수는 '복부 절단'에 몸을 맡기느니 차라리 몇 번이고 죽는 편을 택했을 것이다.

마지막 환자가 나가자 원장은 의자에 털썩 앉아 처방전 뭉치로 얼굴을 부채질했다.

"어이구, 이놈의 더위! 어떤 날 아침엔 이 마늘 냄새가 영영 코에 밸 것 같다니까! 어떻게 마늘 냄새가 저들의 핏속까지 침투하는지 정말 놀라울 따름이에요. 숨도 못 쉬겠죠? 당신네 영국인들은 후각이 고도로 발달되어 있으니 말이오. 이 불결한 동양에서 당신네들이 겪고 있을 고초는 참 대단할 거요!"

"여기에 들어오는 자, 코를 버려라, 라는 거예요 뭐예요? 그럼 수에즈운하 입구에 그런 문구를 써서 걸어놔도 되겠네. 그런데 오늘 아침엔 좀 바쁘신가 봐요?"

"늘 그렇죠 뭐. 하지만 말이오, 친구여, 이 나라에서 의사로 일한다는 건 정말이지 맥 빠지는 일이에요. 이 촌사람들, 야만인처럼 얼마나 더럽고 무지한지! 이들을 병원에 오게 하는 게 고작 우리가 할 수 있는 전부란 말이오. 수술을 받느니 차라리 괴저로 죽거나 몇 년이고 수박만한 혹을 달고 살겠다는 식이니 말이오. 게다가 이들이 말하는 소위 의사라는 작자들의 처방을 보면 참 어처구니가 없어요. 초승달이 떴을 때 딴 약초, 호랑이 수염, 코뿔소 뿔, 오줌, 월경수! 그런 걸 섞어서 약이랍시고 먹다니 정말이지 구역질이 나요."

"하지만 꽤 다채롭군요. 버마 민속 약전이란 걸 한번 편찬해보시죠, 원장님. 거의 컬페퍼* 이야기만큼이나 재미있을 겁니다."

"미개한 하층민들, 미개한 하층민들." 원장은 흰 상의에 팔을 꿰느라 허우적거렸다. "우리 집에 갑시다. 맥주가 있어요, 얼음도 좀 남았을 겁니다. 10시에 긴급 감돈 탈장 수술을 해야 하는데, 그때까지는 자유예요."

"그러죠. 사실 할 얘기가 좀 있어요."

＊ Nicholas Culpeper(1616-1654). 영국의 식물학자이자 의사, 점성술사. 『영국 약초록』과 『점성술과 질병 진단법』을 저술했다.

그들은 마당 건너편 원장의 집 계단을 통해 베란다로 올라갔다. 아이스박스 안을 더듬어본 원장은 얼음이 전부 녹아 미지근한 물이 된 것을 알았다. 맥주병을 딴 그는 부산스레 하인들을 불러 젖은 짚을 넣은 요람에 맥주병을 더 넣어 흔들라고 일렀다. 플로리는 모자를 벗지 않은 채 서서 베란다 난간 너머를 바라보았다. 사실 그는 사과를 하려고 왔다. 거의 2주 동안 원장과 만나는 것을 피해왔다. 사실 클럽에 공고한 게시문에 자신의 서명을 보탠 날부터 그랬다. 사과를 해야만 했다. 우 포 카인은 사람 볼 줄 알았지만 플로리에게 겁을 주어 친구를 완전히 멀리하도록 하는 일에 투서 두 통이면 충분하다고 생각한 것은 실수였다.

"저, 원장님, 내가 무슨 말을 하려는지 아세요?"

"내가요? 아뇨."

"아시면서. 지난주에 내가 원장님과 관련해서 저지른 야만적인 행위에 대한 겁니다. 엘리스가 클럽 게시판에 그 공고를 붙였을 때 나도 서명을 했어요. 그건 들어서 알고 계시겠죠. 그게 어떻게 된 건지 해명을 하고 싶어서ㅡ"

"아니오, 아니야, 친구여, 아니오, 아니야!" 원장은 괴로워 못 견디겠는지 풀쩍 뛰다시피 플로리에게 다가와 그의 팔을 잡았다. "해명하지 **말아요**! 그 얘기라면 다신 꺼내지 말아요! 충분히 이해해요. 이해하고말고."

"아뇨, 이해 못 해요. 이해 못 할 겁니다. **어떤** 압박 때문에 그런 짓을 했는지 원장님은 실감이 안 날 거라고요. 도저히 그 공고에 서명을 하지 않을 수 없었어요. 거부했다 해도 내가 어떻게 되는 건 아니지만. 동양인들을 야만인처럼 취급하지 않으면 처벌을 받는다는 법은 없으니까요. 법은 오히려 그러지 말라고 하죠. 하지만 다른 사람들과 등을 지면서까지 동양인에 대해 의리를 지킬 엄두를 내지 못하는 겁니다. 그래선 안 되는데. 그러면 한 1-2주는 클럽 사람들로부터 지탄을 받았을 거예요. 결국 난 여느 때처럼 겁이 났던 거죠."

"제발 그만! 정말로 계속 이러면 내가 불편해요. 마치 내가 그런 입장을 헤아리지도 못하는 사람 같잖아요!"

"알다시피 우리 모토가 '인도에서도 영국에서 하는 대로 하라'잖아요."

"물론이오, 물론. 아주 고결한 모토요. '단결'하라는 거겠죠. 당신네들이 우리 동양인들보다 우월한 비결이 바로 그거요."

"아무튼, 무슨 일이든 미안하다는 말은 별 소용이 없죠. 하지만 다시는 그런 일이 없을 거란 걸 말하려고 이렇게 왔어요. 사실—"

"자, 자, 플로리 씨, 이 문제는 더 이상 거론하지 말아주시오. 이제 다 끝났고, 난 벌써 잊어버린 일이에요. 맥주가 차처럼 따끈해지기 전에 어서 죽 들이켭시다. 나도 할 말이 있어요, 플로리 씨가 내가 전할 소식을 아직 묻진 않았지만."

"아, 원장님이 전할 소식이라⋯⋯. 그런데 그 소식이란 게 뭐죠? 그간 세상이 어떻게 돌아가고 있었나요? 브리타니아* 어머니는 어떻게 지내요? 아직도 빈사 상태인가요?"

"에헤, 말이 저급해요, 아주 저급해! 내가 더 저급하지만. 내가 지금 곤경에 처했어요."

"뭐요? 또 우 포 카인인가요? 그 작자가 아직도 원장님을 중상하고 있어요?"

"중상 정도가 아니에요! 이번엔 말이오, 이번엔 극악무도한 짓이에요. 이 지방에서 조만간 반란이 일어날 거란 얘기는 들어봤죠?"

"많은 이야기가 들리긴 했죠. 웨스트필드는 학살을 하겠다고 단단히 마음먹고 출동했어요. 하지만 모반자를 한 명도 발견하지 못했다고 들었어요. 세금을 안 내려는 뻔한 마을 지주들만 적발했을 뿐."

"아, 그렇군요. 한심한 바보들! 그들 대부분이 내지 않으려는 세금이 얼마인지 알아요? 5루피요! 그렇게 버티다 지쳐서 곧 전부 납부할 겁니다. 그 문제는 매년 똑같이 반복돼요. 하지만 소위 반란이라는 그거 말이오, 플로리 씨, 그 반란은 겉으로 보이는 게 전부가 아니라는 걸

* 영국을 여성으로 의인화한 명칭.

246

알아줬으면 좋겠어요."

"아, 그래요? 그게 뭐죠?"

원장이 맥주를 거의 다 쏟을 정도로 격렬히 화를 내자 플로리는 깜짝 놀랐다. 원장은 베란다 난간에 잔을 놓고 다시 소리치기 시작했다.

"또 우 포 카인이! 이 뼛속들이 악당이! 사람다운 감정이 거세된 이 악어 같은 놈이! 이―이―"

"어서 말해봐요. '그 추잡한 체액 덩어리, 그 퉁퉁 불어 터진 수종 덩어리, 그 야만스러운 것들만 갈아 넣은 드럼통'*이 이번엔 무슨 일을 벌였는지. 어서요."

"초유의 악행을―"으로 시작해서 원장은 가짜 반란 모의에 대해 간추려 말했다. 우 포 카인이 마 킨에게 설명해준 것과 대동소이했다. 다만 원장은 유럽인 클럽 회원이 되고자 하는 우 포 카인의 의도까지는 알지 못했다. 분노한 원장의 얼굴이 붉게 달았는지는 알 수 없어도 낯빛이 한층 더 거무스름해진 것만은 분명했다. 플로리는 놀란 나머지 가만히 서 있었다.

"교활한 놈! 그런 짓까지 할 놈인 줄은 몰랐네! 그런데 그 모든 걸 어떻게 알아낸 거죠?"

"그야 뭐, 아직 내 편인 친구들이 있으니까요. 아무튼 그자가 나를 파멸시키려고 무슨 일을 꾸미는지 이제 알

---

* 셰익스피어의 『헨리 4세』에서 인용한 말.

겠죠? 이미 사방팔방 나에 대한 중상을 퍼뜨려놨어요. 이 터무니없는 반란이 일어난다면 전력을 다해 나를 결부시킬 것이오. 그런데 말이오, 내 충의가 조금이라도 의심을 받는다면 난 파멸할 수 있어요, 파멸! 하다못해 내가 반란에 동조적이라는 말이 어디선가 흘러나오기만 해도 난 끝장이란 말이오."

"이런 경을 칠! 말도 안 돼. 그래도 어떡하든 혐의를 풀 수 있을 거 아니에요?"

"그렇지 않다는 증거가 없는데 어떻게 스스로 혐의를 풀 수 있겠어요? 내 말이 전부 사실이라고 증언한들 그게 무슨 소용이겠어요? 내가 공개 조사를 요구하고 증인을 세우면 우 포 카인은 나보다 훨씬 많은 반대 증인을 세울 텐데. 이 지역에서 그의 영향력이 얼마나 큰지 플로리 씨는 모를 거요. 아무도 감히 그에게 불리한 말을 못 해요."

"하지만 입증하고 어쩌고 할 필요가 뭐 있어요? 그냥 맥그리거 부판무관에게 가서 자초지종을 말하면 되잖아요? 나름 사리 분별이 있는 사람이니 원장님 말을 끝까지 들어볼 텐데요."

"소용없어요, 소용없어. 음모꾼들의 머리가 어떻게 돌아가는지 플로리 씨는 몰라. '변명은 켕기는 구석이 있다는 증거'라고 하잖아요. 자신에 대한 음모가 있다고 떠들어 봐야 득 될 게 없는 거죠."

"아니 그럼 어쩌려고요?"

"내가 할 수 있는 건 아무것도 없어요. 그냥 기다리면서 내 위신만으로 버틸 수 있기를 바라야죠. 원주민 관리의 평판이 걸려 있는 이런 문제에서 관건은 증거나 증언이 아니에요. 평판이 좋으면 괜찮지만 평판이 나쁘면 그런 혐의를 믿는 거죠. 위신이 전부란 말이오."

그들은 한동안 침묵했다. 플로리는 '위신이 전부'라는 말을 충분히 이해했다. 의심이 증거보다 더 위력이 있고, 명성이 증인 천 명보다 더 중요한 이런 모호한 분쟁에 익숙했던 것이다. 그의 머릿속에 문득 어떤 생각이 떠올랐다. 불과 3주 전만 해도 엄두도 못 냈을, 거북하고 식은땀이 나는 생각이었다. 인생을 살아가다 보면 자기가 해야할 일이 무엇인지 선명히 떠오르고 피하려야 피할 수 없다는 확신이 들 때가 있는데, 플로리에겐 바로 지금이 그랬다.

"그렇다면 가령, 원장님이 클럽 회원으로 뽑힌다면 어떨까요? 그럼 원장님의 명성에 도움이 될까요?"

"클럽 회원으로 뽑힌다면! 아니, 그럼요! 그렇고말고요! 유럽인 클럽이라! 거긴 철옹성 같은 곳이오. 일단 회원이 되면 플로리 씨나 맥그리거 부판무관이나 다른 어떤 유럽인 신사와 마찬가지로 나에 관한 그런 터무니없는 이야기는 아무도 들으려 하지도 않을 거요. 하지만 이미 나에 대한 편견을 가진 사람들이 나를 뽑아줄까요?"

"자, 그럼, 이러면 어떨까요, 원장님. 다음 총회에서 내가 원장님을 회원으로 추천하는 겁니다. 이번에 그게 의제로 거론될 게 틀림없어요. 누군가 후보를 추천하면 엘리스 외에는 반대표를 던질 사람이 아마 없을 거예요. 그리고 우선은—"

"아, 친구여, 나의 친애하는 친구여!" 원장은 감정이 복받쳐 목이 메는 듯하더니 플로리의 손을 덥석 잡았다. "아, 친구여, 참으로 고귀한 일이오, 고귀한 일이야! 하지만 너무 과분해요. 플로리 씨가 유럽인 친구들과 다시 반목할까 걱정이오. 이를테면, 내 이름이 지명되면 엘리스 씨가 가만있을까요?"

"에, 망할 놈의 엘리스. 하지만 이것만은 알아둬요, 원장님이 뽑히는 걸 약속할 수는 없다는 걸. 맥그리거가 뭐라고 하는지, 그리고 다른 사람들 기분이 어떤지에 달린 문제니까. 허탕 치게 될지도 몰라요."

원장은 통통하고 축축한 두 손으로 플로리의 손을 여전히 감싸 쥐고 있었다. 눈에는 실제로 눈물이 차올랐고 안경을 통해 확대되어 보이는 두 눈이 축축이 젖은 개의 눈처럼 빛났다.

"아아, 친구여! 내가 회원으로 뽑히기만 하면! 이 모든 분란에 멋지게 종지부를 찍을 것이오! 하지만 앞서 말했듯이 이 문제는 경솔히 다뤄서는 안 돼요. 우 포 카인을 조심해요! 그자는 이제 플로리 씨도 적으로 생각할 거요.

그자의 증오는 플로리 씨에게도 위험할 수 있어요."

"아이고, 원장님도 참. 우 포 카인은 나를 어쩌지 못해요. 바보 같은 투서 몇 장 말고는 지금까지 아무것도 한 게 없잖아요."

"안심할 수 없어요. 공격을 해도 교활하게 하니까 말이죠. 내가 클럽 회원이 되는 걸 막으려고 온갖 수작을 다 부릴 게 틀림없어요. 약점이 있으면 감추도록 해요. 우 포 카인이 파헤칠 테니까. 그자는 항상 상대방의 최대 약점을 공격한단 말이오."

"악어 같군요." 플로리가 말했다.

"악어 같죠." 원장이 수심 띤 얼굴로 동의했다. "어쨌든 내가 유럽인 클럽 회원이 된다면 정말 통쾌할 거요. 유럽 신사들과 동료가 된다는 건 굉장한 영광이에요! 그런데, 언급하고 싶지 않았지만 한 가지 더 할 말이 있어요. 내가 어떤 식으로든 클럽을 **사용**하려는 의도는 없다는 걸 분명히 이해해주었으면 해요. 회원이 되는 게 내가 바라는 전부라는 겁니다. 물론 회원으로 뽑힌다 해도 클럽에는 **드나들** 생각조차 하지 않을 거예요."

"클럽에 드나들지 않는다고요?"

"그럼요, 그럼요! 유럽 신사들 사이에 억지로 낀다는 건 당치도 않아요! 그냥 회비만 낼 겁니다. 그것만도 나한텐 과분한 특권이죠. 플로리 씨는 이해하리라 믿어요."

"그럼요, 원장님, 이해하고말고요."

플로리는 비탈길을 오르며 웃음을 금할 수가 없었다. 이제 원장을 회원으로 추천하기로 단단히 마음먹었다. 한바탕 소동이 벌어지겠지. 굉장할 거야! 하지만 놀라운 건 그런 생각을 하는데도 웃음만 나온다는 사실이었다. 한 달 전까지만 해도 질겁을 했을 일에 지금은 거의 신명이 날 정도였다.

왜 그런가? 그리고 약속은 왜 했지? 그것은 대단치 않은 일이었다. 그가 져야 할 위험은 적었다. 영웅적인 건 아니었지만 그래도 그다운 행동은 아니었다. 오랜 세월 용의주도한 푸카 사이브다운 생활을 뒤로하고 왜 이제 와서 갑자기 모든 규칙을 깨려는 걸까?

플로리는 그 이유를 잘 알고 있었다. 엘리자베스가 나타나 그의 인생을 되찾아주었다. 그러자 추잡하고 비참했던 지난 세월이 언제 그랬냐는 듯이 여겨졌다. 그녀가 나타남으로써 그의 사고 범위 전체가 바뀌었다. 생각의 자유가 있고, 열등한 인종의 교화를 위해 끝없이 푸카 사이브의 춤을 추지 않아도 되는 그리운 영국의 공기. 그녀가 그 영국의 공기를 가져다주었다. 나는 이전에 어떻게 살았던가? 그는 생각했다. 엘리자베스가 존재하는 것만으로 그는 고상하게 행동할 수 있을뿐더러 그게 자연스럽게 여겨졌다.

나는 이전에 어떻게 살았던가? 정원 문으로 들어가며 다시 그 생각을 떠올렸다. 그는 행복했다, 정말로 행복했다. 사람은 구원받을 수 있고 인생을 새로 시작할 수 있다는 신앙심 깊은 사람들의 말이 맞는다는 것을 그는 깨달았다. 정원 길을 지나며 보는 집과 꽃, 하인들, 그리고 얼마 전까지만 해도 권태와 회향병에 빠져 질척이던 자신의 인생이 새롭고 의미 있고 형언할 수 없이 아름다워 보였다. 이것을 함께 나눌 사람이 있다면 얼마나 즐거우랴! 고독하지만 않다면 이 나라를 정말 사랑할 수 있을 텐데! 네로가 햇볕을 무시하고 길에 나와 정원사가 염소에게 가져다주다 흘린 벼를 찾아다녔다. 플로가 헥헥거리며 네로를 향해 돌진하자 네로가 날아올라 플로리의 어깨에 앉았다. 플로리는 그 붉은 수탉을 품에 안고 목의 매끄러운 깃과 등의 부드러운 마름모꼴 깃털을 쓰다듬으며 집으로 들어갔다.

그는 베란다에 올라가기도 전에 마 흘라 메이가 와 있다는 것을 알아차렸다. 코 슬라가 흉보를 알리는 얼굴로 황급히 나오지 않았어도 알 수 있었다. 백단향과 마늘, 코코넛 오일, 머리의 재스민 향을 이미 감지한 것이다. 그는 네로를 베란다 난간에 내려놓았다.

"그 여자가 돌아왔어요." 코 슬라가 말했다.

플로리의 낯빛이 창백해졌다. 얼굴에 핏기가 사라지면 모반이 두드러져 상당히 흉해 보인다. 순간 얼음의 칼날에 오장육부가 끊어지는 듯했다. 마 흘라 메이가 침실에서 나와 풀죽은 얼굴로 고개를 약간 수그린 채 그를 쳐다보았다.

"타킨." 그녀가 부루퉁하기도 하고 절박하기도 한 작은
목소리로 말했다.

"나가봐!" 플로리가 공포와 분노를 쏟아부어 코 슬라
에게 소리쳤다.

"타킨. 할 말이 있어요. 우리 방으로 들어가요." 그녀가
말했다.

플로리는 그녀를 따라 침실로 들어갔다. 그녀의 모습
이 일주일 만에 —일주일밖에 안 되었는데— 놀랍도록
변질되어 있었다. 머리는 기름에 절어 보였다. 로켓들도
어디 갔는지 하나도 없었다. 가격이 2루피 8아나인 맨체
스터산 꽃무늬 면으로 된 롱지를 입고 있었다. 분칠을 얼
마나 두껍게 했는지 어릿광대의 가면 같은 얼굴 가장자
리의 갈색 피부가 가는 띠처럼 드러났다. 행색이 매춘부
같았다. 플로리는 그녀를 마주 보지 않고 뚱하니 선 채
베란다로 나가는 입구에 시선을 두었다.

"이렇게 돌아오다니, 대체 뭐 하는 짓이야? 고향엔 왜
안 갔어?"

"지금 카욱타다 사촌 집에 있어요. 지금까지 이렇게 살
았는데 어떻게 고향에 가요?"

"나한테 사람을 보내 돈을 요구하는 건 또 무슨 짓이
지? 100루피를 받아 간 게 불과 일주일 전인데 어떻게 벌
써 손을 벌려?"

"내가 어떻게 고향에 가요?" 그녀는 그의 말을 무시하고 자기 말을 반복했다. 그녀의 언성이 날카로워지자 그는 등을 돌렸다. 그녀는 검은 눈썹을 찌푸리고 입을 삐쭉 내민 부루퉁한 얼굴로 꼿꼿이 서 있었다.

"왜 못 돌아가?"

"이렇게 살아왔는데 어떻게! 당신이 나한테 어떤 짓을 했는데!"

그녀는 갑자기 격앙된 장광설을 펼치기 시작했다. 싸움을 벌이는 시장판 여자들이 히스테리를 부리며 천박한 비명을 지르는 것처럼 언성이 높아졌다.

"내가 경멸하는 그 저급하고 멍청한 촌사람들이 조롱하고 손가락질할 텐데 어떻게 돌아가요? 백인의 아내, '보카도'였는데. 그런 나더러 고향 우리 아버지 집으로 돌아가 살라고? 너무 추해 남편감도 찾지 못하는 여자들이랑 노파들이랑 체나 흔들면서? 아이고 수치스러워, 수치스럽다고! 2년 동안 당신 아내 노릇을 했는데. 나를 사랑하고 돌봐주던 사람에게 갑자기 아무런 이유 없이 개처럼 내쫓기다니. 내가 가지고 있던 보석도, 비단 롱지도 모두 잃고, 돈 한 푼 없이 고향에 돌아가면 사람들이 '마 흘라 메이가 돌아왔네. 혼자 똑똑하고 잘난 체하더니. 허! 제 백인 서방한테 저런 취급을 받았네. 백인 서방들이 다 그렇지 뭐'라면서 손가락질할 거라고요. 난 망했어, 망했다고! 당신이랑 2년을 같이 살았는데. 어떤 사내가 그런 여자와 결혼하겠어요? 당신이 내 꽃다운 청춘을 가져갔는데. 아아, 수치스러워 정말, 수치스럽다고!"

플로리는 그녀를 쳐다볼 수가 없었다. 창백한 안색으로 무력하게 쭈뼛거리기만 했다. 그녀의 말은 모두 정당했다. 그런데 그럴 수밖에 없었다고 어떻게 말할 수 있을까? 그녀와 계속 애인으로 남는 건 도리에 어긋나는 일이요 죄악일 것이라고 어떻게 말할까? 그는 그녀를 피해 꽁무니를 뺄 뻔했다. 누런 얼굴의 모반이 엎지른 잉크처럼 선명해졌다. 그녀에게는 언제나 돈이 효력을 발휘했으므로 그는 본능적으로 돈 이야기로 돌아가 딱 잘라 말했다.

"돈 줄게. 요구했던 대로 50루피 주지. 그리고 나중에 더 줄게. 다음 달까지 더는 없어."

사실이었다. 그녀에게 100루피를 주었고, 옷을 사고 나니 수중의 현금이 거의 바닥난 상태였다. 당황스럽게도 그녀는 그 말에 통곡하기 시작했다. 흰 가면 같은 얼굴에 주름이 잡히고 눈물이 금세 두 뺨을 타고 흘러내렸다. 그가 미처 어찌하기도 전에 그녀는 무릎을 꿇더니 합장을 하고 이마가 바닥에 닿도록 절을 하면서 자신을 완전히 낮추었다.

"일어나, 일어나라고!" 그가 소리쳤다. 매를 청하듯 부복하는 그 치욕적이고 비굴한 자세에 그는 언제나 반감을 느꼈다. "그러는 거 보기 싫어. 당장 일어나."

그녀가 다시 통곡하면서 발목을 잡으려 하자 그는 얼른 뒤로 물러났다.

"일어나, 어서! 그리고 그 끔찍한 소리 좀 그쳐. 왜 우는지 모르겠군."

마 훌라 메이는 그대로 무릎을 꿇은 채 상체만 일으키고 다시 통곡했다. "왜 돈을 주겠다고 해요? 내가 이렇게 온 게 순전히 돈 때문인 줄 알아요? 나를 돈만 아는 여자라고 생각하고 개처럼 내쫓은 거예요?"

"일어나." 그가 발목을 붙들리지 않으려고 다시 몇 걸음 물러나며 같은 말을 반복했다. "그럼 돈 말고 뭘 원하는 거야?"

"나를 왜 그렇게 미워해요?" 그녀가 통곡했다. "내가 뭘 잘못했다고. 담뱃갑을 훔쳐도 화내지 않은 사람이. 타킨이 그 백인 여자랑 결혼할 거란 거 나도 알아요. 그걸 모르는 사람은 없어요. 하지만 그게 뭐 어떻다고, 나를 왜 쫓아내야 해요? 나를 왜 그렇게 미워해요?"

"너를 미워하는 게 아니야. 어떻게 설명할 수가 없어. 그만 일어나. 제발 좀 일어나라니까."

마 훌라 메이는 이제 전혀 부끄러운 줄 모르고 울었다. 결국 어린애나 다름없었다. 그녀는 울면서도 자비의 기색을 엿보려 애타게 그의 얼굴을 살폈다. 그러다 갑자기 바닥에 길게 엎드리는 흉한 꼴을 보였다.

"일어나, 일어나라고!" 그가 영어로 소리쳤다. "난 그러는 게 보기 싫어. 너무 혐오스럽다고!"

마 흘라 메이는 일어나지 않고 그의 발치까지 벌레처럼 기었다. 기어간 자리에 먼지가 닦여 긴 자국이 났다. 엎드린 채 그의 발치에 이르렀지만 여전히 얼굴은 아래를 향하고 양팔을 뻗은 모습이 마치 신전 제단 앞에 부복한 자세 같았다.

"주인님, 주인님." 그녀가 울먹였다. "용서해주세요. 이번 한 번만, 이번 한 번만! 마 흘라 메이를 도로 거둬주세요. 주인님 노예가 될게요. 아니, 노예보다 더 낮은 노예가 될게요. 쫓아내지만 않으면 뭐든 다 할게요."

그녀가 그의 발목을 감싸 안고 신발에 입을 맞췄다. 그는 호주머니에 손을 넣은 채 그녀를 내려다보며 무력하게 서 있었다. 플로가 어슬렁어슬렁 방으로 들어왔다. 마흘라 메이 옆으로 가서 그녀의 롱지 냄새를 맡은 플로는 그녀의 냄새를 알아보고 꼬리를 감실감실 흔들었다. 플로리는 더 이상 견딜 수 없었다. 그가 몸을 구부려 마 흘라 메이의 어깨를 잡고서 상체를 일으키자 그녀는 무릎을 꿇었다.

"그만 일어나. 네가 이러면 내가 괴롭잖아. 널 위해 내가 할 수 있는 건 뭐든 해줄게. 우는 게 무슨 소용이야?"

그녀는 금세 희망을 회복하고 소리쳤다. "그럼 도로 받아주는 거죠? 아, 주인님, 마 흘라 메이를 도로 거둬주세요! 내가 누구란 걸 아무도 모르게 있을게요. 여기 있다가 백인 여자가 와도 나를 하인 누군가의 아내라고 생각하게 할게요. 그래도 날 다시 안 받아주시겠어요?"

"안 돼. 있을 수 없는 일이야." 그가 다시 돌아서며 말했다.

그의 어조에서 그게 최종 결정이란 것을 알아챈 마 홀라 메이는 거칠고 흉한 소리를 질렀다. 그리고 다시 합장하며 엎드리는 듯하더니 이번엔 바닥에 이마를 찧었다. 꼴사나운 행동이었다. 무엇보다 꼴사나웠던 건, 무엇보다 그의 가슴을 아프게 한 건 그 총체적 상스러움, 그 탄원의 근저에 있는 저급한 감정이었다. 어디에도 그에 대한 사랑이라곤 전혀 찾아 볼 수 없었다. 그렇게 울고불고 비굴한 태도를 보이는 건 그의 정부로서 누렸던 지위와 하는 일 없는 편안한 삶, 사치스러운 옷, 하인들을 지배하던 생활에 대한 아쉬움 때문이었다. 그런 그녀의 모습이 무어라 형언할 수 없이 처량하기도 했다. 그녀가 그를 사랑했다면 훨씬 더 거리낌 없이 그녀를 내쫓을 수 있었을지 모른다. 일말의 기품도 없는 슬픔만큼 쓰라린 슬픔은 없다. 그는 몸을 구부려 그녀를 안아 일으켰다.

"잘 들어, 마 홀라 메이. 난 널 미워하지 않아. 네가 나한테 해를 끼친 건 없어. 널 부당하게 취급한 건 나야. 하지만 이제 상황이 어쩔 수 없게 되었어. 제발 돌아가 줘. 돈은 나중에 보내줄게. 네가 원하면 시장에 가게를 차릴 수도 있을 거야. 넌 아직 젊잖아. 돈을 가지고 남편감을 찾으면 이 모든 게 아무렇지 않을 거야."

"난 망했어!" 그녀가 다시 통곡했다. "죽어버릴 거야. 강에 빠져 죽을 거야. 이런 망신을 당하고 어떻게 살라고."

플로리는 그녀를 애무하듯 품에 안았다. 그녀는 꼭 달라붙어 그의 셔츠에 얼굴을 묻고서 온몸으로 흐느꼈다. 백단향 향기가 감돌았다. 몸을 밀착시켜 그를 껴안으면 예전의 지배력을 회복할 수 있으리라 생각하는 듯했다. 그는 가만히 포옹을 풀고 그녀가 도로 무릎을 꿇지 않는 것을 보고 그녀에게서 떨어졌다.

"이제 그만하고 가줬으면 좋겠어. 그리고 말이야, 약속한 50루피 지금 줄게."

그는 침대 밑에서 제복 보관용 양철통을 끌어당겨 열고 그 안에서 10루피짜리 지폐 다섯 장을 꺼냈다. 그것을 받아 조용히 엔지 품속에 집어넣자 흐르던 눈물이 금세 멈췄다. 말없이 화장실로 가 세수를 하고 본래의 갈색 피부를 드러낸 마 홀라 메이는 머리와 옷을 단정히 정리하고 나왔다. 부루퉁했지만 이제 히스테리를 보이지는 않았다.

"마지막으로 물을게요, 타킨. 날 도로 거둬들이지 않을 건가요? 최종 결정이에요?"

"그래. 나도 어쩔 수 없어."

"그럼 이만 갈게요, 타킨."

"그래. 잘 가."

그는 베란다의 나무 기둥에 기대어 서서 그녀가 뜨거운 햇빛 속으로 나가는 모습을 지켜보았다. 꼿꼿한 자세로 걸어 나가는 그녀의 등과 머리의 자세에 쓰라린 분노의 기색이 역력했다. 그가 그녀의 청춘을 앗아 갔다는 말은 사실이었다. 떨리는 무릎을 억누를 수 없었다. 코 슬라가 발소리를 내지 않고 뒤에 와 서서 플로리의 주의를 끄는 특유의 비난 섞인 헛기침 소리를 냈다.

"또 무슨 일이야?"

"존엄하신 나리 아침 식사가 식고 있어서요."

"생각 없어. 마실 거나 가져와. 진."

나는 이전에 어떻게 살았던가?

14

플로리와 엘리자베스는 카누 두 척에 나눠 탔다. 기다랗고 굽은, 수놓는 바늘 같은 카누들은 아라와디강 동쪽 기슭에서 출발해 내륙으로 들어가는 샛강을 거슬러 올라갔다. 사냥 여행을 가는 날이었다. 둘이 함께 정글에서 밤을 보낼 수는 없으므로 오후 반나절만 들여 다녀오는 짧은 여행이었다. 날이 비교적 덜 더운 저녁에 두 시간쯤 사냥을 하고 저녁 식사 시간에 맞춰 카욱타다로 돌아올 계획이었다.

통나무 속을 깎아 만든 카누는 진한 갈색 수면에 잔물결도 거의 일으키지 않고 빠르게 나아갔다. 해면질의 무성한 부레옥잠과 푸른 꽃이 샛강을 메우고 있는 탓에 구불구불한 물길은 폭이 60센티미터 정도밖에 안 되었다.

머리 위로는 서로 얽힌 나뭇가지 틈으로 들어오는 햇빛이 푸르스름하게 비쳤다. 간혹 머리 위 어디선가 날카로운 앵무새 울음소리가 들렸다. 부레옥잠 사이를 헤치고 황급히 달아나는 물뱀 한 마리만 보였을 뿐, 야생동물들은 모습을 드러내지 않았다.

"마을까진 얼마나 더 가야 해요?" 엘리자베스가 뒤에서 오는 플로리에게 물었다. 그와 플로와 코 슬라가 탄 카누의 노를 젓는 사람은 누더기 옷을 입은 주름 많은 할머니였다.

"할머니, 얼마나 더 가야 해요?" 플로리가 사공에게 물었다.

할머니는 입에 물고 있던 시가를 빼 들고 무릎에 노를 얹고서 잠시 곰곰 생각한 끝에 대답했다. "소리 지르면 들리는 거리요."

"1킬로미터쯤이란 거군." 플로리는 사공의 말을 그렇게 해석했다.

그렇다면 3킬로미터쯤 온 것이다. 엘리자베스는 등이 쑤셨다. 잘못 움직이면 카누가 전복될 수 있기 때문에 폭이 좁고 등받이도 없는 자리에 똑바로 앉아 있어야 했다. 게다가 바닥에 괸 물이 앞뒤로 쓸렸고 그 안에 죽은 새우가 흩어져 있어서 최대한 발이 안 닿게 잔뜩 긴장하고 있어야 했다. 엘리자베스가 탄 카누의 사공은 예순 살 된 노인이었지만 다 벗다시피 드러낸 마른 잎 같은 색의 몸

263

은 청년이나 다름없었다. 얼굴은 지쳐 있어도 표정은 온화하고 유머러스했다. 한쪽 귀 위로 느슨하게 묶은 머리카락 한두 가닥이 뺨 위로 흘러내렸다. 대부분의 버마인들보다 결이 가는 머리가 먹구름 같았다. 엘리자베스는 숙부의 엽총을 무릎 위에 끌어안고 있었다. 플로리가 대신 들어주겠다고 했지만 사양했다. 생전 처음 잡아본 총. 사실은 그 총의 느낌이 좋아서 내주고 싶지 않았다. 러프 스커트에 남자 옷 같은 실크 와이셔츠에 생가죽 구두, 테라이해트를 갖춰 쓴 자신이 멋있어 보인다는 것을 잘 알고 있었다. 비록 땀이 흘러 얼굴이 근질거리고 등이 쑤실 뿐 아니라 얼룩덜룩한 커다란 모기들이 발목 주위에서 윙윙 맴돌았지만 그녀는 무척 기뻤다.

샛강이 점점 좁아지면서 부레옥잠은 가파르고 번들번들한 초콜릿색의 진흙 기슭에 자리를 내어주었다. 짚으로 지붕을 인 낡은 오두막집들이 강바닥에 박은 기둥에 의지해 뭍에서 물 쪽으로 뻗어 나와 있었다. 한 벌거벗은 소년이 두 오두막집 사이에 서서 초록색 풍뎅이를 실에 매달아 연처럼 날리고 있었다. 소년이 유럽인들을 보고 큰 소리를 지르자 어디선가 다른 아이들이 모습을 드러냈다. 진흙 위에 야자나무 한 그루를 놓아 만든 선창에 카누를 댄 노인이 먼저 뛰어내려 엘리자베스가 내리는 것을 도왔다. 야자나무 선창이 조개삿갓으로 덮여 있어 발 디디기가 용이했다. 다른 사람들도 가방과 탄약통을 가지고 뒤

따라 내렸다. 이런 경우에 으레 그러듯 진창에 뛰어든 플로는 어깨까지 그 속에 빠져들었다. 뺨에 난 점에서 4미터 정도의 터럭이 나고 자홍색 파소를 입은 한 깡마른 노인이 합장하고 허리를 굽히며 다가오더니 선창 주위에 몰려든 아이들 머리를 손바닥으로 찰싹찰싹 때렸다.

"촌장이에요." 플로리가 말했다.

노인은 그들을 자기 집으로 안내했다. 웅크리고 걷는 이상한 자세가 L자를 거꾸로 놓은 모양이었다. 류머티즘이 있는 데다 하급 관리로 일하며 늘 합장하고 허리 굽혀 절하는 생활을 한 탓이었다. 한 무리의 어린아이들이 재빨리 유럽인들 뒤를 따라 행진했다. 더 많은 개들이 짖어 댈수록 플로는 겁을 먹고 플로리의 발치에 바짝 붙었다. 오두막 문마다 소박하고 둥그런 얼굴들이 입을 헤벌리고 '영국 여자'를 쳐다보았다. 활엽수들이 그늘을 드리워 전체적으로 어스레한 마을이었다. 우기에 강물이 범람하면 아랫마을 누추한 나무집들의 주민들은 베네치아처럼 집 앞에서 바로 카누를 타고 이동해야 했다.

촌장의 집은 다른 집들보다 조금 더 컸고 골함석 지붕은 비가 오면 견딜 수 없이 시끄러웠는데도 그것은 촌장의 큰 자랑거리였다. 촌장은 열반에 들 희망이 크게 줄어드는 것을 감수하면서까지 자신의 불탑을 포기하고 그 돈으로 골함석 지붕을 올렸다. 황급히 계단을 올라 베란다로 간 촌장은 거기에 잠들어 있는 청년의 옆구리를 살짝 걷어찼다. 그러고는 유럽인들을 향해 돌아서 합장과 함께 머리를 조아리며 들어오라고 청했다.

"자, 들어갈까요? 한 반 시간은 기다려야 할 텐데." 플로리가 말했다.

"그러지 말고 의자를 베란다로 가져오라고 할 순 없어요?" 엘리자베스는 리 야이크의 집에 다녀온 후로 할 수만 있으면 다시는 원주민 집에는 들어가지 않겠다고 마음먹은 터였다.

곧 그 집에 한바탕 법석이 났다. 촌장이 청년과 여자들과 함께 안에 있던 의자를 끌어 내왔다. 이상한 양식의 하와이무궁화 그림이 있는 의자 두 개였다. 언제든 유럽인들이 방문할 경우를 위해 준비해두고 있는 것이 분명한 일종의 옥좌였다. 엘리자베스가 의자에 앉자 촌장이 찻주전자와 연두색 바나나 한 다발, 시커먼 여송연 여섯 개를 가지고 나왔다. 하지만 엘리자베스는 촌장이 따라준 차가 리 야이크의 집에서 본 것보다 더—그게 가능한지 모르겠으나—불결해 보이자 고개를 흔들어 거절했다.

촌장이 겸연쩍어하며 코를 문질렀다. 타킨, 젊은 부인께서 차에 우유를 타달라는 건가요, 하고 그가 플로리에게 물었다. 유럽인들은 차에 우유를 타 마신다고 들어 알고 있었던 것이다. 그렇다면 주민들을 시켜 소젖을 짜 오겠다고 했다. 하지만 엘리자베스는 여전히 거절했다. 그러나 목이 말라 코 슬라가 들고 온 가방에 있는 소다수

한 병을 가져다 달라고 플로리에게 부탁했다. 그러자 촌장은 자신의 준비가 소홀했다는 생각에 죄 지은 듯이 베란다에 두 유럽인만 남기고 물러갔다.

엘리자베스는 무릎 위에 놓은 엽총을 여전히 끌어안듯 어루만지고 있었다. 플로리는 베란다 난간에 기대어 촌장의 여송연을 피우는 척하고 있었다. 엘리자베스는 총사냥이 시작되기를 애타게 기다리면서 끝없는 질문으로 플로리를 귀찮게 했다.

"언제 시작해요? 총알은 충분해요? 몰이꾼은 몇이나 데려갈 거죠? 오, 운이 좋아야 할 텐데! 오늘 뭔가 잡히겠죠?"

"별로 신날 만한 건 못 잡을 거예요. 비둘기 몇 마리, 어쩌면 멧닭 정도. 멧닭 사냥은 금렵기라 곤란하겠지만 수컷은 괜찮아요. 이 근방에 표범이 있대요. 지난주 마을에서 수소가 표범에게 죽을 뻔했대요."

"야아, 표범이라고요! 우리가 표범을 잡을 수 있다면 얼마나 신날까!"

"그럴 가능성은 별로 없어요. 버마에서 사냥을 할 때 알아야 할 룰을 하나만 든다면 아무것도 기대하지 않는 거죠. 십중팔구 실망할 테니까요. 정글에 사냥감은 많지만 대개는 총을 쏠 기회조차 없거든요."

"그건 왜죠?"

"정글 숲은 굉장히 빽빽해요. 5미터 앞에 있는 동물도 안 보이거든요. 대개는 몰이꾼들 눈에 안 띄게 피하죠.

설령 무언가 눈에 띄더라도 아주 순식간에 불과해요. 또 한편으론 어디를 가나 물이 있기 때문에 동물들이 어느 한 곳에만 얽매여 있지 않기 때문이기도 하죠. 가령 호랑이만 해도 필요하면 몇백 킬로미터를 돌아다녀요. 어디를 가나 사냥감이 있으니까 조금이라도 수상한 낌새를 채면 자기가 잡아놓은 짐승이 있는 데로도 절대로 돌아오지 않죠. 내가 청년이었을 때 호랑이가 나타나기를 기다리며 썩은 내가 나는 죽은 소들 근처를 몇 날 밤 지켰던 적이 있는데, 호랑이는 결국 나타나지 않았어요."

엘리자베스는 등받이에 댄 어깨뼈를 꿈틀거렸다. 그녀가 매우 흡족했을 때 가끔 보이는 동작이었다. 플로리가 그런 이야기를 할 때 그녀는 그를 사랑했다, 정말로 사랑했다. 사냥에 대한 것이라면 아주 사소한 이야기라도 그녀를 설레게 했다. 책이나 미술이나 그 불쾌한 시에 대한 이야기 대신 사냥 이야기만 하면 얼마나 좋을까! 돌연한 감탄이 샘솟자 플로리를 보며 나름 제법 미남이라는 생각이 들었다. 파그리 천으로 만든 셔츠의 위쪽 단추를 풀어 헤치고, 반바지에 각반을 차고 사냥화를 신은 그가 지극히 남자답게 보인 것이다! 그는 모반 있는 얼굴을 그녀에게 안 보이는 쪽으로 돌리고 서 있었다. 그녀는 그에게 계속 이야기해 달라고 재촉했다.

"호랑이 사냥 이야기 더 해줘요. 굉장히 신나겠어요!"

그는 자신이 고용한 인부 중 한 명을 죽인 늙은 식인 호랑이를 사냥했던 이야기를 들려주었다. 모기가 들끓는 사냥 전망대에서 기다렸던 일. 어두운 정글 속에서 초록색 등처럼 반짝이며 다가오던 호랑이의 눈. 전망대 아래의 기둥에 묶어둔 인부의 시체를 먹어치울 때 침을 흘리며 헐떡이던 그 소리. 플로리는 예사롭게 이야기했을 뿐인데도—인도에 거주하는 전형적인 따분한 영국인들은 언제나 호랑이 사냥 이야기를 하지 않던가?—엘리자베스는 기뻐하며 또 어깨를 꿈틀거렸다. 어떻게 이런 이야기가 그녀를 안심시키고 그녀를 지루하고 불안하게 했던 지난 모든 시간을 벌충하는지 그는 깨닫지 못했다. 힘줄이 다 드러날 정도로 깡말랐지만 민활한 노인 한 명을 앞세운 봉두난발의 청년 여섯이 짧은 검을 하나씩 어깨에 메고 길을 따라 내려왔다. 촌장의 집 앞에 선 그들 중 한 명이 거칠게 부엉이 우는 소리를 내자 촌장이 나와 그들은 몰이꾼들이라고 설명했다. 그리고 날이 더워도 타킨 부인만 괜찮으면 사냥을 떠날 준비가 되었음을 알렸다.

그들은 바로 출발했다. 촌락을 중심으로 샛강 반대편 가장자리는 2미터 높이에 굵기가 30센티미터나 되는 선인장이 늘어선 산울타리가 가로막고 있었다. 선인장 사이로 난 좁은 길을 따라 올라가면 달구지 바큇자국이 있는 메마른 흙길이 나왔고 이 길 양쪽에는 깃대처럼 높이 자란 대나무가 빽빽했다. 앞장선 몰이꾼들은 날이 넓은 칼을 팔뚝과 나란하게 들고 한 줄로 빠르게 이동했다. 노인 사냥꾼은 엘리자베스 바로 앞에서 걸었다. 샅바처럼 걷어 올린 롱지 밑으로 드러난 야윈 넓적다리에 짙푸른 색 문신이 새겨져 있었다. 푸른색의 레이스 속옷처럼 복잡한 문양이었다. 그들이 가는 길에 남자 손목 굵기의 대나무가 쓰러져 가로장처럼 길을 가로막고 있었다. 선두에 선 몰이꾼이 칼을 휘둘러 그것을 자르자 안에 고여 있던 물이 튀어 흩날리며 다이아몬드처럼 반짝였다. 1킬로미터쯤 가자 훤히 트인 들판이 나왔다. 햇볕이 잔인하게 작열하는 데다 빨리 걸은 탓에 모두 땀을 많이 흘렸다.

"저기, 저 너머가 우리가 사냥할 데예요." 플로리가 말했다.

1-2에이커마다 진흙 길이 가로지르고 그루터기들만 있는 다갈색의 넓은 들판 너머를 가리켰다. 흰 해오라기밖에 없는 밋밋하고 따분해 보이는 곳이었다. 그 언저리에는 녹색 절벽처럼 거대한 정글이 우뚝 가로막고 있었다. 몰이꾼들은 산사나무 같은 작은 나무가 한 그루 있는 20미터쯤 떨어진 곳으로 가 있었다. 그중 한 사람이 나무 앞에서 합장을 한 채 무릎을 꿇고 절하며 무언가 재잘거리고 노인 사냥꾼은 병에 든 뿌연 액체를 땅바닥에 뿌렸다. 나머지는 교회 예배를 보는 사람들처럼 엄숙하고 따분한 얼굴로 그것을 바라보았다.

"저 사람들 뭐 하는 거죠?" 엘리자베스가 물었다.

"서낭신에게 제물을 바치는 의식일 뿐이에요. 저들이

'나트'라고 부르는 서낭신이죠. 그리스 신화의 드리아드 같은 거예요. 사냥에 행운이 따르기를 비는 거죠."

노인 사냥꾼이 그들에게 다가와 쉰 목소리로 사냥 계획을 설명했다. 정글로 들어가기 전에 들판 오른쪽을 뒤지겠다는 것이다. 나트 신의 조언을 받은 모양이었다. 노인은 칼을 들어 플로리와 엘리자베스가 있어야 할 위치를 가리켰다. 여섯 몰이꾼은 곧바로 덤불 지대로 들어갔다. 그곳에서 우회하여 돌아오며 사냥감을 논 쪽으로 몰아올 것이다. 플로리와 엘리자베스는 정글 가장자리에서 30미터쯤 떨어진 들장미 숲에 몸을 숨겼다. 코 슬라는 약간 떨어진 다른 숲에 웅크리고 앉아 플로를 잡고 짖지 않도록 쓰다듬었다. 플로리는 사냥을 할 때는 늘 코 슬라로부터 얼마쯤 거리를 두었다. 총알이 빗나가면 혀를 차는 그의 버릇이 신경을 건드리기 때문이었다. 이내 멀리서 메아리 같은 소리가 울렸다. 무언가를 치는 것 같은, 공허한 울림이 있는 낯선 소리였다. 몰이가 시작된 것이다. 엘리자베스는 곧 몸을 몹시 떨기 시작하더니 총신을 쥔 손마저 가만히 있지 못했다. 회색 날개에 몸이 주홍색으로 빛나고 개똥지빠귀보다 약간 큰 멋진 새 한 마리가 날아오르더니 급히 그들 쪽으로 하강했다. 새가 날개 치며 우는 소리가 점점 더 가까워졌다. 이어 정글 가장자리의 덤불숲이 마구 흔들리더니 커다란 동물 같은 것이 튀어나왔다. 엘리자베스는 총을 들어 겨누고 총이 흔들리지 않게 애를 썼다. 하지만 그것은 벌거벗고 칼을 든 누런 살갗의 몰이꾼이었다. 몰이꾼은 자신이 숲에서 벗어난 것을 깨닫고 나머지 몰이꾼들에게 모이라고 소리쳤다.

엘리자베스가 총을 내렸다. "무슨 일이죠?"

"아무것도 아니에요. 몰이가 끝났어요."

"그러니까 저기엔 아무것도 없는 거네요!" 그녀가 몹시 실망하여 소리쳤다.

"괜찮아요, 첫 번 몰이엔 으레 아무것도 안 나오니까. 다음번엔 운이 좀 따르겠죠."

그들은 그루터기들이 여기저기 덩어리져 몰려 있는 지대를 지나 밭들을 구분하는 진흙 경계를 넘어가 높은 녹색 장벽 같은 정글 맞은편에 자리를 잡았다. 엘리자베스는 이미 총알을 장전하는 법을 배워 알고 있었다. 이번엔 몰이가 시작되기 무섭게 코 슬라가 날카롭게 휘파람을 불었다.

"저기! 빨리! 사냥감이 와요!" 플로리가 소리쳤다.

녹색비둘기 떼가 40미터 상공에서 놀라운 속도로 그들 쪽으로 날아왔다. 마치 투석기에서 발사돼 하늘을 휘저으며 날아오르는 한 무더기의 돌 같았다. 엘리자베스는 흥분에 휩싸여 어찌할 바를 몰랐다. 잠시 꼼짝도 못 하고 있다가 총신을 하늘로 번쩍 들더니 새들이 날아가는 쪽 어딘가를 향해 마구 방아쇠를 당겼다. 하지만 총은 발사되지 않았다. 방아쇠울을 잡아당기고 있었던 것이다. 새들이 머리 바로 위로 날아갈 때야 비로소 방아쇠를 찾아 양쪽 방아쇠를 한꺼번에 당겼다. 귀청이 터질 듯한 폭음과 함께 반동으로 뒷걸음쳤고 그 바람에 쇄골이 부러질 뻔했다. 그녀가 발사한 총알은 새 떼로부터 30미터쯤 뒤쪽으로 빗나갔다. 그러자마자 허리를 돌려 보니 플로리가 총을 겨누고 있었다. 비둘기 두 마리가 날아가다 말고 휘리릭 회전하더니 힘 빠진 화살처럼 고꾸라져 떨어졌다. 코 슬라가 함성을 지르고 플로와 함께 새들이 떨어진 쪽으로 달려갔다.

"저기! 황제비둘기! 저놈 잡읍시다!" 플로리가 말했다.

다른 새들보다 훨씬 더 느리게 나는 커다랗고 둔한 새가 머리 위로 파닥거리며 날았다. 조금 전에 낭패를 본 엘리자베스는 총을 쏠 기분이 나지 않았다. 그녀는 개머리판에 탄창을 끼우고 총을 드는 플로리를 쳐다보았다. 총구에서 깃털 같은 허연 연기가 나왔다. 날개가 부러진 새가 육중하게 땅으로 곤두박질쳤다. 플로와 코 슬라가 몹시 흥분하여 달려왔다. 플로의 입에 커다란 황제비둘기가 물려 있었다. 코 슬라가 카친족이 쓰는 가방에서 녹색비둘기 두 마리를 꺼내 보이며 싱글거렸다.

플로리가 그중 한 마리를 들어 엘리자베스에게 보여주었다. "보세요. 예쁘지 않아요? 아시아에서 가장 아름다운 새죠."

엘리자베스는 손가락 끝으로 새의 부드러운 깃털을 만

져보았다. 자기가 잡은 게 아니라 샘이 나고 속이 쓰렸지만 그것은 호기심을 자아냈다. 플로리가 총을 얼마나 잘 쏘는지 알게 된 그녀는 숭배에 가까운 감정을 느꼈다.

"이 가슴 깃털 좀 봐요. 보석 같아. 이런 새를 쏘는 건 너무 잔인하죠. 이런 새를 죽일 때 버마인들은 새가 토한다고 해요. 그 말은 새가 '이봐요, 이게 내가 가진 전부예요, 당신한테서 가져간 게 아무것도 없다고요. 그런데 왜 나를 죽이죠?'라고 한다는 뜻이죠. 나는 사실 새가 토하는 걸 본 적이 없지만."

"먹을 수는 있나요?"

"그럼요. 그렇더라도 이 새들을 죽이는 건 부끄러운 일이라고 늘 생각해요."

"나도 플로리 씨처럼 총을 잘 쏠 수 있으면 좋겠어요!" 그녀가 부러운 듯이 말했다.

"요령만 알면 돼요. 금방 잘하게 될 거예요. 총을 잡을 줄은 알잖아요. 대부분 처음엔 그 정도도 할 줄 몰라요."

하지만 엘리자베스는 그 후 두 번의 몰이에서도 아무것도 잡지 못했다. 두 총열을 동시에 발사하지 않는 법을 배웠지만 몸이 마비될 정도로 흥분한 나머지 겨냥을 제대로 하지 못했다. 플로리는 비둘기 몇 마리와 녹청처럼 푸른 등을 가진 작은 무지개비둘기를 잡았다. 멧닭은 여기저기서 우는 소리를 냈지만 워낙 약은 새라 모습을 잘 드러내지 않았다. 한 번인가 두 번은 트럼펫 같은 소리로 날카롭게 우는 수놈의 소리가 들렸다. 그들은 정글 속으로 점점 더 깊이 들어갔다. 눈부신 햇빛이 부분적으로 비쳐 들어왔지만 주위는 우중충했다. 어느 쪽을 봐도 무성한 나무들이 줄지어 있어 시야가 막혔다. 뒤엉킨 덤불과 덩굴식물들이 나무들의 밑동을 파도가 잔교의 말뚝을 휘감듯이 둘둘 말고 있었다. 몇 킬로미터씩 이어진 가시나무 숲처럼 너무 빽빽해서 시야가 그 광경에 짓눌리는 듯했다. 어떤 덩굴은 뱀의 몸통처럼 굵었다. 플로리와 엘리자베스는 사냥감이 다니는 좁은 길을 따라 미끄러운 비탈을 오르고 가시에 옷을 찢기면서 힘들게 나아갔다. 그들의 셔츠가 땀으로 흠뻑 젖었다. 찌는 듯한 더위 속에 짓밟혀 으깨진 나뭇잎 냄새가 감돌았다. 눈에 보이지 않는 매미들이 기타 줄을 퉁기듯 날카로운 금속성 소리로 몇 분이고 계속 울어대다가 일제히 그치면 문득 사람들을 놀라게 하는 적막이 깔렸다.

다섯 번째 몰이 장소로 이동하는 중 굉장한 보리수나무가 나타났다. 나무 높은 곳에서 황제비둘기들의 울음소리가 들렸다. 멀리서 들려오는 암소 울음소리 같았다. 가장 높은 가지 위로 날아올라 홀로 앉은 한 마리가 작은 회색의 형체로 보였다.

"앉아서 쏴봐요." 플로리가 엘리자베스에게 말했다. "겨냥을 하고, 지체 없이 방아쇠를 당겨요. 왼눈 감지 말고."

엘리자베스가 총을 들었다. 총신이 전과 다름없이 떨

렸다. 몰이꾼들이 일제히 멈추고 그 모습을 지켜보았다.
그중 일부는 참지 못하고 혀를 찼다. 여자가 총을 쏘는
게 그들에게 한편으론 이상하고 한편으론 다소 충격적이
었다. 엘리자베스는 총을 잡은 손을 떨지 않으려고 잠시
필사적인 의지력을 다진 다음 방아쇠를 당겼다. 그녀는
총성을 듣지 못했다. 총알이 명중하면 좀처럼 총성이 들
리지 않는 법이다. 새가 가지 위로 튀어 오르는 듯하더니
빙글빙글 돌면서 떨어지다 지상 10미터 위의 나뭇가지
갈래에 끼였다. 한 몰이꾼이 칼을 내려놓고 나무를 이리
저리 살펴보았다. 그러고는 남자의 넓적다리만 하고 꽈
배기 갱엿처럼 꼬인 채 어느 가지에서 늘어져 있는 커다
란 덩굴 쪽으로 갔다. 사다리처럼 수월히 덩굴을 타고 올
라간 그는 굵직한 가지에 오르자 그 위에 올라 똑바로 걸
어가서 비둘기를 가지고 내려왔다. 그가 아직 따뜻하고
축 늘어진 새를 엘리자베스의 손에 놓아주었다.

　엘리자베스는 그 감촉의 황홀감에 사로잡혀 자신의 손
바닥 위에 있는 새를 놓을 수 없었다. 할 수만 있다면 죽
은 새의 몸에 키스를 하고 가슴에 꼭 끌어안았을 것이다.
플로리와 코 슬라, 몰이꾼들까지, 남자들 모두 그녀가 새
를 어루만지는 것을 보고 서로 쳐다보며 싱글거렸다. 엘
리자베스는 마지못해 새를 내어주고 코 슬라가 자루에
담도록 했다. 그런 뒤 플로리의 목을 휘감고 입을 맞추고
싶은 이상한 충동을 느꼈다. 어쩐지 그것은 비둘기를 죽

인 데서 오는 느낌 같았다.

다섯 번째 몰이 후에 노인 사냥꾼이 플로리에게 다음 몰이 계획을 설명했다. 파인애플을 재배하는 개간지를 지나 그 너머의 한 지역에서 시작하겠다는 것이었다. 어스레한 정글 속에 있다가 햇볕이 쏟아지는 개간지로 나오자 눈이 부셨다. 네모꼴 잔디밭의 풀을 벤 것처럼 정글 속 나무를 쳐낸 1-2에이커 크기의 개간지였다. 그곳에 가시투성이 선인장 같은 파인애플 나무들이 열을 지어 자라고 있었지만 무성한 잡초에 거의 파묻힐 지경이었다. 이 개간지 한가운데를 가시나무로 이루어진 낮은 산울타리가 가르고 있었다. 그들이 밭을 거의 다 통과했을 때쯤 산울타리 너머에서 수탉이 거칠게 우는 듯한 소리가 들려왔다.

"어, 저 소리!" 엘리자베스가 걸음을 멈추며 말했다. "멧닭 아니에요?"

"네. 이 시간쯤이면 먹을 것을 찾아 나오죠."

"저걸 사냥할 순 없어요?"

"원하면 한번 시도해볼 순 있어요. 그런데 워낙 약은 녀석들이라서. 자, 산울타리를 사이에 두고 녀석이 있는 데까지 몰래 접근해봅시다. 소리 없이 다가가야 해요."

그는 코 슬라를 몰이꾼들과 앞서 보내고 자신은 엘리자베스와 산울타리 언저리를 따라 발소리를 죽이고 천천히 나아갔다. 새에게 발각되지 않기 위해 몸을 바짝 구부려야 했다. 엘리자베스가 앞장섰다. 그녀의 얼굴에 뜨거운 땀이 흘러 윗입술을 간질였다. 가슴이 마구 방망이질했다. 뒤꿈치에 플로리의 몸이 닿는 게 느껴졌다. 두 사람은 몸을 일으켜 함께 산울타리 너머를 살폈다.

당닭만 한 작은 수놈 한 마리가 10미터쯤 떨어진 곳에서 활발히 땅을 쪼고 있었다. 목 부분의 비단결 같은 긴 깃털, 주름진 볏, 월계수의 초록색으로 빛나는 궁형 꼬리를 가진 아름다운 새였다. 그 주위에는 암놈 여섯 마리가 있었다. 수놈보다 작은 다갈색 암놈들의 등은 뱀의 비늘처럼 마름모꼴 깃털로 덮여 있었다. 엘리자베스와 플로리가 눈 깜짝할 사이에 본 광경이었다. 새들이 금세 꿱꿱 울며 정글을 향해 휙휙 총알처럼 날았다. 엘리자베스가 재깍 총을 들어 발포했다. 반사적 행동인 듯했다. 자신이 총을 들고 있다는 의식이 없이, 조준하지도 않고 방아쇠를 당겼을 뿐이지만 총을 쏜 사람의 의지가 총알과 함께 날아가 표적을 맞히는 듯한 순간이었다. 그녀는 방아쇠를 당기기도 전에 그 새는 죽은 목숨임을 감지했다. 총에 맞은 수놈은 몸부림을 치느라 30미터쯤 떨어진 곳까지 깃털을 날리며 떨어졌다. "맞았다, 맞았다!" 플로리가 소리를 질렀다. 두 사람은 흥분에 휩싸여 총을 내려놓고 가시나무 산울타리를 넘어 새가 떨어진 곳까지 나란히 달려갔다.

"맞았다!" 플로리가 그녀만큼 흥분해서 다시 소리쳤

다. "세상에! 생전 처음 하는 사냥에서 날아가는 새를 맞힌 사람은 처음 봐요, 처음! 번개같이 총을 쏘다니, 정말 놀라워요!"

그들은 죽은 새를 가운데 놓고 무릎을 꿇은 채 서로 마주 보고 있다가 문득 서로 손을 꼭 쥐고 있는 것을 깨닫고 깜짝 놀랐다. 의식하지 못한 채 손에 손을 잡고 달려온 것이었다.

갑작스러운 침묵이 흘렀다. 필연적으로 무언가 중대한 일이 벌어질 듯했다. 플로리는 손을 뻗어 그녀의 다른 손을 마저 잡았다. 그 손이 기다렸다는 듯, 순순히 이끌렸다. 그들은 무릎을 꿇은 채 잠시 서로의 두 손을 꼭 잡고 있었다. 태양이 머리 위에 작열하고 두 사람의 몸이 온기를 뿜어냈다. 그들은 흥분과 기쁨의 구름을 타고 둥실 떠다니는 것 같았다. 그가 그녀의 팔뚝을 잡아 끌어당겼다.

그리고 갑자기 고개를 돌리더니 일어서며 엘리자베스를 일으키고 그녀를 잡았던 손을 놓았다. 자신의 모반 생각이 났던 것이다. 키스할 용기가 나지 않았다. 여기서는, 밝은 대낮에는 할 수 없어! 모반으로 매정하게 거절당하는 건 견딜 수 없어. 그는 어색한 순간을 모면하려 땅바닥에서 멧닭을 집어 들고 말을 꺼냈다.

"대단해요. 더는 배울 게 없어요. 이미 총사냥을 할 줄 아니 말이죠. 이제 다음 몰이 장소로 가볼까요?"

산울타리를 도로 넘어와 총을 집어 들기가 무섭게 정

글 가장자리에서 일련의 환성이 들려왔다. 몰이꾼 둘이 손을 마구 흔들며 큰 보폭으로 그들을 향해 뛰어왔다.

"무슨 일이에요?" 엘리자베스가 물었다.

"모르겠어요. 무슨 짐승을 봤나 봐요. 저러는 걸 보니 무언가 근사한 건가 본데."

"야아, 만세! 어서 가요!"

그들은 그 길로 내달아 파인애플 밭과 가시투성이의 뻣뻣한 잡초를 헤치고 서둘러 들판을 지나갔다. 코 슬라와 몰이꾼 다섯이 함께 서서 동시에 떠들고 있고 다른 두 사람은 흥분된 손짓으로 플로리와 엘리자베스를 부르고 있었다. 그들에게 다가가 보니 어떤 할머니가 한 손으로 허름한 롱지를 치켜올린 채 여송연을 든 다른 손으로는 열심히 손짓을 하고 있었다. 엘리자베스는 '차르'라고 하는 것 같은 소리를 여러 차례 들었다.

"저 사람들 지금 뭐라는 거예요?" 그녀가 물었다.

몰이꾼들이 플로리를 중심으로 모였다. 모두 정글을 가리키며 무언가 열심히 떠들어댔다. 플로리는 몇 가지 질문을 한 다음 손을 들어 그들을 조용히 시키고 엘리자베스에게로 돌아섰다.

"야아, 운이 좀 따르는가 봐요! 이 할머니가 정글을 지나가는데, 당신이 방금 쏜 총성이 울린 순간 표범이 그 길을 가로질러 뛰어갔대요. 표범이 어디에 숨어 있을지 몰이꾼들이 안대요. 우리가 빨리 움직이면 표범이 멀리

달아나기 전에 몰이꾼들이 포위해서 몰아올 수 있을 거예요. 한번 해볼까요?"

"네, 그래요! 아, 정말 너무 재미있어요! 얼마나 좋을까! 표범을 잡을 수 있다면 얼마나 좋을까!"

"위험하다는 건 알고 있겠죠? 서로 가까이 붙어 가요, 그럼 아마 괜찮을 거예요. 하지만 도보로는 결코 완전히 안전하지 않아요. 그래도 해보고 싶어요?"

"아이 참, 그럼요, 물론이에요! 난 무섭지 않아요. 앗, 어서 빨리 출발합시다!"

"너희들 중 한 명은 우리하고 가자, 길을 안내해." 그가 몰이꾼들에게 지시했다. "코 슬라, 플로에게 목줄 채우고 다른 일행에 합류해." 그리고 엘리자베스에게는 "플로가 우리하고 있으면 조용히 있지 못할 거라서 그래요. 우리도 서둘러야 해요."라고 덧붙여 말했다.

코 슬라와 몰이꾼들이 서둘러 정글 언저리를 따라갔다. 조금 더 가서 정글로 뛰어들어 몰이를 시작할 계획이었다. 나무에 올라가 비둘기를 가져온 몰이꾼이 정글로 뛰어들고 플로리와 엘리자베스가 그 뒤를 따랐다. 그는 종종걸음으로 뛰다시피 그들을 인도하며 미로 같은 사냥감 흔적을 추적했다. 수풀이 너무 낮게 늘어진 곳을 통과할 때는 기다시피 했다. 그들이 가는 길에 덩굴이 인계철선처럼 낮게 깔려 있었다. 바닥은 먼지가 많고 발소리가 나지 않았다. 몰이꾼이 어떤 지표에서 걸음을 멈추고 그

곳이 좋겠다는 표시를 한 다음, 손가락을 입에 대고 조용히 할 것을 요구했다. 플로리는 엘리자베스의 총을 받아 호주머니에서 SG 탄환 네 개를 꺼내 들고 총을 소리 나지 않게 장전했다.

그들 뒤에서 살짝 바스락거리는 소리가 났다. 모두 깜짝 놀랐다. 난데없이 숲을 헤치고 석궁을 든 반라의 청년이 나타났다. 그는 몰이꾼을 보고 고개를 끄덕이며 작은 길 저쪽을 가리켰다. 이들 사이에 신호로 대화가 오갔고 몰이꾼 청년이 상대방 의견에 동의하는 듯했다. 이들과 플로리와 엘리자베스는 묵묵히 그 길을 따라 살금살금 이동했고 굽은 곳을 돌자 우뚝 걸음을 멈췄다. 이와 동시에 몇백 미터쯤 떨어진 곳에서 갑자기 혼란스러운 아우성이 들려와 등골이 오싹했다. 간간히 플로가 짖는 소리도 들렸다.

엘리자베스는 몰이꾼의 손이 어깨를 내리누리는 것을 느꼈다. 네 사람 모두 웅크려 가시덤불 아래 몸을 숨겼다. 버마인들이 엘리자베스와 플로리 바로 뒤에 있었다. 소란스러운 아우성과 칼로 나무 몸통을 달그락달그락 두드리는 소리가 들려왔다. 여섯 사람이 내는 소리라고는 믿어지지 않을 만큼 요란했다. 몰이꾼들은 표범이 방향을 바꿔 자신들 쪽으로 역행하지 않도록 각별한 주의를 기울이고 있었던 것이다. 엘리자베스는 가시나무의 커다란 연노란색 개미들이 군대처럼 줄지어 행진하는 것을 보고 있었다. 그러던 중 한 마리가 그녀의 손에 떨어지더니 팔뚝을 거슬러 기어 올라왔다. 개미를 털어내고 싶었지만 움직일 엄두가 나지 않았다. '하느님 제발, 표범이 이쪽으로 오게 해주세요! 오, 하느님 제발, 표범이 이쪽으로 오게 해주세요!'라는 간절한 마음만 가득했다.

갑자기 요란하게 타닥타닥 잎들이 부딪치는 소리가 들렸다. 엘리자베스가 총을 쳐들었지만 플로리가 고개를 급히 가로젓고 총신을 지그시 내리눌렀다. 멧닭 한 마리가 요란한 소리를 내며 큰 보폭으로 허둥지둥 길을 가로질렀다. 개미가 엘리자베스의 팔을 아프게 물고는 땅에 떨어졌다. 그녀의 마음속에 표범이 나타나지 않으리라는 절망감이 자리 잡기 시작했다. 어디론가 빠져나갔을 것 같았다. 표범을 놓친 것 같았다. 차라리 표범에 대한 말을 아예 못 들었더라면 좋았을걸 그랬다. 그 실망감에 무척이나 괴로웠다. 뒤에 있던 몰이꾼이 그녀의 팔꿈치를 슬쩍 꼬집듯 잡았다가 목을 앞으로 길게 뺐다. 그의 매끄럽고 누르스름한 뺨이 그녀의 얼굴에서 불과 몇 치밖에 떨어져 있지 않았다. 머리에선 코코넛 오일 냄새가 풍겼다. 그의 거친 입술이 휘파람을 불듯이 오므라들었다. 무슨 소리를 들은 것이다. 곧이어 플로리와 엘리자베스에게도 그 소리가 들렸다. 무슨 바람의 피조물이 땅바닥을 스칠 듯 말 듯 정글을 누비며 지나가는 듯한 소리, 극히 희미한 속삭임 같은 소리였다. 그 순간 길 아래쪽 15미터쯤 떨어진 덤불 밑에서 표범이 머리와 어깨를 내밀었다.

그러더니 앞발을 길 위에 내민 채 멈추었다. 귀를 머리에 바짝 붙이고 고개를 낮게 깔아 내밀었다. 송곳니와 가공할 두툼한 앞다리가 보였다. 그늘 속에 누르스름하지 않고 잿빛으로 보였다. 표범은 유심히 귀를 기울이고 있었다. 엘리자베스는 플로리가 총을 들어 올리면서 벌떡 일어나 방아쇠를 당기는 것을 보았다. 총성이 울림과 동시에 그 맹수가 잡초 속에 털썩 쓰러지는 둔탁한 소리가 들렸다. "조심!" 플로리가 외쳤다. "아직 안 죽었어!" 그가 다시 쏜 총이 명중했고 표범이 다시 털썩 쓰러지는 소리가 들렸다. 표범이 헐떡거리고 있었다. 플로리는 약실을 열고 탄환을 찾아 호주머니를 뒤지다가 탄환을 전부 땅바닥에 쏟은 뒤 무릎을 꿇고 황급히 더듬거렸다.

"젠장!" 그가 소리쳤다. "SG 구경이 하나도 없다니. 내가 그걸 얻다 뒀지?"

표범은 넘어졌다 금세 사라졌다. 덤불 밑으로 들어가 상처 입은 거대한 뱀처럼 몸부림치고 있었다. 으르렁거리며 흐느끼는 소리가 무지막지하면서도 처량했다. 그 소리가 점점 가까워지는 듯했다. 플로리가 집어 든 탄환은 전부 끄트머리에 6 또는 8이라고 표시되어 있었다. 사실 큰 구경의 산탄 탄환들은 전부 코 슬라에게 있었다. 으르렁거리며 풀숲에 요란하게 부딪치는 소리가 5미터 앞까지 다가왔다. 하지만 그들의 눈에는 아무것도 보이지 않았다. 정글이 그만큼 빽빽했다.

두 몰이꾼이 "쏴요! 쏴요! 쏴요!"라고 소리치고 있었다. 그러다 "쏴요! 쏴요!"라는 소리가 멀어졌다. 각자 기어오를 나무를 찾아 내빼고 있었던 것이다. 엘리자베스 바로 옆의 관목숲이 흔들릴 정도로 덤불 밑에서 요란한 움직임이 일었다.

"이런! 우릴 노리고 있네! 어떡하든 쫓아버려야겠어요. 소리 나는 쪽으로 총을 쏴요!" 플로리가 말했다.

엘리자베스가 총을 들었다. 무릎이 캐스터네츠처럼 덜덜 떨렸지만 손은 바위같이 흔들리지 않았다. 한 번, 두 번, 빠르게 방아쇠를 당겼다. 우지끈하는 소리가 멀어져 갔다. 여전히 안 보이는 표범은 절룩거리면서도 날래게 도망치고 있었다.

"잘했어요! 표범이 겁을 먹었어요." 플로리가 말했다.

"하지만 도망치잖아요! 도망치고 있어요!" 엘리자베스는 흥분한 나머지 발을 동동 굴렀다. 그녀가 표범을 뒤쫓으려 하자 플로리가 벌떡 일어나 그녀의 등을 잡아당겼다.

"걱정 말아요! 여기 있어요. 기다려요!"

플로리는 작은 구경의 산탄 탄환 두 개를 장전하고 표범 소리가 나는 쪽으로 뛰어갔다. 그러더니 잠깐 동안 표범도 플로리도 그녀의 눈에 보이지 않았다. 그리고 곧 30미터쯤 떨어진 헐벗은 곳에 그들이 나타났다. 표범이 괴로워하며 꿈틀꿈틀 기면서 흐느껴 울고 있었다. 플로리가

4미터 정도 떨어진 곳에서 표범에게 총을 겨누었다. 쿠션에 몸을 던졌을 때의 반동처럼 표범이 툭 퉁겨 올랐다가 떨어져 뒹굴더니 몸을 구부리고 누워 꼼짝도 하지 않았다. 플로리가 총신으로 건드려봤지만 움직임이 없었다.

"이제 괜찮아요, 죽었어요." 그가 엘리자베스를 향해 소리쳤다. "와서 봐요."

몰이꾼 둘이 나무에서 내려와 엘리자베스와 함께 플로리가 있는 곳으로 갔다. 표범은 몸을 구부리고 앞발을 머리 양쪽에 댄 채 가만히 누워 있었다. 살아 움직일 때보다 훨씬 작아 보였다. 죽은 새끼고양이처럼 무척 애처로워 보였다. 엘리자베스는 여전히 무릎을 떨고 있었다. 그녀와 플로리는 나란히 붙어 있으면서도 이번에는 서로 손을 잡지 않고 표범을 내려다보기만 했다.

코 슬라와 다른 사람들이 곧 환호성을 지르며 나타났다. 플로는 죽은 표범 냄새를 한 번 맡더니 꼬리를 내린 채 깨갱거리며 50미터쯤 저만치 도망쳤다. 그리고 플로리가 아무리 불러도 다시 표범 가까이는 오지 않으려 했다. 모두 표범 주위에 웅크리고 앉아 여기저기 살펴보았다. 토끼처럼 희고 고운 배를 쓰다듬거나 넓적한 발바닥을 꾹 눌러 발톱을 나오게 해보기도 하고, 검은 입술을 벌려 송곳니를 살펴보기도 했다. 곧 몰이꾼 둘이 긴 대나무 하나를 잘라 발을 묶은 표범을 걸어 맸다. 거꾸로 매달린 표범의 긴 꼬리가 축 늘어졌다. 그들은 의기양양하게 마을을 향해 행진했다. 날이 아직 밝은데도 사냥을 더 하자는 사람은 아무도 없었다. 유럽인들을 포함해 모두가 빨리 집에 돌아가 표범 잡은 일을 자랑하고 싶은 마음뿐이었다.

플로리와 엘리자베스는 그루터기 들판을 나란히 걸었다. 다른 사람들은 엽총과 표범을 가지고 30미터쯤 앞서가고 플로는 멀찌감치 뒤떨어져서 슬금슬금 따라왔다. 태양이 이라와디강 저편으로 넘어가고 있었다. 들판과 평행으로 비치는 햇살이 그루터기들을 금빛으로 물들이고 노랗고 온화한 빛이 그들의 얼굴을 파고들었다. 엘리자베스의 어깨가 플로리와 닿을락 말락 했다. 땀에 흥건히 젖었던 셔츠가 다 말랐다. 그들은 별로 말이 없었다. 극도의 피로와 성취감에서 오는, 무엇과도—어떤 육체적, 정신적 환희와도—견줄 수 없는 과도한 행복감으로 기뻤다.

"표범 가죽은 당신이 가져요." 마을에 거의 다 이르러 플로리가 말했다.

"에이, 플로리 씨가 잡았잖아요!"

"난 괜찮으니까 엘리자베스가 가져요. 과연 이 나라에서 몇 여자나 엘리자베스처럼 침착할 수 있을지, 정말 대단해요! 비명을 지르고 정신을 잃는 여자들 모습이 눈에 선해요. 가죽을 카욱타다 교도소에 가져가 가공해달라고 할게요. 수감 죄수 중에 가죽을 벨벳처럼 부드럽게 무두질할 줄 아는 사람이 있어요. 7년 형을 살고 있는데, 시간이 많아 그 일을 배운 거죠."

"그렇다면 뭐. 정말 고마워요."

대화는 일단 그것으로 끝이었다. 나중에, 땀과 먼지를 씻고 저녁을 먹고 휴식을 취한 뒤 클럽에서 다시 만날 터였다. 약속은 하지 않았지만 만나리라는 무언의 합의가 있었다. 플로리가 엘리자베스에게 청혼할 것 같았지만, 이에 대해서도 아무런 거론이 없었다.

플로리는 마을로 돌아와 몰이꾼들에게 8아나씩 수고비를 주고, 가죽 벗기는 과정을 지켜보고, 촌장에게 맥주 한 병과 황제비둘기 두 마리를 주었다. 표범 가죽과 대가리는 카누에 실렸다. 표범의 수염은 코 슬라가 신경을 써서 지키고 있었는데도 전부 누군가 훔쳐갔다. 표범의 몸통은 마을 젊은이들이 심장과 내장을 먹겠다고 통째로 가져갔다. 그러면 표범처럼 강하고 날래질 것이라는 미신 때문이었다.

15

플로리가 클럽에 와서 보니 래커스틴 부부의 분위기가
유난히 침울해 보였다. 평소대로 펑카 아래 가장 좋은 자
리를 차지하고 '버마의 영국 귀족 인명록'을 읽고 있는
래커스틴 부인은 심기가 상해 있었다. 남편이 클럽에 도
착한 즉시 그녀의 말을 무시하고 '큰 잔 술'을 시켰기 때
문이었다. 게다가 한술 더 떠 그녀가 읽지 말라는《핑크
언》을 보고 있었다. 엘리자베스는 혼자 작고 답답한 서재
에서《블랙우드》과월 호를 뒤적거리고 있었다.

　플로리와 헤어진 뒤 엘리자베스는 매우 불쾌하고 예
사롭지 않은 경험을 했다. 저녁을 먹기 위해 목욕을 하고
옷을 절반쯤 입었을 때 숙부가 불쑥 들어왔다. 사냥 이야
기를 더 듣고 싶다는 구실을 댔다. 그리고 그녀의 다리를

슬쩍 만지기 시작했다. 오해의 여지가 없는 행동이었다. 엘리자베스는 경악했다. 조카와의 성관계도 서슴지 않을 남자들이 있다는 사실을 난생처음 알게 된 사건이었다. 살다 보면 별일 다 보기 마련이다. 래커스틴 씨는 애초부터 장난으로 치부하며 얼버무릴 생각이었지만 너무 어설프고 술에 취해 성공하지 못했다. 그의 아내가 아무 소리도 들리지 않을 곳에 있었기에 망정이지, 엄청난 물의를 빚을 뻔했다.

그런 일이 있은 후 저녁 식사 시간이 편할 리 없었다. 래커스틴 씨는 부루퉁해 있었다. 에, 이 여자들, 정말 역겨워! 젠체하며 재미를 보지 못하게 하다니. 저 여자애는 《라 비 파리지엔》 삽화에 나오는 여자를 연상시킬 만큼 예쁜데 빌어먹을! 내가 먹여 살리고 있는 거 아닌가? 너무 심하잖아. 그러나 엘리자베스로서는 자신의 처지가 매우 심각했다. 돈이라곤 한 푼도 없는 데다 숙부의 집 말고는 몸을 의탁할 곳도 없었다. 그의 집에서 지내려고 1만 2천 킬로미터나 떨어진 이곳까지 왔다. 그런데 겨우 2주 만에 숙부의 집이 지내기에 마땅치 않게 된다면 참담한 처지에 이를 터였다.

결과적으로 어느 때보다 더 확실해진 게 하나 있었다. 플로리가 청혼하면 수락하는 것이다(그가 청혼하리라는 것은 의심할 여지가 없었다). 상황이 다르다면 다른 결정을 내릴 수도 있을 것이다. 이날 오후, 그 유쾌하고 흥분되고 전적으로 '멋진' 모험에 매료되어 플로리를 사랑할 수 있는 마음에 가까이 갔었다. 플로리와 관련해서 그 정도면 정말 가까이 갈 만큼 간 것이었다. 하지만 그런 이후에도 그에 대한 미심쩍은 생각이 다시 고개를 쳐들었을 것이다. 왜냐하면 플로리에 대해서는 항상 불확실한 무언가가 있었기 때문이다. 나이도 그렇고, 얼굴의 모반, 이상하고 비꼬인 말투 때문이었다. 그 지식인연하는 말은 난해했고 사람을 불안하게 만들었다. 그가 싫기까지 한 날도 있었다. 하지만 숙부의 행동이 바야흐로 국면을 일변시켰다. 무슨 일이 있더라도, 가급적 빨리, 숙부의 집에서 탈출해야 했다. 그래, 플로리가 청혼하면 결혼해야지!

클럽 서재에 들어선 순간 본 그녀의 얼굴에 대답이 드러나 있었다. 그녀의 태도가 한층 더 상냥했다. 그가 알고 있던 것보다 더 순종적이었다. 처음 본 날 입었던 연보라색 원피스 차림. 눈에 익은 그 옷을 보자 플로리는 용기가 생겼다. 그 옷 덕분에 그녀가 더 가깝게 느껴졌을 뿐 아니라 그를 불안하게 만들곤 하던 생소한 인상과 세련된 태도가 제거된 듯했다.

그는 그녀가 읽던 잡지를 집어 들고 그것에 대해 무언가 한마디 건넸다. 그리고 잠시 두 사람은 좀처럼 벗어나지 못하는 진부한 잡담을 나누었다. 묘하게도 쓸데없는 대화를 나누는 습관은 거의 모든 경우에 끼어든다. 잡담을 나누면서 어느새 문 쪽으로 이동해 곧 밖으로 나간 그들은 테니스 코트 옆 큰 협죽도나무 쪽으로 걸었다. 보름달이 뜬 밤이었다. 눈이 시릴 만큼 밝은 둥근 달이 백열을 발하는 동전처럼 반짝이며 거무칙칙한 푸른빛이 도는 높은 하늘로 서둘러 오르고 있었다. 그 위로 누런빛을 띤 구름 몇 조각이 표류했다. 별은 하나도 보이지 않았다. 낮에 보면 황달 걸린 월계수 같은 파두 숲이 달빛에 비친 모습이 기이한 목판화의 들쭉날쭉한 흑백 문양 같았다. 드라비다족 인부 둘이 백인 거주 구역의 울타리와 나란한 길을 걷고 있었다. 달빛에 미광을 발하는 흰 누더기 차림의 그들은 거룩하게 변모한 이들처럼 보였다. 싸구려 캔디 자판기에서 나오는 역겨운 화합물 같은 파두 냄새가 미적지근한 공기를 타고 떠돌았다.

"달 좀 봐요, 저 달! 백색의 태양 같아요. 영국 겨울날보다 더 환하네." 플로리가 말했다.

엘리자베스는 파두나무 가지들을 올려다보았다. 달빛에 은막대로 변한 것처럼 보였다. 손에 잡힐 듯 모든 것 위에 짙게 깔린 달빛이 반짝이는 소금처럼 땅과 거친 나무껍질을 덮었고, 잎들은 쌓인 눈 같은 무거운 빛의 하중에 눌려 있는 듯했다. 그런 것에 무관심한 엘리자베스조차 놀라워했다.

"아, 놀라워요! 영국에선 저런 달빛을 볼 수 없는데. 아주─아주─" 엘리자베스는 '밝은'이라는 형용사밖에 생각나는 단어가 없어 입을 다물었다. 경우는 다르지만 로사 다틀*처럼 말을 맺지 않는 버릇이 있었다.

"네. 그런데 여기선 초승달이 더 멋지죠. 저 나무 냄새 참 고약하죠? 야만스러운 열대 특유의 냄새죠! 난 사시사철 꽃을 피우는 나무가 싫은데, 엘리자베스는 어때요?"

플로리는 막노동꾼들이 시야에서 사라질 때까지 시간을 메우느라 건성으로 말하고 있었다. 그들이 사라지자 그는 한쪽 팔을 엘리자베스의 어깨에 감싸듯 얹었다. 그런 뒤 그녀가 놀라거나 아무런 말도 하지 않자 그녀의 몸을 자신에게로 돌려 잡아당겼다. 이제 그녀의 머리가 그의 가슴에 와 닿았고, 그녀의 짧은 머리칼이 그의 입술을 스쳤다. 그는 얼굴을 마주 보게 한 손으로 그녀의 턱을 들어 올렸다. 그녀는 안경을 쓰고 있지 않았다.

"괜찮아요?"

"네."

"아니, 내 말은, 이게 있는데도 괜찮냐는 말이에요." 그는 머리를 살짝 흔들어 자신의 모반을 암시했다. 이걸 묻기 전에는 키스를 할 수 없었다.

"네, 네. 괜찮고말고요."

두 사람의 입술이 맞닿고서 잠시 후 그녀의 팔이 살짝 그의 목을 감았다. 그들은 협죽도의 부드러운 몸통에 기

---

* 찰스 디킨스의 『데이비드 코퍼필드』의 등장인물.

대어 1-2분쯤 몸과 몸을, 입과 입을 밀착시켰다. 나무의
역겨운 냄새와 그녀의 머리카락 향기가 뒤섞였다. 품속
에 엘리자베스가 있는데도 그 냄새를 의식하자 바보 같
은 느낌이 들었다. 그녀로부터 멀리 떨어져 있는 느낌이
었다. 그 이질적인 나무가 상징하는 모든 것, 그의 타향
살이, 비밀, 허송세월을 생각하면 둘 사이에는 다리를 놓
을 수 없는 큰 간격이 있는 듯했다. 그녀에게 원하는 것
이 무엇인지 도대체 어떻게 이해시킬 수 있을까? 포옹을
푼 그는 나무에 기댄 그녀의 얼굴을 내려다보며 그녀의
어깨를 지그시 밀었다. 달이 그녀의 등 뒤쪽에 있었지만
얼굴이 아주 똑똑히 잘 보였다.

"당신이 나에게 무엇을 의미하는지 말하려 노력한다는
건 헛된 일이야." 플로리가 말했다. "'당신이 나에게 무엇
을 의미하는지!' 이런 말은 얼마나 무딘지 몰라! 당신은
몰라, 당신은 알 수 없어, 내가 당신을 얼마나 사랑하는
지. 하지만 한번 시도해봐야겠어요. 당신에게 하고 싶은
말이 너무 많은데! 그만 안으로 들어가는 게 좋을까요?
사람들이 우리를 찾고 있는지 모르겠군. 그럼 우리 베란
다로 가서 이야기해요."

"내 머리 많이 헝클어졌어요?"

"아름다워요."

"아니, 헝클어졌냐고요. 머리 좀 단정하게 해줘요."

엘리자베스가 머리를 숙이자 플로리는 그녀의 짧고 멋

진 머리칼을 반반하게 정리해주었다. 그렇게 자신 앞에 고개 숙인 그녀를 보면서 묘한 친밀감을 느꼈다. 입맞춤보다 더 친밀한 느낌, 마치 이미 남편이 되기라도 한 듯한 느낌이었다. 아아, 그녀와 결혼해야 한다! 의심할 여지가 없다! 그녀와의 결혼만이 그의 인생을 구해줄 수 있을 것이다. 그는 곧 청혼할 생각이었다. 그는 그녀의 어깨를 팔로 감싸고 클럽 건물을 향해 파두 숲을 천천히 걸었다.

"우리 베란다로 가서 이야기해요." 그가 반복해 말했다. "웬일인지 당신과 나, 우린 이야기다운 이야기를 나눈 적이 없군요. 아아, 이 오랜 세월, 내가 대화 상대를 얼마나 갈망했는지! 당신과 정말 끝없이 이야기할 수 있을 거예요, 끝없이! 따분하게 들리겠군요. 따분하긴 할 거예요. 그래도 조금만 더 참아줘요."

엘리자베스는 '따분'이라는 말에 항의하는 소리를 냈다.

"맞죠, 뭘, 따분하죠. 나도 알아요. 우리 인도 거주 영국인들은 늘 따분한 사람들로 여겨지죠. 따분한 거 맞죠 뭐. 그래도 어쩔 수 없어요. 뭐랄까, 우리한텐 말을 하라고 몰아대는 악령 같은 게 있거든요. 털어놓고 싶은 기억에 눌린 채 다니지만 어찌 된 셈인지 도무지 그러지를 못하죠. 이 나라에 온 대가죠."

측면 베란다에는 안으로 바로 연결되는 문이 없기 때문에 방해받을 위험이 크지 않았다. 엘리자베스는 작은 고리버들 탁자에 양팔을 얹고 앉았다. 플로리는 양손을 상의 호주머니에 집어넣은 채 앞뒤로 서성거렸다. 베란다 위 동쪽 처마 쪽에서 비치는 달빛 속에 있다가 돌아서 그늘로 들어가기를 반복했다.

"내가 조금 전에 당신을 사랑한다고 말했죠. 사랑! 사랑이란 말은 너무 흔해서 이제는 의미가 없지만, 변명을 해보도록 할게요. 아까 당신과 총사냥을 하고 있었을 때, 난 이런 생각을 했어요. 아아! 마침내 인생을 함께할, 진정으로 함께할 사람이 나타났구나. 진정으로 나와 인생을 함께 살 사람이라는 거죠, 알겠어요?"

청혼할 생각이었다. 정말 더 이상 미루지 않고 청혼할 작정을 하고 왔다. 하지만 청혼의 말은 아직 나오지 않았다. 계속 자신을 내세우는 말만 하고 있다는 것을 깨달았지만 어쩔 수가 없었다. 이 나라에서 살아온 삶이 어떠했는지 그녀에게 얼마간 이해시키는 것이, 그녀를 통해 백지로 돌리고 싶은 자신의 외로움의 본질을 파악하게 하는 것이 그리도 중요했다. 그런데 그것을 말로 설명하기란 끔찍이 어려웠다. 이름 모를 고통을 겪는다는 건 끔찍한 일이다. 분류 가능한 병을 앓는 자는 복이 있나니! 마음이 가난한 자, 몸이 아픈 자, 실연한 자는 복이 있나니, 적어도 그런 자들의 경우엔 다른 이들이 무슨 문제인지 알고 동정하며 그들의 앓는 소리에 귀를 기울일 것이기 때문이다. 하지만 타향살이의 아픔을 겪어보지 못한 사람이 어찌 그것을 이해하랴? 엘리자베스는 비단 상의를 은빛으로 물들이는 달빛 웅덩이를 들락날락하는 그를 가만히 쳐다보고 있었다. 그녀의 가슴은 아직도 키스의 영향으로 두근거렸지만 그가 말을 하는 동안 그녀의 생각은 산만했다. 청혼할 거야, 뭐야? 정말 너무 뜸을 들이네! 그녀는 그가 외로움에 대해 무언가를 말하고 있다는 것만 어렴풋이 알아차리고 있었다. 아, 그렇지! 결혼하면 정글에서 견뎌야 할 외로움에 대해 말하고 있는 거구나. 그걸 굳이 말할 필요는 없는데. 정글에서 좀 외로워질 때가 있을지 모른다고? 인가에서 멀리 떨어져 영화관도 없고, 무도회도 없고, 달리 이야기할 상대가 없고, 밤에는 독서 외에 달리 할 일이 없다는 거지. 무료한 생활일 거라고 그래, 그 말을 하는 거구나. 그래도 축음기는 가지고 갈 수 있겠지. 새로 나온 휴대용 라디오를 버마에 가져오면 큰 도움이 될 거야! 그녀가 그 말을 입 밖에 내려는 참에, 플로리가 이렇게 덧붙여 말했다.

"내 말 알겠어요? 이곳 생활이 어떤 건지 좀 알겠어요? 그 이질성, 그 외로움, 그 우울감 말이오! 이질적인 나무, 이질적인 꽃, 이질적인 풍경, 이질적인 얼굴. 다른 행성에 온 것처럼 모든 게 이질적이에요. 하지만 삶을 함께 나눌 사람이 단 한 사람만 있다면, 자신과 같은 눈으로 볼 수 있는 사람이 있다면, 다른 행성에 사는 게 그리 나쁘진 않으리란 걸 알겠어요? 나쁘긴커녕 상상도 못 할 만큼 흥미로운 삶이 될 수도 있다는 걸. 그걸 알겠냐고요. 그걸 알아주기를 간절히 바라는 거예요. 나에게 이 나라는 고독의 지옥 같은 곳이었어요, 우리들 대부분에게 그래요. 하지만 혼자가 아니라면 이곳은 낙원이 될 수도 있어요, 정말이오. 이 모든 게 무의미한 소리로 들리나요?"

플로리는 탁자 옆에서 멈추고 그녀의 손을 잡아 들었다. 어스레한 빛 속의 그녀의 창백한 타원형 얼굴은 꽃 한 송이 같았다. 하지만 손에 전해진 느낌으로 바로 그녀가 자신의 말을 전혀 이해하지 못했음을 알아차렸다. 하긴 어떻게 이해하겠는가? 하나 마나 한 소리다, 이 모든 두서없는 이야기! 이제 당장 말해야겠다. 나와 결혼해주겠어요? 라고. 이야기는 앞으로 평생 할 수 있잖아? 그는 다른 손을 마저 잡고 그녀를 가만히 일으켜 세웠다.

"용서해요, 내가 한 바보 같은 소리들."

"괜찮아요." 그녀는 그가 키스할 것이라 생각하고 우물거리듯 말했다.

"괜찮긴요, 그렇게 말하는 건 바보 같은 짓이죠. 말로 담을 수 있는 게 있는가 하면 그렇지 않은 것도 있죠. 나 자신에 대해 그렇게 계속 투덜대는 건 부적절했어요. 하지만 결국은 진짜 할 말을 하려고 그랬을 뿐이에요. 저기, 내가 하고 싶었던 말은, 나와—"

"엘리-자-베스!"

래커스틴 부인이 안에서 고성의 청승맞은 목소리로 그

녀를 불렀다.

"엘리자베스! 어디 있니? 엘리자베스!"

래커스틴 부인이 정문 근처에 있는 게 분명했다. 그렇다면 곧 측면 베란다로 올라올 것이다. 플로리는 엘리자베스를 끌어다 후다닥 입을 맞췄다. 그리고 그녀에게서 떨어졌지만 두 손은 여전히 잡고 있었다.

"자, 어서, 시간 없어요. 대답해줘요. 나와ㅡ"

그러나 그 문장은 조금도 더 진전되지 않았다. 그 말을 하는 순간 발밑에서 놀라운 일이 발생했기 때문이었다. 마루가 파도처럼 솟아올라 굽이쳤다. 플로리는 비틀거리다가 어지러움을 느끼며 쓰러지는 바람에 위팔이 바닥과 부딪쳤다. 바닥이 그를 덮치는 것 같았다. 그렇게 쓰러져 있는데 갑자기 몸이 앞뒤로 격렬히 흔들렸다. 마치 거대한 짐승이 건물 전체를 등에 받치고 요동치기라도 하는 듯했다.

술에 취한 듯한 마루가 갑자기 다시 원래대로 돌아왔다. 플로리는 일어나 앉았다. 얼떨떨했을 뿐 별로 다치지는 않았다. 그는 엘리자베스가 옆에 길게 쓰러져 있고 안에서 비명 소리가 들려오는 것을 막연히 의식했다. 정문 너머에서 버마인 두 명이 긴 머리를 휘날리며 달빛 속을 달려오고 있었다. 그들은 큰 목소리로 외쳤다.

"나 인이 꿈틀거리고 있어요! 나 인이 꿈틀거려요!"

플로리는 무슨 영문인지 몰라 그들을 바라보기만 했

다. 나 인? '나'는 범죄자에게 붙이는 말인데. 그럼 나 인은 무슨 강도의 이름인가 보네. 근데 꿈틀거린다는 건 뭐지? 그때 '나 인'이란 버마인들이 지각 밑에 살고 있다고 믿는, 그리스 신화의 티폰 같은 거인의 이름이라는 게 생각났다. 그렇지! 지진이었어.

"지진이다!" 플로리가 외쳤다. 이어 엘리자베스를 떠올리고는 그녀를 일으켜주려고 몸을 움직였다. 하지만 그녀는 이미 일어나 앉아 있었다. 머리를 문지르고 있었지만 다친 데는 없었다.

"지진이었어요?" 그녀가 경외심 어린 목소리로 말했다.

래커스틴 부인의 긴 형체가 기다란 도마뱀처럼 벽에 바짝 붙어 베란다 귀퉁이를 돌아 기어왔다.

"에구구, 지진이야! 오, 굉장한 진동이야! 감당이 안 돼. 내 심장이 버티지 못할 거야! 에구구, 에구구! 지진이야!"

래커스틴 씨가 그 뒤를 따라 비틀비틀 걸어왔다. 땅울림에 술기운이 더하여 운동장애가 있는 사람처럼 걸음걸이가 이상했다.

"지진이라니, 젠장!" 그가 말했다.

플로리와 엘리자베스는 천천히 몸을 일으켰다. 그들 모두 안으로 들어갔다. 흔들거리는 배에서 뭍에 내릴 때처럼 발을 디딜 때의 느낌이 야릇했다. 하인 숙소에 있던 늙은 집사가 터번을 쓰며 서둘러 들어왔고, 하인들이 재잘거리며 그 뒤를 따라왔다.

"지진입니다, 나리, 지진이 났어요!" 그가 열을 내며 떠들었다.

"그걸 누가 몰라!" 래커스틴이 조심스럽게 천천히 의자에 앉으면서 대꾸했다. "집사, 여기 술 좀 가져와. 젠장, 이런 일을 겪고 나니 한잔하고 싶군."

모두 한 잔씩 마셨다. 수줍어하면서 밝은 웃음을 띤 집사는 탁자 옆에서 쟁반을 든 채 한쪽 발을 들고 섰다. "지진이에요, 나리, 큰 지진!" 그가 열을 띠며 반복해 말했다. 말을 하고 싶어 참을 수 없었다. 그 점에서는 모두가 마찬가지였다. 발밑의 진동이 지나가자마자 비상한 삶의 기쁨이 좌중을 휩쓸었다. 지진은 끝났을 때 대단히 재미있다. 무너진 건물에 깔려 죽을 수도 있었을 텐데 살아 있다고 생각하니 마음들이 무척 들떴다. 그들은 일제히 떠들어대기 시작했다. "아이고, 이렇게 큰 진동은 **생전 처음**이야—난 완전히 뒤로 **나자빠졌다니까**—난 염병할 들개가 마룻바닥 밑에 들어가 긁어대는 줄 알았어—난 어디서 폭탄이 터졌구나 생각했어—" 그렇게 저마다 계속 이러쿵저러쿵 떠들었다. 지진 발생 후의 단골 이야기들. 집사마저 그들의 대화에 포함되었다.

"집사. 집사는 지진을 많이 겪어봤겠지?" 래커스틴 부인이 그녀로선 꽤 점잖은 말투로 물었다.

"그렇고말고요, 부인, 많이 겪었죠! 1887년, 1899년, 1906년, 1912년. 많이, 많이 기억납니다, 마님!"

"1912년 지진이 굉장했지." 플로리가 말했다.

"아, 예, 나리. 하지만 1906년 지진이 더 굉장했습니다. 진동이 정말 대단했습죠, 나리! 사원의 큰 불상이 쓰러져 종정(宗正)을 덮칠 정도였어요. 종정은 불교의 주교 같은 겁니다, 마님. 버마에선 그런 일이 생기면 흉작과 구제역을 부르는 흉조라고 하죠. 1887년 제가 어린 급사였을 때 난생처음 겪은 지진이 생각납니다. 매클래건 소령 나리가 이튿날 당장 금주 서약서를 써서 서명을 해야겠다면서 탁자 밑에 누워 있었죠. 지진이 일어난 걸 몰랐던 거죠. 지붕이 내려앉아 암소 두 마리가 죽기도 했어요." 등등.

유럽인들은 자정이 될 때까지 클럽을 떠나지 않았다. 집사는 새로운 일화를 늘어놓으러 대여섯 번은 더 드나들었다. 그들은 그의 말문을 막기는커녕 오히려 계속하라고 부추겼다. 사람들을 화합시키는 데 지진만 한 것도 없다. 지진이 한두 번만 더 왔더라면 그들은 아마 집사에게 식탁에 함께 앉자고 했을 것이다.

한편, 플로리의 청혼은 더 진전되지 않았다. 지진 직후에 청혼을 할 수는 없는 노릇 아닌가. 어차피 그날 다시 엘리자베스가 혼자 있는 기회를 잡지 못하기도 했다. 하지만 그는 그녀가 이제 자기 것임을 알았기 때문에 괜찮았다. 아침엔 충분한 시간이 있을 것이다. 생각이 여기에 미치자 그는 안심하고 긴 하루 끝에 기진맥진하여 잠자리에 들었다.

16

공동묘지 옆 커다란 핑카도나무들의 독수리들이 배설물로 허예진 가지에 앉아 날개를 퍼덕이며 균형을 잡더니 크게 빙빙 돌며 높이 날아올랐다. 플로리는 이른 아침인데 벌써 일어나 집을 나섰다. 클럽에서 엘리자베스를 기다렸다가 정식으로 청혼할 생각이었다. 다른 유럽인들이 정글에서 돌아오기 전에 청혼해야겠다는, 왠지 모를 직감이 들었다.

대문을 나선 플로리는 카욕타다에 새로 온 사람이 있다는 것을 알았다. 바늘 모양의 긴 창을 든 청년이 흰 조랑말을 타고 마이단을 가로지르고 있었다. 인도 병사로 보이는 시크족 사람들이 적갈색과 밤색의 다른 조랑말 두 마리의 고삐를 잡고 그의 뒤를 쫓아 달리고 있었다. 플로리는 청년이 자신과 같은 높이의 비탈길까지 올라왔을 때 내려가다 말고 큰 소리로 아침 인사를 건넸다. 그 청년이 누군지 알지 못했지만 작은 위수지에서는 낯선 사람이라도 으레 따뜻이 맞이한다. 청년은 누군가 자신에게 인사를 건네는 듯하자 조랑말의 고삐를 난폭하게 돌려 길가로 다가왔다. 스물다섯 살쯤 되고 체격이 홀쭉하고 곧은 것을 보니 기병 장교임이 분명했다. 입술 사이에 작은 세모꼴로 드러난 앞니와 파란 눈을 가진, 영국 군인들 가운데 흔한 토끼 같은 얼굴이었다. 하지만 냉정하고 겁이 없고 아무것도 안중에 두지 않는 잔인함이 엿보였다. 토끼라도 강인하고 호전적인 토끼인 것이다. 그는 말을 자기 몸의 연장인 것처럼 잘 탔고, 비위에 거슬리게 젊고 건강했다. 생기 넘치는 얼굴은 볕에 그을어 눈의 연한 색과 아주 잘 어울렸다. 하얀 사슴 가죽 토피 모자, 오래된 해포석 담뱃대처럼 은은한 빛을 발하는 폴로 부츠. 그림처럼 멋있었다. 플로리는 그 앞에 있는 게 처음부터 불편했다.

"안녕하세요? 여긴 이제 막 도착하신 겁니까?" 플로리가 물었다.

"간밤에요. 기차가 밤늦게 도착했죠." 애 같은 퉁명스러운 목소리였다. "이 지역에서 폭도들이 말썽을 일으킬걸 대비해서 중대 병력과 함께 파견되었습니다. 내 이름은 베럴입니다. 헌병이죠." 그러면서 플로리의 이름은 묻지 않았다.

"아, 그렇군요. 누군가 파견된다는 얘긴 들었습니다. 숙소는 어딥니까?"

"일단 닥방갈로*에 있을 겁니다. 간밤에 도착해서 보니 거기에 물품 세무관이라나 뭐라나 하는 검둥이 놈이 있더군요. 그래서 그놈을 내쫓았죠. 이 지역은 무슨 시궁창 같아요, 안 그렇습니까?" 그는 머리를 뒤로 까닥 젖히며 카욱타다 전체를 가리켰다.

"이런 작은 위수지들이 다 그렇죠 뭐. 오래 머무를 예정입니까?"

"달포 정도만요. 다행이지 뭡니까. 우기가 시작되기 전에 돌아가야죠. 여기 마이단은 형편없군요. 풀을 깎아놓지 않다니 유감이에요." 그가 창을 휘둘러 마른 풀을 잘랐다. "폴로든 뭐든 할 수가 없겠어요."

"여기서 폴로는 못 할 겁니다. 할 수 있는 건 고작 테니스 정도죠. 여기에 사는 우리 나라 사람은 총 여덟 명밖에 안 되는 데다 그나마 대부분은 연중 절반 이상을 정글에 들어가 생활하죠."

"젠장! 정말 개집 같은 곳이네!"

---

* dak은 힌디어로 우체국을 뜻한다. 하지만 우편물이 그리로 운송되는 경우는 있어도 dak bungalow 또는 붙여서 dakbungalow로 쓰는 이 명칭은 우체국이 아니다. 동인도회사 설립 당시에 지은 농장주용 단층집을 일컫는데, 나중에는 영국 관리들의 임시 숙소로 쓰였다.

그리고 침묵이 흘렀다. 키가 크고 수염을 기른 시크족 병사들이 말 머리를 중심으로 둥글게 곡선을 이루며 모였다. 플로리를 바라보는 그들의 시선이 별로 호의적이지 않았다. 베럴이 이야기 나누는 것을 따분해하며 그곳을 벗어나고 싶어 하는 게 분명했다. 그토록 철저하게 배척되는 느낌, 그토록 나이 들고 초라한 느낌이 든 건 플로리로선 생전 처음이었다. 그는 당당한 목과 깃털 같은 궁형의 꼬리를 가진 그 암조랑말들이 훌륭한 아라비아산임을 알아차렸다. 아름다운 유백색 말은 몇천 루피를 호가할 것 같았다. 베럴은 이미 고삐를 잡아채 말머리를 돌렸다. 아침에 떠들 분량으로 그만하면 충분하다고 생각한 모양이었다.

"훌륭한 조랑말이군요." 플로리가 말했다.

"나쁘진 않습니다. 버마산 잡종보다야 낫죠. 지금 천막 말뚝 뽑기나 좀 할까 하고 나왔습니다. 이 오물 속에서 폴로를 칠 가망은 없으니까. 어이, 히라 싱!" 그가 소리를 치고는 저쪽으로 가버렸다.

인도인 병사가 적갈색 조랑말의 고삐를 동료에게 넘기고 40미터쯤 떨어진 곳으로 달려가 작은 회양목 말뚝을 박았다. 베럴은 이제 플로리를 거들떠보지도 않고 창을 쳐들어 말뚝을 겨냥하듯 자세를 갖췄다. 인도인 병사들은 자신들의 말이 그 경로를 가로막지 않도록 뒤로 물러나게 한 뒤 비평의 눈초리로 서서 그를 지켜보았다. 베럴이 눈에 띨까 말까 한 동작으로 조랑말 옆구리를 무릎으로 찌르자, 조랑말이 총알처럼 뛰어나갔다. 그는 켄타우로스처럼 수월하게 안장에 몸을 바짝 붙이고 달려가면서 내려 잡은 창으로 말뚝을 관통했다. 인도인 병사 중 한 명이 거친 목소리로 낮게 "샤바슈!"*라고 말했다. 전통적인 방식으로 창을 몸 뒤쪽으로 쳐든 베럴은 고삐를 잡아당겨 보통 구보로 돌아와 창날에 꿰뚫린 말뚝을 병사에게 건넸다.

베럴은 두 번 더 시도하여 두 번 다 명중했고 비길 데 없이 품위 있고 놀랍도록 엄숙했다. 영국인과 인도 병사들을 비롯한 부대원 전체가 종교의식이라도 치르듯 창날과 말뚝에 집중했다. 플로리는 여전히 그 광경을 구경하며 서 있었다. 베럴의 얼굴은 청하지 않은 외부 사람을 무시하기 위해 일부러 꾸민 표정을 짓고 있었다. 무시를 당하면서도 플로리는 그 자리를 떠나지 못했다. 왠지 처참한 열등감에 휩싸였다. 베럴에게 다시 말을 걸 구실을 찾는 중에 비탈길 위를 쳐다보니 연푸른색 옷차림의 엘리자베스가 숙부의 집에서 나오고 있었다. 세 번째로 말뚝을 꿰뚫는 베럴을 봤음에 틀림없었다. 플로리의 마음이 고통스럽게 꿈틀거렸다. 그런 중에 한 가지 생각이 떠올랐다. 대개 낭패를 보게 하는 그런 종류의 생각이었다.

---

* Shabash. 인도어로 영어의 브라보(Bravo)와 비슷한 말이다.

플로리는 몇 미터 떨어진 곳에 있는 베럴을 불러 지팡이로 다른 말들을 가리키며 물었다.

"저 말들도 그걸 할 줄 압니까?"

베럴이 어깨 너머를 돌아보며 언짢은 기색을 띠었다. 무시를 당한 플로리가 가버릴 거라고 생각했던 것이다.

"뭐라고요?"

"이 말들도 그렇게 할 수 있나요?" 플로리가 질문을 반복했다.

"적갈색 말은 그런대로 괜찮아요. 하지만 잘못 다루면 내달아 버리죠."

"나도 한번 시도해봐도 되겠습니까?"

"그러시죠 뭐." 베럴이 탐탁지 않은 투로 대꾸했다. "녀석의 입을 찢어놓지는 마세요."

병사 하나가 조랑말을 데려왔다. 플로리는 재갈과 고삐를 살펴보는 체했다. 사실 그는 엘리자베스가 30-40미터쯤 떨어진 곳까지 가까이 오기를 기다리며 우물쭈물하고 있었다. 그녀가 앞을 지나가는 시점에 맞추어 창으로 말뚝을 꿰뚫은 뒤(똑바로 달리기만 하면 작은 버마 조랑말을 타고 쉽게 할 수 있으므로) 그걸 가지고 바로 이 지점에 와 있을 그녀에게 가겠다는 계산이었다. 그게 현명한 행동임이 분명했다. 그녀가 저 분홍빛 얼굴을 한 새파란 놈만 말을 탈 줄 안다고 생각하는 게 싫었다. 말을 타기엔 불편한 반바지 차림이었지만, 그래도 그는 거의 모든 사람들이 그렇듯 말에 올라탔을 때 자신이 가장 멋지다는 것을 알고 있었다.

엘리자베스가 다가오고 있었다. 플로리는 안장에 올라 인도 병사로부터 건네받은 창을 흔들어 엘리자베스에게 인사를 했다. 하지만 그녀는 아무런 반응을 보이지 않았다. 베럴이 있어서 쑥스러운가 보다. 마이단 건너편 공동묘지 쪽에 시선을 두고 있는 그녀의 낯이 분홍빛이었다.

"자, 갑니다." 플로리가 인도 병사에게 신호하고 무릎으로 말 옆구리를 쳤다.

바로 그 순간, 말이 내달아 발을 두 번도 딛기 전에 플로리는 공중으로 날아오르더니 어깨가 빠지지 않았나 싶을 정도로 세게 꽉 하고 떨어져 굴렀다. 다행히 창은 그를 비켜나 떨어졌다. 땅에 반듯이 누워 있는 그의 눈에 파란 하늘과 공중에 떠다니는 독수리들이 흐릿하게 비쳤다. 눈의 초점을 되찾고 보니 카키색 터번을 쓰고 눈 밑까지 수염이 난 검은 얼굴의 시크족 병사가 몸을 굽히고 그를 내려다보고 있었다.

"어떻게 된 거죠?" 그가 영어로 물으며 팔꿈치를 땅에 대고 고통스럽게 몸을 일으켰다. 시크족 병사가 무뚝뚝하게 대답하며 손가락으로 어딘가를 가리켰다. 적갈색 말은 안장이 배 쪽에 매달려 있는데도 마이단을 가로질러 돌진해 달아나고 있었다. 배를 둘러맨 줄이 단단히 조여지지 않은 탓에 안장이 순간적으로 옆으로 빙글 돌아가며 낙마 사고가 일어났던 것이다.

일어나 앉자 플로리는 극심한 고통을 느꼈다. 오른쪽 어깨 부분이 찢어지고 피가 흥건했다. 뺨에는 더 많은 피가 흐르고 있다는 게 느껴졌다. 딱딱한 흙바닥에 긁혀 살갗이 벗어졌다. 모자는 어디에 떨어졌는지 보이지 않았다. 생각이 엘리자베스에게 미치자 죽을 듯이 괴로웠다. 그러고 보니 엘리자베스가 가까이 오고 있었고 이제 10미터밖에 떨어지지 않았다. 그녀가 똑바로 쳐다보는데 그는 팔다리를 아무렇게나 벌린 굴욕적인 자세로 앉아 있었다. 아, 이런, 맙소사! 아, 이런, 내가 얼마나 바보로 보일까! 이 생각에 낙마했을 때의 고통도 사라졌다. 그는 상처 입은 쪽이 아닌 모반 있는 쪽 뺨을 손으로 가렸다. "엘리자베스! 이봐요, 엘리자베스! 안녕하세요!"

자신이 바보처럼 보인다는 것을 의식할 때 그러듯 플로리가 호소하며 간절히 불렀건만 엘리자베스는 대답하지 않았다. 무엇보다 믿기 어려웠던 것은, 마치 그를 보지도, 그가 부르는 소리를 듣지도 못한 것처럼 잠시도 걸음을 멈추지 않고 지나쳤다는 사실이다.

"엘리자베스!" 그는 어리둥절하여 다시 불렀다. "내가 말에서 떨어지는 거 봤어요? 안장이 미끄러졌어요. 바보 같은 인도 병사가 줄을—"

엘리자베스가 이번에는 틀림없이 그의 말을 들었다. 고개를 돌려 잠시 그를 정면으로 바라보았지만, 그를 본 것인지, 마치 그가 거기에 없기라도 한 것처럼 못 본 체한 것인지 모를 시선이었다. 엘리자베스는 곧 공동묘지 너머 먼 곳으로 시선을 돌렸다. 소름 끼치는 순간이었다. 플로리는 낙담하여 그녀를 불렀다.

"엘리자베스! 이봐요, 엘리자베스!"

그녀는 멈추지 않았다. 아무 말도 없이, 아무 기색도 없이, 한 번도 돌아보지 않았다. 여전히 그에게 등을 돌린 채, 구둣발 소리를 내며 단호한 걸음으로 길을 내려갔다.

인도인 병사들이 플로리 주위에 모이고, 베럴도 말을 타고 플로리가 있는 곳으로 왔다. 인도인 병사들 중 몇몇이 엘리자베스가 지나갈 때 경례를 했다. 베럴은 모른 체했는데, 어쩌면 그녀를 처다보지도 않으면서 그랬을 것이다. 플로리가 몸이 뻐근한 듯한 동작으로 일어섰다. 심한 타박상을 입었으나 뼈가 부러진 데는 없었다. 인도인 병사들이 그의 모자와 지팡이를 가져다주면서 자신들의 부주의함을 사과하지는 않았다. 오히려 자업자득이라는 듯 슬며시 그를 얕보는 것 같았다. 그들이 일부러 줄을 느슨하게 했는지도 모른다.

"안장이 풀리는 바람에 그만." 플로리는 사람들이 보통 그런 순간에 그러듯 맥없이 멍청하게 말했다.

"도대체 왜 말을 타기 전에 살펴보질 않은 겁니까?" 베럴이 잘라 말했다. "이놈들을 믿어선 안 된다는 걸 알아야죠."

이 말을 하고 이제 이 일은 종결되었다고 생각한 베럴은 고삐를 홱 잡아당겨 가버렸다. 인도인 병사들은 플로리에게 경례도 하지 않고 그의 뒤를 따라갔다. 플로리가 대문까지 가서 뒤를 돌아보니 적갈색 조랑말은 이미 잡혀 와 안장이 다시 매여 있었고, 베럴이 그 말을 타고 천막 말뚝 뽑기를 하고 있었다.

플로리는 낙마 사고에 얼마나 크게 동요되었던지 아직도 생각을 집중할 수 없었다. 엘리자베스가 왜 그렇게 행동했을까? 피를 흘리며 고통스럽게 쓰러져 있는 걸 빤히 보고도 마치 죽은 들개를 본 것처럼 그냥 지나쳐 가다니. 어떻게 그럴 수 있지? 그랬던 게 맞나? 믿을 수가 없었다. 화가 난 걸까? 내가 무슨 기분 상할 짓을 했나? 백인 거주 구역의 하인들이 모두 울타리 밖으로 나와 천막 말뚝 뽑기를 구경하고 있었다. 그들 모두 플로리의 처참한 굴욕을 목격했다. 코 슬라가 걱정스러운 얼굴로 비탈을 달려 내려와 그를 맞았다.

"나리, 다치셨어요? 제가 업어드릴까요?"

"아냐. 위스키하고 깨끗한 셔츠나 갖다줘."

집에 도착하자 코 슬라는 플로리를 침대에 앉히고 찢어진 셔츠를 벗겨주었다. 피가 난 자리에 셔츠가 들러붙어 있었다. 코 슬라가 혀를 찼다.

"아, 마 레이! 상처들이 흙투성이예요. 이상한 조랑말을 타고 노는 그 애들 장난 같은 건 하지 마세요, 타킨. 나이를 생각하셔야죠. 너무 위험해요."

"안장이 옆으로 돌아가서 그래." 플로리가 말했다.

"그 젊은 헌병은 그런 놀이를 해도 괜찮지만 나리는 이
제 젊지 않아요. 나리 나이에 낙마하면 다쳐요. 이젠 더
조심하셔야 해요."

"나를 노인네 취급하는 거야?" 플로리가 화를 냈다. 어
깨가 몹시 쑤셨다.

"나리는 서른다섯 살이에요." 코 슬라가 공손하게 힘주
어 말했다.

정말 굴욕적이었다. 일시적으로 사이가 좋아진 마 푸
와 마 이가 보기에도 불쾌한 무언가를 찢어진 상처에 좋
다며 가져왔다. 플로리는 그것을 창밖으로 던져버리고
붕산 연고로 대체하라고 코 슬라에게 슬쩍 일렀다. 코 슬
라는 미지근한 목욕물에 몸을 담근 플로리의 상처에 묻
은 흙을 스펀지로 닦아주었다. 플로리는 무슨 영문인지
머리를 짜냈지만 머리가 맑아지자 더 뼈저리게 낙담했
다. 그가 그녀의 기분을 상하게 한 게 분명했다. 하지만
간밤에 헤어지고 나서 다시 만난 적이 없는데 어떻게 그
럴 수 있지? 이에 대해 그럴듯한 대답조차 생각해낼 수
없었다.

플로리는 안장이 옆으로 돌아가 낙마한 거라고 여러
차례 해명했다. 하지만 코 슬라는 동정하면서도 그 말을
믿지 않는 게 분명했다. 플로리는 말 타는 기술이 서툴러

낙마했다는 소리가 평생 따라다닐 것임을 감지했다. 그러나 따지고 보면 2주 전에 위험하지도 않은 물소를 패주시킨 것으로 부당한 명성을 얻었으니, 운명의 여신은 어느 정도 공평했다.

17

플로리는 저녁 식사 후 클럽에 가서야 엘리자베스를 다시 볼 수 있었다. 그 전에 찾아가 그날 그녀의 행동에 대한 해명을 요구했더라면 좋았을 것을 그러지 않았다. 거울에 비친 자신의 얼굴을 본 순간 용기를 잃었기 때문이었다. 한쪽에는 모반이 있고 다른 쪽에는 긁힌 자국이 있는 얼굴이 몹시 비참하고 흉측해서 밝은 대낮에는 그 모습을 차마 보일 수 없었다. 그는 클럽 라운지로 들어가며 한쪽 손으로 모반을 가렸다. 모기에 이마를 물렸다는 핑계를 댈 생각이었다. 모반을 가리지 않고는 그런 순간을 감당할 만한 용기가 없었던 것이다. 그러나 엘리자베스는 그곳에 없었다.

오히려 그는 예기치 않은 언쟁에 휘말렸다. 정글에서

막 돌아온 엘리스와 웨스트필드가 찌무룩한 기분으로 앉아 술을 마시고 있었다. 맥그리거의 명예훼손과 관련해서 《버마의 애국자》 편집인에게 내려진 판결이 겨우 징역 4개월이라는 소식을 듣고 엘리스는 형량이 가볍다며 분노를 키우고 있었다. 플로리가 안으로 들어오자 엘리스는 "그 쪼그만 검둥이 베리슬라이미"를 언급하며 그의 화를 돋우기 시작했다. 플로리는 또 언쟁인가 하는 생각에 따분한 마음이 들어 아무렇게나 대꾸했다. 이로써 결국 언쟁이 시작되었다. 언쟁은 가열되었고, 엘리스가 플로리를 검둥이의 '낸시 보이'*라고 부르자 플로리도 그에 대등한 욕설을 했고, 그러자 웨스트필드도 버럭 화를 냈다. 웨스트필드는 온화한 사람이었지만 플로리의 볼셰비즘적인 생각에 가끔 짜증을 느끼던 터였다. 매사에 분명히 옳고 그른 의견이 있는데도 어째서 플로리는 항상 그른 쪽을 택하는 것에서 희열을 느끼는 듯한지 웨스트필드는 이해할 수가 없었다. 그는 플로리에게 "또 그 염병할 하이드 파크의 선동가들처럼 말하냐"며 짤막하게 통명스러운 설교를 펼쳤다. 그러면서 그가 인용한 말이 있었는데 그것은 푸카 사이브의 5대 복음이었다.

우리의 위신을 지킬 것,

---

* Nancy body. 남자 동성애자를 뜻한다.

(외유 없는) 내강,

백인은 백인끼리 일치단결할 것,

그들은 조금만 잘해주면 기어오른다,

연대 의식.

그러는 동안에도 플로리는 엘리자베스를 보고 싶은 열망에 애가 타서 아무 말도 귀에 들어오지 않았다. 게다가 그런 것은 정말이지 너무나 자주—처음 랑군에 발을 디딘 이후로 수백, 수천 번—들어온 말이었다. 초창기 그는 원주민 장례 행렬이 지나가는 것을 보고 토피를 벗었다가 회사 상사에게 훈계를 들은 적이 있었다(이 상사는 스코틀랜드 출신의 늙은 술고래요 탁월한 경주용 조랑말 사육자였는데, 똑같은 경주마를 서로 다른 두 이름으로 경주에 출전시킨 반칙 행위를 저질러 훗날 경마장 출입 금지 경고를 받았다). "여보게, 명심하게, 우리는 사이브로그이고, 저들은 쓰레기란 걸 명심하라고!" 그런데 지금도 그런 허튼소리를 들어야 하다니 신물이 났다. 결국 그는 모독적인 언사로 웨스트필드의 말을 끊었다.

"아, 좀 닥쳐! 그런 얘긴 신물이 나. 베라스와미는 정말 좋은 사람이야. 내가 아는 어떤 백인들보다 훨씬 나아. 난 차기 총회에서 베라스와미를 회원으로 추천할 거야. 어쩌면 베라스와미 원장이 이 너절한 곳에 활기를 좀 불어넣어 줄지도 모르지."

언쟁을 심각하게 고조시킬 만한 발언이었지만, 클럽의 언쟁이 대개 그렇듯 고성이 오가는 것을 듣고 달려온 집사 덕분에 상황은 일단락되었다.

"부르셨습니까, 나리?"

"아냐. 꺼져." 엘리스가 뚱해서 소리쳤다.

집사가 물러갔지만 논쟁은 재개되지 않고 일단 그걸로 끝이 났다. 때맞춰 밖에서 발소리와 말소리가 들려왔다. 래커스틴 가족이 도착했다.

그들이 라운지에 들어섰을 때 플로리는 엘리자베스를 똑바로 쳐다볼 용기를 내지 못했다. 하지만 세 사람 모두 평소보다 멋을 부린 옷차림이라는 것을 알았다. 래커스틴 씨는 야회복 재킷을—계절이 계절인지라 흰색으로—입었고 술에 취하지도 않았다. 가슴 부분에 빳빳하게 풀을 먹인 흰 와이셔츠에 피케 조끼는 흉갑처럼 몸을 곧게 해주고 도덕심을 고무시켜주는 듯 보였다. 빨간색 원피스를 입은 래커스틴 부인도 당당한 아름다움을 갖춘 모습이었다. 세 사람 모두 누군지 모를 귀빈을 맞이하려고 기다리는 듯한 막연한 인상을 주었다.

사람들이 술을 주문하고, 래커스틴 부인은 펑카 아래 자리를 강탈했다. 플로리는 그들이 둘러앉아 형성하고 있는 테두리 바깥에 앉았다. 아직 엘리자베스에게 다가가 말을 걸 엄두가 나지 않았다. 래커스틴 부인은 별나고 유치한 태도로 친애하는 영국 황태자에 대한 이야기를 하고 있었다. 마치 무슨 뮤지컬코미디에서 합창단원이 임시변통으로 공작부인 대역으로 연기하는 것처럼 억양을 이상하게 가장해 말했다. 사람들은 속으로 도대체 저여자가 왜 저러나 의아해했다. 플로리는 거의 엘리자베스 뒤쪽에 자리를 잡고 있었다. 그녀의 노란색 원피스는 최근 유행하는 것으로 길이가 상당히 짧았다. 여기에 샴페인 빛깔의 스타킹과 이에 어울리는 슬리퍼를 신었고, 커다란 타조 깃털 부채를 들고 있었다. 상당히 현대적이고 어른스러운 그 모습에 플로리는 어느 때보다 더 그녀가 두려웠다. 자기가 그녀와 키스를 했다는 사실이 믿어지지 않았다. 그녀는 다른 모든 사람들과 동시에 편안히 이야기를 나누고 있었다. 플로리도 이따금 그들의 대화에 한마디씩 던졌으나 엘리자베스는 그의 말에 직접적인 반응을 보이지 않았다. 그는 자신이 무시당하고 있는 건지 알 수 없었다.

"자, 러바 같이 하실 분?" 래커스틴 부인이 물었다.

그녀는 '러바'*라고 똑똑히 말했다. 그녀의 억양은 갈수록 더 귀족적으로 변했다. 영문을 알 수 없는 노릇이었다. 엘리스와 웨스트필드, 래커스틴 씨가 '러바'를 할 모양이었다. 엘리자베스가 카드놀이를 안 하다는 것을 보고 플로리도 빠졌다. 이때가 아니면 그녀와 단둘이 있을

※ 'rubbah'. 세 판 승부 카드놀이인 'rubber'를 귀족적으로 가장한 발음.

기회가 없을 것 같았다. 사람들이 모두 카드방으로 몰려갈 때 플로리는 엘리자베스가 제일 나중에 들어가는 것을 보고 두려움과 함께 안도감을 느꼈다. 그는 문 앞에서 그녀의 앞을 막아섰다. 그의 안색이 죽은 듯 창백했다. 그녀가 약간 뒷걸음쳤다.

"실례." 두 사람이 동시에 입을 열었다.

"잠깐만." 플로리는 그러지 않으려 해도 목소리가 떨렸다. "얘기 좀 합시다. 괜찮다면―할 말이 있어요."

"좀 비켜주세요, 플로리 씨."

"제발! 제발 좀! 지금 우리 둘밖에 없어요. 내가 할 말이 있다는데 그냥 거부하는 겁니까?"

"좋아요. 뭐죠?"

"그냥 이거예요. 내가 엘리자베스의 기분을 상하게 한 게 뭔지 모르겠지만, 그게 뭔지 말해줘요. 말해줘요, 그럼 고칠게요. 당신 기분을 상하게 하느니 내 손목을 자르겠어요. 말해줘요, 그게 뭔지나 알고 삽시다."

"무슨 말인지 도무지 모르겠어요. 기분을 상하게 한 게 뭔지 말해달라뇨? 플로리 씨가 내 **기분을 상하게** 했다니, 무슨 말이죠?"

"그랬던 게 분명해요! 엘리자베스의 행동을 보면!"

"'내 행동을 보면'? 무슨 말을 하는 건지 모르겠군요. 플로리 씨가 어째서 이렇게 별나게 구는지 난 도무지 모르겠어요."

"하지만 나하고 말도 안 하려 하잖아요! 아까 아침엔 나를 못 본 척하고."

"설마 내가 내 마음대로 할 때마다 심문을 받아야 하는 건가요?"

"하지만 제발 부탁이에요, 제발! 모르겠어요? 갑자기 무시당하는 내 기분이 어떤지 알아줬으면 해요. 어쨌든 지난밤만 해도 당신은—"

그녀의 얼굴이 달아올랐다. "그런 걸 언급하다니 정말 비신사적이군요. 정말 비신사적이에요!"

"알아요, 알아. 내가 그렇다는 거 다 알아요. 하지만 달리 어쩔 수 있겠어요? 오늘 아침에 내가 돌멩이라도 되는 양 당신이 나를 모른 척하고 그냥 지나쳐 가버렸는데. 그러니 내가 뭔가 당신 기분을 상하게 했나 보다 하는 거죠. 내가 무슨 짓을 했기에 그러는지 알고 싶다는 건데, 그게 잘못인가요?"

그는 여느 때처럼 말 한 마디 할 때마다 상황을 악화시켰다. 그가 무슨 짓을 했건 그녀는 행동 그 자체보다 그 것에 대해 말하도록 강요받는 것을 더 유감스럽게 여기는 듯했다. 그녀는 해명할 생각이 없었다. 그를 오리무중 속에 내버려두고, 그를 무시하고도 아무 일 없었다는 듯 지나갈 작정이었다. 여자다운 당연한 행동이었다. 그렇지만 그는 또 채근했다.

"제발 말해줘요. 이런 식으론 우리 사이의 모든 걸 끝낼 수 없어요."

"우리 사이의 모든 걸 끝낸다고요? 우리 사이엔 끝내고 뭐고 할 게 없어요." 그녀가 쌀쌀맞게 대꾸했다.

그녀의 매정한 말에 그는 상처를 입고 곧바로 반응했다. "엘리자베스답지 않군, 엘리자베스! 친절을 보이다가 갑자기 무시하고, 그 이유도 말해주지 않으려는 건 옹졸한 짓이오. 솔직히 말해주면 좋겠어요. 내가 뭘 잘못했다고 이러는지."

그녀는 분한 듯이 곁눈으로 그를 보았다. 그가 무슨 짓을 해서가 아니라 그것을 그녀의 입으로 말하게 해서 분했다. 하지만 남부끄러운 꼴을 빨리 끝내고 싶었는지 결국 말을 꺼냈다.

"그럼 좋아요, 정말 내 입으로 그걸 말하라고 다그치면—"

"뭐죠?"

"플로리 씨가 나와…… 있으면서도…… 플로리 씨가 그러는 동안—아아, 너무 야만스러워! 차마 그 말은 할 수가 없어요."

"계속해요."

"플로리 씨가 버마 여자를 데리고 있다더군요. 자, 이제 비켜주시겠어요?"

이 말을 던지고 엘리자베스는 기세 좋게 지나갔다. 기세 좋다는 말밖에는 달리 표현할 말이 없었다. 기장이 짧은 원피스 자락을 휙 날리며 기세 좋게 그를 지나가 카드 방으로 사라진 것이다. 그는 말문이 안 떨어질 정도로 가슴이 섬뜩하여 말할 수 없이 우스꽝스러운 꼴로 선 채 그녀의 뒷모습을 바라보기만 하며 꼼짝도 할 수 없었다.

참담했다. 그러고도 그녀를 마주 볼 수는 없을 것 같았다. 플로리는 클럽을 떠나려고 황망히 돌아섰다. 그녀의 눈에 띌까 봐 카드방 앞을 지나갈 엄두도 나지 않았다. 어떻게 하면 빠져나갈 수 있을까 궁리하며 라운지로 간 그는 결국 베란다 난간을 넘어 이라와디강으로 내려가는 작은 잔디밭에 뛰어내렸다. 이마에서 땀이 흘러내렸다. 분노와 비탄으로 고함을 지를 것만 같았다. 제기랄 이렇게 지지리 운이 없을까! 그런 일을 들켜 아웃을 당하다니. 버마 여자를 데리고 있다더군요? 하지만 그건 정말이지 그렇지가 않았다. 하지만 부인해야 무슨 소용이 있으랴. 아아, 무슨 저주받을 악한 우연으로 그게 그녀의 귀에 들어갔을까?

하지만 사실 그것은 우연이 아니었다. 그럴 만한 확실한 원인이 있었다. 그것은 이날 밤 클럽에서 래커스틴 부인이 보인 기이한 행동의 원인이기도 했다. 전날 밤 지진이 일어나기 직전, 래커스틴 부인은 영국 귀족 인명록을 읽고 있었다. 영국 귀족 인명록(버마에 주재하는 모든 관리의 정확한 수입을 기록한)에 대한 그녀의 관심은 무궁무진했다. 언젠가 만달레이에서 만난 한 삼림 관리 위원의

봉급과 수당을 따져보던 중 문득 베럴 중위의 이름을 찾아봐야겠다는 생각이 들었다. 그는 맥그리거 부판무관으로부터 들은 인물로 이튿날 100명의 헌병을 인솔해서 카욕타다에 올 예정이었다. 인명록에서 베럴 중위의 이름을 찾아보니 경칭이 붙어 있었고, 이를 본 그녀는 온몸이 자지러지는 듯했다.

그 경칭은 바로 '고귀하신'*이었다!

고귀하신! '고귀하신 중위'라는 건 인도 군대에서는 다이아몬드처럼 드물고, 버마에서는 도도새만큼이나 드물 뿐 아니라 어디에서나 드물었다. 바로 그 고귀하신 중위라는 직함을 가진 총각이 늦어도 다음 날이면 이곳에 올 예정이었다. 반경 80킬로미터 안에 유일한 묘령의 여성을 조카로 둔 여자가 그런 정보를 접하면 어찌하겠는가—그렇다면! 래커스틴 부인은 엘리자베스와 플로리가 함께 정원에 나가 있다는 것을 상기하고 당황했다. 저 비루한 주정뱅이 플로리. 월급은 겨우 700루피. 그런 그가 유감스럽게도 엘리자베스에게 청혼하고 있을지도 모르잖는가! 래커스틴 부인은 곧바로 엘리자베스를 불러들이려고 황급히 일어나 나갔지만 바로 그 순간 지진의 방해를 받았던 것이다. 하지만 집으로 돌아가는 길에 엘리

---

* The Honourable. 자작과 남작의 자녀, 백작의 장남 외의 아들에게 붙이는 경칭.

자베스와 이야기할 기회가 있었다. 래커스틴 부인은 엘리자베스의 팔에 인자하게 손을 얹고 그녀로선 최선을 다해 짜낸 다정스러운 목소리로 말했다.

"애, 엘리자베스, 플로리가 버마 여자를 데리고 있다는 건 너도 물론 알고 있겠지?"

처음엔 사실 이 치명적인 화약이 불발했다. 아직 버마의 생활양식에 밝지 않은 엘리자베스는 그 말에 별다른 느낌이 없었다. 플로리가 '앵무새를 키운다'는 말과 다를 게 없는 것처럼 들렸다.

"버마 여자를 데리고 있다고요? 뭐하려요?"

"뭘 하긴? 얘는 참! 남자가 여자를 데리고 있으면 뭘 하겠니?"

물론 그것으로 이야기는 끝이었다.

플로리는 한참 동안 강기슭에 서 있었다. 달이 떠올라 호박(琥珀)색 방패 모양으로 수면을 넓게 비추고 있었다. 시원한 바깥 공기에 플로리의 기분이 전환되었다. 더 이상 화를 낼 마음도 없었다. 그런 때 오기 마련인 치명적인 자기 이해와 자기혐오를 느끼면서 모든 게 어김없는 인과응보임을 깨달았다. 잠시 달빛 아래 버마 여자들의 끝없는 행렬이, 유령 연대가 그의 앞을 행진해 지나가는 것 같았다. 맙소사, 얼마나 많은가! 1,000명, 아니 그렇게 많지는 않더라도 100명은 족히 될 것이다. "우로 봐!" 그는 침울하게 속으로 외쳤다. 그들이 일제히 그를 향해 고개를 돌렸지만 얼굴이 없었다. 특징 없는 원반들일뿐이었다. 여기저기 보이는 파란색 롱지와 루비 귀걸이 외에 기억나는 얼굴도 이름도 없었다. 신은 공정한 고로, 우리의 즐거운 악행(즐겁고말고!)으로 우리를 괴롭힐 도구를 만든다. 구제불능으로 스스로를 더럽히며 살았던 그에게 이번 일은 당연한 벌이었다.

그는 천천히 파두 숲을 지나 클럽 주위로 돌아갔다. 너무 슬픈 나머지 이 참사의 아픔을 아직 충분히 느끼지 못하고 있었다. 모든 깊은 상처가 그렇듯 한참 지나서야 아프기 시작할 것이다. 클럽 정문을 나서려는 찰나 뒤에서 무언가에 나뭇잎들이 흔들렸다. 그는 흠칫 놀랐다. 귀에 거슬리는 버마어로 또박또박 속삭이듯 말하는 소리가 들렸다.

"피케-산 페이-라이크! 피케-산 페이-라이크!"

그가 홱 돌아섰다. "피케-산 페이-라이크(돈 주세요)"라는 말이 반복되었다. 골드모후르 나무의 그늘 속에 한 여자가 서 있는 게 보였다. 마 흘라 메이였다. 그녀가 걸어 나와 달빛 아래 섰다. 적대적이고 경계하는 태도로 조금 떨어진 채 그가 때릴까 봐 두려운지 더 가까이 오지 않았다. 두껍게 분칠한 얼굴이 달빛 속에서 역겨울 정도로 하얬다. 해골처럼 추하고 도전적인 모습이었다.

그녀의 출현에 그는 큰 충격을 받았다. "대체 여기서 뭘 하는 거야?" 그가 화를 내며 영어로 물었다.

"피케-산 페이-라이크!" 그녀는 거의 비명을 지르다시피 반복했다. "나한테 준다던 돈 말이에요, 타킨! 돈 더 준다고 했잖아요. 지금 돈이 필요해요, 지금 당장!"

"지금 어떻게 줘? 다음 달에 줄게. 이미 150루피 줬잖아."

마 흘라 메이가 "피케-산 페이-라이크!"라는 말과 다른 유사한 말들을 목청껏 소리 지르기 시작하자 그는 경악했다. 그녀가 히스테리 발작을 일으킬 것 같았다. 그녀가 질러 내는 소리는 사람을 놀라게 할 만한 것이었다.

"조용히 해! 클럽 사람들이 다 듣겠어!" 그는 이 말을 하자마자 그 생각을 그녀에게 불어넣은 것을 후회했다.

"아하! 어떻게 하면 겁을 먹을지 이제 알겠어! 당장 돈 내놔요, 안 그러면 살려달라고 소리를 질러 저 사람들을 모두 나오게 할 거예요. 자, 빨리! 안 주면 비명을 지를 거야!"

"이년이!" 그가 외치며 한 걸음 앞으로 나오자 그녀는 잡히지 않으려고 얼른 물러나더니 슬리퍼를 벗어 들고는 할 테면 해보라는 식으로 버텨 섰다.

"빨리! 지금 50루피 주고 나머진 내일 줘요. 대답해요! 안 그러면 시장까지 들리게 소리 지를 거야!"

플로리가 욕을 내뱉었다. 지금 이런 소동을 벌이고 있을 때가 아니었다. 그가 지갑에서 25루피를 꺼내 땅바닥에 던지자 마 흘라 메이가 지폐를 덮치듯 달려들어 금액

이 맞는지 세어보았다.

"50루피라고 했잖아요, 타킨!"

"돈이 없는데 어떻게 줘? 내가 맨날 몇백 루피씩 가지고 다니는 줄 알아?"

"50루피라고 했잖아!"

"에라, 저리 비켜!" 그가 영어로 말하고는 그녀를 옆으로 밀치고 지나갔다.

하지만 이 가련한 여자는 그를 내버려두지 않았다. 말 안 듣는 개처럼 그를 따라 비탈을 오르며, 마치 소리를 지르기만 하면 어디서 돈이 뚝딱 나오기라도 할 것처럼 큰 소리로 "피케-산 페이-라이크! 피케-산 페이-라이크!"를 외쳤다. 그는 걸음을 서둘렀다. 그녀를 클럽에서 멀어지게 하는 한편 그녀를 떼어버리고 싶었다. 하지만 그녀는 필요하면 집까지 따라올 기세였다.

"당장 꺼져! 계속 이렇게 따라오면 한 푼도 안 줄 줄 알아!"

"피케-산 페이-라이크!"

"이 바보야, 이래서 무슨 소용이 있다고 그래? 지금 수중에 땡전 한 푼 없는데 어떻게 돈을 줘?"

"설마!"

그는 속수무책으로 호주머니를 뒤졌다. 그녀로부터 벗어날 수만 있다면 무엇이든 줄 정도로 지쳐 있었다. 금으로 된 담배 케이스가 손에 잡혀 꺼냈다.

"자, 이걸 줄 테니 좀 꺼져줄래? 전당 잡히면 30루피는 받을 수 있을 거야."

마 흘라 메이는 곰곰 생각하는 듯하더니 부루퉁한 얼굴로 "줘요"라고 말했다.

플로리는 길가의 풀숲에 담배 케이스를 던졌다. 그녀는 그것을 집어 얼른 일어나더니 도로 빼앗길까 봐 두려운지 움켜쥔 손을 엔지 입은 상체에 바짝 갖다 붙였다. 그는 뒤돌아 집으로 올라가며 그녀의 목소리가 들리지 않자 다행스럽게 생각했다. 그 담배 케이스는 그녀가 열흘 전에 한 번 훔쳤던 것이었다.

대문 앞에 이르러 그는 뒤를 돌아다보았다. 마 흘라 메이는 달빛 속 회색의 작은 입상처럼 아직도 언덕 기슭에 서 있었다. 수상한 낯선 사람이 안 보일 때까지 눈을 떼지 않는 개처럼 그를 지켜보고 있었던 게 분명했다. 이상한 일이었다. 며칠 전 협박 편지를 받았을 때도 그랬지만, 마 흘라 메이의 행동이 기이하고 그녀답지 않아서 이상하다는 생각이 뇌리를 스쳤다. 그녀에게서 전혀 예상할 수 없었던 집요함이었다. 누군가가 그녀를 부추기고 있는 건 아닌가 하는 생각이 들 정도였다.

18

지난밤 플로리와 말다툼을 한 뒤 엘리스는 플로리를 괴롭힐 한 주를 고대했다. 그는 '검둥이의 낸시 보이'를 줄여 플로리에게 낸시라는 별명을 붙였다. 하지만 여자들은 낸시가 그런 뜻인지 알지 못했다. 엘리스는 벌써 터무니없는 추문을 꾸며내고 있었다. 그는 누구와 다투면 항상 그 사람에 대한 험담을 만들어냈다. 그러면 험담은 윤색이 반복적으로 더해져 나중엔 대하소설처럼 불어나곤 했다. 베라스와미 원장은 "정말 좋은 사람"이라는 플로리의 부주의한 말은 오래지 않아 《일일 노동 신문》*을

---

* Daily Worker. 1930년 영국에서 창간된 좌익 타블로이드 신문으로 1966년 《모닝 스타》로 개명되었다.

가득 채울 정도의 모독과 선동적 발언으로 불어났다.

"내 명예를 걸고 하는 말인데요, 래커스틴 부인," 하고 엘리스가 말을 꺼냈다. 래커스틴 부인은 베럴에 관한 큰 비밀을 발견하고 갑자기 플로리를 싫어하게 된 참이라 엘리스의 말에 귀를 기울일 준비가 충분히 되어 있었다. "내 명예를 걸고 하는 말인데요, 간밤에 부인이 그 자리에서 그 사람 플로리가 하는 말을 들었더라면―그랬더라면 아마 부들부들 떨었을 겁니다!"

"그래요? 그렇잖아도 난 그 사람이 아주 **이상한** 의견을 품고 있다는 생각을 늘 하고 있었어요. 설마 **사회주의**는 아니겠죠?"

"더 심각한 거예요."

장황한 이야기가 전개되었다. 하지만 플로리가 카욕타다에 없었기 때문에 그의 화를 돋울 수 없어 엘리스는 실망했다. 플로리는 엘리자베스에게 절교를 당한 다음 날 현장 캠프촌으로 돌아갔다. 엘리자베스도 그에 관한 험담을 대부분 다 들었다. 그리고 이제야 플로리라는 인물을 이해하게 되었다. 그와 함께 있으면 왜 그렇게 자주 따분하고 짜증이 났는지 이해한 것이다. 그녀가 보기에 그는 지식인이었다. 그녀가 가장 진절머리 내는 말인 지식인. 그는 레닌이나 노조위원장 A. J. 쿡이나 몽파르나스의 카페에 드나드는 지저분하고 시시한 시인들과 같은 부류였다. 차라리 버마 여자를 정부로 두었던 것을 더 쉽게 용서할 수 있었을 것이다. 플로리는 사흘 뒤 그녀에게 편지를 썼다. 우유부단하고 딱딱한 편지를 인편으로 보냈는데, 그의 현장 캠프는 카욕타다에서 하루 행정이 걸리는 거리였다. 엘리자베스는 답장을 보내지 않았다.

플로리로선 당장 너무 바빠 생각할 시간이 없는 게 그나마 다행이었다. 그가 오래 자리를 비운 동안 현장은 혼란에 빠져 있었다. 인부 서른 명가량이 행방불명이었고 병든 코끼리의 증세는 더 악화되어 있었으며, 열흘 전에 출하되었어야 할 티크 목재 더미가 엔진 고장 때문에 여전히 쌓여 있었다. 기계에 관해선 바보인 플로리는 엔진 뚜껑을 열고 몸에 검은 기름칠을 해가며 버둥거렸다. 코슬라는 인부들이나 하는 '막일'을 백인이 한다며 꾸짖듯 말했다. 엔진이 마침내 말을 듣고 빠르진 않아도 최소한 돌아가기 시작했다. 병든 코끼리는 촌충에 감염되어 고생했던 것으로 밝혀졌다. 인부들이 현장을 이탈한 건 아편 공급이 끊겨서였다. 그들은 아편 없이는 정글에 머물려 하지 않았다. 아편이 열병을 예방해준다고 믿기 때문이었다. 플로리를 혼내주고 싶어 하던 우 포 카인이 물품 세무관들을 시켜 작업 현장을 덮쳐 아편을 압수했던 것이다. 플로리는 베라스와미 원장에게 도움을 요청하는 편지를 보냈다. 원장은 합법적으로 확보한 아편 한 뭉치와 코끼리에게 쓸 약과 사용 설명서를 정성 들여 써서 보냈다. 코끼리의 몸에서 빼낸 촌충은 길이가 6.5미터나 되었다. 플로리는 매일 열두 시간씩 바쁘게 일했다. 할 일이 없는 밤에는 무작정 숲으로 들어가 싸돌아다녔다. 땀에 눈이 따갑고 정강이는 가시덤불에 긁혀 피가 나도록 걷고 또 걸었다. 그에게 밤 시간은 정신에 해로웠다. 얼마 전의 일로 인한 쓰라림이, 그런 경우 늘 그렇듯 천천히 조금씩 마음에 스며들었다.

한편 며칠이 지나도록 엘리자베스는 반경 100미터 이내에서 베럴을 보지 못했다. 그가 도착한 날 밤 클럽에 나타나지 않은 것은 대단히 실망스러운 일이었다. 래커스틴 씨는 공연한 부추김에 떠밀려 야회복 재킷까지 입은 게 무척 분했다. 이튿날 아침 래커스틴 부인은 남편을 시켜 베럴을 클럽에 초대하는 편지를 닥방갈로로 보냈다. 그러나 회답이 없었다. 며칠이 더 흘렀다. 베럴이 지역사회에 나올 조짐이 없었다. 공적인 방문도 등한시했다. 맥그리거 부판무관에게 가서 자신을 소개하는 수고조차 기울이지 않은 것이다. 그는 마을 반대편 기차역 근처에 있는 닥방갈로에 안주해 있었다. 정해진 날이 지나면 닥방갈로를 비워야 한다는 규정이 있었지만 베럴은 그것을 가볍게 무시했다. 유럽인들은 아침과 저녁 두 번 마이단에 있는 그를 볼 수 있을 뿐이었다. 그가 도착한 다음 날 쉰 명의 병사가 낫을 들고 마이단에 나타나 널찍하게 풀을 깎았고, 베럴은 그곳에서 앞뒤로 말을 달리며 폴로 타격을 연습했다. 그는 마이단 옆길을 지나다니는 유럽인들은 눈곱만큼도 거들떠보지 않았다. 웨스트필드와 엘리스는 격분했다. 맥그리거 부관무관마저 베럴의 행동을 '무례한' 행동으로 규정했다. 고귀하신 중위가 예의를 표했더라면 그들은 모두 그에게 굽실거렸을 것이다. 사실 두 여자 외에는 모든 사람이 처음부터 그를 몹시 싫어했다. 작위가 있는 사람들은 칭송을 받거나 미움을 받거나 둘 중 하나였다. 늘 그런 식이다. 그들이 자기를 받아들이면 그들에게 소박한 매력이 있는 것이고, 자기를 무시하면 그들의 역겨운 속물근성을 들먹이기 마련이다. 중간은 없다.

베럴은 귀족의 막내아들로, 부자는 아니지만 강제집행 명령이 발부될 때까지 청구서를 지불하지 않는 방식으로 간신히 자신의 유일한 관심사인 의복을 사고 말을 유지할 수 있었다. 영국 기병 연대 소속으로 인도에 파송된 그는 인도 육군의 다른 장교와 교체하여 전출했다. 그러는 편이 경비가 적게 들고 폴로를 더 자유로이 칠 수 있기 때문이었다. 하지만 그로부터 2년 후, 빚을 너무 많이 지게 되자 버마 헌병대에 들어갔다. 그러면 돈을 저축할 수 있다는 것은 주지의 사실이었다. 그러나 그는 버마를 몹시 싫어했다. 버마는 승마인이 있을 곳이 못 되었다. 그래서 이미 기병 연대로의 복귀를 신청해두었다. 그는 원하는 대로 전출할 수 있는 부류의 군인이었다. 한편 카욕타다에는 딱 한 달만 머물 예정이었다. 열등한 지역의 사이브로그들과 어울리고 싶은 생각은 조금도 없었다. 그는 그런 작은 버마 주둔군 사회가 어떤지 잘 알고 있었다. 말을 소유하지 않는 하층민들이 불쾌하게 아부나 하는 사회. 그는 그들을 경멸했다.

베럴이 경멸하는 것이 그들만은 아니었다. 그의 다양한 경멸의 대상을 목록으로 작성하자면 한참 걸릴 것이다. 그는 몇몇 유명한 폴로 선수를 제외한 인도의 민간인 전체를 경멸했다. 기병을 제외한 육군도 통째로 경멸했다. 보병이고 기병이고 할 것 없이 인도군이라면 모든 부대를 경멸했다. 그의 소속이 원주민 연대인 건 사실이지만 그건 단지 일신상의 편리를 위한 선택일 뿐이었다. 그는 인도인들에 대해선 아무런 관심이 없었다. 그가 하는 우르두어는 주로 욕설뿐이었고, 모든 동사를 3인칭 단수로 썼다. 또한 자신의 헌병대 보기를 막노동꾼 보듯 했다. "제기랄, 정말 비참한 새끼들이네!" 이는 그가 검열을 할 때 그들 앞을 지나가며, 늙은 인도인 중대장이 그의 검을 가지고 뒤를 따르는데도 아랑곳없이 투덜거리듯 흔히 내뱉는 말이었다. 이렇게 원주민 병력에 대해 거리낌 없이 내뱉는 의견 때문에 곤경에 처한 적도 있었다. 관병식에서 있었던 일이다. 베럴은 다른 장교들과 함께 장군 뒤편에 도열해 있었다. 인도인 보병 연대가 분열행진을 위해 다가오고 있었다.

"─소총 부대군." 누군가 말했다.

"그런데 저 꼴이 뭐야." 베럴이 퉁명스러운 소년의 목소리로 말했다.

그 ─소총 부대 소속 백발의 대령이 가까이 서 있었다. 그 말을 듣고 목덜미까지 시뻘게진 대령은 그것을 장군에게 보고했다. 베럴은 질책을 받았지만 장군도 영국인인지라 너무 심하게 경을 치지는 않았다. 베럴은 무례한 언행을 보였건 말건 어찌 된 셈인지 별로 심각한 징계를 받지 않았다. 인도 어디에 주재하든 반드시 그에게 모욕을 당한 많은 사람들, 업무 태만, 미납금이라는 전력을 남기고 떠났다. 하지만 응당 당했어야 할 망신은 한 번도 겪지 않았다. 그는 불사신 같은 생활을 영위했다. 그를 지켜준 건 그에게 붙은 경칭만은 아니었다. 그의 눈에는 빚쟁이들이나 백인 마나님들, 심지어 연대장들의 기를 꺾는 무언가가 있었다.

상대를 당황스럽게 하는 그의 눈은 약간 돌출하고 연파란색이었으며 굉장히 맑았다. 상대를 쓱 쳐다보면 상대를 저울질하고 부족한 점을 파악했다. 단 5초의 차가운 응시면 충분했을 것이다. 가령 상대가 기병대 장교나 폴로 선수 같은, 자기와 어울릴 수 있는 부류라면 베럴은 그를 인정했고, 그러면 퉁명스러울지언정 존경심을 가지고 대하기도 했다. 그러나 그 외의 부류에게는 숨기려 해도 숨길 수 없을 정도의 철저한 경멸을 드러냈다. 상대가 부유하든 가난하든 마찬가지였다. 사회적 의미에서 보면 그는 보통은 우월 의식에 빠져 있는 속물에 불과했다. 물론 모든 부유층 자제들과 다름없이 가난은 역겨우며 가난한 사람들이 가난한 건 혐오스러운 생활 습관을 택하기 때문이라고 생각했다. 하지만 그는 물렁하게 사는 것을 경멸했다. 엄청난 돈을 의복에 쓰면서도—정확히 말하자면, 의복을 소유하면서도—생활은 수도승처럼 금욕적이라 할 수 있었다. 혹독하다 할 만치 부단히 운동을 하고, 술과 담배를 절제하고, 야전침대에서 (실크 파자마를 입고) 잠을 자고, 몹시 추운 겨울에도 냉수로 몸을 씻었다. 승마술과 신체 단련은 그가 아는 유일한 우상이었다. 마이단 땅을 짓밟는 말발굽, 켄타우로스처럼 말과 안장과 하나가 되어 강인하고 균형 잡힌 느낌을 주는 신체, 폴로 스틱을 놀리는 경쾌한 동작. 이런 것들이 그의 종교요 그에게 없어서는 안 될 공기와도 같은 것이었다. 버마에 사는 유럽인들의 습관—음주와 계집질, 누런 얼굴의 게으름뱅이들—을 생각하면 자신의 몸이 다 병드는 기분이었다. 모든 종류의 사교적인 도리를 그는 아부 행위로 규정하고 무시해버렸다. 특히 여자를 혐오했는데, 그에게 여자는 폴로를 치지 못하게 남자를 호려내 다과회나 테니스 모임이라는 그물에 걸려들게 하는 세이렌 같은 존재였다. 그렇다고 여자의 유혹이 아예 안 먹히느냐하면 그건 아니었다. 그는 젊었고, 거의 모든 부류의 여자들이 그의 마음을 끌려고 했다. 결국 이따금 유혹에 무너지곤 했는데, 그럴 때마다 곧 자신의 일탈을 혐오했다. 그리고 그러한 상황에서 벗어나고자 할 때 지장이 생기면 무척 냉정하게 행동했다. 인도에 2년 있는 동안 그렇게 탈출한 게 아마 여남은 번은 될 것이다.

한 주가 흘렀다. 엘리자베스는 베럴과 안면을 트지도 못했다. 정말 애탈 노릇 아닌가! 매일 아침저녁으로 숙모와 클럽을 오가며 마이단 앞을 지나다녔다. 병사들에게 공을 던지게 하고 폴로 타구 연습을 하는 베럴은 두 여자를 철저히 무시했다. 실로 멀고도 가깝다는 건 이런 것인가! 상황을 더 악화시킨 건 두 여자가 그 문제를 직접적으로 거론하는 것을 품위 없는 행동으로 여긴다는 점이었다. 어느 날 저녁, 세게 맞은 폴로 볼이 잔디밭을 가로질러 휙 날아오더니 길을 가는 그들 앞에 굴러와 정지했다. 엘리자베스와 그녀의 숙모는 무심결에 걸음을 멈췄다. 하지만 공을 주우러 달려온 건 인도인 병사였다. 베럴은 두 여자를 보고도 가까이 오지 않았다.

다음 날 아침 래커스틴 부인은 조카와 집을 나서다 걸음을 멈췄다. 얼마 전부터 인력거를 타지 않고 걸어 다니고 있었다. 마이단 아래쪽에 헌병대가 정렬해 있는 것을 보았다. 흙빛의 병사들이 든 총검이 반짝였다. 군복을 입지 않은 베럴이 그들을 마주 보고 서 있었다. 그는 아침 열병식에 군복을 입고 나오는 일이 거의 없었다. 헌병한테 그게 무슨 필요가 있느냐는 생각이었다. 두 여자는 베럴을 안 보는 척하면서도 각자 비슷한 방식으로 요령껏 그를 바라보았다.

"안타까운 건 말이야," 래커스틴 부인이 말했다―밑도 끝도 없지만 서론이 필요 없는 화제였다―"안타까운 건 네 숙부가 머잖아 현장 캠프촌에 가봐야 한다는 거야."

"그래요?"

"응, 아무래도. 이맘때 현장은 환경이 얼마나 **불쾌한지** 몰라! 으, 그 모기들 하며!"

"조금 더 나중에 가시면 안 돼요? 한 주쯤?"

"그러지 못할 거야. 사무실로 돌아온 지 거의 한 달이나 됐어. 본사에서 알면 난리들을 칠 거야. 물론 우리도 그이와 함께 가야 하겠지. 어유 지겨워! 그 모기들―끔찍 그 자체야!"

끔찍하다마다! 베럴과 인사도 나누지 못한 채 가야 하다니! 하지만 래커스틴 씨가 간다면 그들도 물론 따라가야 할 터였다. 그를 혼자 있게 두면 좋은 일이 있을 수 없었다. 악마는 정글에서도 나쁜 짓거리를 찾는다. 인도인 병사들의 대열 속에서 불길이 출렁이는 듯했다. 그들은 행진을 위해 소총에서 대검을 빼고 있었다. 흙빛의 대열이 좌향좌 하더니 경례를 하고 4열 종대로 행진했다. 잡역병들이 조랑말과 폴로 스틱을 가지고 경찰 진영에서 나오고 있었다. 래커스틴 부인은 영웅적인 결정을 내렸다.

"있잖니, 우리 마이단을 가로질러 가자. 길을 따라 빙 돌아가는 것보다 훨씬 빠르니까."

그리로 가면 50미터 정도는 가까웠지만, 잔디 씨가 스타킹에 들러붙기 때문에 마이단을 걸어 다니는 사람은 없었다. 래커스틴 부인은 서슴없이 풀밭으로 들어가더니 클럽으로 갈 체도 하지 않고 곧장 베럴을 향해 갔다. 엘리자베스는 그 뒤를 따랐다. 두 여자 모두 그녀가 지름길로 가고 있는 것이 아님을 인정하느니 고통스럽게 죽는 편을 택했을 것이다. 베럴은 그들이 다가오는 것을 보고 욕설을 내뱉고는 고삐를 당겨 말을 세웠다. 대놓고 말을 걸어오는 그들을 무시할 수는 없었다. 뻔뻔하기 이를 데 없는 여자들이군! 그는 말을 탄 채 폴로 공을 짧게 톡톡 몰면서 뚱한 얼굴로 느릿느릿 그들을 향해 다가갔다.

"안녕하세요, 베럴 씨!" 래커스틴 부인이 20미터쯤 떨어진 곳까지 가자 상냥한 음성으로 불렀다.

"안녕하세요!" 그가 퉁명스럽게 응답했다. 그녀의 얼굴을 보고 인도 위수지 어디에서나 볼 수 있는 찜닭용 마른 노계로 판단했다.

엘리자베스가 금세 숙모 곁에 와서 나란히 다가갔다. 안경을 벗은 엘리자베스는 테라이해트를 벗어 흔들고 있었다. 일사병 따위! 바싹 짧게 자른 자신의 머리가 예쁘다는 것을 잘 알고 있었다. 바람이 훅 불어왔다. 오, 숨 막힐 듯 뜨거운 날 난데없이 불어온 고마운 바람! 무명 원피스가 바람에 날려 그녀의 몸에 찰싹 들러붙자 나무처럼 날씬하고 튼튼한 몸의 맵시가 드러났다. 나이 들고 볕에 그을린 여자 옆에 별안간 모습을 드러낸 엘리자베스는 베럴에게 하나의 계시였다. 아라비아산 암말이 느꼈을 정도로 그는 움찔 놀랐다. 고삐를 단단히 잡아당기지 않았더라면 말이 앞다리를 번쩍 들어 올렸으리라. 애써 알려고 하지도 않았지만 이때까지 카욕타다에 **젊은** 여자가 있다는 것을 몰랐다.

"제 조카예요." 래커스틴 부인이 말했다.

그는 응답 없이 폴로 스틱을 던져버리고 토피를 벗었다. 그와 엘리자베스는 잠시 가만히 서로를 바라보았다. 그들의 건강한 얼굴은 무자비한 햇빛 속에서도 흠이 없었다. 잔디 씨앗이 엘리자베스의 정강이에 들러붙어 미칠 듯이 근질거렸고, 안경을 안 쓴 눈에 베럴과 말은 허옇고 흐릿한 형체일 뿐이었다. 하지만 엘리자베스는 기뻤다, 기쁘고말고! 가슴이 설레면서 얼굴에 피가 몰려 묽은 수채물감처럼 번졌다. '놀랍군, 미인이야!'라는 생각이 베럴의 머릿속에 격렬히 요동쳤다. 조랑말을 붙들고 선 뚱한 얼굴의 인도 병사들의 눈에도 두 젊은이의 아름다움이 인상적이었는지 그 광경을 진기한 듯 쳐다보았다.

래커스틴 부인이 약 30초가량 이어지던 침묵을 깼다.

"베럴 씨," 그녀가 능글맞게 말했다. "가엾은 우리를 계속 무시하는 건 **조금** 잔인한 거 같네요. 클럽 사람들은 새로운 얼굴을 애타게 고대하는데 말이죠."

그는 엘리자베스를 바라보며 대답했다. 그의 음성에 두드러진 변화가 일었다.

"며칠 전부터 한번 가려고 했습니다만 너무 바빠서요. 부대원들 배치며 이런저런 일로. 죄송합니다." 그는 좀처럼 사과란 걸 하는 사람이 아니었지만 엘리자베스를 다소 특출한 여자라고 생각한 것이다. "회답을 못 드려서 죄송합니다."

"아뇨, 괜찮아요! 이해해요, 그럼요. 오늘 밤엔 클럽에서 뵐 수 있겠죠?" 래커스틴 부인이 끝으로 더 능글맞게 덧붙였다. "우리를 더 실망시킨다면 이제부턴 **버릇없는** 젊은이로 생각할 거예요!"

"죄송합니다." 베럴이 똑같은 말을 했다. "오늘 밤에 가겠습니다."

더 이상 나눌 말이 없는 두 여자는 클럽으로 향했다. 하지만 클럽에는 5분도 채 머물지 않았다. 잔디 씨앗 때문에 정강이가 괴로워 곧장 집으로 돌아가 바로 스타킹을 갈아 신지 않을 수 없었다.

베럴은 그날 밤 약속한 대로 클럽에 나타났다. 다른 사람들보다 약간 일찍 온 그는 5분도 채 못 되어 자신의 존재를 확실히 알렸다. 엘리스가 클럽에 들어섰을 때 집사 영감이 곧장 카드방에서 뛰어나와 그를 막아섰다. 비탄에 젖은 그의 얼굴에 눈물이 줄줄 흘러내리고 있었다.

"나리! 나리!"

"아니 또 무슨 일인가?" 엘리스가 말했다.

"나리! 나리! 새로 온 나리가 저를 때리고 있습니다, 나리!"

"뭐?"

"때리고 있어요, 나리!" 그의 언성이 '때리고'를 말할 때 길게 통곡하며 높아졌다. "때-리-고 있어요!"

"자넬 때려? 자네에겐 보약이 될 거야. 근데 누가 때려?"

"새로 온 나리가요, 나리. 헌병 사이브요. 저한테 발길질을 해요, 나리. **여길요**!" 집사가 엉덩이를 문질렀다.

"허, 거참!"

엘리스가 라운지로 들어갔다. 베럴이 《필드》를 읽고 있었다. 그의 팜비치 바지 끝단과 광택 나는 암갈색 구두만 보였다. 그는 누군가 안으로 들어오는 소리를 듣고도 귀찮은지 꼼짝도 하지 않았다. 엘리스가 우뚝 멈춰 섰다.

"이봐요, 거기—이름이 뭐요—베럴이군!"

"뭐?"

"그쪽이 우리 집사를 걷어찬 거요?"

베럴이 바위 뒤에서 눈을 빼꼼 내미는 갑각류처럼 《필드》옆으로 골난 듯한 파란색 눈을 드러냈다.

"뭐?" 그가 퉁명스럽게 같은 말을 내뱉었다.

"그쪽이 빌어먹을 우리 집사를 걷어찼냐고."

"네."

"어쩌자고 그런 거요?"

"저놈이 말대꾸를 해서. 위스키와 소다를 내오라고 했더니 미지근한 걸 가져왔지 뭡니까. 얼음을 타라니까 건방진 소리를 하더군요. 얼마 안 남은 얼음을 아껴야 한다나 어쩐다나 허튼소리를 하길래 엉덩이를 걷어찼죠. 맞아 싸잖아요."

엘리스의 안색이 창백해졌다. 화가 치밀었다. 집사는 클럽 소유였다. 그런 그에게 외부인이 발길질을 할 권리는 없었다. 하지만 무엇보다 엘리스를 화나게 한 건 자기가 집사를 딱하게 여긴다는—발길질 그 자체를 비난한다는—의심을 사고 있을지 모른다는 생각이었다.

"맞아 싸다고? 염병 맞아 쌀 짓을 하긴 했겠지. 한데 그쪽이 발길질 한 것과 그게 무슨 상관이오? 그쪽이 뭔데 남의 하인 엉덩이를 걷어차?"

"이봐요, 허튼소리 그만해요. 저놈은 걷어차여 마땅했어요. 여기선 하인들이 제멋대로 굴어도 내버려 두나 보네."

"이런 재수 없는 건방진 자식, 걷어차일 필요가 있건 없건 그게 그쪽과 무슨 상관이야?! 여기 회원도 아니면서. 걷어차도 회원인 우리가 할 일이지 그쪽이 뭔데 그래!"

베럴이 《필드》를 내려놓자 다른 쪽 눈도 드러났다. 퉁명스러운 어조는 변하지 않았다. 그는 같은 유럽인에게는 절대로 화를 내지 않았다. 그럴 필요가 없었다.

"이봐요, 난 누가 나한테 건방진 소릴 하면 엉덩이를 걷어차요. 선생 엉덩이도 걷어차 드릴까?"

344

엘리스의 불같은 흥분이 갑자기 식었다. 겁을 먹은 게 아니었다. 평생 겁을 먹은 적이 없었다. 베럴의 시선을 감당할 수 없었던 것이다. 그것은 상대에게 큰 폭포 아래 있는 느낌을 줄 수도 있을 시선이었다. 욕설이 나오다 말고 엘리스의 입가에서 시들었다. 목소리가 어디로 숨어들었는지 좀처럼 나오지 않았다. 그는 불평하듯이, 심지어 호소하듯이 말을 꺼냈다.

"빌어먹을, 그런데 얼마 남지 않은 얼음을 그쪽에게 주지 않은 건 집사가 잘한 일이었군. 우리가 그저 그쪽을 위해 얼음을 사다 놓은 줄 알아요? 여기선 일주일에 두 번만 얼음을 받을 수 있다고."

"그럼 클럽 관리가 지지리 엉망이라는 말이네." 베럴이 그 이야기를 끝내게 된 데 만족하며 다시 《필드》를 얼굴 앞에 펼쳐 들었다.

엘리스는 어쩔 줄을 몰랐다. 진짜로 자신의 존재를 잊은 듯이 아무렇지 않게 다시 잡지를 집어 드는 베럴의 태도가 너무나 불쾌했다. 이 새파란 얼간이를 한번 시원하게 걷어차 시비를 걸어볼까?

그러나 어째서인지 발길질은 없었다. 베럴은 평생 매를 벌었지만 단 한 번도 얻어맞은 적이 없었고, 아마 언제까지나 그럴 것이다. 엘리스는 속수무책으로 라운지를 고스란히 베럴에게 내어주고 슬며시 카드방으로 돌아가 집사에게 울분을 풀었다.

클럽 대문에 들어서는 맥그리거 씨의 귀에 음악 소리가 들렸다. 테니스 코트 철망을 덮은 덩굴식물 틈새로 노란 등불이 비쳤다. 그는 오늘밤 기분이 좋았다. 래커스틴양. 아주 특출나게 똑똑한 젊은 여성 아닌가! 그녀와 오랫동안 즐거운 이야기를 나눌 시간을 기대하고 있었다. 1913년 사가잉 관구에서 발생한 약탈 사건에 관한 아주 재미있는 일화(사실은 이미 《블랙우드》에 실렸던 짧은 기사 중 하나)를 들려줄 생각이었다. 그녀가 좋아할 이야기란 걸 그는 알고 있었다. 설레는 가슴을 안고 테니스 코트 철망 모퉁이를 돌아가 보니 이지러지는 달빛과 나무에 매달린 등불의 빛이 뒤섞인 코트에서 베럴과 엘리자베스가 춤을 추고 있었다. 하인들이 내다 놓은 축음기와 탁자, 의자들이 놓여 있고, 그 가운데 유럽인들이 서 있거나 앉아 있었다. 맥그리거 씨가 코트 모퉁이를 돌아서 들어오는 찰나, 베럴과 엘리자베스가 코트 안을 빙 돌아오더니 그에게서 1미터도 떨어지지 않은 곳을 미끄러지듯 지나갔다. 춤을 추는 둘의 몸이 서로 매우 가까웠다. 엘리자베스의 몸은 베럴을 올려다보느라 뒤쪽으로 약간 휘어 있었다. 두 사람 모두 맥그리거 부판무관이 온 것을 알아채지 못했다.

맥그리거 부판무관은 코트 가장자리를 따라 걸어갔다. 싸늘하고 우울한 기분이 간장을 말렸다. 그렇다면 래커스틴 양과의 대화는 물 건너갔군! 그는 얼굴을 찡그리며 평소의 익살스럽고 온화한 기질을 보이려고 애를 쓰며 탁자 앞으로 다가갔다.

"테르프시코레*의 밤이군!" 그의 의도와는 다르게 목소리가 쓸쓸했다.

아무도 응답하지 않았다. 모두 테니스 코트의 남녀 한 쌍을 주목하고 있었다. 다른 사람들은 안중에도 없이, 엘리자베스와 베럴은 빙글빙글 돌며 미끄러지듯 코트를 누볐다. 그들의 구둣발이 매끄러운 콘크리트 바닥에서 수월하게 미끄러졌다. 베럴은 말을 탈 때처럼 비길 데 없이 우아하게 춤을 추었다. 축음기에서는 최근 유행병처럼 세계를 휩쓸며 버마에까지 이른 〈집으로 가는 길을 알려주오〉가 흘러나오고 있었다.

집으로 가는 길을 알려주오
나는 피곤하여 잠들고 싶다오
한 시간 전쯤 술을 조금 마셨더니
금세 술에 취했다오!

처량하고 우울하고 시시한 음악 소리가 어둑한 나뭇가지 사이로, 공기를 적시는 꽃향기에 실려 계속 끊임없이

※ 그리스 신화에서 음악과 춤을 주관하는 여성 신. 강의 신 아켈로오스와의 사이에서 바다의 요정 세이렌이 태어났다고도 전해진다.

떠돌았다. 축음기 바늘이 판의 중앙에 가까워질 때마다 래커스틴 부인이 얼른 처음으로 되돌려놓았기 때문이다. 지평선의 음울한 먹구름 속에 있던 달이 병상의 병든 여자처럼 기어 나와 하늘 높이 이동했다. 베럴과 엘리자베스는 지칠 줄 모르고 끊임없이 춤을 추었다. 그녀의 관능적인 형체가 어둠 속에 흐릿하게 아른거렸다. 한 마리 동물처럼 그들의 동작은 완벽하게 일치했다. 맥그리거, 엘리스, 웨스트필드, 래커스틴은 아무런 할 말을 찾지 못하고 호주머니에 손을 집어넣은 채 그들을 바라보며 서 있었다. 모기들이 발목을 뜯었다. 누군가 술을 마시자고 했지만 위스키는 그들의 입에 재와도 같았다. 네 중년 남성의 창자는 쓰라린 부러움에 뒤틀려 있었다.

베럴은 래커스틴 부인에게 춤을 청하지도 않았다. 이윽고 엘리자베스와 자리에 앉았을 때도 그에게 다른 사람들은 없는 것이나 마찬가지였다. 그런 뒤 반 시간 더 엘리자베스를 독점한 뒤, 그나마 래커스틴 부부에게 작별 인사를 한마디 던졌을 뿐 다른 사람들에게는 일언반구도 없이 클럽을 떠났다. 베럴과 장시간 춤을 춘 엘리자베스는 여전히 꿈을 꾸는 듯한 기분이었다. 베럴이 다음 날 함께 말을 타자고 했다! 조랑말 한 마리를 빌려주기로 했다! 그녀의 행동에 화가 난 엘리스가 드러내놓고 무례하게 구는 것도 안중에 없었다. 밤이 늦어서야 집에 돌아간 엘리자베스와 숙모는 잠자리에 드는 대신 래커스틴 부인의 승마 바지를 엘리자베스의 종아리가 드러나도록 짧게 줄이느라 자정이 될 때까지 열띠게 손을 움직였다.

"얘, 너 말은 탈 줄 알지?" 래커스틴 부인이 물었다.

"그럼요! 영국에서 많이 타봤어요."

그래봐야 열여섯 살 때 도합 여남은 번 정도 타봤을 것이다. 상관없다, 그럭저럭 잘해낼 테니까! 베럴과 함께라면 호랑이라도 탈 기세였다.

래커스틴 부인은 마침내 완성된 승마 바지를 입은 엘리자베스를 보며 탄식했다. 승마 바지를 입은 모습이 저리도 황홀한데, 정말이지 황홀한데! 그런데 하루이틀이면 그 탐나는 젊은 총각을 두고 카욕타다를 떠나서 몇 주, 어쩌면 몇 달이나 현장 캠프촌에 가 있어야 하다니! 참으로 안타까운 노릇 아닌가! 래커스틴 부인은 위층으로 올라가다 말고 문 앞에서 멈추었다. 그녀로선 뼈아픈 큰 희생을 해야겠다는 생각이 들었다. 부인은 엘리자베스의 양어깨를 잡고 전에 없이 큰 애정을 담아 조카에게 키스를 했다.

"얘, 지금 네가 카욕타다를 떠난다는 건 정말 안타까운 일이야."

"뭐, 좀 그렇긴 하죠."

"그래서 말인데, 우리는 저 끔찍한 정글에 가지 말자! 네 숙부더러 혼자 가라고 해야겠어. 너와 난 여기 카욕타다에 남자."

19

더위가 갈수록 더 기승을 부렸다. 4월이 거의 끝나가는
데 앞으로도 3주, 어쩌면 5주 안으로는 비가 올 것 같지
않았다. 눈을 뜰 수 없을 정도로 햇빛이 강렬한 긴 하루
를 생각하면 잠깐뿐인 상쾌한 새벽부터 기분을 잡쳤다.
머리가 지근지근 아프고 아무리 방을 가려도 햇빛이 비
쳐 들기 때문에 사람들은 눈을 꼭 감고, 제대로 자지 못
하는 잠을 청할 수밖에 없었다. 동양인이든 유럽인이든
잠을 자지 않고 한낮의 더위를 지나려면 더위와 고투를
치러야 했다. 그런가 하면 밤마다 개들이 울부짖고 흥건
한 땀 때문에 땀띠 돋은 부위가 괴로워 잠을 잘 수 없었
다. 클럽에는 모기가 너무 극성이라 구석구석 향을 피워
야 했고 여자들은 모기를 피해 다리를 베갯잇에 넣고 앉

아 있어야 했다. 오직 베럴과 엘리자베스만 더위에 무심했다. 그들은 젊었고 혈기가 왕성했다. 베럴은 대단히 극기심이 강하고 엘리자베스는 대단히 행복해서 기후 따위엔 아랑곳하지 않았다.

이즈음 클럽에서는 언쟁과 험담이 난무했다. 베럴은 모든 사람의 기분을 잡쳐놓았다. 저녁마다 한두 시간씩 클럽에 들르는 습관을 붙인 베럴은 회원들을 무시했다. 그들이 권하는 술을 거절했고, 누군가 말을 붙이면 퉁명스럽게 "네" 또는 "아뇨"가 전부였다. 래커스틴 부인 전용이었던 펑카 아래 의자에 앉아 그때그때 읽고 싶은 신문을 읽으며 엘리자베스를 기다렸고, 그녀가 오면 한두 시간쯤 춤을 추거나 이야기를 나누고는 다른 사람들에게 인사도 없이 가버리곤 했다. 한편 래커스틴 씨는 현장 캠프촌에 혼자 가 있었다. 카욕타다에 흘러드는 소문에 따르면 다양한 버마 여자들을 데리고 외로움을 달래고 있었다.

엘리자베스와 베럴은 이제 거의 매일 저녁 함께 말을 탔다. 그는 아침 관병식 후의 폴로 연습을 신성시했지만 저녁 시간만큼은 엘리자베스에게 바칠 가치가 있다고 생각했다. 총사냥과 마찬가지로 자연스럽게 승마에 취미를 붙인 그녀는 영국에서 "사냥을 많이 해봤다"고 뻔뻔스러운 거짓말을 했다. 베럴은 그게 거짓인지 대번에 알아보았지만, 그래도 최소한 그녀의 승마 솜씨는 그에게 폐가 될 정도로 나쁘지 않았다.

그들은 적토 길로 말을 달려 정글로 들어가곤 했다. 난
초로 뒤덮인 아름드리 핑카도나무 옆 개울을 건너면 좁
은 달구지 길이 나오는데, 그 길은 흙이 부드러워 말이
마음껏 질주할 수 있었다. 먼지가 많은 정글은 숨 막힐
듯 더웠고, 비를 동반하지 않는 천둥소리가 멀리서 늘 중
얼거리듯 들려왔다. 작은 흰털발제비들이 말과 보조를
맞추며 그 옆을 스치듯 휙휙 지나다니면서 말발굽을 피
해 날아오르는 파리들을 채 갔다. 엘리자베스는 적갈색
말을 타고 베럴은 흰 말을 탔다. 집으로 돌아올 때는 땀
에 젖어 거죽 색이 짙어 보이는 말들을 나란히 몰았다.
어떤 때는 무릎이 서로 스칠 만큼 가까이 붙어 말을 몰며
이야기를 나누었다. 베럴은 마음먹기에 따라 무례한 언
동을 삼가고 우호적으로 이야기할 수 있는 사람이었는
데, 엘리자베스와 있을 때가 그랬다.

아아, 함께 말을 타는 이 기쁨! 말을 타고 말의 세계에
들어와 있는 이 기쁨! 총사냥과 승마의 세계, 폴로의 세
계, 창을 쓰는 멧돼지 사냥의 세계! 베럴에게 다른 매력
이 없었다면 자신의 인생에 승마를 안겨준 것으로 그를
사랑했을 것이다. 플로리에게는 총사냥에 대해 말해달라
고 성가시게 굴었는데 베럴에게는 말에 대한 이야기를
해달라고 성가시게 굴었다. 사실 베럴은 다변가가 아니
었다. 폴로와 멧돼지 사냥, 인도 주둔 부대 목록, 부대 명

칭 등을 무뚝뚝하게 툭툭 내뱉는 몇 마디가 고작이었다. 그런데도 플로리의 그 모든 이야기로는 느끼지 못한 짜릿함을 그 짧은 몇 마디에서 느꼈다. 말 등에 앉아 있는 베럴의 모습만 봐도 백만 마디 말로도 불러낼 수 없는 상상이 펼쳐졌다. 그에게는 승마술과 군 생활이 어우러져 자아내는 독특한 분위기가 있었다. 엘리자베스는 햇볕에 그을린 얼굴과 단단하고 곧은 그의 몸에서 온갖 전기적(傳奇的) 요소와 기병의 삶에 깃든 멋지고 당당한 모습을 보았다. 그리고 인도의 서북 변경주와 기병대 클럽을 상상했다. 폴로 경기장과 마른 흙먼지가 날리는 연병장, 갈색 제복의 기수들로 이루어진 기병 대대가 긴 창을 겨누고 터번을 길게 휘날리며 질주하는 그곳. 집합 나팔 소리와 짤랑거리는 박차 소리, 빳빳한 멋진 제복을 입은 장교들이 식사를 하고 있다. 그리고 식당 밖에서는 연대 군악대가 연주를 하고 있다. 그 승마의 세계는 얼마나, 정말 얼마나 찬란한가! 그것이야말로 **그녀의** 세계다. 그녀는 그 세계에 속한다. 그 세계를 위해 태어났다. 요즘은 거의 베럴과 마찬가지로 말에 심취해 살고 말을 생각하고 말에 대한 꿈을 꾸었다. "사냥을 많이 해봤다"는 터무니없는 거짓말을 했을 뿐 아니라 자신이 그것을 거의 믿을 뻔했다.

생각할 수 있는 모든 면에서 둘의 사이는 매우 원만했다. 플로리와는 달리 베럴은 지루하지도, 속을 태우지도 않았다. (사실 요즘은 플로리 생각을 거의 하지 않았다. 어쩌다 생각이 나더라도 머릿속에 떠오르는 건 왠지 그의 얼굴 모반뿐이었다.) 베럴은 그녀보다 더 '지식인 성향'의 모든 것을 혐오했고, 이는 그들을 하나로 묶어주는 끈이었다. 한번은 그가 열여덟 살 이후론 책을 한 권도 읽은 적이 없고 정말 책을 '혐오'한다면서 "물론 '조록스 이야기'* 같은 건 예외"라고 했다. 세 번째인가 네 번째인가 말을 타고 나간 날 저녁, 래커스틴 댁 문 앞에서 작별인사를 나눌 때였다. 그때까지도 베럴은 래커스틴 부인의 모든 저녁 초대를 잘 뿌리치고 있었다. 그들의 집에는 한 발짝도 들여놓지 않았고 앞으로도 그럴 생각이 없었다. 말구종이 엘리자베스가 탄 조랑말을 인계해 갈 때 베럴이 말했다.

"우리 이렇게 하죠. 다음번에는 엘리자베스 양이 벨린다를 타요. 내가 밤색 말을 탈게요. 이젠 벨린다의 입을 다치게 하지 않을 정도로 말을 잘 다루는 것 같으니까."

벨린다는 아라비아산 암말이었다. 이 말을 소유한 지 2년이 되도록 아무에게도, 심지어 말구종에게도 타는 것을 허락하지 않았다. 그로선 상상이 가능한 가장 큰 호의를 베푼 것이다. 베럴의 사고방식을 완벽하게 헤아리고

---

* 조록스 씨는 수렵 전문 작가로 알려진 영국의 로버트 스미스 서티스(1805-1864)의 이야기들 속에 나오는 희극적인 식료품 상인으로, 통명스러운 런던 사투리를 쓴다.

있던 엘리자베스는 그 호의가 얼마나 큰 것인지 알고 고마워했다.

이튿날 저녁, 말을 타고 나갔다 집으로 돌아오는 길에 베럴이 한쪽 팔을 뻗어 어깨를 감아 엘리자베스를 안장에서 들어 올리더니 자신에게로 가까이 당겼다. 굉장한 힘이었다. 그는 고삐를 놓고 그 손으로 그녀의 얼굴을 쳐들어 마주 보았다. 그들의 입술이 맞닿았다. 베럴은 잠시 그녀를 그렇게 끌어당긴 채 있다가 곧 그녀를 땅 위에 내려놓고 자신도 말에서 미끄러지듯 내렸다. 그들은 포옹한 채 서 있었다. 땀에 젖은 그들의 얇은 셔츠가 서로 밀착했다. 그런 중에도 그는 두 말의 고삐를 팔오금에 끼고 놓지 않았다.

이와 거의 같은 시간, 30여 킬로미터 떨어진 곳에 있던 플로리는 카욱타다로 돌아가기로 마음을 먹었다. 스스로 몸을 지치게 하기 위해 돌아다니던 그는 바닥이 드러난 메마른 개울가에 인접한 정글 가장자리에 서서 큰 풀의 씨를 쪼아 먹는 이름 모를 작은 방울새류를 구경하고 있었다. 수컷은 연황색이고 암컷은 암참새처럼 생겼다. 풀줄기를 휘게 하지 못할 정도로 작은 새들이 날아가면서 그 힘으로 줄기를 채 땅으로 꺾어놓았다. 플로리는 새들을 물끄러미 바라보았지만 관심은 없었다. 전혀 흥미를 일으키지 않는 새들이 지긋지긋하다는 생각마저 들었다. 그러다 뚜렷한 목적 없이 칼을 던져 새들을 쫓았다. 그녀가 있으면 얼마나 좋을까, 그녀가 여기에 있으면! 그녀가 여기에 없으니 새며 나무며 꽃이며 모든 것이 진저리 나고 무의미했다. 날이 감에 따라 엘리자베스를 놓쳤다는 인식이 점점 더 확실해지면서 현실로 다가왔고, 결국 살아 숨 쉬는 모든 순간이 독이 되었다.

그는 어슬렁어슬렁 덩굴식물을 칼로 치면서 정글 속으로 조금 들어갔다. 팔다리가 기운이 없고 무거웠다. 그러다 어떤 관목을 덮고 뻗어나가는 바닐라나무를 보고 허리를 굽혀 홀쭉한 꼬투리의 향기를 맡아보았다. 향기는 케케묵은 느낌과 극도의 권태감을 불러일으켰다. 외로워라, 고립된 삶의 바다에 홀로 외로워라! 너무 고통스러운 나머지 주먹으로 나무를 치자 팔에 충격이 가고 손가락 관절 두 군데가 까졌다. 카욕타다로 돌아가야 한다. 어리석은 생각이었다. 두 사람 사이에 불미스러운 일이 있은 지 두 주도 채 안 되었고 그 일을 잊을 시간을 주는 것만이 관계를 회복할 수 있는 유일한 길이기 때문이었다. 하지만 그는 돌아가야만 한다. 광막하고 무심한 풀잎 속에서 홀로 상념에 갇혀 있는 이 지옥 같은 곳에서 더는 지체할 수 없었다.

좋은 생각이 떠올랐다. 교도소에서 가공되고 있는 표범 가죽을 가져다주는 것이다. 그녀를 보러 갈 좋은 핑계가 될 것이다. 일반적으로 선물을 받는 사람은 주는 사람의 이야기를 들어주기 마련이다. 이번에는 그의 말을 가로막고 아무 말도 못 하게 하는 일이 없도록 할 것이다. 설명하고 변명할 것이다. 그녀가 그에게 얼마나 부당했는지 깨닫게 해줄 것이다. 마 홀라 메이를 누구 때문에 내쫓았는데, 그런 그를 그녀 때문에 비난하다니 그건 옳지 않았다. 설마 진실을 알고도 그를 용서하지 않을까? 이번엔 그의 말을 끝까지 들어줘야 할 것이다. 그녀의 양팔을 붙들어야 한다면 그렇게 해서라도 강제로 듣게 할 것이다.

플로리는 그날 저녁 바로 카욱타다로 출발했다. 달구지 바큇자국이 팬 길을 따라 30킬로미터를 가야 했지만 플로리는 밤에 기온이 내려간다는 이유를 들어 야간 행군을 결정했다. 하인들은 거의 반란이라도 일으킬 듯 아우성이었다. 그들은 막판에 일부러 발작을 일으킨 새미 영감에게 술을 먹이고 나서야 비로소 출발할 수 있었다. 달이 뜨지 않은 밤이라 등불을 밝혀 가야 했다. 등불 빛에 플로의 눈은 에메랄드처럼, 황소들의 눈은 월장석처럼 빛났다. 해가 뜨자 하인들은 행군을 멈추고 아침을 지을 나뭇가지를 모았다. 하지만 카욱타다에 빨리 가고 싶은 플로리는 안달을 부리다 혼자 먼저 출발했다. 그는 피곤하지 않았다. 표범 가죽을 생각하면 잔뜩 희망에 부풀었다. 삼판을 타고 반짝이는 강을 건넌 그는 곧장 베라스와미 원장의 집으로 향했고 10시쯤 도착했다.

원장이 그에게 아침을 같이 먹자고 청했다. 그는 집안

여자들을 몰아내고 모습을 감추게 한 다음 그를 욕실로 데려가 씻고 면도를 하도록 했다. 원장은 식사를 하는 중에 무척 흥분해서 '그 악어'에 대한 비난에 열중했다. 바야흐로 그 거짓 반란이 일어날 때가 온 모양이었다. 식사를 마치고 나서야 표범 가죽 이야기를 꺼낼 기회가 생겼다.

"참, 그런데 원장님, 무두질해달라고 교도소에 보낸 그 가죽은 어떻게 됐어요? 아직 안 됐나요?"

"아—" 원장이 약간 당황한 기색으로 코를 문지르면서 안으로 들어갔다. 원장의 아내가 플로리를 안으로 들이는 건 안 된다며 거세게 항의를 했기 때문에 그들은 베란다로 나와 식사를 하고 있었다. 잠시 후 그가 돌돌 말린 가죽을 들고 나왔다.

"실은 말이죠—" 원장이 그것을 펼치며 입을 열었다.

"아니 이거, 원장님! 엉망이 됐잖아요! 도대체 어떻게 된 겁니까?"

"정말 미안하게 됐어요. 그러잖아도 사죄하려던 참이었어요. 이 이상 어떻게 할 수가 없었어요. 이제 교도소엔 무두질할 줄 아는 사람이 없어서 말이오."

"이런 빌어먹을! 그 죄수의 무두질은 아주 훌륭하던데!"

"네, 그렇죠. 한데 안타깝게도 그자가 3주 전에 나갔어요."

"나가다뇨? 7년 형을 사는 줄 알았는데요?"

"네? 그 얘기 못 들었어요? 무두질하는 사람이 누구인지 플로리 씨도 아는 줄 알았는데. '나 슈에 오'예요."

"나 슈에 오?"

"우 포 카인의 도움으로 탈옥한 그 노상강도 말이오."

"이런 젠장!"

이 불운한 일로 플로리는 심히 기가 꺾였다. 그렇지만 그날 오후 4시쯤, 목욕을 하고 새 옷으로 갈아입은 그는 래커스틴 씨 집으로 갔다. 그들을 방문하기엔 꽤 이른 시간이었지만 엘리자베스가 클럽에 가기 전에 그녀를 꼭 만나고 싶었다. 잠을 자다 깨서 방문객을 맞을 준비가 되어 있지 않았던 래커스틴 부인이 마지못해 그를 안으로 들였지만 의자에 앉으라는 말은 하지 않았다.

"엘리자베스는 아직 안 내려왔어요. 승마 가려고 옷을 입는 중이거든요. 전할 말을 남기고 그냥 가시는 게 좋겠는데요."

"괜찮으시다면 지금 엘리자베스를 보고 싶습니다. 우리가 함께 잡은 표범 가죽을 가져오기도 했고."

래커스틴 부인은 사람이 그런 상황에 처하면 그럴 수 있듯이 정신이 멍한 가운데 자기 몸이 비정상적으로 큰 듯한 기분을 느끼면서 그를 그대로 서 있게 두고 거실을 나갔다. 엘리자베스를 부르러 올라간 부인은 그 짬에 문밖에서 이렇게 속삭였다. "얘, 너 어서 가서 저 지긋지긋한 사람 좀 어떻게 빨리 처리해. 이 시간에 집 안에 저 사람이 있는 걸 견딜 수가 없구나."

엘리자베스가 거실로 들어오는 순간 플로리의 가슴이 얼마나 심하게 두근거렸는지 그의 눈이 잠시 눈물로 불그스레하게 흐려진 듯했다. 실크 셔츠에 승마 바지를 입은 그녀는 약간 볕에 그을린 모습이었다. 그녀가 그토록 아름다워 보인 적은 그의 기억에 처음이었다. 그는 기가 죽어 순간적으로 어찌할 바를 몰랐다. 이미 엉망이 되어 있던 용기의 찌꺼기마저 사라졌다. 그는 앞으로 나아가 그녀를 맞이하기는커녕 뒤로 물러서 버렸다. 그러다 무언가에 부딪치자 가슴을 철렁하게 하는 요란한 소리가 났다. 그가 부딪친 보조 탁자가 넘어져 백일초가 담긴 그릇이 내동댕이쳐진 것이다.

"정말 미안해요!" 그는 기겁을 하며 소리쳤다.

"아뇨, 괜찮아요! 마음 쓰지 말아요!"

그녀는 그를 도와 탁자를 바로 세우고 시종 아무 일도 없었던 것처럼 유쾌하고 여유 있게 재잘거렸다. "정말 **오랫동안** 나가 계셨네요, 플로리 씨. **낯선** 사람 같아요! 클럽에 플로리 씨가 없으니까 사람들이 **아주** 허전해했어요" 어쩌고저쩌고. 그녀는 거의 말끝마다 힘주어 말했다. 여자가 도의적 책무를 회피할 때 그러기 마련이듯 겉으로 지나치게 명랑한 체했다. 그는 그녀가 무서워졌다. 그녀의 얼굴을 똑바로 쳐다보지도 못했다. 그녀가 담뱃갑을 꺼내 권했지만 그는 사양했다. 그것을 받기엔 손이 너무 떨렸다.

"그 가죽 가져왔어요." 그가 맥없이 말했다.

방금 바로 세운 보조 탁자 위에 가죽을 펼쳤다. 너무 초라하고 볼품없어서 가져온 것을 후회했다. 그녀가 가죽을 살펴보러 가까이 다가왔다. 꽃 같은 얼굴이 한 걸음 떨어진 곳에 와 있었다. 그녀의 따뜻한 체온이 느껴졌다. 그는 얼마나 두려웠는지 황급히 뒤로 물러났다. 그와 동시에 그녀도 가죽에서 나는 고린내를 맡고 혐오감에 움찔 뒤로 물러섰다. 그것을 본 플로리는 이루 말할 수 없는 수치심에 사로잡혔다. 마치 그 악취가 가죽이 아닌 자신에게서 나는 듯한 기분이 들었다.

"정말 너무 감사해요, 플로리 씨!" 그녀는 가죽으로부터 1미터 정도 더 뒤로 물러났다. "정말 크고 **아름다운** 가죽이네요?"

"그랬었죠. 하지만 유감스럽게도 그들이 망쳐놨어요."

"원 천만에요! 가지고 있으면 좋겠는데요 뭘! 카욕타다엔 오래 계실 건가요? 현장이 얼마나 끔찍하게 더웠을까!"

"상당히 더웠죠."

그들은 한 3분 동안 날씨 이야기만 했다. 그는 어찌할 바를 몰랐다. 그녀를 만나 말하겠다고 다짐했던 것들, 그 모든 주장과 애원은 목구멍을 넘지 못하고 사그라들었다. '이 바보, 이 바보.' 그는 마음속으로 외쳤다. '너 대체 뭘 하는 거야? 이러려고 30킬로미터를 달려온 거야? 자 어서 해, 하려던 말을 하라고! 엘리자베스를 끌어안아! 네 말을 들어보라고 해. 걷어차서라도, 때려서라도! 엘리자베스가 이 시시한 이야기들로 너를 질식시키게 내버려두지 말고 무엇이든 하란 말이야!' 하지만 눈앞이 캄캄했다, 정말이지 캄캄했다. 시시하고 쓸데없는 소리 외에는 한 마디도 입 밖으로 나오지 않았다. 그녀가 특유의 명랑하고 느긋한 태도로 모든 말을 클럽의 수다 차원으로 끌어내리는데, 미처 입을 떼기도 전에 다물게 만드는데, 애원이든 주장이든 어떻게 할 수 있겠는가? 키득키득거리며 명랑함을 보이는 이 불쾌한 태도를 여자들은 대체 어디서 배우는 거지? 아마도 요즘 번성하는 신식 여학교에서 배우겠지. 탁자 위의 죽은 짐승 가죽 때문에 그의 수치심은 매 순간 더 커졌다. 누렇게 뜨고 멍청해 보이는 자신의 추한 얼굴, 불면의 밤을 보낸 탓에 주름살이 깊이 팬 얼굴, 그 얼굴에 흙을 짓이겨 묻힌 듯한 모반을 의식한 그는 목소리를 거의 잃고 서 있었다.

몇 분 지나지도 않아 그녀는 플로리로부터 벗어났다.

"그럼, 플로리 씨, 실례가 **안 된다면** 나는 이만—"

그는 말을 했다기보다는 그냥 입안으로 우물거렸다.

"언제 다시 나와 함께 외출하지 않을래요? 산책이든 사냥이든, 뭐든 좋아요."

"내가 요즘 시간이 **참** 없네요! 저녁엔 매일 바쁘고요.

오늘 저녁엔 승마를 하러 나가요. 베럴 씨하고."

엘리자베스는 그에게 상처를 주려고 마지막 말을 덧붙였는지 모른다. 그녀와 베럴이 사귄다는 건 금시초문이었다. 그는 질투로 굳은 생기 없는 어조를 억제하지 못하고 입을 열었다.

"베럴과 말을 타러 자주 나가나 봐요?"

"거의 매일 저녁 그래요. 아주 훌륭한 기병이에요! 그 사람은 완벽한 폴로 조랑말들을 가지고 있어요!"

"아. 그리고 물론 나는 폴로 조랑말이 없고요."

처음으로 진지하다 할 수 있는 말을 한 것이지만 고작 엘리자베스의 기분을 상하게 하는 데 그쳤다. 하지만 그녀는 전과 다름없이 명랑하고 느긋한 태도로 응답하며 그를 문으로 안내했다. 래커스틴 부인이 거실로 들어와 코를 킁킁거리더니 곧바로 하인들을 불러 표범 가죽을 내다 불에 태워버리라고 지시했다.

플로리는 자신의 집 정원 문 언저리에서 비둘기에게 모이를 주는 체하며 어슬렁거렸다. 고통스럽더라도 엘리자베스와 베럴이 말을 타고 나가는 것을 직접 보지 않을 수 없었다. 그녀가 그를 대한 태도는 얼마나 저속하고 잔인했던가! 사람이 이의를 제기할 만한 친절함도 베풀지 않는다는 건 지독한 짓이다. 곧 흰 조랑말을 탄 베럴이 밤색 말을 탄 말구종과 함께 래커스틴의 집으로 가는 게 보였다. 잠시 후, 베럴과 엘리자베스가 함께 나타났다.

밤색 말을 탄 베럴과 흰 말을 탄 엘리자베스가 속보로 언덕을 올랐다. 그들은 담소를 나누며 웃고 있었다. 실크 셔츠를 입은 그녀의 어깨가 그의 어깨와 매우 가까웠다. 아무도 플로리가 있는 쪽을 바라보지 않았다.

그들이 정글 속으로 사라진 뒤에도 플로리는 여전히 정원을 어슬렁거렸다. 눈부신 햇빛이 누렇게 약해지고 있었다. 정원사가 너무 과한 햇빛에 대부분 죽은 영국 꽃들을 파내고 발삼나무와 맨드라미, 그리고 더 많은 백일초를 심고 있었다. 한 시간이 지났다. 침울한 흙빛의 어떤 인도인이 집 진입로로 어슬렁어슬렁 들어왔다. 샅바 차림에 담홍색 터번을 쓴 그는 머리에 이고 있던 세탁물 바구니를 내려놓고 플로리에게 이마에 손을 대고 절을 했다.

"당신 누구요?"

"책 장수입니다요, 나리."

책 장수는 북버마의 위수지들을 떠돌아다니며 책을 파는 행상이었다. 바구니에 든 책들은 어떤 것이나 4아나였다. 구매자는 이 4아나에 아무 책이나 한 권을 얹어 주고 책 장수의 책 한 권을 받는 식이었다. 하지만 책 장수는 아무 책이나 다 받지 않았다. 그는 문맹인데도 성경책을 알아볼 수 있었고 그것만은 받지 않았다.

그런 책은 받으면 책 장수는 "안 됩니다, 나리" 하고 애원하듯 말하는 것이다. "안 돼요. 이 책은," (그러면서 탐탁지 않은 얼굴로 편평한 손에 든 성경책을 뒤집어본다), "검은색 표지에 금박 글자를 박은 이 책은 받을 수 없어요. 어째서인지 백인 나리들은 모두 이 책을 주려 하는데, 이걸 사는 분은 없어서 그래요. 이 책에 뭐가 들어 있길래 그럴까요? 분명 뭔가 악한 거겠죠."

"무슨 쓰레기 같은 책들을 가져왔는지, 전부 꺼내보게."

플로리는 에드거 월리스든 애거사 크리스티든 뭐든 재미있는 스릴러가 있는지 찾아보았다. 극도로 뒤숭숭한 마음을 진정시켜줄 수 있는 것이라면 아무거나 좋았다. 플로리가 몸을 굽히고 책을 살펴보고 있는데, 두 인도인이 정글 언저리를 가리키며 흥분된 소리를 질렀다.

"저기 봐요!" 정원사가 입을 거의 벌리지 않고 말하는 그 특유의 목소리로 외쳤다.

두 조랑말이 정글에서 벗어나고 있었다. 그러나 말을 탄 사람은 없었다. 말들은 빠른 걸음으로 언덕을 내려오고 있었다. 주인을 두고 도망친 말처럼 멍청하고 떳떳하지 않아 보였다. 말안장의 발걸이들이 흔들거리며 배 아래에 부딪쳤다.

플로리는 무의식적으로 책 한 권을 꽉 쥐고 가슴에 갖다 댄 채 가만히 있었다. 베럴과 엘리자베스는 말에서 내린 것이다. 사고가 아니다. 베럴이 낙마한다는 건 도저히 상상도 할 수 없는 일이었다. 말은 그들이 내리자 달아난 것이다.

그들이 말에서 내렸다. 무엇 때문에? 아아, 그는 무엇 때문인지 알고 있었다! 의심하고 말고 할 문제가 아니었다. 그는 **알고 있었다.** 무슨 일이 일어나고 있는지 전부 보였다. 세부까지 완벽히 그려지는, 극도로 추잡스러운, 그런 흔한 환상이 보였고 그것은 참기 어려웠다. 플로리는 책을 내동댕이치고는 실망한 책 장수를 두고 안으로 들어갔다. 그가 집 안에서 돌아다니는 소리가 하인들에게 들렸다. 그는 곧 위스키를 한 병 가져오라고 했다. 술을 한 잔 들이켰지만 전혀 도움이 되지 않았다. 그러자 큰 컵에 술을 3분의 2쯤 채우고 마시기에 알맞을 만큼 물을 섞어 단숨에 들이켰다. 구역질 날 정도로 많은 분량이 목구멍으로 넘어가기 무섭게 그만큼 한 잔 더 마셨다. 몇 년 전 현장에서도 그랬던 적이 있었다. 치과의사는 500킬로미터쯤 떨어진 곳에 있는데 치통으로 고통 받던 때였다. 평소대로 7시에 코 슬라가 들어와 따뜻한 목욕물을 준비해놓았다고 알렸다. 플로리는 재킷을 벗고 셔츠 윗부분을 풀어헤친 채 긴 소파에 드러누워 있었다.

"목욕물 준비됐어요, 타킨."

코 슬라는 아무런 대답이 없자 잠들었나 하고 플로리의 팔을 건드렸다. 플로리는 꼼짝도 못 할 정도로 취해 있었다. 바닥에는 술병이 구르며 남긴 긴 위스키 자국이 있었다. 코 슬라는 바 페를 부르고 혀를 차며 술병을 집었다.

"이거 봐, 이거! 위스키 한 병을 거의 다 마셨잖아!"

"아니, 또 무슨 일이야? 나리가 술을 끊은 줄 알았는데, 아닌가?"

"그 넨장맞을 여자 때문일 거야. 자, 그럼 조심조심 나리를 옮기자. 넌 발 쪽을 들어. 난 머리를 들게. 그래, 그렇게. 자, 들어!"

그들은 플로리를 침실로 운반해 살살 침대에 뉘었다.

"나리는 정말 그 '영국 여자'랑 결혼할 건가?" 바 페가 물었다.

"내가 어찌 알겠어. 그 여자는 이제 그 젊은 헌병의 정부래. 그들 풍습은 우리와는 달라. 난 오늘 밤 나리에게 뭐가 필요할지 알 것 같아." 코 슬라가 플로리의 바지 멜빵을 풀며 말했다. 코 슬라처럼 주인을 깨우지 않고 옷을 벗기는 기술은 독신 남성의 하인에게 꼭 필요한 것이었다.

하인들은 플로리의 습관이 원래대로 돌아온 것을 보고 싫기보다는 반가운 마음이 더 컸다. 플로리는 자정쯤 땀에 흠뻑 젖은 알몸으로 잠에서 깼다. 두개골 안에 무슨 커다랗고 날카로운 금속성 물체가 이리저리 돌아다니며 부딪치는 것처럼 머리가 아팠다. 모기장이 쳐져 있었고 어떤 젊은 여자가 침대 옆에 앉아 고리버들 부채로 부채질을 해주고 있었다. 여자의 사근사근한 흑인종 얼굴이 촛불에 비쳐 금빛 도는 청동 같았다. 그녀는 자신을 매춘부라고 소개했다. 코 슬라가 독단으로 결정해서 10루피의 화대를 주고 산 여자였다.

플로리는 머리가 갈라지는 듯했다. "제발 마실 것 좀 가져오게." 그가 가냘프게 말했다. 여자는 코 슬라가 이미 시원하게 준비해둔 소다수를 가져다주고 수건을 물에 적셔 그의 이마를 꼭 감싸주었다. 뚱뚱하고 사근사근한 여자였다. 마 사인 갈라이라고 자신을 소개한 여자는 이 일을 열심히 하는 한편 리 야이크의 가게 근처에서 쌀 바구니를 판다고 했다. 플로리는 두통이 곧 가라앉자 그녀에게 담배를 달라고 했다. 마 사인 갈라이는 담배를 가져와 천진스레 "이제 옷을 벗을까요, 타킨?" 하고 물었다.

안 될 거 없지, 하는 어렴풋한 생각이 들었다. 그는 여자가 누울 수 있게 옆자리를 내주었다. 친숙한 마늘과 코코넛 오일 냄새가 나자 가슴속 무언가가 아파왔다. 마 사인 갈라이의 두툼한 어깨를 베개 삼아 머리를 얹은 그는, 이런, 눈물을 흘렸다. 열다섯 살 이후론 한 번도 흘려본 적이 없는 눈물이었다.

20

이튿날 아침, 카욕타다의 민심이 크게 동요했다. 오랫동안 풍문으로 돌던 반란이 일어난 것이다. 그때 플로리는 막연한 소문만 들었다. 술에 취한 다음 날 행군할 수 있을 만큼 몸 상태가 좋아지자 바로 현장으로 떠났던 것이다. 그리고 며칠 지나서야 베라스와미 원장으로부터 온 장문의 분개한 편지를 읽고 그 반란의 참된 내력에 대해 알게 되었다.

원장의 편지 문체는 묘했다. 구문은 불안정하고 17세기 신학자처럼 아무 말이나 크게 강조해가며 자유분방하게 썼다. 그런가 하면 흘림체를 사용한 정도는 빅토리아 여왕에 못지않았다. 작은 글씨로 무질서하게 쓴 편지는 모두 여덟 장이었다.

친구에게(편지는 이렇게 시작되었다), —**악어의 계략**이 완성되었다는 소식을 들으면 플로리 씨도 무척 유감으로 생각할 것이오. 반란—**소위 반란이라는 것**—은 끝났어요. 아아! 그런데 반란은 내가 생각했던 것보다 더 **피**를 흘리는 사건이 되어버렸다오.

모든 일이 내가 플로리 씨에게 그럴 거라고 예언한 그대로 일어났어요. 플로리 씨가 카욕타다에 돌아온 날, 우 포 카인에게 **미혹**된 그 가엾고 한심스러운 사람들이 통와 마을과 가까운 정글에 모여 있다고 **스파이**들이 그에게 알려주었어요. 우 포 카인은 그날 밤으로 그에 못잖은—우 포 카인만 한 자가 있다는 게 가능한지는 모르겠지만—악당인 우 루갈레 경감과 함께 경관 열두 명을 거느리고 비밀리에 그리로 갔죠. 그들은 통와를 급습해 역도들을 불시에 덮쳤죠. 그런데 정글 속 폐허가 된 원두막에 있던 그들은 고작 **일곱** 명이었어요!! 벌목 현장에 나가 있던 맥스웰 씨는 반란에 대한 소문을 듣고 **자신의 소총**을 들고 때맞춰 나타나 우 포 카인과 경찰이 원두막을 습격할 때 가담했답니다. 이튿날 아침 우 포 카인의 **주구**로서 그를 위해 더러운 짓을 하는 서기관 바 세인이 반란이 일어났다고 최대한 떠들썩하게 외치고 다니라는 지시를 받고 그대로 따랐어요. 그러자 맥그리거 부판무관과 웨스트필드 관구 경찰서장, 베럴 중위가 민간 경찰 외에도 소총으로 무장한 인도병 쉰 명을 이끌고 통와로 급히 출동했죠. 하지만 그들이 그곳에 이르고 보니 상황은 이미 종료되었어요. 우 포 카인이 마을 한복판에 있는 아름드리 티크 나무 아래 앉아 **거들먹거리면서** 마을 주민들에게 설교를 하고 있더랍니다. 마을 주민들은 모두 겁을 집어먹고 이마가 땅에 닿도록 머리를 조아리며 영원히 정부에 충성을 다하겠다는 맹세를 하고요. 반란은 이미 끝이 나 있었던 거죠. 소위 웨이크사라고 하는 서커스단 마술사에 불과한 자는 우 포 카인의 **앞잡이** 노릇을 하는 사람인데 이미 어디론가 알 수 없는 곳으로 사라져버렸지만 여섯 명의 역도는 **체포**되었어요. 그렇게 끝난 거죠. 또한 사망자가 한 명 나왔다는 유감스러운 소식도 알려드려야겠군요. 맥스웰 씨가 얼마나 소총을 써보고 싶어 했는지, 역도 한 명이 달아나는 걸 보고 발포를 했답니다. 복부에 총상을 입은 그자는 죽고 말았죠. 마을 주민들은 그 일로 맥스웰 씨에게 **악감정**을 품게 된 것 같아요. 하지만 법적인 견지에서 맥스웰 씨는 괜찮은 거죠. 어쨌든 그자들은 확실히 반정부 모의를 하고 있었으니까요.

그렇지만 말이오, **친구**여, 나는 이 모든 일이 나에겐 얼마나 파멸적인지 플로리 씨는 알리라 믿어요! 이 일이 나와 우 포 카인 사이의 **알력**에 어떤 영향을 미칠지, 그에게 어떤 지대한 도움을 줄지 플로리 씨도 잘 알고 있을 겁니다. **악어의 승리**예요. 우 포 카인은 이제 이 관구의 영웅이에요. 유럽인들의 **총아**가 된 거죠. 심지어 엘리스 씨까지도 그의 행동을 칭찬했더랍니다. 우 포 카인이 역겹게 **우쭐대며** 역도의 수가 일곱이 아니라 **200명**이었다고, 자신이 권총을 들고 그들을 덮쳤다고 거짓말을 하고 다니는 걸 보면!! 우 포 카인 자신은 **안전한 거리**에서 작전을 지시하고 경찰과 맥스웰 씨가 원두막에 몰래 다가갔는데, 그런 소리 하는 걸 들으면 플로리 씨도 틀림없이 구역질이 났을 것이오. 우 포 카인은 뻔뻔하게도 "본인의 충성스러운 민첩함과 위험을 개의치 않는 용기로"라고 시작하는 보고서를 올렸답니다. 우 포 카인은 거짓말 덩어리인 그 보고서를 분명히 반란이 **일어나기 며칠 전**에 준비해두었다고 합니다. **역겨운** 일이죠. 이제 그가 승리의 절정에서 다시 마음대로 나를 모함하는 독기에 찬 중상을 시작할 걸 생각하면……

역도들이 소지하고 있던 무기는 전부 몰수되었다. 역도들이 그들을 따르는 이들과 모이면 그들과 함께 카욕타다로 행군할 때 쓰려던 병기는 다음과 같았다.

품목, 3년 전 산림청 소장 대리에게서 훔친, 왼쪽 총열이 손상된 엽총 1자루.

품목, 철도 회사에서 훔친, 함석관을 총열로 쓴 사제(私製) 총 8자루. 점화구로 못을 밀어 넣고 돌로 치면 그럭저럭 발사할 수 있을 것.

품목, 12구경짜리 탄창 39개.

품목, 티크를 깎아 만든 가짜 총 11자루.

품목, 경고탄으로 쓸 중국산 대형 폭죽 몇 개.

나중에 역도 중 두 명은 15년의 유형에, 세 명은 3년 징역형과 25대의 태형에, 한 명은 2년 징역형에 처해졌다.

보잘것없는 반란이 전체적으로 종결되었음이 분명해지고 유럽인들이 위험에서 벗어난 것으로 보이자 맥스웰은 호위를 받지 않고 현장으로 돌아갔다. 플로리는 우기가 시작될 때까지, 아니면 최소한 클럽 총회 때까지 현장에 머물 작정이었다. 회의에 참석해서 원장을 회원으로 추천해주기로 약속했지만, 이제는 플로리 자신도 고민이 생긴 데다 우 포 카인과 원장 사이의 알력과 음모의 전반을 생각하면 넌더리가 났다.

몇 주가 꾸물꾸물 흘러갔다. 더위가 지독해졌다. 때가 지났는데도 비가 오지 않아 공기 자체가 발열하는 것 같았다. 플로리는 건강이 좋지 않은데도 쉬지 않고 일했다. 그러면서 십장에게 맡겨둬야 할 사소한 일까지 일일이 신경을 쓰자 인부들은 물론 하인들까지 그를 미워했다. 시간을 가리지 않고 술을 마셨지만 술로도 생각을 딴 데로 돌릴 수 없었다. 엘리자베스가 베릴의 품에 안겨 있는 모습이 신경통이나 귀앓이처럼 끈질기게 그를 괴롭혔다. 그 생생하고 역겨운 모습이 때를 가리지 않고 떠올라 생각을 흩뜨리는가 하면, 잠의 언저리에서 그를 잡아챘고, 입에 들어가는 음식 맛은 먼지 같았다. 이따금 야만스럽게 벌컥 화를 내는가 하면, 한번은 코 슬라를 때리기도 했다. 무엇보다 끔찍했던 것은 상세하게 떠오르는 상상이었다. 언제나 상세하게 떠오르는 그 추잡한 행위. 그 일이 실제로 벌어졌음을 입증해주는 듯 상상의 내용이 더할 나위 없이 상세했다.

자기 것이 될 수 없는 여자를 욕구하는 것보다 더 품위 없고 치욕적인 일이 세상에 또 있을까? 지난 몇 주 동안 플로리의 머릿속엔 늘 외설과 살의밖에 없었다. 그것은 질투의 일반적인 영향이었다. 그는 한때 엘리자베스를 정신적으로, 사실은 감상적으로 사랑했었다. 그녀의 애무보다는 동정을 간절히 원했었다. 그런데 그녀를 잃어버린 지금은 더없이 속된 욕정으로 괴로워했다. 더는 그녀를 이상화하지도 않았다. 그녀를 거의 있는 그대로 보았다. 어리석고 속물적이고 박정한 여자. 그래도 그녀를 향한 갈망은 달라지지 않았다. 그런다고 그게 어디 달라지랴? 시원한 밤공기 속에서 자려고 침대를 텐트 밖으로 옮겨놓고 작업반 십장의 고함 소리가 간간이 울려 퍼지는 검은 우단 같은 하늘을 바라보며 누워 있을 때면 머릿속에 드나드는 영상들 때문에 자신이 혐오스러웠다. 자신을 이긴 우월한 사람에 대한 이 시기는 정말 저열했다. 질투라는 말조차 아까운 한낱 시기였다. 무슨 권리로 질투를 한단 말인가? 과분할 만큼 젊고 예쁜 여자에게 구애를 했으니 거절당해 마땅했다. 퇴짜 맞을 만했다. 그 결정에 불복하는 호소도 하지 않았다. 무엇으로도 다시 젊어질 수 없고, 얼굴의 모반을 없앨 수도 없고, 오랜 세월의 외로움으로 인한 방탕한 생활을 없었던 것으로 할 수도 없는 노릇이었다. 우월한 인물이 그녀를 취하는 것을 가만히 바라만 보며 질투할 수밖에 없었다. 그것은 마치—아니, 비유를 들 만한 가치도 없었다. 시기는 매우 불쾌한 감정이다. 감출 수 없다는 점에서, 비극으로 승화시킬 수 없다는 점에서 시기는 다른 모든 종류의 괴로움과 다르다. 시기는 단순히 괴로운 정도를 넘어 역겨운 감정이다.

하지만 한편 그의 의심은 사실과 맞아떨어지는 것이었을까? 베럴은 정말로 엘리자베스의 연인이 되었을까? 사실을 알 수는 없었지만 전반적으로 봤을 때 그럴 가능성은 없었다. 만일 그들이 연인 사이가 되었다면 카욱타다 같은 곳에서 그 사실을 감출 수는 없었을 테니 말이다. 그랬다면 다른 사람은 몰라도 래커스틴 부인만큼은 그들의 관계를 짐작했을 것이다. 어쨌든 베럴이 아직은 청혼을 하지 않았다는 것 하나는 분명했다. 한 주가 지나고, 두

주, 석 주가 지났다. 인도의 작은 위수지에서 석 주는 무척 긴 시간이다. 베럴과 엘리자베스는 매일 저녁 함께 말을 타고 밤에는 춤을 추었다. 하지만 베럴은 래커스틴 씨의 집에 한 번도 들어가지 않았다. 물론 엘리자베스에 관한 추문은 끝이 없었다. 마을의 모든 동양인들은 그녀가 베럴의 정부임을 당연시했다. 우 포 카인의 소견은 어떠했는가 하면(그는 본질을 옳게 꿰뚫어 보지만 세부 사항에 대해서는 틀리는 경향이 있었다), 엘리자베스는 플로리의 첩이었는데 베럴이 돈을 더 많이 주니까 그를 버리고 베럴에게 갔다는 것이었다. 엘리스도 엘리자베스에 관한 소문을 꾸며냈고 이는 맥그리거 부판무관을 당황하게 만들었다. 그런 추문을 듣지 못했지만 날이 갈수록 친척으로서 마음이 불안해진 래커스틴 부인은 엘리자베스가 말을 타러 나갔다 들어올 때마다 기대에 부풀어 그녀를 맞았다. "오오, 숙모! 무슨 일이 있었는지 맞혀보세요!" 그러고는 기쁜 소식을 터뜨리는 상상. 하지만 그런 소식은 날아들지 않았다. 래커스틴 부인은 아무리 엘리자베스의 얼굴을 이리저리 뜯어보아도 아무것도 알아챌 수 없었다.

석 주가 지나자 초조해진 래커스틴 부인은 마침내 은근히 화가 났다. 남편이 현장 캠프촌에 혼자 가 있는 것을 생각하면 애가 탔다. 결국 남편을 혼자 가게 한 것은 엘리자베스에게 베럴을 엮을 기회를 주기 위해서가 아니었던가(래커스틴 부인이 그렇게 저속하게 말했으리란 것은 아니다). 하루는 잔소리를 하면서 엘리자베스를 에둘러 을렀다. 길게 뜸을 들여가면서 한숨 어린 독백으로 대화를 이어갔지만 엘리자베스로부터 일언반구도 없었다.

래커스틴 부인은《태틀러》지의 사진에 나오는 현대 여성들에 대한 일반적인 소견을 꺼내는 것으로 이야기를 시작했다. 그들은 남자들 눈에 지지리 **싸구려**처럼 보이도록 파자마 같은 해변 의상을 입고 돌아다니는 방탕한 여자들이라는 것이었다. 여자는 스스로를 싸구려로 보이게 해서는 **절대로** 안 된다고도 덧붙였다. 여자는 스스로를—'값싼'의 반대는 '비싼'인 것 같았고 이 말은 적절하지 않았다는 생각이 들자 래커스틴 부인은 말하는 도중에 화제를 바꿨다. 그러더니 본국에서 온 어떤 편지를 언급했다. 버마에 한참 있었지만 어리석게도 결혼 문제를 등한시했다는 그 불쌍한, 정말 **불쌍한** 여자의 뒷소식을 들려주었다. 그녀의 고초는 실로 애달픈 것이었다. 그걸 보면 여자는 상대가 누구든, **말 그대로** 누구든 가릴 것 없이 기꺼이 결혼해야 한다는 것을 알 수 있었다. 그 불쌍한, 정말 불쌍한 여자는 일자리를 잃고 오랫동안 굶다시피 하다가 어떤 집 주방의 천한 하녀로 일하게 되었는데, 야비하고 무서운 요리사가 그녀를 못살게 군다는 이야기는 정말 충격적이었다. 부엌의 바퀴벌레 이야기에는 한마디로 할 말을 잃을 지경이었다! 바퀴벌레라면 엘리자베스가 최고로 징그러워하는 거잖아? 바퀴벌레라니!

래커스틴 부인은 바퀴벌레 이야기가 엘리자베스의 의식에 파고들도록 얼마간 입을 다물고 있다가 이렇게 덧붙였다.

"우기가 시작되면 베럴 씨가 우리를 두고 떠날 테니 참으로 안타까운 노릇이구나. 카욕타다가 텅 빈 듯 아주 허전할 텐데!"

"우기는 보통 언제 시작돼요?" 엘리자베스는 최대한 아무렇지도 않은 체하며 물었다.

"이 북쪽 지방에서는 6월 초쯤이면 시작되지. 이제 한 주나 두 주면……. 얘, 이 말을 또 꺼내는 건 터무니없는 것 같지만 말이다, 나는 그 불쌍한, 정말 불쌍한 그 여자가 부엌의 바퀴벌레들 사이에 있는 모습을 머릿속에서 떨쳐버릴 수가 없구나."

그러고 나서도 그날 저녁 래커스틴 부인은 바퀴벌레에 대한 이야기를 재삼 거론했다. 그리고 이튿날이 되어서야 중요하지 않은 소문을 툭 던지는 듯한 어조로 말했다.

"그런데 말이야, 6월 초면 플로리가 카욕타다에 올걸. 클럽 총회에 참석할 거라고 했거든. 그 사람 언제 한번 저녁 식사에 초대하면 어떨까 해."

플로리가 표범 가죽을 가져온 날 이후 그들 사이에 그의 이름이 언급된 건 처음이었다. 몇 주 동안 잊은 거나 다름없던 플로리가 두 여자의 머릿속에 우울한 고육책으로 귀환했다.

사흘 뒤, 래커스틴 부인은 남편에게 카욱타다로 돌아 오라는 전갈을 보냈다. 집으로 돌아와 휴식을 취해도 될 만큼 오랫동안 현장에 나가 있던 그는 혈색이 더 좋아져 서 돌아왔지만—볕에 타서 좋아 보이는 거라고 해명했 는데—수전증이 생겼는지 담뱃불도 제대로 못 붙였다. 그런데도 그날 저녁 교묘한 수를 써서 래커스틴 부인의 외출을 유도한 다음 엘리자베스의 방에 들어가 기세 좋 게 강간을 시도하는 것으로 귀가를 기념했다.

　한편 중요한 지위에 있는 인물들이 모르는 반정부 선 동이 추가로 진행되고 있었다. 그 웨이크사(지금은 멀리 마르타반의 순진한 마을 사람들에게 현자의 돌을 팔고 있었 다)의 언행이 의도했던 것보다 조금 더 주효했는지 어쨌 는지 또 한 번의 소요 사태가 일어날 조짐이 보였다. 아 마도 아무런 결실이 없는 산발적인 폭동일 터였다. 우 포 카인조차 아직 아무것도 모르고 있었다. 그러나 여느 때 처럼 이번 싸움도 천신은 그의 편인 듯했다. 추가적인 반 란은 첫 번째 반란을 실제보다 더 심각했던 것으로 생각 하게 만들고 그의 명예에 보탬이 될 것이기 때문이었다.

21

서풍아, 서풍아, 언제 불어오련? 그래야 부슬비가 내리지 않겠니?* 6월 1일, 총회가 열리는 날이었다. 비는 아직 한 방울도 내리지 않았다. 클럽 통로를 올라가고 있는 플로리의 모자 챙 밑으로 비스듬히 비쳐 드는 오후의 햇볕은 목을 따갑게 태울 정도로 여전히 맹렬했다. 정원사가 물을 담은 등유 통 두 개를 물지게에 달아 짊어지고 비틀거리며 나르고 있었다. 가슴의 근육이 땀으로 번질번질한 그는 멍에를 털썩 내려놓고 홀쭉한 갈색 다리에 물을 조금 뿌린 다음 이마에 손을 대고 플로리에게 절했다.

＊ 18세기경부터 전해 내려오는 작자 미상 시의 일부로, 연인을 그리워하며 재회를 갈망하는 마음을 담고 있다.

"여어, 정원사, 비는 오는 거요?"

정원사가 몸짓으로 서쪽을 가리키는 둥 마는 둥 했다. "저기 산에 붙들렸습니다, 사이브."

카욕타다는 거의 둥글게 산에 둘러싸여 있었는데, 이른 비구름이 산에 걸려 넘어오지 못하고 거의 6월 말이나 되어야 비가 오는 경우도 있었다. 괭이로 파놓은 화단 여기저기에 어수선하게 쌓인 흙뭉텅이들이 회색으로 변해 콘크리트처럼 단단히 굳어 있었다. 라운지로 들어가보니 웨스트필드가 대발을 말아 올린 베란다 옆에서 빈둥거리며 강을 내다보고 있었다. 베란다 밑에서 하인 하나가 널따란 바나나 잎으로 햇볕을 가리고 누운 채 발에 건 펑카 줄을 당기고 있었다.

"여어, 플로리! 자네 살이 아주 많이 빠졌는걸."

"자네도."

"흠, 그래. 염병할 날씨 때문이지. 식욕은 없고 술 생각만 나니까. 넨장, 개구리들이 개골개골 우는 소리가 들리기 시작하면 참 반가울 거야. 우리 다른 사람들 오기 전에 한잔하세. 집사!"

"총회에 누가 참석하는지 알아?" 플로리가 물었다. 집사가 위스키와 미지근한 소다수를 내왔다.

"전원 다 오겠지 뭐. 현장에 나갔던 래커스틴은 사흘 전에 돌아왔어. 그거참, 마누라와 떨어져서 아주 신났었나 봐! 경감이 그 친구 현장 캠프촌에서 무슨 일이 벌어졌는지 말해주더군. 매춘부들이 아주 많았대. 어디선가 실어 나른 거지, 특히 카욕타다에서. 그 친구 마누라가 클럽 청구서를 보면 호되게 경을 칠 게 뻔해. 2주 동안 위스키가 열한 병이나 그리로 보내졌다더군."

"베럴 그 어린 친구도 와?"

"아니, 그 친구는 임시 회원일 뿐인 걸. 정회원이라도 수고스럽게 올 사람은 아니지, 애송이 녀석. 맥스웰도 안 올 거야. 아직 현장을 떠날 수 없다더군. 투표를 하게 되면 엘리스에게 대신 해달라고 전갈을 보내왔다네. 그런데 뭐 투표고 뭐고 할 게 뭐 있을까 싶어, 안 그래?" 그는 마지막 말을 할 때 곁눈으로 플로리를 쓱 쳐다보았다. 이 문제를 놓고 싸웠던 것을 두 사람 모두 기억하고 있었던 것이다.

"아무래도 결정은 맥그리거에게 달려 있겠지."

"내 말은 말이야, 원주민을 회원으로 뽑는다는 허튼소리는 이제 안 하지 않겠냐는 거지. 지금은 그럴 시기가 아니잖아. 반란도 일어났었고 하니까 말이지."

"그런데 반란은 대체 어찌 된 거야?" 플로리가 물었다. 아직은 원장을 천거하는 문제로 다투고 싶지 않았다. 안 그래도 몇 분 후면 시끄러운 일이 차고 넘칠 터였다. "다른 소식은? 그들이 한 번 더 반란을 시도하려나?"

"아니. 다 끝났지 뭐. 항복했는걸. 누가 겁쟁이들 아니랄까 봐. 빌어먹을 관구 전역이 여학교처럼 조용해. 아주 실망스러워."

플로리는 심장이 멎는 것 같았다. 옆방에서 엘리자베스의 음성이 들려왔기 때문이었다. 이때 맥그리거가 들어오고 엘리스와 래커스틴이 그 뒤를 따라 들어왔다. 이렇게 해서 최소 득표 정족수가 채워졌다. 클럽의 여성 회원들에게는 투표권이 없기 때문이었다. 실크 정장 차림의 맥그리거는 이미 옆구리에 클럽 장부를 끼고 있었다. 클럽 회의와 같은 사소한 일에 우습게도 거반 공적인 태도를 갖추었다.

"다들 모이신 것 같으니까, 그럼 이제 ― 아, 그렇지 ― 우리의 과업에 착수해볼까요?"

"해보시오, 맥더프." 웨스트필드가 앉으면서 말했다.

"누가 집사 좀 불러주겠나." 래커스틴이 말했다. "내가 집사 부르는 소리를 마누라가 들을까 봐서 말이야."

"의사일정을 진행하기 전에," 맥그리거가 다른 사람들이 한 잔씩 들었을 때 자신은 술을 사양하고 말했다. "지난 반년에 대한 회계 보고를 모두들 바라시겠죠?"

그들은 딱히 회계 보고를 바라지 않았지만 이런 일들을 즐기는 맥그리거는 아주 면밀하게 수입과 지출 내역을 보고했다. 플로리는 다른 생각에 정신이 팔려 있었다. 곧 한바탕 언쟁이 벌어질 터였다 ― 아, 그 지긋지긋한 언쟁! 그가 결국 원장을 회원으로 추천한다는 것을 알면 이들은 난리를 칠 것이다. 언쟁이 벌어졌을 때 옆방에 있는 엘리자베스에게 그 소리가 제발 들리지 않아야 할 텐데. 그녀가 괴롭힘당하는 그를 보면 더 경멸할 것이다. 오늘 저녁 그녀를 보게 될까? 그와 이야기를 하려 할까? 그는 400여 미터에 이르는 반짝이는 강물 건너편을 응시했다. 건너편 기슭에 초록색 강바웅을 쓴 한 무리의 사람들이 삼판 옆에서 대기하고 있었다. 가까운 쪽 강기슭을 끼고 흐르는 물길에는 커다랗고 어설픈 인도 바지선이 천천히, 필사적으로 급물살을 거슬러 올라가고 있었다. 뼈만 앙상한 드라비다인 노잡이 열 명이 노를 한 번 저을 때마다 앞으로 달리듯 나아가 하트 모양의 깃이 달린 긴 원시적 노를 물속에 찔러 넣었다. 빈약한 몸으로 노를 잡고 발을 힘껏 디딘 그들은 몸부림치며 노를 잡아당겼다. 그러면 육중한 선체가 1미터나 2미터쯤 앞으로 나아갔다. 이어 물의 흐름에 배가 뒤로 밀려나지 않도록 다시 얼른 앞으로 헐레벌떡 튀어 나가 노를 물에 꽂았다.

"그럼 이제," 맥그리거 부판무관은 좀 더 진지하게 말했다. "이번 의사일정의 주요 안건으로 넘어가겠습니다. 물론 이건—음—달갑지 않지만 다루지 않을 수 없는 문제인데요. 즉 원주민 회원 선출에 관한 겁니다. 전에 이 문제를 논의했을 때—"

"도대체 뭐야!"

엘리스는 말을 가로막고 흥분에 휩싸여 자리에서 벌떡 일어섰다.

"도대체 뭐야! 설마 그 얘기를 또 시작하려는 건 아니겠지? 최근에 일어난 일들을 겪고도 염병할 깜둥이를 회원으로 받아들이자는 얘기를 하다니! 정말 놀랍군. 난 이번엔 플로리도 그건 포기했으리라 생각했거든!"

"우리 친구 엘리스가 놀란 것 같군요. 이 문제는 전에도 한번 논의했을 텐데요."

"전에도 논의했던 거란 걸 내가 몰라서 그러나! 우린 그때 우리가 이 문제를 어떻게 생각하는지 말했지. 정말이지―"

"우리 친구 엘리스가 잠깐 좀 앉아주면―" 맥그리거 부판무관이 참을성 있게 말했다.

엘리스가 의자에 도로 털썩 앉으면서 "망할, 말도 안 되는 소리!"라고 소리쳤다. 플로리는 강 건너의 버마인들이 배를 타는 것을 보고 있었다. 그들은 무언가 길고 다루기 불편한 꾸러미를 삼판에 싣고 있었다. 맥그리거 부판무관이 서류 파일에서 편지 한 장을 꺼냈다.

"아무래도 이 문제가 제기된 경위부터 설명하는 게 좋겠군요. 정부에서 회람을 돌렸다고 판무관님이 말씀하시더군요. 원주민 회원이 없는 클럽은 적어도 한 명을 회원으로 뽑으라는 겁니다. 즉 자동 입회를 말하는 겁니다. 회람에 어떻게 쓰여 있냐 하면―아 그렇지! 여기 있네. '지위가 높은 원주민 관리들에게 사회적 모욕을 주는 건 잘못된 정책이다.' 나는 단호히 동의하지 않는다고 말할 수 있습니다. 우리 모두가 마찬가지일 거라고 믿어 의심치 않습니다. 우리 실무자들의 시각은 상부에서 우리 일에 방해나 하는 그—아 그렇지—패짓계 국회의원들과는 많이 다르거든요. 판무관님의 생각도 나와 같습니다. 하지만—"

"하지만 그건 모두 염병할 허튼소리고!" 엘리스가 소리를 질렀다. "판무관이든 누구든 이 일과 무슨 상관이야? 빌어먹을 여긴 우리 클럽인데 우리 맘대로 못 한단 말인가? 우리가 근무 후에 뭘 하든 지들이 무슨 권리로 이래라저래야!"

"암!" 웨스트필드가 말했다.

"앞서들 가지 말고 들어보세요. 내가 이 문제를 다른 회원들에게 안건으로 상정해야 할 거라고 판무관님에게 말했습니다. 그러자 판무관님이 이런 방침을 제시했어요. 만일 이 안건이 조금이라도 회원들의 지지를 받으면 원주민 회원을 선출하는 게 좋겠다고요. 그러니 클럽 전원이 반대를 하면 그만둘 수 있다는 얘기입니다. 만장일치로 반대해야 한다는 거죠."

"그야 보나 마나 만장일치지." 엘리스가 말했다.

"그 말은 원주민 회원을 받아들이고 말고는 우리에게 달린 문제란 거죠?"

"그런 뜻으로 볼 수 있다는 게 내 생각입니다."

"뭐 그럼 우린 전원 반대한다고 합시다."

"보고할 때 제발 아주 단호하게 말하세요. 이런 건 처음부터 단호히 종지부를 찍는 게 좋아요."

"옳소, 옳소!" 래커스틴 씨가 난폭한 목소리로 말했다. "깜둥이 얼간이들은 얼씬도 못 하게 해야지. 단결해서 말이야."

그들은 이런 경우에는 반드시 래커스틴 씨에게서 정상적인 의견이 나올 것을 기대할 수 있었다. 그는 마음속으로는 영국령 인도 제국이야 어떻게 되든 신경 쓴 적이 없었다. 동양인이건 백인이건 누구와도 즐겁게 술을 마시는 그였지만 누군가 무례한 하인에게 대나무 곤장을 치자거나 독립주의자들에게 끓는 기름 형벌을 내리자고 주장하면 언제나 선뜻 "옳소, 옳소!"를 외쳤다. 술을 좀 좋아하고 어쩌고 해도 자신은 애국자임을 자랑했다. 그것은 그가 자신의 훌륭함을 보이는 형식이었다. 맥그리거 부판무관은 전체적으로 의견이 일치하는 것을 보고 내심 안도했다. 동양인을 회원으로 선출해야 한다면 그것은 베라스와미 원장이어야 할 터이기 때문이었다. 그는 나슈에 오의 미심쩍은 탈출 이후 원장을 깊이 불신하고 있었다.

"그럼 전원이 반대하는 걸로 알아도 될까요? 그렇다면 판무관님께 그렇게 보고하겠습니다. 그게 아니라면 선출할 후보에 대한 논의를 시작해야 할 테고요."

플로리가 일어섰다. 자신의 의견을 말해야만 했다. 겁

이 나서 질식할 것만 같았다. 맥그리거 부판무관의 말로 미루어 원장이 회원이 되고 말고는 자신의 말 한마디에 달린 문제임이 분명했다. 하지만 아아, 그건 얼마나 지겨운 일인가, 얼마나 성가신 일인가! 얼마나 끔찍한 소동이 벌어질까! 원장에게 약속을 하지 않았더라면 얼마나 좋았을까! 어쨌든 약속을 했고 그 약속을 깰 수는 없었다. 얼마 전만 해도 그는 훌륭한 푸카 사이브이니만큼 그 약속을 정말 쉽게 깰 수 있었을 텐데! 하지만 이제는 그럴 수 없었다. 끝까지 해보지 않을 수 없었다. 그는 모반이 잘 안 보이도록 약간 비스듬히 선 채 이야기했다. 목소리부터 이미 풀기가 없고 떳떳하지 못한 느낌이 들었다.

"우리 친구 플로리가 무슨 제안을 하려나 보군요?"

"네. 베라스와미 원장을 클럽 회원으로 추천합니다."

세 사람이 경악하며 크게 고함을 질렀다. 맥그리거 부판무관이 탁자를 세게 두드려 옆방에 여자들이 있음을 상기시켰다. 엘리스는 전혀 아랑곳하지 않았다. 자리에서 벌떡 일어난 그의 코 주변이 납빛으로 변했다. 그는 금방 주먹다짐이라도 할 듯이 플로리를 마주하고 섰다.

"야 이 얼간아, 그 발언 취소하지 않을래?"

"아니, 못 해."

"이 느끼한 새끼야! 깜둥이 낸시 보이 주제에! 이 멍청이 같은 비열한 개새끼가!"

"조용!" 맥그리거 부판무관이 소리쳤다.

"아니 저 새끼 좀 봐, 저 새끼!" 엘리스가 울먹이다시피 소리쳤다. "배불뚝이 깜둥이 하나를 위해 우릴 저버리다니! 우리가 그렇게 실컷 말했건만! 우리가 단결하기만 하면 이 클럽에서 영원히 마늘 냄새가 안 나게 할 수 있는데! 빌어먹을 저렇게 뭐같이 행동하는 새끼를 보면 내장까지 토해낼 거 같지 않아?"

"그 말 취소하게, 플로리, 이봐!" 웨스트필드가 말했다. "빌어먹을 바보처럼 굴지 말고!"

"완전히 볼셰비키로구먼, 염병할!" 래커스틴 씨가 말했다.

"내가 당신들이 뭐라든 신경 쓸 거 같아? 그게 당신들과 무슨 상관인데? 맥그리거가 결정할 문제잖아."

"그럼 자넨—아아—그 결정을 고수할 건가?" 맥그리거 부관무관이 우울한 표정으로 물었다.

"그래요."

맥그리거 부관무관이 한숨을 쉬었다. "유감이군! 음, 그렇다면 나로선 달리 선택의—"

"설마, 아니야, 안 돼!" 엘리스가 광분해서 날뛰며 소리쳤다. "굴복하지 마! 표결에 부쳐. 그리고 만일 저 개자식이 우리와 같이 검은 공을 집어넣지 않으면 저 개자식부터 클럽에서 쫓아내자고. 그런 다음—그땐 뭐 뻔하지! 집사!"

"사이브!" 집사가 대답하며 나타났다.

"가서 투표함하고 공 가져오게." 그는 지시대로 집기를 가져온 집사에게 거칠게 말했다. "그럼 가봐!"

소란하던 장내 분위기가 착 가라앉았다. 무슨 까닭인지 펑카도 멈췄다. 맥그리거 부판무관은 불만스럽지만 공평함을 보이는 태도로 일어나 각각 검은 공과 흰 공이 든 서랍 두 개를 투표함에서 꺼냈다.

"우리 모두 규칙에 따라 진행해야 합니다. 플로리 씨가 민간 외과의사인 베라스와미 원장을 본 클럽의 회원으로 추천했습니다. 내 생각엔 잘못되었어요, 아주 잘못하는 겁니다. 하지만—! 본 사안을 투표에 부치기 전에—"

"에잇, 이걸 갖고 뭐 그렇게 거창하게 그래?" 엘리스가 말했다. "이건 내 표! 그리고 이건 맥스웰 표." 그가 검은 공 두 개를 투표함에 넣었다. 그러더니 갑자기 분노가 복받치는지 흰 공이 든 서랍을 집어 바닥에 내던지듯 공들을 쏟아버렸다. 공들이 사방으로 흩어져 굴렀다. "자! 저걸 넣고 싶으면 어디 하나 주워서 해봐!"

"이런 바보 같은 놈! 그래봤자 무슨 소용이 있을 거 같아?"

"사이브!"

그들 모두 깜짝 놀라 두리번거렸다. 그들을 부른 하인이 베란다 난간 위로 상체를 내밀고 눈을 희번덕거렸다. 밖에서 베란다로 기어오른 것이다. 깡마른 그는 한쪽 손으로 난간을 잡고 다른 손으로는 강 쪽을 가리켰다.

"사이브! 사이브!"

"무슨 일이야?" 웨스트필드가 물었다.

모두 창가로 몰려갔다. 플로리가 본 강 건너의 삼판이 클럽 잔디밭 기슭에 닿아 있었다. 한 사람이 삼판의 균형을 잡으려고 기슭의 관목을 붙들고 있고 초록색 강바웅을 쓴 버마인이 배에서 내리려는 참이었다.

"맥스웰 밑에서 일하는 삼림 경비원이잖아!" 엘리스가 조금 전과 다른 목소리로 말했다. "맙소사! 뭔가 사달이 났군!"

삼림 경비원이 맥그리거 부관무관을 보더니 딴 데 정신이 팔린 모양으로 후다닥 이마에 손을 대고 절을 하고는 돌아서 삼판을 마주했다. 뒤이어 농부 네 사람이 삼판에서 내렸다. 그들은 플로리가 멀리서 본 이상한 짐을 들어 어렵사리 뭍으로 내렸다. 길이가 180센티미터쯤 되는 그것은 미라처럼 천으로 둘둘 싸여 있었다. 클럽 모든 사람들의 오장육부가 꿈틀했다. 삼림 경비원이 베란다를 쳐다보더니 곧장 올라갈 계단이 없는 걸 깨닫고 건물 주위를 돌아 문 쪽으로 갔다. 그들은 장례식 관을 나르는 이들처럼 그 짐의 네 곳을 어깨에 얹어 들고 걸었다. 집사가 날듯이 다시 라운지로 들어왔다. 그의 얼굴마저 그 나름대로 창백해져, 아니 잿빛이 되어 있었다.

"집사!" 맥그리거가 날카롭게 불렀다.

"나리!"

"빨리 가서 카드방 문 닫게. 계속 닫고 있어. 멤사이브들이 보지 못하게 하게."

"네, 나리!"

짐을 지고 복도를 걸어오는 버마인들의 묵직한 발소리가 들렸다. 앞장선 사람이 로비로 들어서다 비틀거리더니 넘어질 뻔했다. 바닥에 흩어져 있던 흰 공을 밟은 것이다. 버마인들은 짐을 내려놓은 뒤 합장을 하고 약간 고개를 숙인 채 이상하리만치 경건한 태도로 그것을 내려다보며 섰다. 웨스트필드가 무릎을 꿇고 앉아 천을 잡아젖혔다.

"맙소사! 이 친구 좀 봐!" 그러나 그는 그리 크게 놀라지 않았다. "가여운 녀석!"

래커스틴은 양 울음 비슷한 소리를 내며 로비의 먼 쪽 구석으로 물러났다. 그 짐이 삼판에서 뭍에 내려진 순간 그들은 모두 그 안에 무엇이 들어 있는지 직감으로 알았다. 그것은 맥스웰의 시체였다. 그가 총으로 쏴 죽인 사람의 친척 둘이 버마 칼로 그를 토막 내다시피 해서 죽인 것이다.

22

맥스웰의 죽음은 카욕타다에 엄청난 충격을 안겨주었다. 이 사건은 버마 전역에 충격을 줄 뿐 아니라 이 가련한 청년의 이름이 잊힌 지 오랜 시간이 흐른 뒤에도 세간에—"카욕타다 사건, 기억나?"—회자될 게 뻔했다. 하지만 순전히 일신상의 차원에서 이 일로 크게 슬퍼하는 사람은 없었다. 맥스웰은 거의 보잘것없는 사람—좋은 사람의 탈을 쓴 버마의 영국인 1만 명과 다름없는 그저 '좋은 사람'—이었고 친한 친구도 없었던 것이다. 그의 죽음을 진정으로 애도하는 유럽인은 없었다. 그렇다고 그들이 분노하지 않은 것은 아니다. 오히려 반대로 당장에는 거의 미친 듯이 분노했다. **백인**이 살해당했다는 것은 용서할 수 없는 일이었기 때문이다. 그런 일이 발생하면 동양의 영국인 사회는, 말하자면, 부들부들 떤다. 매년 800여 명의 버마인이 살해당할 테지만 그것은 아무 문제도 되지 않는다. 하지만 **백인**은 단 한 명만 살해되어도 신성 모독처럼 극악무도한 행위로 취급받는다. 그들은 가엾은 맥스웰의 피살에 대해 복수를 해야 한다는 점을 분명히 했다. 그러나 그의 시체를 가져왔고 평소 그를 좋아했던 삼림 경비원과 그의 하인 한둘만이 그의 죽음 앞에 조금이나마 눈물을 흘렸다.

한편 이 일을 반긴 사람은 사실상 우 포 카인 외에 한 사람도 없었다.

"이 일은 하늘이 우리에게 내려준 선물임이 분명해!" 우 포 카인이 마 킨에게 말했다. "내가 계획해도 이걸 능가할 수는 없을 거야. 내가 말하는 반란을 심각한 것으로 받아들이게 하려면 약간의 유혈 사태가 필요했는데 바로 이런 일이 생기다니! 정말이지 난 말이야, 킨 킨, 하루하루 갈수록 더욱 어떤 초자연적인 힘이 나를 위해 작용하고 있다는 확신이 들어."

"코 포 카인, 당신 정말 남부끄러운 줄 모르는구려! 난 당신이 어떻게 그런 말을 서슴지 않고 하는지 정말 모르겠어요. 당신 영혼에 살인죄가 씌워지는데 떨리지도 않아요?"

"뭐! 내가? 내 영혼에 살인죄가? 무슨 말을 하는 거야? 난 평생 닭 한 마리 죽이지 않았는데."

"하지만 이 가엾은 청년의 죽음으로 이득을 보잖아요."

"이득을 보다니! 물론 이득을 보지! 그래서 뭐, 안 될게 뭐지? 누군가 살인을 저지른 게 내 잘못인가? 어부는 물고기를 잡고 그걸로 벌을 받겠지만, 그걸 먹는 우리도 벌을 받나? 물론 아니지. 기왕에 죽은 물고기를 먹는 게뭐 어때? 당신은 그 경전을 읽어도 좀 잘 읽어."

이튿날 아침 식사 전 장례식이 거행되었다. 베럴을 제외한 모든 유럽인들이 참석했다. 그는 공동묘지와 거의 비슷한 높이의 마이단에서 열심히 말을 달리고 있었다. 장례식은 맥그리거 부판무관이 집전했다. 몇 안 되는 유럽인 무리가 토피를 벗어 들고 무덤 주위에 섰다. 다들 옷 보관함 밑바닥에서 끄집어내 입었을 짙은 색 양복에 땀을 쏟아내고 있었다. 눈부신 아침 햇살이 그들의 얼굴을 무자비하게 두드렸다. 그 얼굴들은 꼴사납고 초라한 복장에 대비되어 어느 때보다 더 누르스름했다. 엘리자베스를 제외한 모든 사람들의 얼굴이 주름지고 늙어 보였다. 베라스와미 원장을 비롯한 여남은 동양인들도 참석했으나 그들은 뒤편에 공손히 서 있었다. 작은 공동묘지에는 목재 회사 사원과 정부 관리, 사소한 국지전에서 사망한 군인 등 모두 열여섯 사람의 묘석이 있었다.

'고 존 헨리 스패그널의 묘, 인도 제국 경찰, 끊임없는 훈련 중 콜레라로 쓰러지다' 등등.

플로리는 스패그널을 어렴풋이 기억하고 있었다. 그는

두 번째 알코올 진전 섬망이 일어났을 때 급사했다. 한쪽 구석에는 나무 십자가를 세운 유라시아인들의 묘가 있었다. 가운데가 오렌지빛인 작은 꽃이 피는 재스민 덩굴이 모든 것을 뒤덮고 있었다. 덩굴 가운데 무덤으로 통하는 큰 쥐구멍이 보였다.

맥그리거 부판무관은 알맞게 경건한 목소리로 장례식을 끝내고 회색 토피—동양의 실크해트—를 배에 끌어 안은 채 앞장서서 묘지를 나갔다. 플로리는 혹시 엘리자베스가 말을 걸까 싶어 문 옆에서 머무적거렸지만 그녀는 눈길 한 번 주지 않고 그를 지나쳐 갔다. 이날 아침 모두가 그를 피했다. 그는 사람들의 눈 밖에 났다. 이 살인 사건으로 지난밤 그의 배신은 모두에게 왠지 끔찍하게 여겨졌다. 엘리스가 웨스트필드의 팔을 잡아끌더니 묘지 옆에 잠시 멈추어 담배를 꺼냈다. 속어를 섞어 말하는 그들의 대화가 파헤친 무덤 너머 플로리의 귀에 들려왔다.

"에이그, 에이그. 웨스트필드, 내가 저 아래 누워 있는 저 가엾은 녀석을 생각하면—에이그 정말이지 피가 끓어오르네! 분통이 터져서 간밤에 한숨도 못 잤어."

"그래, 정말 어처구니없는 일이지. 진정하게, 내가 두 놈 목을 매달아 버리겠다고 약속하네. 시체 하나를 둘로 되돌려주는 거지. 그게 우리가 할 수 있는 최선이야."

"둘이라고! 쉰은 돼야지! 한바탕 쑥밭을 만들고 놈들을 교수형에 처해야 해. 놈들 이름은 알아냈나?"

"그럼!! 누구 소행인지 이 염병할 지역 전체가 다 알고 있어. 이런 일이 생기면 누구 짓인지 반드시 알게 되지. 그런데 단 하나 문제는—빌어먹을 마을 주민들 입을 열게 하는 거야."

"그럼 부디 이번엔 입을 열게 하게. 그놈의 법은 무시해. 때려서 불게 해. 고문이든 뭐든 하라고. 뇌물을 먹여 증인을 세우겠다면 내가 200쯤 내겠네."

웨스트필드가 한숨을 쉬었다. "그런 식으론 할 수 없네. 그럴 수 있으면 좋겠는데 말이야. 내 부하들은 어떻게 하면 증인을 위협할 수 있는지 알아. 내가 명령만 내리면 되지. 개미탑 위에다 묶어둔다든가, 붉은 고추를 쓴다든가 하는 등등. 하지만 요즘엔 그런 게 용납되지 않아. 우리의 빌어먹을 그 바보 같은 법을 지켜야 해. 하지만 염려 말게, 놈들 목은 틀림없이 매달릴 테니. 우리한테 필요한 모든 증거가 있단 말이지."

"다행이군! 놈들을 체포했을 때 유죄판결을 확신할 수 없으면 그냥 총살해버리게, 반드시 총살해! 탈출을 시도했다고 하든 뭐든 꾸며내서 말이야. 그 새끼들이 풀려나는 것만 아니면 무엇이든."

"걱정할 거 없네, 놈들은 풀려나지 않을 테니. 놈들을 처벌할 거야. 아무튼 **누구든** 처벌할 거라고. 엉뚱한 놈의 목이라도 매다는 게 백번 낫지." 그는 무의식적으로 누군가의 말을 인용해 말했다.

"바로 그거야! 난 놈들의 목이 교수대에 매달리는 걸 보기 전엔 두 다리 뻗고 못 자." 엘리스가 다시 걷기 시작하며 말했다. "에잇 젠장! 어서 이 불볕이나 좀 피하세! 목말라 죽을 지경이야."

모두가 정도의 차이는 있을지언정 죽을 지경이긴 마찬가지였다. 하지만 장례식 후에 곧장 술을 마시러 클럽으로 가는 건 적절하지 않은 듯했다. 유럽인들은 각자의 집으로 흩어졌고, 청소부 넷이 삽으로 시멘트 같은 흙을 퍼구덩이를 메우고 대충 둥근 무덤을 쌓았다.

아침 식사 후 엘리스가 지팡이를 들고 회사로 가고 있었다. 눈앞이 어지럽도록 더웠다. 집에서 목욕을 하고 속옷을 갈아입었지만 두꺼운 양복을 입은 지 한 시간 만에 지독한 땀띠가 돋았다. 웨스트필드는 이미 경감과 경찰 여섯을 거느리고 살인자들을 잡기 위해 소형 함정을 타고 출동했다. 웨스트필드는 베럴에게 동행을 명령했다. 그에 따르면 베럴이 필요해서가 아니라 가벼운 일을 좀 하는 게 이 얼간이 청년에게 유익하리라는 것이었다.

엘리스는 어깨를 꿈틀거렸다. 땀띠가 도저히 참을 수 없는 지경이었다. 속에서 쓴 즙 같은 분노가 끓고 있었다. 이번에 일어난 일에 대해 밤새 곰곰이 생각했다. 백인을 죽이다니, **백인을**! 이 개 같은 놈들, 이 비열한 겁쟁이 새끼들! 에, 이 돼지 같은 새끼들, 그 대가를 치르게 해야 해! 우리는 어째서 이런 빌어먹을 점잖은 법을 만들어놓은 거야? 어째서 모든 걸 잠자코 감수하는 거야? 이런 일이 전쟁 전 독일 식민지에서 일어났다고 해봐! 독일인들이 그립구나! 그들은 깜둥이들을 어떻게 다루는 게 좋은지 알아. 보복! 코뿔소 가죽 채찍! 마을을 습격해서 가축을 죽이고 농산물을 불태우고 놈들을 대량 학살하는 거야. 머리에 총을 대고 날려버리는 거지.

엘리스는 나뭇가지 틈으로 쏟아지는 끔찍한 빛의 폭포를 응시했다. 초록빛 도는 커다란 그의 눈이 음울해 보였다. 온순한 중년의 버마 남자가 엘리스 옆을 지나가면서 커다란 대나무를 한쪽 어깨에서 반대쪽으로 옮겨지며 앓는 소리를 냈다. 엘리스는 지팡이를 꼭 쥐었다. 지금 저 새끼가 덤비기만 하면! 나를 모욕하기라도 하면, 아니 무슨 짓이든 하면! 그러면 합법적으로 두드려 팰 수 있을 텐데! 이 겁쟁이 새끼들이 어떤 식으로든 맞서면 좋으련만! 옆으로 슬쩍 피해 다니니 도무지 합법적으로 앙갚음할 수가 없잖아. 아아! 진짜 반란이 일어난다면, 계엄이 선포되고 자비란 없을 텐데! 그의 머릿속에 피비린내 나는 유쾌한 영상이 펼쳐졌다. 군인들의 학살에 비명을 지르며 산더미처럼 쌓아 올려지는 원주민들. 총을 쏘고, 창자가 터지도록 그들을 말굽으로 짓밟고 채찍으로 얼굴을 갈기갈기 찢어버리고!

고등학생 다섯이 나란히 걸어오고 있었다. 엘리스는 그들이 다가오는 것을 보았다. 심술궂은 누런 얼굴들. 어리고 유약해 보이는 매끈매끈한 얼굴들이 그를 보고 고의적으로 무례하게 씩 웃었다. 백인인 그의 화를 돋우려는 꿍꿍이였다. 아마 그 살인 사건에 대해 들었을 것이다. 학생들이 다 그렇듯 독립주의자인 그들은 그 사건을 하나의 승리로 여겼을 것이다. 그들은 엘리스의 옆을 지나가며 그를 똑바로 바라보고 씩 웃었다. 대놓고 그를 자극하려는 것일 게다. 그들은 법이 저희들 편임을 알고 있는 것이다. 엘리스는 가슴이 팽창하는 기분이 들었다. 일렬로 늘어서 자신을 조롱하는 듯한 표정의 누런 얼굴들이 몹시 불쾌했다. 그는 우뚝 걸음을 멈췄다.

"야! 뭘 보고 웃는 거야, 이 재수 없는 새끼들아!"

소년들이 돌아섰다.

"빌어먹을 뭘 보고 웃는 거냐고 묻잖아!"

한 소년의 불손한 대답이 뒤따랐다. 아마 영어가 부족해서 의도와는 달리 불손하게 들렸을 것이다.

"아저씨가 알 바 아닌데요."

그리고 1초나 흘렀을까, 엘리스는 자신이 무슨 짓을 하는지 몰랐다. 그는 온 힘을 다해 그들에게 달려들어 지팡이를 내리쳤다. 꽉! 지팡이가 한 소년의 눈을 치고 지나갔다. 소년이 비명을 지르며 뒤로 물러났다. 그와 동시에 나머지 네 소년이 엘리스에게 달려들었다. 하지만 그들은 엘리스의 힘을 당할 수 없었다. 엘리스는 그들을 내던지듯 뿌리치고 지팡이를 마구 휘두르며 뒤로 물러났다.

그러자 아무도 그에게 접근할 엄두를 내지 못했다.

"가까이 오지 마, 이 새끼들아! 저리 가, 안 그러면 또 한 놈 이걸로 후려칠 테다!"

4대 1이었지만 엘리스는 그들로선 감당하기 어려운 상대였다. 눈을 다친 소년은 무릎을 꿇고 양팔로 얼굴을 가린 채 계속 비명을 질렀다. "눈이 안 보여! 눈이 안 보여!" 네 소년이 갑자기 돌아서서 20미터쯤 떨어진 곳에 쌓여 있는 도로 보수용 홍석을 향해 달려갔다. 엘리스 밑에서 일하는 사무원이 사무실 베란다로 나왔다가 그 광경을 보고 흥분해서 팔짝팔짝 뛰었다.

"지부장님, 어서 올라오세요! 거기 있다간 죽어요!"

엘리스는 달아나는 걸 떳떳하지 않게 여겼지만 어쨌든 베란다 계단으로 올라갔다. 홍석 덩어리가 하나 날아오더니 베란다 기둥에 부딪쳐 부서졌다. 사무원은 얼른 안으로 들어갔으나 엘리스는 베란다 위에서 소년들을 마주보고 섰다. 소년들은 각기 홍석을 한 아름씩 들고 아래쪽에 서 있었다. 엘리스는 기쁨에 젖어 낄낄거렸다.

"이 더러운 깜둥이 새끼들아!" 그가 그들을 내려다보며 외쳤다. "아깐 깜짝 놀랐지? 이 베란다로 올라와 나랑 한판 붙자, 너희 넷 모두 한꺼번에 덤벼! 감히 그러지 못하겠지. 4대 1인데도 나랑 맞붙을 용기가 없는 거야! 그러고도 어디 가면 사내라 그러겠지? 이 겁 많고 더러운 생쥐 같은 새끼들!"

그는 버마 말로 말하기 시작했다. 근친상간으로 낳은 돼지들 자식이라고 욕했다. 그러는 동안 소년들은 흙석 덩어리를 던졌지만 팔 힘이 약해 제대로 던지지 못했다. 엘리스는 날아오는 돌들을 피했다. 돌이 빗나갈 때마다 그는 의기양양하여 낄낄거렸다. 곧 길 저편에서 크게 외치는 소리가 들려왔다. 그들이 소란을 피우는 소리가 경찰 진지까지 들린 것이다. 경관 몇몇이 무슨 일인가 하고 모습을 드러냈다. 소년들은 겁을 집어먹고 달아났다. 엘리스의 완전한 승리였다.

엘리스는 싸움을 실컷 즐겼다. 하지만 싸움이 끝나자마자 분노가 치밀어 맥그리거에게 억지 편지를 썼다. 자기가 이유 없이 습격을 당했으니 복수를 해달라는 내용이었다. 그 광경을 목격한 두 사무원과 한 심부름꾼이 맥그리거 부판무관에게 그 사실을 확인시켜 줄 수 있도록 편지와 함께 보내졌다. 그들은 입을 맞춰 거짓말을 했다. "그 아이들이 뜬금없이 엘리스 씨를 공격했어요. 엘리스 씨는 자신을 방어했죠" 어쩌고저쩌고. 엘리스는 스스로를 정당화하기 위해 그 이야기가 진실된 것이라고 믿었을 것이다. 마음이 약간 혼란스러워진 맥그리거 부판무관은 경찰에게 그 네 명의 학생들을 찾아 신문해보라고 지시했다. 하지만 소년들은 그런 종류의 처분이 내려질 것을 예측했는지 어디론가 몸을 숨겼다. 경찰이 온종일 시장판을 뒤졌지만 결국 그들을 찾지 못했다. 부상당한 소년은 그날 저녁 버마인 의사에게 치료를 받았다. 의사는 어떤 독초를 으깨 만든 조제약을 발랐고, 그것은 소년의 눈을 성공적으로 실명시켰다.

그날 저녁, 아직 돌아오지 않은 웨스트필드와 베럴을 제외한 유럽인들이 평소대로 클럽에 모였다. 모두 심기가 언짢았다. 살인 사건에 더하여 엘리스가 까닭 없이 공격당한 사건(이것이 일반적으로 받아들여진 사건의 개요였다)에 모두 분노하면서도 겁이 났다. 래커스틴 부인은 "우리는 전부 잠을 자다 살해당할 것이다"로 요약될 수 있는 말을 재잘거렸다. 폭동이 일어나면 과거에 언제나 그랬듯이 유럽 여성들은 사태가 종결될 때까지 교도소에 안전하게 감금될 것이라고 맥그리거 부판무관이 그녀를 안심시켰지만 별로 위안이 되지 못한 듯했다. 엘리스는 플로리에게 무례하게 굴었고 엘리자베스는 그를 거의 모른 체했다. 그녀와의 다툼을 원만히 해결하겠다는 어리석은 희망을 품고 클럽에 온 플로리는 그녀의 태도를 보고 비참한 기분이 되어 슬그머니 서재로 들어가 저녁 내내 거의 나오지 않았다. 술잔이 몇 순배 돌아가고 8시나 되어서야 클럽 분위기가 조금 부드러워졌다. 그러자 엘리스가 제안했다.

"우리들 각자의 집에 하인들을 보내 저녁 식사를 이리로 가져오게 하는 게 어떨까? 브리지도 몇 판 하고 말이야. 집에서 멍하니 시간 보내는 것보다는 낫잖아."

집에 가는 것을 두려워하던 래커스틴 부인은 그 제안을 덥석 물었다. 그들은 이따금 늦게까지 있고 싶을 때는 클럽에서 저녁을 먹곤 했다. 그들이 부른 하인 둘은 무슨 심부름인지 듣자마자 울음을 터뜨렸다. 언덕길에 맥스웰의 유령이 나타나리라고 확신하기 때문인 것으로 보였다. 그들은 대신 정원사를 보냈다. 그때 바깥을 내다본 플로리는 보름달이 뜬 것을 알았다. 풀협죽도나무 아래서 엘리자베스와 입을 맞춘 지 꼬박 네 주가 되었다. 그날이 이제는 말할 수 없이 아득하게 느껴졌다.

사람들은 브리지 테이블에 둘러앉아 게임을 시작했다. 래커스틴 부인이 긴장한 나머지 다른 짝의 패를 내는 순간 지붕에서 쿵 하고 둔중한 소리가 났다. 모두가 깜짝 놀라 위를 쳐다보았다.

"코코넛 열매가 떨어졌나 보군!" 맥그리거 부판무관이 말했다.

"여기엔 코코넛 나무가 없는데." 엘리스가 말했다.

이어 여러 가지 일들이 한꺼번에 벌어졌다. 이번에는 더 크게 또 한 번 쿵 소리가 났고, 천장 고리에 걸려 있던 휘발유 등 하나가 떨어져 요란한 소리를 냈고, 이 등에 맞을 뻔한 래커스틴 씨는 새된 소리를 지르며 옆으로 폴짝 뛰었고, 래커스틴 부인은 비명을 지르기 시작했고, 상한 커피처럼 낯빛이 변한 집사가 머리에 아무것도 안 쓴 채 방으로 뛰어들어 왔다.

404

"나리, 나리! 나쁜 사람들이 왔어요! 우릴 모두 죽일 거예요, 나리!"

"뭐? 나쁜 사람이라니? 무슨 말이야?"

"나리, 마을 사람들이 죄다 밖에 모였어요! 몽둥이와 버마 칼을 들고 날뛰고 있어요! 나리 목을 벨 거예요, 나리."

래커스틴 부인이 의자에 도로 털썩 앉았다. 집사의 말이 안 들릴 정도로 연신 비명을 지르고 있었다.

"에잇, 조용히 좀 해요!" 엘리스가 그녀를 쳐다보며 날카롭게 소리쳤다. "들어봐, 모두! 저 소릴 들어봐!"

화가 난 거인의 흥얼거림처럼 위험을 느끼게 하는 저음의 술렁거림이 들려왔다. 일어서 있던 맥그리거 부판무관이 경직되어 그 소리에 귀를 기울이다 호전적인 얼굴로 변하면서 안경을 코에 걸었다.

"무슨 폭동인가 보군! 집사, 저 등 좀 주워. 래커스틴 양, 숙모를 돌봐줘요. 다친 덴 없나 봐요. 나머진 나를 따라와!"

그들이 모두 앞문으로 몰려갔다. 집사가 조치해두었는지 문이 닫혀 있었다. 작은 자갈들이 우박처럼 문을 두드려댔다. 래커스틴 씨는 그 소리에 기가 꺾여 다른 사람들 뒤로 물러났다.

"망할! 이봐, 누가 저 문에 빗장 좀 걸어, 어서!" 그가 소리쳤다.

"아냐, 아냐!" 맥그리거 부판무관이 말했다. "우리가 나가야 해. 맞서지 않으면 사태가 걷잡을 수 없어질 거야!"

그가 문을 열고 나가 과감히 계단 꼭대기에 모습을 드러냈다. 울타리에서 건물에 이르는 진입로에 버마 칼이며 몽둥이를 든 버마인 스무 명 정도가 있었다. 울타리 밖으로는 길 양쪽과 마이단에 엄청난 수의 군중이 몰려 있었다. 인간의 바다 같았다. 적어도 2천 명은 되었을 것이다. 그들은 달빛 아래 흑백으로 보였고, 여기저기서 둥글게 휜 버마 칼이 반짝였다. 엘리스가 호주머니에 손을 넣은 채 침착하게 맥그리거 부판무관 옆으로 가서 섰다. 래커스틴 씨는 어디론가 사라졌다.

맥그리거 부판무관이 조용히 하라는 표시로 손을 들었다. "무슨 일들이오? 그가 준엄하게 외쳤다.

그러자 여기저기서 고함 소리가 들리더니 길에서 크리켓 공만 한 홍석들이 날아들었지만 다행히 아무도 맞지 않았다. 진입로에 있던 한 남자가 뒤돌아 군중을 향해 손을 흔들며 아직 돌을 던지지 말라고 소리쳤다. 그런 다음 유럽인들에게 말하기 위해 앞으로 나섰다. 그는 서른 살 정도 된 강인하고 정중한 사람으로 둥그렇게 콧수염을 기르고 속셔츠에 롱지를 무릎까지 걷어 올렸다.

"무슨 일인가?" 맥그리거 부판무관이 다시 물었다.

사내는 유쾌하지만 별로 무례하지는 않은 웃음을 띠고 말했다.

"대관 나리에게 불평이 있는 건 아닙니다. 목재상 엘리스를 데리러 왔습니다."(그는 엘리스를 엘리트로 발음했다.)"오늘 아침 그자가 때린 아이의 눈이 멀었어요. 우리가 처벌하게 엘리트를 이리 내보내주시기 바랍니다. 다른 분들은 다치지 않을 겁니다."

"저놈 얼굴 잘 봐두게." 엘리스가 어깨 너머로 플로리에게 말했다. "나중에 7년 형을 받게 해줄 테니."

맥그리거 부판무관의 얼굴이 일시적으로 푸르죽죽해졌다. 그는 분노가 치밀어 목이 멜 지경이 되어 몇 초 동안 말을 꺼내지 못하다가 이윽고 입을 열어 영어로 말했다.

"자네 지금 누구한테 말하고 있다고 생각하나? 지금까지 20년 동안 이런 오만한 언행은 처음이야! 당장 꺼져! 안 그러면 헌병을 부르겠다."

"그렇다면 빨리 행동하시는 게 좋겠군요, 대관 나리. 당신들 법정엔 우릴 위한 정의란 없다는 걸 잘 압니다. 그러니 우리가 직접 엘리트를 처벌해야 해요. 이리 내보내세요. 아니면 당신들 모두 눈물을 흘리게 될 겁니다."

맥그리거 부판무관은 망치로 못을 박듯 광포하게 주먹을 휘둘러 보였다. "꺼져, 이 개새끼야!" 그가 외쳤다. 몇 년 만에 처음 내뱉은 욕설이었다.

길 쪽에서 우레와 같은 함성이 울리더니 돌이 날아들었다. 모두가 돌에 맞았다. 진입로에 들어와 있던 버마인들에게도 돌이 떨어졌다. 맥그리거 부판무관은 얼굴에 정통으로 맞아 쓰러질 뻔했다. 유럽인들은 급히 클럽 안으로 도망쳐 들어가 문을 닫고 빗장을 걸었다. 맥그리거 부판무관은 안경이 박살 나고 코피를 흘렸다. 그들이 라운지로 들어가 보니 래커스틴 부인은 긴 의자에서 발작을 일으킨 뱀처럼 웅크리고 안절부절못하고 있었고 래커스틴 씨는 한가운데 서서 빈병을 든 채 서슴서슴하고 있었다. 집사는 한쪽 구석에서 무릎을 꿇고 성호(그는 로마가톨릭교인이었다)를 긋고 있고 하인들은 울고 있었다. 안색이 창백하긴 해도 엘리자베스만이 침착했다.

"무슨 일이 일어났죠?" 그녀가 외쳤다.

"야단났어요, 야단!" 엘리스가 돌에 맞은 목덜미를 문지르며 화를 냈다. "버마 놈들이 바깥을 온통 둘러싸고 돌을 던져요. 하지만 흥분하지 말아요! 놈들은 문을 부수고 들어올 배짱이 없으니까."

"당장 경찰 불러!" 손수건을 코에 대고 지혈을 하고 있어서 맥그리거 부판무관의 말이 불분명했다.

"무슨! 놈들이 나갈 길을 모두 차단했어, 지옥에 떨어져 썩을 놈들! 아무도 경찰 진지까지 갈 수 없을 거야. 베라스와미의 병원 구내에도 사람들이 꽉 차 있어."

"그럼 기다려야 하네. 자발적으로 돌아들 갈 테니 걱정말게. 진정하세요, 래커스틴 부인, **제발** 좀 진정하세요! 위험 요소는 아주 작아요."

하지만 작은 것처럼 들리지 않았다. 이제 밖에서 들려오는 함성에 공백이 없었다. 버마인들이 몇백 명씩 백인 거주 구역으로 쏟아져 들어오는 듯했다. 그 소란스러운 소리가 점점 커지면서 클럽 안에서는 크게 소리쳐야 서로의 소리가 들리는 지경에 이르렀다. 그들은 라운지의 창문을 모두 닫고 가끔 벌레 방지용으로 쓰는 천공 함석 셔터를 당기고 빗장을 걸었다. 연이어 유리창들이 깨지는 소리가 들리더니 사방에서 퍽퍽 돌이 날아와 부딪치는 소리가 났다. 그럴 때마다 두껍지 않은 나무 벽이 흔들렸고 금방이라도 갈라질 것만 같았다. 엘리스가 셔터 하나를 열고 군중을 향해 빈 술병을 그악스럽게 던졌지만 곧 여남은 개의 돌이 날아들어 황급히 셔터를 닫아야 했다. 군중은 돌을 던지고 함성을 지르고 벽을 두드릴 뿐, 별다른 계획이 없는 듯했다. 하지만 그 함성의 크기만으로 겁을 먹기에 충분했다. 모두들 처음엔 무척 얼떨떨했다. 누구도 이 상황의 유일한 원인인 엘리스를 탓할 생각을 하지 않았다. 그러기는커녕 공동의 위험은 일단 그들을 가까이 결속시키는 듯했다. 안경이 없으면 거의 장님이나 다름없는 맥그리거 부판무관은 정신이 없이 방 한가운데 서 있었다. 래커스틴 부인이 그의 한쪽 손을 잡아 어루만지고 하인 하나는 울면서 그의 왼쪽 다리를 붙들고 있었다. 래커스틴 씨는 다시 어디론가 사라졌다. 엘리스는 맹렬히 발을 쿵쿵 디디며 서성거리면서 경찰 진지 쪽을 향해 주먹 쥔 손을 휘둘렀다.

"도대체 이 빌어먹을 겁쟁이 경찰 놈들은 어디 있는 거

야?" 그는 여자들이 있건 말건 소리쳤다. "왜 안 나타나
는 거야? 정말이지 이런 기회는 백 년에 한 번 올까 말까
한데! 여기에 소총 열 자루만 있어도 저 새끼들한테 총알
을 먹여줄 텐데!"

"곧 올 거야!" 맥그리거 부판무관이 소리쳤다. "저 군
중을 헤치고 오려면 시간이 약간 걸릴 거네."

"아니 그 쓸모없는 개자식들은 왜 총을 안 쏜대? 사격
을 개시하기만 하면 놈들을 대량으로 학살할 수 있을 텐
데. 이런 망할! 이런 기회를 놓치다니!"

돌덩어리 하나가 함석 셔터를 부쉈다. 그리로 돌이 하
나 더 날아 들어와 본조 그림에 부딪치고 퉁겨 나가 엘리
자베스의 팔꿈치에 상처를 내고 탁자 위에 떨어졌다. 밖
에서 승리의 함성이 들려왔다. 이어 지붕에서 연달아 쿵,
쿵, 엄청난 소리가 났다. 어린아이들이 나무를 타고 지붕
에 올라가 지붕 위에서 마음껏 미끄럼을 타고 있었다. 래
커스틴 부인이 배전의 노력을 기울여 밖에서 들려오는
소음을 능가하는 비명을 질렀다.

"제발 누가 저 빌어먹을 할망구 입 좀 틀어막아!" 엘리
스가 소리쳤다. "누가 들으면 돼지 멱따는 줄 알겠네. 우
리가 뭔가 해야 돼. 플로리, 맥그리거, 이리들 와! 제발
이 궁지에서 벗어날 길을 좀 생각해보게!"

엘리자베스가 갑자기 기가 죽어 울기 시작했다. 돌에
맞은 자리가 아팠던 것이다. 플로리는 문득 놀랍게도 그

녀가 자신의 팔을 꼭 붙들고 있는 것을 깨달았다. 그제야 그의 심장이 두근거리기 시작했다. 그는 이때까지만 해도 그 모든 소동을 거리를 두고 바라보고 있었다. 군중의 함성에 얼떨떨했던 건 사실이지만 겁이 나지는 않았었다. 동양인들이 정말 위험할 수 있다는 것은 예전부터 받아들이기 어려운 생각이었다. 하지만 그는 자신의 팔에 엘리자베스의 손길을 느끼고 나서야 비로소 사태의 심각성을 깨달았다.

"아아, 플로리 씨, 제발, 제발 어떻게 좀 해봐요! 당신이라면 할 수 있어요, 당신이라면! 저 무시무시한 사람들이 이 안에 들어오지 못하게 할 수 있는 거라면 무엇이든!"

"누가 경찰 진지까지 갈 수만 있다면!" 맥그리거 부판무관이 신음하듯 말했다. "그들을 지휘하려면 영국 관리라야 하는데! 최악의 경우엔 내가 직접 시도해봐야겠어."

"바보 같은 소리! 목을 잘리기만 할 텐데!" 엘리스가 소리쳤다. "놈들이 정말 난입할 듯하면 **내가** 갈게. 하지만, 으으, 저런 돼지 같은 새끼들한테 죽는다는 건 정말! 그럼 정말 분통이 터질 거야! 경찰을 데려오기만 하면 저 빌어먹을 놈들을 무더기로 쓸어버릴 수 있을 텐데 말이야!"

"누가 강기슭을 따라 진지로 갈 수는 없을까?" 플로리가 절망스럽게 물었다.

"가망 없어! 거기에 수백 놈이 왔다 갔다 하고 있어. 우린 고립됐어. 앞하고 옆에는 놈들이 있고 뒤에는 강이 있으니!"

"강!"

너무 빠르기 때문에 놓치게 되는 그런 종류의 놀랄 만한 생각이 떠올랐다.

"강이야! 그렇고말고! 그러면 쉽게 경찰 진지까지 갈수 있어. 무슨 말인지 모르겠어?

"어떻게?"

"그야 강을 따라서지. 강물에 들어가서! 헤엄쳐서!"

"야, 좋은 생각이야!" 엘리스가 플로리의 어깨를 탁 치며 외쳤다. 엘리자베스가 그의 팔뚝을 꼭 쥐고는 기뻐하며 춤추듯 한두 번 뛰었다. "원하면 내가 가겠네!" 엘리스가 소리쳤다. 하지만 이미 신발을 벗고 있었던 플로리는 고개를 가로저었다. 지체할 시간이 없었다. 지금까지는 버마 사람들이 바보짓들을 하고 있지만, 만일 난입에 성공하면 무슨 일이 벌어질지 알 수 없었다. 처음의 공포에서 벗어난 집사가 잔디밭으로 난 창문을 열 준비를 하고 비스듬히 바깥 동정을 살폈다. 잔디밭에 들어가 있는 버마인은 스무 명이 채 되지 않았다. 강이 퇴로를 차단해 준다고 생각했는지 클럽 뒤편은 감시하지 않았다.

"잔디밭을 죽어라 하고 달려 내려가!" 엘리스가 플로리에 귀에 대고 소리를 질렀다. "놈들이 자넬 보는 순간 분명 이리저리 흩어질 거야."

"경찰한테 지체 없이 발포하라고 명하게!" 맥그리거

부판무관이 반대쪽에서 외쳤다. "자네한테 내 권한을 주는 거야."

"낮게 조준하라고 해! 머리 위로 쏘지 말고 사살할 생각으로 쏘라고 해. 가급적 복부를 겨냥해서."

플로리가 베란다에서 뛰어내렸다. 흙바닥이 단단해서 발이 아팠다. 단 여섯 번의 달음질로 강기슭에 이르렀다. 엘리스가 말한 대로 버마인들은 그가 뛰어내리는 것을 본 순간 뒷걸음쳤다. 플로리에게 돌이 날아갔지만 아무도 뒤쫓지는 않았다. 그들은 분명 그가 도망치는 것일 뿐이라고 생각했고, 또한 달빛이 밝아서 그게 엘리스가 아님을 알았던 것이다. 플로리는 이내 강기슭의 수풀을 헤치고 강물에 뛰어들었다.

그는 강물 깊이 빠졌다. 강바닥의 불쾌한 개흙이 그를 맞아 무릎까지 빨아들였다. 몇 초쯤 지나서야 거기서 빠져나올 수 있었다. 수면으로 나오자 흑맥주 거품 같은 미지근한 거품이 입술에 찰싹거렸다. 입안에 들어온 해면질의 무언가가 목구멍을 막아 질식할 것 같았다. 물옥잠 가지였다. 그것을 가까스로 뱉어내고 주변을 살펴보니 빠른 물살에 실려 20미터나 떠내려왔다. 버마인들이 소리를 지르며 강기슭을 따라 우왕좌왕 바삐 돌아다니고 있었다. 눈이 수면에 닿을락 말락 해서 클럽을 에워싼 군중이 보이지 않았지만 장중하고 흉악한 함성은 잘 들렸다. 오히려 기슭에서보다 더 크게 들렸다. 헌병 진지 맞

은편에 이르러 기슭을 보니 사람이 거의 없는 듯했다. 가
까스로 물살에서 벗어나 허우적거리며 나오다 왼쪽 양말
이 개흙에 벗겨졌다. 조금 내려간 기슭에 노인 둘이 모닥
불 옆에 앉아 마치 이 지방에 폭동 같은 건 없다는 듯 아
무렇지 않게 울타리 말뚝을 깎고 있었다. 뭍으로 기어 나
와 울타리를 넘은 플로리는 달빛에 허옇게 보이는 연병
장을 가로질러 달렸다. 젖은 바지가 축 처져 달음질하기
가 무척 힘들었다. 시끄러운 소리가 들리고 있었지만 그
가 분간할 수 있는 한 진지는 텅 비어 있었다. 오른편 마
구간에 있는 베럴의 말들이 겁을 먹고 요동을 치고 있었
다. 플로리는 길가로 달려 나가서야 비로소 무슨 일이 벌
어졌는지 알았다.

총 150명쯤 되는 헌병과 민간 경찰 전원이 몽둥이만으
로 무장하고 후면에서 군중을 공격하고 있었다. 그들은
완전히 군중 속에 휩쓸려 있었다. 밀집한 군중은 제자리
에서 빙빙 돌며 들끓는 굉장한 벌떼 같았다. 어디를 봐도
경찰은 무수한 버마인들 틈에 끼어 속수무책이었다. 경
찰은 맹렬히 버둥거려보지만 아무런 소용이 없었다. 밀
집한 사람들 틈에 꼭 끼여 몽둥이를 휘두를 수도 없었다.
옹이처럼 한데 뭉쳐 있는 무리들이 풀린 터번들에 라오
콘처럼 얽히기도 했다. 서너 가지 언어의 욕설이 뒤섞인
엄청난 고함 소리, 자욱한 먼지, 땀내와 금잔화 냄새가
뒤범벅되어 숨 막힐 듯한 악취의 현장이었다. 심각한 부

상을 입은 사람은 없는 것 같았다. 버마인들이 경찰이 발포하도록 자극하지 않으려고 칼을 쓰지 않았을 것이다. 군중 속으로 들어간 플로리는 금세 다른 사람들처럼 그 가운데 파묻혔다. 인파에 휩싸여 이리저리 떠밀렸고 사람들이 옆구리에 부딪쳤다. 그들의 동물열에 숨이 막힐 듯했다. 플로리는 거의 꿈을 꾸는 기분으로 허우적허우적 앞으로 나아갔다. 상황이 그토록 어처구니없고 비현실적이었다. 사실 폭동 자체부터 웃기는 노릇이었다. 무엇보다 웃긴 사실은 그를 죽였을지도 모를 버마인들이 막상 그가 자기들 가운데 있는 것을 보자 그를 어찌하면 좋을지 몰랐다는 것이다. 그의 면전에 대고 모욕을 퍼붓는가 하면 그를 떠밀기도 하고 발을 밟기도 했다. 백인이라고 길을 내주려는 사람도 있었다. 플로리는 자기가 사투를 벌이고 있는 것인지, 아니면 단순히 인파를 헤치고 앞으로 나아가고 있는 것인지 분간이 되지 않았다. 사람들 틈에 끼어 양팔까지 옆구리에 붙이고 한동안 난감하게 꼼짝도 못 하다가 그보다 훨씬 힘이 센 땅딸막한 버마인과 몸싸움을 벌이고 있는데, 여남은 명쯤 되는 사람들이 파도처럼 밀려왔고 그는 인파 속으로 더 깊이 들어가게 되었다. 그 순간 그는 오른쪽 엄지발가락에 극심한 통증을 느꼈다. 누군가의 군홧발에 짓밟힌 것이다. 라지푸트족 출신의 헌병대 중대장이었다. 콧수염을 기른 뚱뚱한 사람으로, 어디다 잃어버렸는지 터번이 없는 그는 버마인의 멱살을 잡고 얼굴을 두들겨주려던 참이었다. 그의 벗어진 정수리에 송골송골 맺힌 땀이 흘러내렸다. 플로리는 중대장의 목을 팔로 감아 버마인에게서 떼어내면서 그의 귀에 대고 크게 외쳤다. 갑자기 우르두어가 생각나지 않아 버마어로 부르짖었다.

"왜 총을 안 쏘는 거요?"

중대장의 대답이 처음엔 한참 안 들리다 마침내 들렸다.

"Hukm ne aya—명령이 없어서요!"

"이런 바보!"

그 순간 한 무리의 사람들이 밀려들었고 플로리와 중대장은 그들에게 꼭 끼어 1-2분쯤 꼼짝도 하지 못했다. 플로리는 중대장이 호주머니 속의 호루라기를 꺼내려 애쓰는 것을 보았다. 이윽고 그것을 꺼낸 중대장은 여남은 번 크게 불었지만 빈터로 나가지 않으면 병력을 재편성할 가망이 없었다. 인파의 틈바구니에서 빠져나가려면 무진 애를 써야 했다. 머리만 내놓은 채 점성 물질의 바다에 들어가 걷는 것 같다고나 할까. 플로리는 이따금 팔다리의 기운이 완전히 빠졌고 그러면 군중이 그를 뒤로 잡아당기면 당겨지는 대로 딸려 갔다. 자신의 노력 때문보다는 인파의 자연스러운 흐름 덕분에 마침내 빈터로 훌렁 던져지듯 나왔다. 중대장과 열 명에서 열다섯쯤 되는 인도병, 버마인 경감도 헤어 나왔다. 인도병들 대부분은 발을 온통 짓밟혀 절뚝이면서 탈진으로 거의 쓰러지

다시피 털썩 주저앉았다.

"어서 일어나! 진지로 후딱 달려가! 모두 소총과 탄창을 가져와!"

플로리는 상황에 압도되어 버마어를 쓰지 않았는데도 그들은 그의 말을 알아듣고 경찰 진지 쪽으로 터벅터벅 걸었다. 플로리는 군중이 다시 달려들기 전에 그들로부터 멀어지기 위해 경찰을 뒤따라갔다. 그가 진지 문 앞에 이르렀을 때쯤 인도병들이 소총을 들고 나와 발포 준비를 하고 있었다.

"사이브, 명령을 내리십시오!" 중대장이 헉헉거리며 말했다.

"어이, 여보게!" 플로리가 경감을 불렀다. "힌디어 할 줄 아나?"

"네, 나리."

"그럼 저들에게 이르게, 높이 조준하라고, 사람들 머리 바로 위를 겨냥해서 쏘라고. 그리고 무엇보다도 모두 동시에 발사하라고. 폭도가 그게 무슨 뜻인지 알게 말이야."

플로리보다도 힌디어를 못하는 뚱뚱한 경감이 주로 손짓 발짓을 해가며 폴짝폴짝 뛰면서 부대원들에게 설명했다. 인도병들이 소총을 겨누고 발포했다. 총성이 언덕에 메아리쳤다. 그들로부터 가장 가까이에 있던 무리의 거의 전체가 베어낸 건초처럼 쓰러졌다. 그것을 본 플로리는 처음엔 자신의 명령이 무시된 줄 알았다. 하지만 그들

은 공포에 질려 땅바닥에 몸을 던졌을 뿐이었다. 인도병
들이 다시 한번 일제사격을 했지만 그럴 필요도 없었다.
군중은 이미 흐름을 바꾼 강물처럼 클럽 밖으로 쏟아져
나오기 시작했다. 길가로 쏟아져 나온 그들은 무장한 병
력이 길을 가로막고 있는 것을 보고는 뒷걸음치려 했지만
앞쪽에 있던 무리와 뒤쪽에 있던 무리 사이에 새로운 싸
움이 벌어지는 듯하더니 이윽고 군중 전체가 밖으로 튀어
나와 천천히 마이단을 올라가기 시작했다. 플로리와 인도
병들은 도망치는 군중의 후미에 드러난 길을 따라 천천히
클럽으로 갔다. 인파에 휩쓸렸던 경찰들이 한둘씩 군중
후미에 뒤처져 나타났다. 터번은 어디론가 사라지고 각반
이 풀려 땅에 질질 끌렸다. 그러나 타박상만 입었을 뿐 중
상을 입은 경찰은 없었다. 민간 경찰관들이 사로잡은 자
들을 끌고 나타났다. 그들이 클럽 구역에 이르렀을 때 아
직도 버마인들이 쏟아져 나오고 있었다. 그들은 끊임없는
가젤의 행렬처럼 우아한 동작으로 산울타리 틈새로 뛰어
나오고 있었다. 플로리가 보기에 날이 상당히 어두워지고
있는 듯했다. 몸집이 작고 흰옷을 입은 어떤 사람이 마지
막으로 빠져나온 무리에게서 떨어져 나와 흐느적거리며
플로리에게 몸을 맡겼다. 베라스와미 원장이었다. 넥타이
는 찢어졌지만 안경은 기적적으로 멀쩡했다.

"원장님!"

"오, 플로리 씨! 오, 난 정말 지쳤어요!"

418

"여기서 뭘 하는 거예요? 저 군중 속에 있었어요?"

"난 저들을 제지하고 있었어요. 당신들이 오기 전엔 상황이 절망적이었어요. 하지만 적어도 한 사람은 이거에 맞은 상처가 있을 거요!"

원장이 자신의 다친 관절을 보라며 작은 주먹을 내밀었지만 주위가 너무 어두웠다. 그 순간 플로리의 등 뒤에서 코맹맹이 소리가 났다.

"이거 원, 보니까 벌써 다 끝났군요, 플로리 씨! 언제나처럼 그냥 용두사미로 끝났어요. 플로리 씨와 내가 뭉치니까 저들이 상대하기가 너무 벅찼나 봅니다. 하하!"

우 포 카인이었다. 허리띠에 권총을 찬 그가 커다란 지팡이를 들고 호전적인 태도로 그들에게 다가왔다. 집에 있다가 다급하게 왔다는 인상을 주려고 꾸며 입은 실내복—러닝셔츠에 샨족 고유의 바지—차림이었다. 그는 위험이 사라질 때까지 몸을 숨기고 있다가 공적의 일부를 가로채기 위해 서둘러 나타난 것이다.

"멋지게 해치웠습니다, 플로리 씨!" 그가 열광적으로 말했다. "언덕 위로 도망치는 꼴 좀 보세요! 우리가 저들을 만족스럽게 패주시켰어요."

"**우리라니!**" 원장이 숨을 헐떡이며 분연히 말했다.

"아하, 우리 원장 선생님이 계셨네! 거기 계신 줄 몰랐습니다. **원장님**이 싸움에 참여한다는 게 있을 수 있는 일인가요? **원장님**이 자신의 소중한 목숨을 걸다! 그런 말을 하면 누가 믿었겠습니까?"

"당신은 늑장을 부리다 지금 왔잖소!" 플로리가 성을 내며 말했다.

"아이고, 이런, 플로리 선생, 그런데 말입니다," 우 포 카인이 플로리의 어조를 알아차리고 은근히 만족스러운 태도로 말했다. "우리가 쫓아버린 걸로 충분하긴 하지만, 보시다시피 저들이 가는 방향이 유럽인 거주 구역이잖습니까. 아마 도망가는 길에 약탈도 하고 그럴 텐데요."

플로리는 이 오만한 자의 뻔뻔스러움에 질리지 않을 수 없었다. 우 포 카인은 커다란 지팡이를 옆구리에 끼고 거의 상전 행세를 하며 플로리와 나란히 어슬렁어슬렁 걸었다. 원장은 얼김에 열없이 혼자 뒤처졌다. 클럽 문 앞에 이르자 세 사람 모두 멈췄다. 달은 어디론가 사라지고 이제 주위는 유난히 어두웠다. 낮게 깔렸지만 보일락 말락 한 먹구름이 떼를 지어 몰려가는 사냥개처럼 동쪽으로 흘러가고 있었다. 차게 느껴지는 바람이 자욱한 먼지와 가는 빗줄기를 앞세우고 언덕 위로부터 불어왔다. 별안간 공기 중에 습한 냄새가 강하게 느껴졌다. 바람이 강해지고 나뭇잎이 바스락거리는 듯하더니, 가지들이 곧 강렬하게 요동치기 시작했다. 테니스 코트 옆의 커다란 풀협죽도가 성운처럼 희미하게 보이는 꽃잎들을 뿌리고 있었다. 동양인은 각자의 집으로, 플로리는 클럽으로, 세 사람 모두 비를 피해 달렸다. 비가 오기 시작했다.

23

다음 날 읍내는 대성당이 있는 도시의 월요일 아침보다 더 조용했다. 폭동이 일어난 후에는 으레 그렇다. 현장에서 체포된 소수의 폭도 외에 클럽 습격에 관여했을 소지가 다분한 사람들 모두가 물샐틈없는 알리바이를 가지고 있었다. 클럽 정원은 들소 떼가 전속력으로 짓밟고 지나간 자리 같았다. 유럽인 거주지에 대한 약탈은 없었다. 그들 가운데 새로 부상당한 사람도 없었다. 다만 위스키 한 병을 가지고 자리를 뜬 래커스틴 씨가 모든 것이 끝난 뒤 당구대 밑에서 술에 취한 채 발견되었을 뿐이었다. 웨스트필드와 베럴은 맥스웰의 살해범들—아니 좌우간 즉각 교수형에 처할 두 사람—을 잡아가지고 아침 일찍 돌아왔다. 웨스트필드는 폭동 소식을 듣고 우울했지만 이

내 체념했다. **또 한 번** 폭동이 일어났는데, 게다가 이번엔 폭동다운 폭동이었는데 그 진압 현장에 없었다니! 사람을 사살해보지 못할 운명인 듯했다. 정말 우울하고도 우울했다. 베럴의 유일한 논평은 플로리(민간인)가 헌병대에 명령을 내린 건 염병할 주제넘은 짓이라는 것이었다.

비가 거의 쉴 새 없이 내렸다. 잠이 깼을 때 지붕을 때려대는 빗소리를 듣고 플로리는 바로 일어나 부랴부랴 옷을 입고 밖으로 나갔고 플로가 뒤를 따랐다. 집 밖 아무도 못 볼 곳에서 옷을 벗었다. 빗물이 알몸을 훑어 내렸다. 지난밤 일로 온몸에 타박상이 생긴 것을 보고 깜짝 놀랐다. 하지만 땀띠는 빗물에 씻기자 3분도 안 되어 흔적도 없이 사라졌다. 빗물의 치유력은 경이롭다. 플로리는 베라스와미 원장의 집으로 내려갔다. 신발이 철벅거리고 빗물이 테라이해트의 챙에 고였다가는 간헐적으로 한꺼번에 목을 타고 흘러내렸다. 하늘은 납빛이었고 마이단에는 세찬 비의 소용돌이가 기병 대대처럼 서로를 쫓는 듯했다. 버마인들이 지나다녔다. 그들은 커다란 초립을 썼지만 분수의 청동 신상처럼 빗물을 고스란히 뒤집어썼다. 망처럼 연결된 실개천들이 벌써 넘쳐흘러 길 위의 돌들을 씻어 드러내고 있었다. 플로리가 도착했을 때 원장도 마침 집에 들어와 베란다 난간 밖으로 우산을 내밀어 빗물을 털고 있었다. 그는 흥분된 기색으로 플로리를 맞았다.

"어서 올라와요, 플로리 씨, 어서! 때마침 잘 왔어요. '올드 톰 진'을 새로 따려던 참이었거든요. 어서 올라와 축배를 듭시다, 카욕타다의 구원자, 플로리 씨의 건강을 위한 축배를!"

그들은 긴 이야기를 나누었다. 원장은 의기양양한 기색이었다. 간밤에 일어난 일로 그의 근심거리가 거의 기적적으로 해결된 모양이었다. 우 포 카인의 책략이 실패했다. 원장의 운명이 우 포 카인의 손아귀로부터 벗어나게 되었다는 것이다. 사실은 두 사람의 입장이 바뀌었다. 원장이 플로리에게 자초지종을 말해주었다.

"이 폭동은 말이오, 아니, 정확히 말해서 플로리 씨가 그 와중에 보인 고결한 행동은 완전히 우 포 카인에게 예상 밖의 일이었어요. 그는 **소위** 반란이라는 걸 시작하고 그걸 진압하는 업적을 거두었죠. 그리고 단순히 그 후에 일어나는 소요 사태는 단순히 그 최초의 업적에 보탬이 될 것이라고 판단한 거예요. 내가 듣기론 우 포 카인이 맥스웰의 죽음에 대해 알았을 때 보인 기쁨은……" 원장은 손가락을 맞부딪쳐 딱 치면서 할 말을 생각했다. "뭐랄까……."

"저속했다?"

"네, 바로 그거예요, 저속. 실제로 춤까지 추려 했다지 뭡니까. 그런 역겨운 광경을 상상할 수 있겠어요? 그러면서 이렇게 외쳤답니다. '이제 저들이 내 반란을 심각하게

423

받아들일 거야!'라고. 그 정도로 인명을 존중하지 않는 사람이에요. 하지만 이제 그는 운이 다했어요. 어제의 폭동이 그의 뒷다리를 잡은 거라고요."

"어째서 그렇죠?"

"왜지 모르겠어요? 폭동 진압의 영예는 우 포 카인이 아니라 플로리 씨 것이기 때문이죠! 그리고 나는 플로리 씨의 친구로 알려져 있으니까, 말하자면 나는 그 영광의 후광을 입게 되는 거란 말이오. 플로리 씨는 현재 이번 일의 영웅이 아닌가요? 간밤에 클럽에 갔을 때 유럽인 친구들이 크게 환영하지 않던가요?"

"그러긴 했죠. 나로선 색다른 경험이었어요. 래커스틴 부인이 나한테 아주 넘치게 친절하더군요. 이젠 나를 '친애하는 플로리 씨'라고 불러요. 대신 엘리스한테 적의를 품게 됐죠. 엘리스가 빌어먹을 할망구 돼지 멱따는 소리 닥치라고 했다는데, 그 말이 뇌리에 박힌 거죠."

"에헤, 가만 보면 엘리스 씨는 가끔 표현이 너무 과하더라고요."

"유일한 옥에 티는 내가 경찰에게 사람들의 머리 위를 겨냥해 발사하라고 했다는 것이죠. 그건 모든 정부 규정에 어긋나는 행동인가 봐요. 그래서 엘리스가 화를 좀 냈죠. '아니 그 개자식들한테 총알을 먹여줄 기회였는데 왜 안 그랬어?'라더군요. 그래서 내가 그건 인파에 섞여 있는 경찰을 쏘는 거나 마찬가지였을 거라는 점을 지적해

주었죠. 엘리스 말인즉 그들도 어차피 깜둥이일 뿐이라는 거예요. 하지만 나의 모든 죄는 용서를 받았어요. 그리고 맥그리거 부판무관은 아마도 호라티우스의 말일 텐데 라틴어로 무언가를 인용했죠."

반 시간 뒤 플로리는 클럽으로 갔다. 원장을 회원으로 선출하는 문제를 매듭짓겠다는 약속을 지키기 위해 맥그리거 부판무관을 만나려는 것이었다. 이제는 그의 뜻대로 하는 데 문제가 없을 것이다. 그 터무니없는 폭동이 잊히기 전까지는 다들 플로리의 말을 따를 것이다. 클럽에서 레닌을 옹호하는 연설을 한다 해도 그들은 참을 것이다. 유쾌한 비가 주룩주룩 내리며 머리끝부터 발끝까지 그를 적셨다. 몇 달 동안 계속된 모진 가뭄에 잊혔던 흙 향기가 콧속에 가득했다. 엉망진창이 된 정원에서 정원사가 쭈그리고 앉아 백일초 심을 구멍을 파고 있었다. 그의 맨등에 빗물이 튀겼다. 거의 모든 꽃이 짓밟혀 흔적도 없었다. 엘리자베스가 그를 기다리고 있었는지 측면 베란다에 나와 있었다. 플로리가 그녀와 합류하러 그리로 돌아가기 전에 모자를 벗자 챙에 고여 있던 빗물이 쏟아졌다.

"안녕하세요!" 그는 낮은 지붕을 때리는 비의 요란한 소리에 덩달아 목소리를 높였다.

"안녕하세요! 비가 그야말로 퍼붓지 **않아요**? 아주 **억수같이**!"

"이건 비도 아니에요. 7월까지 기다려봐요. 벵골만 전체가 통째로 들이부어질 거예요, 여러 차례 나뉘어서."

날씨 이야기가 아니면 만나도 언제나 할 말이 없는 듯했다. 하지만 그녀의 얼굴이 그 진부한 이야기와는 상당히 다른 무언가를 말하고 있었다. 지난밤 이후 그녀의 태도가 사뭇 달라졌다. 그는 용기를 냈다.

"돌에 맞은 덴 좀 어때요?"

그녀가 팔을 내밀어 보여주었다. 태도가 온화할 뿐 아니라 고분고분하기까지 했다. 그는 간밤의 공적 덕분에 자신이 그녀에게는 거의 영웅으로 보인다는 것을 알았다. 그가 감수한 위험이 실제로 얼마나 작았는지 알 턱이 없는 엘리자베스는 그가 적절한 때 보인 용기를 보고 뭐든, 마 흘라 메이에 관한 것까지도 다 용서했다. 다시 물소와 표범의 시간으로 돌아간 것이다. 플로리는 가슴이 두근거렸다. 그녀의 팔을 잡고 있던 그의 손이 미끄러지듯 내려가 그녀의 손가락을 꼭 쥐었다.

"엘리자베스―"

"누가 봐요!" 그녀가 손을 빼며 말했지만 화를 내지는 않았다.

"엘리자베스, 당신에게 할 말이 있어요. 우리가 그런 뒤―몇 주 전―내가 정글에서 보낸 편지 기억해요?"

"네."

"뭐라고 썼는지 기억해요?"

"네. 답장 안 한 거 미안해요. 단지—"

"그땐 답장을 기대할 수 없었죠. 그냥 그 편지에서 한 말을 상기시켜주고 싶었어요."

물론 그 편지에 그녀를 사랑한다고, 무슨 일이 있더라도 항상 사랑할 것이라고, 그것도 약하게 썼을 뿐이었다. 그들은 아주 가까이 서로 마주 보고 서 있었다. 나중에야 자신이 그랬다는 것을 믿기 어려울 정도로 순식간에 충동적으로 플로리가 그녀의 양팔을 잡아 바짝 끌어당겼다. 그의 손이 얼굴을 들어 키스하는 것을 허락한 엘리자베스는 갑자기 주춤하고 머리를 흔들었다. 누가 볼까 봐 두려웠는지도, 또는 그저 빗물에 젖은 플로리의 콧수염 때문이었는지도 모른다. 엘리자베스는 아무런 말도 없이 그의 손에서 벗어나 급히 안으로 들어갔다. 그녀의 얼굴에 고통과 양심의 가책이 어려 있었을 뿐 화가 난 것 같지는 않았다.

플로리는 그녀의 뒤를 따라 천천히 안으로 들어가다 기분이 좋아 보이는 맥그리거 부판무관과 마주쳤다. 그는 플로리를 보자 우렁찬 목소리로 상냥하게 맞이했다. "아하! 정복의 영웅이 왔구먼!" 그런 다음 진지하게 새삼스러운 축하의 말을 건넸다. 플로리는 이 기회를 이용하여 원장을 위해 몇 마디 찔러 넣었다. 원장이 폭동 현장에서 보인 영웅적 행위를 생생하게 말해주었다. "원장은 군중 속에 들어가 격렬하게 싸웠어요" 등등. 그리 심하게 과장

된 말은 아니었다. 실제로 원장은 자신의 목숨을 걸고 그곳에 있었으니까 말이다. 맥그리거 부관무관은 감명을 받았다. 그 이야기를 들은 다른 사람들도 마찬가지였다. 동양인의 경우 같은 동양인 천 명의 증언보다 유럽인 한 사람의 증언이 더 큰 효력이 있을 수 있다. 게다가 지금 이 순간 플로리의 의견은 영향력을 지니게 되지 않았는가. 이제 원장의 좋은 평판이 회복된 것이나 마찬가지였다. 클럽 회원으로 선출되는 것은 따놓은 당상이었다.

하지만 플로리가 현장 캠프촌으로 돌아가는 바람에 최종 합의는 매듭지어지지 않았다. 밤을 틈타 걸어갈 요량으로 그날 저녁 바로 출발해야 했기 때문에 엘리자베스도 다시 보지 못했다. 무위의 반란이 종결된 게 분명했기 때문에 이제 마음 놓고 정글로 길을 떠날 수 있었다. 우기가 시작된 후로 반란에 대한 이야기는 거의 자취를 감추었다. 버마인들은 밭을 가느라 분주했고, 어차피 침수된 밭은 사람들이 무리 지어 다닐 수 없을 지경이었다. 플로리는 열흘 후, 여섯 주에 한 번씩 방문하는 신부가 오는 날 카욕타다로 돌아올 예정이었다. 사실 그는 엘리자베스와 베럴이 함께 있는 카욕타다에 있고 싶지 않았다. 하지만 이상하게도 그 모든 쓰라린 감정이―그를 괴롭히던 그 모든 역겹고 은밀한 시기심이―그녀가 용서했다는 것을 안 뒤로 자취를 감췄다. 두 사람 사이를 가로막는 건 이제 베럴뿐이었다. 그녀가 베럴의 품에 안겨 있는 상상이 떠올라도 이제는 동요되지 않았다. 그들의 연애는 최악에 이르러 종말을 맞을 수밖에 없다는 것을 알고 있기 때문이었다. 베럴이 엘리자베스와는 절대로 결혼하지 않으리란 것은 확실했다. 베럴과 같은 유형의 젊은 남자들은 궁벽한 인도의 위수지에서 어쩌다 만난 무일푼의 여자와 결혼하지 않는다. 그저 엘리자베스를 통해 지루함을 달래고 있을 뿐이었다. 머잖아 그녀를 버릴 것이며, 그러면 그녀는 플로리에게 돌아올 것이다. 그것으로 충분했다. 기대했던 것보다 훨씬 잘되었다. 진정한 사랑은 여러 가지 점에서 다소 잔혹한 겸허함을 동반하는 법이다.

우 포 카인은 크게 분노하고 있었다. 그를 불시에 덮친 것을 하나 들라면 그 시시한 폭동이 그랬고, 그것은 그의 계획에 찬물을 끼얹었다. 원장에게 치욕을 주는 공작을 처음부터 다시 시작해야 했다. 아니나 다를까 그 일은 다수의 투서로 시작되었다. 홀라 페는 투서들을 쓰기 위해―이번에는 기관지염 핑계를 대고―이틀이나 결근했다. 그리하여 원장은 남색부터 시작해 관용 우표 도둑질에 이르기까지 온갖 범죄를 저질렀다는 고발을 당했다. 한편 나 슈에 오의 탈옥을 방조한 교도관은 기소돼 재판을 받았다. 하지만 우 포 카인이 그를 위해 200루피나 써서 증인들을 교사한 덕에 그는 당당히 무죄로 풀려났다. 더 많은 투서가 맥그리거 부관무관 사무실에 쏟아져 들어왔다. 그 탈옥의 실제 기획자는 베라스와미 원장인데 그 죄를 무력한 하급 관리에게 전가하려 했음을 세세히 입증하는 투서들이었다. 하지만 투서 작전의 결과는 실망스러웠다. 맥그리거 부판무관이 판무관에게 보내는 폭동 관련 비밀 보고서를 우 포 카인이 가로채 김을 쐬어 열어보니 보고서의 분위기는 깜짝 놀랄 만했다. 폭동 당일 밤 원장이 "매우 명예로운 행동"을 보였다는 내용이 있었던 것이다. 우 포 카인은 긴급 대책 회의를 소집했다.

"강경한 조처를 취할 때가 왔네." 그가 좌중을 향해 말했다. 그들은 아침 식사 전 앞쪽 베란다에서 비밀회의를 열었다. 마 킨, 바 세인, 흘라 페가 참석했다. 흘라 페는 영리하게 생기고 출세를 보장하는 태도를 갖춘, 장래가 촉망되는 열여덟 살 소년이었다.

"우리는 지금 벽돌 벽을 두드리고 있는 거야." 우 포 카인이 말을 이었다. "그 벽은 바로 플로리야. 그 시시한 겁쟁이가 제 친구를 도울 줄이야 누가 알았겠나? 하지만 결과적으론 그렇게 되었어. 베라스와미가 그의 지지를 받는 한 우리로선 속수무책이야."

"제가 클럽 집사랑 얘길 좀 해봤는데요, 나리." 바 세인이 말했다. "엘리스 씨와 웨스트필드 씨는 원장이 회원으로 선출되는 걸 원치 않는답니다. 폭동 사건이 잊히면 그들과 플로리가 이 문제로 또 다투게 되지 않을까요?"

"물론 다투겠지, 항상 그러니까. 하지만 일단 내 작전에 금이 갔어. 그자가 선출된다고 생각해봐! 그러면 난 아마 울화통이 터져 죽을 거야. 아니지, 단 한 가지 수가 남았어. 플로리를 치는 거야."

"나리, 플로리를 치다뇨! 백인이잖아요!"

"무슨 상관이야? 전에도 백인을 여럿 파멸시킨 적이 있는데. 플로리의 이름이 더럽혀지기만 하면 원장도 끝장이야. 그러니까 그 이름을 더럽혀줘야지! 플로리가 클럽에 차마 얼굴을 또 내밀지 못하도록 톡톡히 망신을 줘야겠어!"

"하지만 나리! 그래도 백인을 어떻게! 무슨 죄를 씌우죠? 백인을 고발한들 누가 믿겠어요?"

"자넨 작전 머리가 없어, 코 바 세인. 백인은 **고발**로 안 돼. 현장을 덮쳐야 하는 거야. 현행범으로 공개 망신을 주는 거야. 방법이 있을 거야. 생각 좀 할 테니 조용히들 있어봐."

침묵이 흘렀다. 우 포 카인은 작은 두 손을 뒤로 움켜쥐고 자연의 고원 같은 엉덩이에 얹고서 빗속을 응시했다. 백인을 공격한다는 말에 겁을 먹은 다른 사람들은 자신들이 감당할 수 없게 된 상황에 대처할 절묘한 수단을 기다리며 베란다 한쪽 끝에서 그를 지켜보았다. 그 광경은 나폴레옹이 모스크바에서 지도를 들여다보는 동안 챙을 세운 모자를 벗어 든 수하 장군들이 침묵하는 장면을 묘사한 그 유명한 그림(메소니에의 그림이었던가?)과 약간 비슷한 데가 있었다. 하지만 주어진 상황에 대처할 역량은 우 포 카인이 나폴레옹보다 물론 더 뛰어났다. 그는 단 2분 만에 작전을 세웠다. 그가 돌아섰을 때 그 펑퍼짐한 얼굴에 기쁨이 흠뻑 번져 있었다. 우 포 카인이 춤을 추려 했다는 원장의 말은 틀린 표현이었다. 우 포 카인의 체형은 춤을 추도록 생겨먹지 않았다. 하지만 그렇지 않았더라면 이 순간 그는 진짜 춤을 추었을 것이다. 그는 바 세인을 손짓으로 가까이 불러 몇 초 동안 그의 귀에다 뭐라고 속닥였다.

"어때, 묘수지?" 우 포 카인은 그렇게 말을 맺었다.

바 세인은 마음에 내키지 않는지 미심쩍어하면서도 차츰 만면에 미소를 머금었다.

"경비로 50루피면 될 거야." 우 포 카인이 빙그레 웃으며 덧붙여 말했다.

그가 작전을 자세히 털어놓았다. 웬만해선 웃지 않는 바 세인도, 진심으로 그를 탐탁지 않아 하는 마 킨조차 그의 작전을 이해하고는 한바탕 참을 수 없는 웃음을 터뜨렸다. 거부할 수 없을 정도로 정말 좋은 작전이었다. 천재적이었다.

그동안 비가 내리고 또 내렸다. 플로리가 현장으로 돌아간 후로 서른여덟 시간 동안 계속 비가 내렸다. 영국의 비와 같은 속도로 느리게 내리는가 하면 바닷물이 몽땅 구름에 빨려 들어갔나 하는 생각이 들 정도로 폭포처

432

럼 쏟아지기도 했다. 지붕을 때리는 빗소리를 몇 시간 계속 들으면 미칠 것만 같았다. 비가 내리는 중 이따금 해가 나면 무섭게 이글거렸다. 그러면 진흙땅이 갈라지고 증기가 솟아오르고 온몸에 여기저기 땀띠가 돋았다. 비가 다시 시작되면 금세 무수한 딱정벌레들이 고치를 벗고 나왔다. 혐오스러운 노린재 떼가 엄청나게 가옥에 침입해 식탁을 뒤덮다시피 해서 음식을 먹을 수 없게 망쳐놓았다. 베럴과 엘리자베스는 비가 그리 심하지 않은 날이면 저녁에 여전히 말을 탔다. 베럴은 기후가 어떻든 개의치 않았으나 조랑말들이 진흙을 뒤집어쓰는 것을 보기 싫어했다. 거의 일주일이 지나갔다. 그들 사이엔 아무런 변화가 없었다. 전보다 더 가까워지지도 멀어지지도 않았다. 그녀가 확신하고 고대하는 청혼에 대한 언급은 아직 없었다. 그러던 중 놀라운 일이 생겼다. 맥그리거 부판무관의 입을 통해 베럴이 카욱타다를 떠날 것이라는 소식이 클럽에 새어 나왔다. 헌병대는 카욱타다에 그대로 주둔하지만 베럴을 대신할 다른 장교가 부임할 예정이었다. 확실한 날짜는 아무도 몰랐다. 엘리자베스는 무진장 애가 탔다. 곧 떠날 거라면 틀림없이 무슨 확실한 언질을 주겠지? 그에게 직접 물을 수는 없는 노릇이었다. 정말로 떠나는지 물어볼 용기도 없었다. 엘리자베스로선 그가 스스로 말할 때까지 기다릴 수밖에 없었다. 하지만 그에게선 아무 말이 없었다. 그러던 어느 날 저녁, 베럴이 아무런 통고도 없이 클럽에 나타나지 않았다. 그리고 이틀이 지나도록 엘리자베스는 그를 전혀 보지 못했다.

끔찍한 노릇이었지만 그녀로선 할 수 있는 게 아무것도 없었다. 베럴과 엘리자베스는 몇 주 동안 떨어질 수 없는 사이로 지냈지만, 어떤 면에서는 서로 낯선 사람이나 마찬가지였다. 베럴은 그곳 사람들 모두를 멀리했다. 래커스틴 댁에 들어가 본 적조차 한 번도 없었다. 그들은 닥방갈로에 가서 그를 찾거나 그에게 편지를 쓸 만큼 그를 잘 알지 못했다. 베럴은 마이단에서 행하는 오전 열병식에도 나타나지 않았다. 그가 스스로 나타나기로 마음먹기 전에는 그녀로선 할 수 있는 게 아무것도 없었다. 그가 다시 나타난다면, 그러면 그녀에게 청혼을 할까? 반드시 그럴 거야, 반드시! 엘리자베스와 그녀의 숙모는 베럴이 반드시 청혼할 것을 신조처럼 믿고 있었다(하지만 누구도 그런 말을 입 밖에 내지는 않았다). 엘리자베스는 스스로 희망 고문을 하며 그를 다시 만날 날을 고대했다. 하느님 제발 적어도 한 주만 더 있다가 가게 해주세요! 네 번만 더, 아니 세 번만—단 두 번만이라도 더 말을 타러 나가면 모든 게 잘될 텐데. 하느님 제발 그가 어서 돌아오게 해주세요! 그가 온다면, 단지 작별 인사를 하러 오는 것은 아니지 않겠는가! 두 여자는 매일 저녁 클럽에 갔다. 밤늦도록 앉아서 서로 안 그런 체하면서 베럴의 발소리가 나는지 귀를 기울였다. 하지만 그는 결국 나타나지 않았다. 그들의 사정을 잘 알고 있던 엘리스는 그녀를 짓궂게 지켜보며 재미있어했다. 최악은 래커스틴 씨가 이제 쉴 새 없이 엘리자베스에게 지분거리는 것이었다. 그는 점점 더 무모하게 행동했다. 거의 하인들이 보는 앞에서 그녀를 불러 세워 붙잡고는 매우 역겨운 방식으로 그녀를 살짝 꼬집듯 만지며 주물럭거리는 수준이었다. 그녀의 유일한 방어 수단은 숙모에게 이른다고 위협하는 것이었다. 다행히 그는 얼마나 멍청한지 엘리자베스에게 그럴 용기가 없다는 것을 알지 못했다.

사흘째 날 아침, 엘리자베스가 숙모와 클럽에 도착하자마자 폭풍우가 쏟아지기 시작했다. 그들이 라운지에 가서 몇 분쯤 앉아 있자니 복도에서 누군가 신발의 물을 터는 소리가 들렸다. 베럴이 왔나 하여 여자들의 마음이 흔들렸다. 그리고 이윽고 곧 어떤 청년이 긴 우비의 단추를 풀면서 라운지로 들어왔다. 스물다섯 살쯤 된 청년으로 살이 토실토실하고 윤기 흐르는 얼굴, 이마가 좁고 머리는 버터색이었으며 통통한 체격에 쾌활하고 멍청해 보였다. 나중에 알게 된 것이지만 그의 웃음소리는 귀청이 터지도록 컸다.

래커스틴 부인에게서 무슨 분명치 않은 소리가 흘러나왔다. 실망해서 툭 내뱉은 소리였다. 처음 만난 사람에도 곧바로 격의 없이 친하게 구는 유형인 청년은 그들에게 쾌활하게 인사를 건넸다.

"안녕하세요, 안녕하세요! 요정의 나라 왕자님 입장입니다! 제가 방해가 되지는 않았는지요? 가족 모임이나 뭐 그런 거에 제가 불쑥 끼어든 건 아니겠죠?"

"천만에요!" 래커스틴 부인이 깜짝 놀라며 대답했다.

"그냥―클럽을 한번 둘러볼까 하고 잠깐 들른 겁니다. 이 동네 위스키 품질에 익숙해질까 하는 것도 있고요. 간밤에 이곳에 왔거든요."

"여기에 **주둔**하세요?" 래커스틴 부인이 어리둥절해서 물었다. 누가 새로 온다는 얘기는 금시초문이었다.

"네, 그렇고말고요. 저도 기쁩니다, 전적으로."

"하지만 우린 아직 듣지 못……. 아, 그렇지! 산림청에서 오셨나 봐요? 고인이 된 맥스웰 씨 후임?"

"네? 산림청요? 전혀 아닙니다! 저는 새로 온 헌병입니다."

"새로 온―뭐라고요?"

"헌병요. 베럴의 후임이죠. 그 친구는 본대로 복귀하라는 명령을 받았습니다. 아주 급히 떠나야 하죠. 이 사람에게 모든 걸 엉망인 채로 남겨두고 말입니다."

헌병 청년은 무신경한 사람이었지만 엘리자베스의 안색이 갑자기 창백해진 것을 알아챘다. 그녀는 순간 말을 할 수 없었다. 몇 초 후에야 래커스틴 부인이 큰 소리로 물었다.

"베럴 씨가―떠날 거라뇨? 설마 **벌써** 떠날 준비를 하는 건 아니겠죠?"

"떠날 준비요? 떠난걸요!"

"떠났다고요?"

"아니, 제 말은—앞으로 반 시간쯤이면 기차가 출발합니다. 지금 기차역에 있을 거예요. 제가 그 친구를 도우라고 잡역반을 보냈거든요. 조랑말들을 기차에 태우고 어쩌고 하는 일 때문에요."

그 뒤에 부가적 설명이 따랐을 테지만 엘리자베스나 숙모의 귀에는 아무 소리도 들어오지 않았다. 어쨌든 그들은 결국 헌병 청년에게 작별 인사도 없이 15초 만에 클럽 현관 계단에 나가 서 있었다. 래커스틴 부인이 큰 소리로 집사를 불렀다.

"집사! 빨리 내 인력거 이 앞에 대기시켜!" 그러곤 인력거꾼이 오자 소리쳐 말했다. "역으로! 빨리!" 좌석에 올라앉은 래커스틴 부인은 우산 물미로 인력거꾼의 등을 쿡 찔러 출발하라고 재촉했다.

엘리자베스는 우비를 입었고, 인력거에 앉은 래커스틴 부인은 우산을 앞으로 기울여 받치고 몸을 웅크렸다. 하지만 우비든 우산이든 별로 소용이 없었다. 정면으로 몰아치는 폭우에 클럽 정문을 벗어나기도 전에 엘리자베스의 원피스가 홀딱 다 젖었고 인력거는 바람에 전복될 뻔했다. 인력거꾼은 머리를 수그리고 비바람에 맞서며 낑낑거렸다. 엘리자베스는 번민에 사로잡혔다. 무언가 잘못되었어, **틀림없이** 잘못된 거야. 그가 편지를 보냈는데 무언가 잘못돼서 내가 받지 못한 걸 거야. 그래, 그거야, **틀림없어!** 그가 작별 인사도 없이 떠날 리 없어! 그렇다면—아니지, 그렇더라도 희망을 버려서는 안 돼! 마지막으로 플랫폼에서 보면 잔인하게 나를 버리고 가지 못할 거야! 기차역에 가까워졌을 즈음 엘리자베스는 인력거에 뒤처졌다. 그녀는 자신의 뺨을 꼬집어 얼굴에 핏기가 돌게 만들었다. 걸레처럼 젖은 얇은 제복 차림의 인도인 헌병 작업반이 손수레를 밀고 지척지척 서둘러 지나갔다. 베럴을 도와준 작업반일 터였다. 다행히 아직 시간이 15분 남았다. 기차 출발 시간까지 15분. 최소한 마지막으로 그를 볼 기회가 있어서 다행이었다!

그들이 도착했을 때 마침 기차가 역을 막 빠져나가며 속도를 올리고 있어 배기음에 귀가 먹먹했다. 검은 피부에 몸집이 통통하고 작은 역장이 유감스러운 얼굴로 선로 위에 서서 멀어져가는 기차를 응시하고 있었다. 한 손으로는 방수포를 씌운 토피를 벗겨지지 않게 붙들고 다른 한 손으로는 자기에게 연신 꾸벅이면서 무언가를 들이밀고 그것을 봐달라는 듯한 시끄러운 인도인 두 명을 뿌리치고 있었다. 래커스틴 부인이 인력거에서 몸을 내밀어 비를 꿰뚫고 흥분된 태도로 외쳤다.

"역장!"

"네, 부인!"

"저게 무슨 기차죠?"

"만달레이행 기차입니다, 부인."

"만달레이행! 그럴 리가!"

"확실합니다, 부인! 만달레이행 기차가 틀림없습니다." 역장이 토피를 벗으면서 그들에게 다가왔다.

"하지만 베럴 중위─그 헌병은? 설마 저 기차에 탄 건 아니겠죠?"

"아뇨, 부인, 그분은 떠났습니다." 그는 손을 흔들며 기차를 가리켜 보였다. 기차는 이제 비와 증기가 섞인 연무를 일으키며 빠르게 멀어져 갔다.

"하지만 아직 출발 시간이 안 됐는데!"

"맞습니다, 부인. 15분 후에 출발할 예정이었죠."

"그런데 왜 벌써 떠난 거죠?"

역장은 변명하듯이 토피를 양쪽으로 흔들어댔다. 그의 검고 통통한 얼굴이 무척 난감해하는 모습이었다.

"압니다, 부인, 알아요! **정말이지** 전례가 없는 일이에요! 하지만 그 젊은 장교가 기차를 출발시키라고 분명히 **명령**했어요! 준비가 모두 완료되었으니 더는 기다리고 싶지 않다고 단언하더군요. 제가 그건 규칙 위반이라니까 규칙 위반 따윈 자기가 알 바 아니라더군요. 이의를 제기해도 막무가내였어요. 그래서 결국─"

역장이 다시 손짓을 했다. 베럴은 기차를 10분 일찍 출발시키고 말고도 제멋대로 하고야 마는 사람이라는 표시였다. 잠시 대화가 중단되었다. 두 인도인이 말할 기회가 왔다고 생각하고 울며불며 불쑥 달려들어 래커스틴 부인더러 보라며 더러운 약속어음장들을 내밀었다.

"이 사람들 대체 뭘 갖고 그래?" 래커스틴 부인이 심란한 얼굴로 소리쳤다.

"이들은 마초 장수들입니다, 부인. 베럴 중위한테 받을 돈이 많은데 저렇게 떠났답니다. 하나는 건초 값이고 또 하나는 귀리 값이고요. 이런 건 내 알 바 아니죠."

멀리서 기차 경적 소리가 들려왔다. 뒤가 검은 애벌레처럼 한번 흘끔 뒤돌아보고는 굽은 곳을 돌아가더니 이내 사라졌다. 역장의 젖은 흰 바짓가랑이가 바람에 쓸쓸히 퍼덕거렸다. 베럴이 엘리자베스로부터 도망치기 위해 일찍 떠났는지, 아니면 마초 장수들로부터 도망치기 위해 그랬는지, 흥미로운 의문이 남았지만 이는 전혀 규명되지 않았다.

그들은 바람을 헤치며 왔던 길을 되돌아가 언덕길을 올랐다. 가끔 한 걸음 내디디면 몇 걸음 뒤로 물러나게도 만드는 강풍이었다. 집 베란다에 다다른 두 사람은 가쁜 숨을 몰아쉬었다. 빗물이 줄줄 흐르는 우비를 하인들에게 주고 엘리자베스는 머리를 흔들어 빗물을 털었다. 래커스틴 부인은 역을 떠난 뒤 처음으로 입을 열었다.

"원 세상에! 그렇게 예의 없기는—**언어도단도 유분수지**……!"

엘리자베스는 비바람을 맞고도 얼굴이 핏기 없이 창백하고 해쓱해 보였다. 하지만 그녀는 끝내 속을 드러내지 않았다.

"기다렸다가 우리와 작별 인사를 할 수도 있었을 텐데." 그녀가 차갑게 말했다.

"얘, 베럴이 없어진 건 아주 잘된 거야! 내 말 믿어……. 내가 처음에도 말했지만 젊은 사람이 아주 **혐오스럽잖니!**"

얼마 후, 목욕을 하고 옷을 갈아입은 그들은 아침 식사를 하려고 앉았다. 기분이 좀 나아진 래커스틴 부인이 물었다.

"가만있자, 오늘이 무슨 요일이지?"

"토요일이에요, 숙모."

"아, 토요일이지. 그럼 저녁 때 신부님이 오시겠네. 내일 예배엔 몇 사람이나 참석할까? 어머, 모두가 여기 카욕타다에 있겠네! 정말 잘됐네! 플로리 씨도 있을 테니 말이다. 플로리 씨가 내일 정글에서 나온다고 했던 것 같아." 그러고는 무척 다정하게 덧붙였다. "**친애하는 플로리 씨가!**"

24

저녁 6시가 거의 다 되었다. 마투 영감이 줄을 잡아당기자 높이가 2미터쯤 되는 양철 뾰족탑의 우스꽝스러운 교회 종이 쩽그렁쩽그렁 울렸다. 먼 비보라가 석양의 광선을 굴절시켜 마이단을 아름답게 빛냈다. 일찍 내린 비가 지금은 그쳤지만 다시 내릴 터였다. 카욕타다의 기독교인 사회를 이루는 열다섯 사람이 저녁 예배를 드리기 위해 교회로 모여들고 있었다.

플로리는 이미 도착해 있었다. 회색 토피를 포함한 의관을 갖춘 맥그리거 부판무관, 새로 세탁한 능직 정장 차림의 프랜시스와 새뮤얼이 이리저리 다니며 분주했다—여섯 주마다 드리는 예배는 그들에게 중요한 사교 모임이었다. 맥그리거 부판무관의 집에 들러 긴 사제복

위에 중백의를 입고 온 백발의 신부가 교회 앞 계단에 서 있었다. 코안경을 쓴 그의 품위 있는 얼굴은 검버섯으로 얼룩덜룩했다. 그는 계단을 올라와 인사를 하는 뺨이 불그스레한 카렌족 기독교인 네 명을 상냥하지만 다소 난감한 표정으로 웃으며 맞이하고 있었다. 신부는 그들의 언어를, 그들은 신부의 언어를 한마디도 모르기 때문이었다. 동양인 기독교도가 한 명 더 있었는데, 인도인이지만 어떤 부족 출신인지는 확실치 않은 그는 슬픔에 잠긴 얼굴로 공손히 뒤편에 서 있었다. 예배가 열릴 때마다 항상 교회를 찾아왔지만 그가 누구인지, 어떻게 기독교인이 됐는지 아무도 알지 못했다. 틀림없이 유년기에 선교사들의 보살핌으로 세례를 받은 사람이었을 것이다. 어른이 되어 개종한 인도인들은 거의 반드시 신앙을 도로 버리기 때문이다.

플로리는 연보라색 옷을 입은 엘리자베스가 숙부와 숙모와 함께 언덕을 내려오는 것을 보았다. 그날 아침 클럽에서 그녀를 보기는 했지만 다른 사람들이 들어오는 바람에 단둘이 있을 시간은 1분도 채 안 되었다. 그 틈을 타그는 단 한 가지 질문을 했다.

"베럴은 가버린 건가요─아주?"

"네."

더 이상 말이 필요 없었다. 그는 그냥 그녀의 양팔을 잡아 끌어당겼다. 그녀는 당기는 대로 기꺼이, 정말 기쁜 마음으로 이끌려 왔다. 심지어 그의 흠 있는 얼굴을 무자비하게 비추는 맑은 일광 속에서. 그녀는 거의 어린아이처럼 잠시 그에게 달라붙어 있었다. 마치 그에게 무언가로부터 구원이나 보호를 받기라도 한 것처럼. 그는 입을 맞추려고 그녀의 얼굴을 들다가 그녀가 울고 있는 것을 보고 깜짝 놀랐다. 하지만 당장은 이야기를 나눌 시간이 없었다. "나와 결혼해주겠어요?"라는 말 한마디도 할 시간이 없었지만 개의치 않았다. 예배에 다녀와서 충분한 시간이 있을 테니까. 어쩌면 여섯 주 뒤 신부가 다시 올 땐 결혼식 주례를 설지도 모를 것 같았다.

엘리스와 웨스트필드, 새로 온 헌병 청년이 클럽을 나와 교회로 오고 있었다. 그들은 예배 시간을 지탱할 만큼의 술을 얼른 마시고 오는 길이었다. 그 뒤로, 혈색이 누렇고 키가 크며 귀 앞에 난 콧수염 같은 터럭을 제외하면 완전히 대머리인 사람이 오고 있었다. 맥스웰 후임으로 새로 온 산림청 소장 대리였다. 이윽고 엘리자베스가 교회에 도착했을 때 플로리는 "안녕하세요"라고 말할 시간밖에 없었다. 모두 모인 것을 본 마투는 종 치는 것을 멈췄고, 신부는 앞장서 교회 안으로 들어갔다. 토피를 벗어 배 앞에 든 맥그리거 부판무관과 래커스틴 부부, 원주민 기독교인들이 뒤를 따랐다. 엘리스가 플로리의 팔꿈치를 꼬집더니 그의 귀에 대고 술 취한 목소리로 속삭였다.

"이봐, 줄 서. 회개의 행진을 할 시간이야. 앞으로 갓!"

엘리스는 헌병 청년과 팔짱을 끼고 댄스 스텝을 밟으며 다른 사람들 뒤를 따라 들어갔다. 헌병 청년은 안으로 들어갈 때까지 푸에 춤을 흉내 내며 뚱뚱한 엉덩이를 흔들었다. 플로리는 그들과 같은 줄에 앉았다. 가운데 통로를 사이에 두고 바로 왼쪽에 엘리자베스가 앉아 있었다. 모반이 있는 쪽 얼굴을 그녀에게 향하게 하는 위험을 무릅쓴 것은 처음이었다. "눈 감고 스물다섯을 세." 엘리스가 무릎을 꿇으며 속삭이듯 말하자 헌병 청년이 킬킬 웃었다. 래커스틴 부인은 이미 작은 책상만 한 페달식 오르간 앞에 앉아 있었다. 마투 영감이 문가에 서서 펑카 줄을 잡아당기기 시작했다. 펑카는 유럽인들이 앉아 있는 맨 앞자리만 부치도록 설치되어 있었다. 플로가 콩콩거리며 가운데 통로로 오더니 플로리를 발견하고 그의 자리 밑에 가서 앉았다. 예배가 시작되었다.

플로리는 띄엄띄엄 주의를 기울일 뿐이었다. 일어서고 무릎을 꿇는 일, 끝없는 기도와 중얼거리는 듯한 "아멘" 소리, 엘리스가 옆구리를 쿡 찌르며 찬송가 책으로 얼굴을 가리고 속삭인 신성모독적인 발언을 어렴풋이 의식했다. 하지만 플로리는 너무 행복해서 생각을 집중시키지 못했다. 지하계가 에우리디케를 내어주고 있었다. 열린 문으로 밀려 들어온 노란 햇빛이 맥그리거 부관무관의 널따란 등을 감싼 실크 재킷을 금빛으로 물들였다. 좁은 통로 건너편 엘리자베스가 움직일 때마다 옷이 스치는 소리가 들렸다. 그녀의 체온이 느껴지는 듯할 정도로 가까웠다. 하지만 사람들이 눈치를 챌까 봐 단 한 번도 고개를 돌려 그녀를 보지 않았다. 페달이 하나밖에 작동하지 않기 때문에 힘을 들여야 충분한 바람을 불어넣을 수 있는 오르간이 기관지염 환자처럼 떨었다. 찬송가 소리는 괴상하고 귀에 거슬리는 소음이었다. 맥그리거 부판무관이 진지하게 부르는 소리는 크게 울렸고, 다른 유럽인들은 부끄러운 듯이 중얼중얼 찬송가를 불렀고, 뒤에서는 곡조만 알고 가사를 모르는 카렌족 기독교인들이 소 울음처럼 큰 소리로 웅얼거렸다.

신도들은 다시 무릎을 꿇고 있었다. 엘리스가 속삭이듯 말했다. "빌어먹을 또 무릎 운동인가." 주위가 갑자기 어두워지더니 지붕을 때리는 가벼운 빗소리가 들렸다. 바깥에서 나뭇잎들이 바스락거리는 소리가 났고 노란 나뭇잎 한 무더기가 맴돌며 창문을 가로질러 날아갔다. 플로리는 손가락 틈으로 그 모양들을 보았다. 20년 전, 고향 교구의 교회 회중석에서도 지금처럼 창밖의 노란 나뭇잎들이 납빛 하늘을 배경으로 퍼덕이며 바람에 날리는 것을 바라보곤 했었다. 그간 더러운 세월의 때가 전혀 묻지 않은 듯 이제라도 새 출발을 할 수 있지 않을까? 그는 손가락 틈으로 엘리자베스를 비스듬히 흘긋 쳐다보았다. 그녀는 고개를 숙이고 주근깨가 있는 앳된 손으로 얼굴을 가린 채 무릎을 꿇고 있었다. 그녀와 결혼하면, 그녀와 결혼하면! 이 이질적이지만 온화한 땅에서 함께 얼마나 재미있게 살게 될까! 현장 캠프촌에 함께 가 있는 그녀의 모습을 상상했다. 일을 마치고 피곤한 몸으로 돌아오면 그녀가 반겨주는 가운데 코 슬라가 맥주 한 병을 들고 텐트에서 나오는 모습. 그녀와 숲속을 거니는 모습도 상상했다. 보리수나무에 앉아 있는 코뿔새를 관찰하고, 이름 모를 꽃을 따고, 추운 날 축축한 초지에서 도요새와 쇠오리를 잡기 위해 함께 안개를 헤치며 다니는 모습. 그녀의 손으로 새로 꾸며질 집도 상상했다. 응접실은 더 이상 지저분하지도, 독신남 티가 나지도 않을 것이다. 랑군에서 새 가구를 사 오고, 탁자 위에는 장미 봉오리 같은 분홍 봉선화가 담긴 큰 그릇이 놓여 있고, 책과 수채화가 있고, 검정 피아노가 있는 응접실. 무엇보다 피아노! 피아노에 대한 생각이 좀처럼 떨쳐지지 않았다. 자신에게 음악적 소양이 없기 때문인지 피아노는 문화와 안정된 생활의 상징으로 보였다. 이 순간 그는 지난 10년의 그늘진 삶에서 ─방탕과 거짓, 타향살이와 고독의 아픔, 매춘부와 고리대금업자와 인도 거주 백인들과 어울리는 생활에서 ─영원히 해방되었다.

신부가 나무로 된 작은 성서 낭독대로 갔다. 설교단으로도 쓰이는 낭독대에 서자 설교 원고인 두루마리 종이의 띠를 풀어 펼치고 헛기침을 한 뒤 성서 구절을 읽었다. "성부와 성자와 성령의 이름으로. 아멘."

"제발 좀 간단히." 엘리스가 중얼거렸다.

얼마나 많은 시간이 흘렀는지 플로리는 알아차리지 못했다. 설교는 졸졸 흐르는 물처럼 들릴 듯 말 듯 불분명한 소리로 평화로이 그의 머릿속을 스쳐 흘러갔다. 그녀와 결혼하면, 그는 여전히 그 생각을 하고 있었다, 그녀와 결혼하면—

어럽쇼! 무슨 일이지?

신부가 설교 도중 말을 멈췄다. 그는 코안경을 벗어 문간에 서 있는 누군가를 향해 흔들면서 난감한 표정을 지었다. 누군가 귀에 거슬리는 끔찍한 소리로 악을 썼다.

"피케-산 페이-라이크! 피케-산 페이-라이크!"

모두 놀라 움찔하고 자리에 앉은 채 뒤를 돌아보았다. 마 흘라 메이였다. 좌중이 돌아보자 그녀는 교회 안으로 들어오며 마투 영감을 세차게 옆으로 밀고는 플로리를 향해 주먹을 흔들었다.

"피케-산 페이-라이크! 피케-산 페이-라이크! 그래, 저 사람 말이야—플로리, 플로리!"(그녀가 부르는 이름은 '폴리' 같았다.) "저기 저 앞에 앉아 있는 머리가 검은 사람! 돌아서 날 봐, 이 겁쟁이야! 나한테 주기로 약속한 돈 어딨어?"

그녀는 미치광이처럼 악을 쓰며 말하고 있었다. 모두 깜짝 놀라 움직이지도 못하고 말도 못 하고 멍청히 그녀를 바라보았다. 분칠한 얼굴은 납빛이었고 헝클어져 흘

448

러내린 머리카락은 기름에 절어 있었으며 롱지는 아랫단이 너덜너덜했다. 장터에서 빽빽 소리 지르는 고약한 노파 같은 모습이었다. 플로리는 오장육부가 얼어붙는 듯했다. 맙소사, 이를 어쩌지! 저 여자가 자기 정부였다는 것을 이들이 알까―엘리자베스가 알까? 그들이 오인할 가망은―조금도―없었다. 마 흘라 메이가 악을 쓰며 계속 그의 이름을 불렀으니 말이다. 귀에 익은 목소리를 들은 플로가 회중석 밑에서 꿈틀거리며 나오더니 가운데 통로를 내려가 마 흘라 메이 앞에서 꼬리를 흔들었다. 그 진저리 나는 여자는 고래고래 소리치며 플로리가 한 짓을 낱낱이 늘어놓았다.

"날 봐, 백인 남자들아, 날 봐, 당신들 여자들도! 플로리가 나를 어떻게 망쳐놨는지! 내가 입고 있는 이 누더기를 봐! 그런데 저기 앉아 있는 저 사람, 저 거짓말쟁이, 저 겁쟁이는 나를 못 본 체하고 있어! 나를 들개처럼 자기 집 문 앞에서 굶주리게 내버려뒀어. 애해! 하지만 난 당신에게 망신을 줄 거야! 돌아서 날 봐! 당신이 수없이 키스한 이 몸을 보라고―이걸 봐―보라고―"

그녀는 정말로 옷을 찢듯이 벗기 시작했다. 한 미천한 버마 여자가 주는 최후의 모욕이었다. 래커스틴 부인이 발작적으로 움직이는 바람에 오르간에서 새된 소리가 났다. 사람들이 정신을 차리고 움직이기 시작했다. 염소가 우는 듯이 무력한 소리만 내던 신부도 다시 본래의 음성을 되찾았다. "저 여자 내보내요!" 그가 날카롭게 소리쳤다.

플로리의 얼굴은 송장 같았다. 처음에 뒤돌아 문 쪽을 본 뒤 다시 바로 앉은 그는 태연한 체하려고 이를 악물고 필사적인 노력을 기울이고 있었다. 하지만 소용없었다, 전혀 소용이 없었다. 그의 얼굴은 뼈처럼 누렜고 이마는 땀으로 번들거렸다. 프랜시스와 새뮤얼이 벌떡 일어서더니, 그들로서는 평생 처음으로 쓸모 있는 일이었을 텐데, 여전히 악을 쓰는 마 흘라 메이의 팔을 양쪽에서 잡아 밖으로 끌어냈다.

이윽고 그녀가 끌려 나가 목소리가 들리지 않게 되자 교회 안이 쥐 죽은 듯 조용하게 느껴졌다. 모두가 마음의 안정을 잃을 지경으로 격렬하고 추잡한 소동이었다. 엘리스조차 역겨워할 정도였다. 플로리는 말도 못 하고 꼼짝도 할 수 없었다. 그 자리에서 제단만 뚫어지게 응시할 뿐이었다. 경직된 얼굴에 핏기가 사라지자 푸른 물감으로 그은 듯 모반에서 빛이 나는 것 같았다. 엘리자베스는 통로 건너편에서 그를 쳐다보고 신체에 이상을 느낄 정도로 혐오감을 느꼈다. 그녀는 마 흘라 메이의 말을 한마디도 알아듣지 못했지만 그 소동의 의미는 더없이 명백했다. 플로리가 그 납빛 얼굴의 미치광이와 연인이었다는 생각을 하자 뼛속까지 소름이 끼쳤다. 하지만 무엇보다, 다른 무엇보다 견딜 수 없는 것은 이 순간 그의 추한 몰골이었다. 그의 얼굴이 섬뜩했다. 경직되고 늙어 보이는 그 얼굴은 정말이지 송장 같았다. 해골 같기도 했다. 살아 있는 것은 모반뿐인 듯할 정도였다. 이제는 모반 때문에라도 그가 몹시 싫었다. 그것이 얼마나 치욕적이며 얼마나 용서할 수 없는 것인지 이전에는 전혀 몰랐다.

우 포 카인은 악어답게 가장 약한 부분을 공격했다. 물론 두말할 나위 없이 그것은 우 포 카인이 사주한 소동이었다. 늘 그렇듯이 기회가 왔음을 알아보고 마 흘라 메이에게 그녀가 해낼 역할을 세심한 주의를 기울여 가르쳤다. 신부는 거의 곧바로 설교를 끝마쳤다. 플로리는 예배가 끝나자마자 아무도 쳐다보지 않고 서둘러 밖으로 나갔다. 다행히 날이 어두워지고 있었다. 교회에서 50미터쯤 멀어진 곳에서 걸음을 멈춘 그는 클럽으로 짝지어 걸어가는 사람들을 바라보았다. 그의 눈에는 그들이 발걸음을 서두르는 듯했다. 아, 당연히 서두르겠지! 오늘 밤 클럽에서 나눌 이야기가 생겼으니! 플로가 그의 발목에 몸을 비벼대고 뒤로 누웠다. 놀이를 하자는 뜻이었다. 그는 "저리 가, 이 빌어먹을 짐승!" 하며 플로를 걷어찼다. 엘리자베스는 교회 문 앞에 멈춰 서 있었다. 요행을 만난 맥그리거 부판무관이 신부에게 그녀를 소개시켜주는 것 같았다. 잠시 후 맥그리거 부판무관은 자기 집에서 묵을 신부를 데리고 집으로 갔고 엘리자베스는 클럽으로 가는 사람들을 따라갔다. 그녀가 무리로부터 30미터쯤 뒤처진 것을 본 플로리는 얼른 달려가 거의 클럽 문 앞에 이르러 그녀를 따라잡았다.

"엘리자베스!"

뒤돌아 그를 보고 창백해진 그녀는 아무 말 없이 얼른 돌아서 가려고 했지만 그는 극도의 조바심에 그만 그녀의 손목을 잡았다.

"엘리자베스! 꼭―꼭 할 말이 있어요!"

"이거 놓지 못해요!"

그들은 서로 밀고 당기다 돌연 동작을 멈추었다. 교회에서 나온 카렌족 기독교인 두 명이 50미터쯤 떨어진 어스름한 저녁 빛 속에서 깊은 호기심을 드러내며 그들을 바라보고 있었다. 플로리가 다시 낮은 목소리로 말문을 열었다.

"엘리자베스, 내가 이렇게 당신을 막을 권리가 없다는 거 알아요. 하지만 꼭 할 말이 있어요, 꼭! 내 말 좀 들어줘요. 제발 도망치지 말고!"

"지금 뭐 하는 거예요? 팔을 왜 잡아요? 당장 놔요!"

"놓을게요. 자, 됐죠? 하지만 내 말 좀 들어봐요, 제발! 한 가지만 답해줘요. 아까 그런 일이 있었지만 언젠가는 나를 용서해줄 수 있을까요?"

"용서요? **용서**라니, 그게 무슨 뜻이죠?"

"내가 망신당했다는 거 알아요. 더없이 수치스러운 일이었어요! 다만, 어떤 면에선 그건 내 잘못이 아니에요. 마음을 가라앉히고 나면 알게 될 거예요. 너무 안 좋은 일이었으니, 지금 당장은 아니더라도, 나중에라도, 혹시 그 일을 잊어줄 수 있겠어요?"

"도대체 무슨 말을 하시는 건지 난 정말 모르겠어요. 잊어달라뇨? 그게 나와 무슨 상관이죠? 난 그 일이 굉장히 역겹다고 생각했지만 그건 나와는 상관없는 일이에요. 그런데 왜 나를 붙들고 그런 걸 물어보는지 도무지 모르겠어요."

플로리는 그 말에 거의 절망했다. 어조와 심지어 사용하는 말까지 그전에 다투었을 때와 똑같았다. 똑같은 행동이 되풀이되었다. 그의 말을 끝까지 듣지 않고 그를 피하고 물리치려는 것이었다. 그에게는 자기에게 아무것도 요구할 권리가 없는 체하면서 그를 냉대하려는 것이었다.

"엘리자베스! 제발 대답해봐요. 나를 좀 공정하게 대해줘요! 심각한 일이잖아요. 나를 단번에 다시 받아주길 기대하진 않아요. 그럴 수 없겠죠, 내가 그렇게 공개적으로 망신을 당했으니. 하지만 우린 결혼하기로 약속한 거나 다름없잖아요―"

"뭐요! 그쪽과 결혼 약속을? 내가 언제 결혼 약속을 했다고 그래요?"

"알아요, 말로 그러진 않았죠. 하지만 말은 안 했어도 서로 합의된 거잖아요."

"우리 사이에 그런 합의 같은 건 없었어요! 정말 불쾌하게 이러시는군요. 당장 클럽에 가야겠어요. 안녕히 가세요!"

"엘리자베스! 엘리자베스! 이봐요. 내 말은 들어보지도 않고 나를 매도하다니, 그건 불공평해요. 당신도 내 과거를 알고 있었잖아요. 그리고 엘리자베스를 알고부터 내 생활이 달라졌다는 것도 알았고요. 오늘 저녁에 일어난 일은 돌발적인 사고였을 뿐이에요. 나도 인정해요, 저 고약한 여자가 한때 — 나의 —"

"난 안 들을래요, 그런 얘기 안 듣겠다고요! 가겠어요!"

플로리가 다시 그녀의 손목을 잡고 이번엔 그녀를 끌어안았다. 다행히 카렌족 사람들은 사라지고 없었다.

"아냐, 아냐, 내 말 좀 들어봐요! 엘리자베스의 기분을 상하게 하는 한이 있어도 이 불확실한 상황은 끝내야겠어요. 벌써 몇 주, 몇 달이 되었지만 아직 한 번도 툭 터놓고 얘기할 수가 없었어요. 엘리자베스 때문에 내가 얼마나 괴로운지 모르는가 봐요, 관심도 없는 거죠. 하지만 이번만큼은 내 말에 대답해요."

엘리자베스는 그에게서 벗어나려고 몸부림을 쳤다. 그녀는 놀랍게도 힘이 셌다. 플로리는 그렇게 매섭게 화난 그녀의 얼굴을 본 적도 없고 상상할 수도 없었다. 그녀는 손이 자유롭다면 그를 때리고 싶을 정도로 그가 너무 싫었다.

"이거 놔요! 아, 이 야만스러운, 놔요!"

"오, 맙소사, 우리가 이렇게 싸우다니! 하지만 어쩔 수가 없잖아요? 내 말을 들어보지도 않고 가게 할 수는 없어요. 엘리자베스, 내 말을 **들어봐야** 해요!"

"안 들을래요! 그 일은 논하고 싶지 않다고요! 무슨 권리로 나한테 이래요? 이거 놔요!"

"용서해줘요, 용서해줘요! 이거 하나만 물어볼게요. 지금은 아니고 나중에라도―이 수치스러운 일이 잊혔을 때―나와 결혼해주겠어요?"

"싫어요, 절대로 안 해요!"

"그런 식으로 말하지 말아요! 그렇게 최종적인 말은 하지 말아요. 그냥 당장은 아니라고만 말해요. 한 달, 1년, 5년 뒤엔―"

"아니라고 했잖아요. 그런데 왜 자꾸 같은 말을 하게 해요?"

"엘리자베스, 내 말 좀 들어봐요. 난 당신이 내게 어떤 존재인지 몇 번이나 말하려고 했어요. 아아, 말로는 하나 마나 한데! 하지만 부디 이해하려고 해봐요. 내가 이곳 생활에 대해 얼마간 말해주지 않았던가요? 일종의 죽은 목숨 같은 끔찍한 삶 말이에요! 그 황폐한 삶, 고독과 연민의 삶에 대해 말하지 않았던가요? 그게 뭘 의미하는지, 이 세상에서 당신은 그런 생활로부터 나를 건져줄 유일한 사람이라는 걸 한번 이해하려고 해봐요."

"제발 이거 놔요! 왜 이런 불쾌한 소란을 피워야 하는 거죠?"

"내가 사랑한다고 말해도 아무렇지 않은 거예요? 내가 원하는 게 뭔지 아직 모르는 것 같군요. 엘리자베스가 원한다면 결혼을 하더라도 몸에 손가락 하나 대지 않겠다고 약속할 수 있어요. 나와 함께 있어주기만 한다면 그래도 난 괜찮아요. 하지만 혼자 살아가는 건, 이렇게 언제나 혼자 지내는 건 더 이상 견딜 수 없어요. 정말 나를 용서할 생각을 해줄 수는 없어요?"

"아뇨, 절대로! 당신이 이 세상 최후의 남자라 해도 당신과는 결혼 안 해요. 그러느니 차라리—청소기와 결혼하겠어요!"

그녀는 이제 울기 시작했다. 그는 그녀의 말이 진심임을 깨달았다. 그의 눈에도 눈물이 차올랐다.

"마지막으로 한마디만 할게요. 이 세상에 당신을 사랑하는 누군가가 한 사람 있다는 건 소중하다는 걸 기억해요. 나보다 젊고 모든 면에서 나보다 더 나은, 돈 많은 남자를 찾게 되더라도 나처럼 당신을 좋아하는 사람은 절대로 없을 거란 걸 기억해요. 난 부자가 아니지만 적어도 당신에게 보금자리는 줄 수 있어요. 문화생활을 하며 남부럽지 않은—그런 생활을 할 수—"

"우리 서로 할 말 다 하지 않았나요?" 그녀가 차분히 말했다. "누가 오기 전에 가게 이거 놔요."

그녀를 쥔 손이 느슨해졌다. 그녀를 잃었다. 그건 분명했다. 그가 상상했던 보금자리가 환상처럼, 고통스럽도록 분명하게 다시 눈앞에 떠올랐다. 그들의 정원이 보였다. 현관에 이르는 길가에 그녀의 어깨 높이만큼 자란 유황색 플록스 꽃나무 옆에서 그녀가 투계 네로와 비둘기들에게 모이를 주고 있다. 벽에는 수채화 그림들이 걸려 있고 테이블 표면에 반사되는 큰 도기 그릇에는 봉숭아가 담겨 있으며 책장과 검정 피아노가 놓인 응접실이 보였다. 현실성이 없는 신화적인 피아노─경박한 돌발 사고가 망쳐놓은 모든 것의 상징!

"피아노를 가지게 될 거예요." 그는 절망적으로 말했다.

"난 피아노 칠 줄 몰라요."

플로리는 엘리자베스를 놓아주었다. 계속 붙들고 있는 건 부질없는 짓이었다. 그녀는 놓여나자마자 부리나케 달아나 저런, 얼마나 급했는지 클럽 정원으로 뛰어 들어갔다. 그라는 존재가 그녀에게 그토록 혐오스러웠다. 그녀는 나무 사이에서 멈춰 서더니 안경을 벗고 얼굴에서 눈물의 흔적을 지웠다. 아아, 저 야만스러운, 야만스러운! 그에게 잡혔던 손목이 몹시 아팠다. 아아, 야만스럽기가 이루 말할 수 없는 사람! 교회에서 본 소름 끼치는 모반이 있는 누르스름하고 번들번들한 얼굴을 생각하자 엘리자베스는 그가 죽어버렸으면 좋겠다고까지 생각했다. 그녀에게 혐오를 느끼게 한 것은 그의 과거가 아니었다. 추악한 짓을 수없이 저질렀더라도 엘리자베스는 그를 용서할 수 있었을 것이다. 하지만 그 수치스럽고 추잡

한 소동과 그 순간 그 흠 있는 얼굴의 추악함을 본 뒤로
는 사정이 달랐다. 결국 그를 파멸시킨 것은 모반이었다.

플로리를 거부한 사실을 숙모가 알면 노발대발할 것이
다. 게다가 다리를 슬쩍슬쩍 꼬집으며 지분대는 숙부 문
제도 있다. 그 두 사람 사이에서는 삶을 지탱하기 힘들
것이다. 결국 독신으로 귀국해야 할지도 모른다. 바퀴벌
레를 생각하면! 하지만 상관없다. 힘들고 단조로운 일을
하는 노처녀의 생활이든 무엇이든 다른 길보다는 나을
것이다. 그렇게 망신을 당한 남자에게 절대로 굽히지 않
을 것이다, 절대로! 차라리 죽으리라, 차라리 멀리 떠나
리라. 한 시간 전만 해도 돈을 중심으로 생각하던 그녀는
어느새 그것을 잊고 있었다. 베럴에게 차였다는 사실, 플
로리와 결혼하면 체면을 건질 수 있으리라 생각한 사실
조차 잊고 있었다. 그가 망신을 당했으며 남자답지 못하
다는 것, 나환자나 광인을 싫어하듯이 자신이 그를 몹시
싫어한다는 것만 알고 있었을 뿐이다. 그 본능은 이성이
나 야욕보다 더 강했으며, 그 본능을 거역하는 것은 숨쉬
기를 중단하는 것이나 마찬가지였을 것이다.

플로리는 비탈길로 발걸음을 옮겼다. 최대한 빨리 걸
었지만 뛰지는 않았다. 해야 할 일을 신속히 해야 했다.
날이 많이 어두워지고 있었다. 사태가 심상치 않다는 것
을 아직도 파악하지 못한 불쌍한 플로가 자신을 걷어찬
그를 비난하듯 자기 연민 조로 킹킹거리며 그의 발목 가

까이에서 따라왔다. 집으로 들어가는 통로에 이르자 플랜테인나무 사이로 바람이 불어와 누덕누덕한 잎들을 흔들고 습한 냄새를 풍겼다. 또 비가 올 모양이었다. 코 슬라가 저녁 식사를 차려놓고 석유램프에 날아들어 자살한 딱정벌레들을 치우고 있었다. 교회에서 일어난 일에 대해 아직 들은 바가 없는 게 분명했다.

"주인님 식사 준비됐습니다. 지금 드시겠어요?"

"아니, 아직. 그 등 좀 이리 줘."

플로리는 등을 받아 들고 침실로 들어가 문을 닫았다. 먼지와 담배 연기가 섞인 퀴퀴한 냄새가 그를 맞았다. 허옇게 너울대는 등불이 곰팡이 낀 책들과 벽에 붙어 있는 도마뱀들을 비췄다. 결국 모든 것이 끝난 뒤 이곳으로—원래의 은밀한 삶으로—이전의 자리로 돌아왔다.

그래도 이 삶을 견딜 수 있지 않을까? 이전에도 그래왔다. 책, 정원, 술, 일, 매춘부, 사냥, 원장과의 대화 등 고식적인 방편들이 있지 않은가.

아니, 이제 더는 삶을 견딜 수 없었다. 엘리자베스가 온 뒤로 괴로워할 수 있는 능력, 무엇보다 희망을 품을 수 있는 능력—죽은 줄로만 알았던 그 능력들이 새 생명을 얻었다. 꽤 편안한 삶을 유지해주던 기면 상태에서 깨어난 것이다. 지금이 괴롭다면 앞으론 더 큰 괴로움이 예정되어 있었다. 시간이 조금 흐르면 그녀는 다른 누군가와 결혼할 것이다. 그 소식을 듣는 순간이 얼마나 생생히 마음속에 그려졌는지! "자네 래커스틴네가 마침내 조카를 치우게 됐다는 얘기 들었나? 딱한 아무개―혼삿날이 잡혔다네. 불쌍하게 됐어." 어쩌고저쩌고. 그러면 관심 없는 척 얼굴을 굳히고 일상적인 질문을 하는 것이다. "아, 그래? 그날이 언제래?" 그리고 혼삿날이 다가오고 첫날밤―아아, 이건 아니야! 추잡해, 추잡해. 그 추잡한 장면에서 눈을 떼지 말자. 추잡해. 그는 침대 밑 양철 제복함을 끌어내 그 안에서 자동 권총을 꺼내 탄창을 끼우고 약실에 탄알을 장전했다.

유언장에 코 슬라의 이름을 적었다. 이제 플로가 남았다. 그는 탁자에 권총을 얹어놓고 밖으로 나갔다. 플로는 코 슬라의 막내아들 바 신과 비바람을 피해 취사실에서 놀고 있었다. 하인들이 타다 남은 장작불을 내버려두고 갔다. 플로는 작은 이빨을 드러내고 바 신을 무는 척하며 신나게 뛰어놀고 있었다. 드러낸 배가 타다 남은 불에 벌겋게 보이는 그 작은 소년은 웃으면서도 조금 겁먹은 얼굴이 되어 손으로 플로를 때렸다.

"플로! 이리 와, 플로!"

그가 부르는 소리를 들은 플로가 오다 말고 침실 앞에서 주춤했다. 무언가 잘못되었음을 직감한 모양인지 뒤로 약간 물러서서 겁먹은 듯 그를 쳐다보기만 하고 들어올 체를 하지 않았다.

"이리 와!" 플로는 꼬리만 흔들 뿐 오지 않았다.

"어서 오라니까, 플로! 착하지 플로! 어서!"

플로가 갑자기 공포에 떨었다. 낑낑거리며 꼬리를 내리더니 뒤로 움츠렸다. "이리 와라, 이 망할 것아!" 플로리는 소리치고 플로의 목줄을 잡아 방 안으로 내던진 다음 문을 닫았다. 그는 탁자로 가서 권총을 집었다.

"자 이리 와! 말 들어!"

플로는 몸을 웅크리고 용서를 빌듯 낑낑거렸다. 그 소리를 들으니 마음이 아팠다. "플로, 이것아, 이리 와! 착하지 우리 플로! 주인님이 아프지 않게 해줄게. 이리 와!" 플로가 그를 보기가 두려운지 머리를 숙이고 슬금슬금 기어왔다. 플로가 1미터 떨어진 곳까지 왔을 때 그는 총을 발사했고 플로의 두개골은 박살이 났다.

플로의 박살 난 뇌가 붉은 벨벳 같았다. 나도 저렇게 보일까? 그렇다면 머리 말고 가슴을 쏘자. 하인들이 숙소에서 나와 아우성치는 소리가 들렸다. 틀림없이 총소리를 들었을 것이다. 그는 서둘러 재킷 가슴을 찢듯이 열어젖히고 총구를 셔츠 가슴에 갖다 댔다. 젤라틴으로 된 생물처럼 반투명한 작은 도마뱀 한 마리가 탁자 언저리에 앉은 흰 나방을 노리고 살그머니 접근하고 있었다. 플로리는 엄지손가락으로 방아쇠를 당겼다.

침실에 뛰어 들어온 코 슬라는 처음엔 개의 시체밖에 보지 못했다. 그러다 곧 침대 저쪽에 주인의 발이 튀어나와 있는 것이 보였다. 뒤꿈치가 천장을 향해 있었다. 그

461

는 아이들을 방에 들어오지 못하게 하라고 소리쳤다. 문간으로 들어서던 하인들이 모두 비명을 지르며 뒤로 물러났다. 코 슬라가 플로리 옆에 털썩 무릎을 꿇었다. 그 순간 바 페가 베란다를 통해 뛰어 들어왔다.

"자살이야?"

"그런가 봐. 몸을 옆으로 굴려서 눕혀봐. 아아, 저거봐! 어서 그 인도 의사 불러와! 전력으로 달려!"

셔츠에 깔끔한 구멍이 나 있었다. 연필로 압지에 뚫은 구멍보다 크지 않았다. 죽은 게 확실했다. 다른 하인들이 시체에 손을 대기 꺼려서 코 슬라 혼자 가까스로 플로리를 침대 위에 올려놓았다. 20분도 지나지 않아 의사가 도착했다. 플로리가 다쳤다는 애매한 말만 전해 듣고 자전거에 올라 폭우 속을 전속력으로 달렸다. 자전거를 화단에 내팽개친 그는 베란다를 통해 달려 들어와 가쁜 숨을 몰아쉬었다. 안경에 김이 서려 아무것도 보이지 않자 근시안인 그는 침대를 바라보며 안경을 벗었다. "무슨 일이오?" 그가 걱정스러운 얼굴로 물었다. "어딜 다친 거요?" 그러곤 침대 가까이 다가가 그 위에 있는 것이 무엇인지 깨닫고는 거친 소리를 내질렀다.

"악! 이게 뭐야? 무슨 일이 있었던 거야?"

"자살했습니다, 원장님."

원장은 무릎을 털썩 꿇고 플로리의 셔츠를 열어젖힌 다음 가슴에 귀를 갖다 댔다. 그는 고통스러운 얼굴이 되어 마치 난폭하게 그러기만 하면 살릴 수 있기라도 한 듯이 죽은 자의 어깨를 잡아 흔들었다. 한쪽 팔이 침대 밖으로 힘없이 늘어졌다. 원장은 그 팔을 도로 올려놓고 그 손을 양손으로 감싸 쥐더니 갑자기 울음을 터뜨렸다. 코 슬라는 침대 발치에 서 있었다. 그의 갈색 얼굴이 주름으로 가득했다. 원장이 일어서서 잠시 자제력을 잃고 침대 기둥에 기대더니 코 슬라에게서 등을 돌린 채 요란하고 기괴하게 울었다. 그의 두툼한 어깨가 다 떨 정도였다. 그는 곧 정신을 차리고 다시 돌아섰다.

"어떻게 된 건가?"

"총성이 두 번 났어요. 주인님이 자살한 건 틀림없어요. 이유는 모르겠어요."

"고의였는지 자네가 어떻게 알아? 우발사고는 아니고?"

코 슬라는 대답 대신 잠자코 플로의 사체를 가리켰다. 원장은 잠시 생각하더니 부드럽고 숙련된 손동작으로 플로리의 시신을 시트로 감싼 뒤 발과 머리 양쪽 끝 부분을 묶었다. 죽음과 함께 즉시 옅게 변한 모반은 이제 희미한 잿빛 얼룩에 지나지 않았다.

"저 개를 당장 땅에 묻게. 맥그리거 부판무관에게는 권총을 닦다가 일어난 사고였다고 내가 말하겠네. 반드시 개를 묻게. 자네의 주인은 내 친구였어. 그의 묘석에 자살이라는 말이 새겨져서는 안 돼."

25

신부가 마침 카욕타다에 있어서 다행이었다. 그는 이튿
날 저녁 기차를 타기 전에 예식에 따라 장례식을 집전하
고 고인의 덕을 기리는 짧은 조사도 낭독했다. 죽은 영국
인은 모두 덕이 있다. '사고사'로 공식 평결이 났고 묘비
명도 그에 따라 적절히 새겨졌다(베라스와미 원장이 모든
법의학적 기량을 발휘하여 정황상 사고였음을 입증했다). 물
론 모두가 그것을 믿지는 않았다. 플로리의 실질적인 묘
비명은 "플로리? 아 그렇지, 그 친구 인상이 어두웠지, 얼
굴에 모반이 있고. 1926년에 카욕타다에서 총으로 자살했
지. 여자 때문이었다더군. 바보 같은 놈"이라는 언급이었
고 그나마 아주 가끔—버마에서 사망하는 영국인은 금방
잊히기 때문에—사람들의 입에 오르내렸다. 아마 엘리자

베스 외에는 아무도 그 일에 대해 크게 놀라지 않았을 것이다. 버마에서는 상당히 많은 유럽인들이 자살을 하기 때문에 그런 일에는 사람들이 별로 놀라지 않는다.

플로리의 죽음은 여러 가지 결과를 낳았다. 첫 번째이자 가장 중요한 것은 베라스와미 원장의 쇠락으로 그것은 바로 그 자신이 예측한 바였다. 그동안 그를 지켜주던 유일한 것, 즉 백인 친구의 후광이 사라진 것이다. 유럽인들 사이에서 플로리의 평판이 썩 좋지 않았던 건 사실이지만 그래도 어쨌든 그는 백인이었고, 그와의 친분은 어느 정도 위신을 가져다주었다. 그런 그가 죽었으니 원장의 몰락은 기정사실이었다. 우 포 카인은 작전에 필요한 때를 기다렸다가 어느 때보다 강하게 다시 공격해 왔다. 그로써 석 달도 채 못 되어 카욕타다의 모든 유럽인들의 머릿속에 원장은 영락없는 악당이라는 인식이 심어졌다. 원장에 대한 공개적인 기소가 제기되지는 않았다. 우 포 카인은 그 점에서 무척 신중했다. 엘리스조차 원장이 딱히 어떤 악행을 저질렀는지 말할 수 없을 정도였다. 그래도 어쨌든 원장은 악당이라는 공감대가 형성되었다. 그에 대한 막연한 의심은 점차 버마 말―'쇼크 데'―하나로 굳어졌다. 몸집이 작은 베라스와미는 나름 상당히 똑똑하고 원주민 의사치곤 솜씨가 대단한 친구이긴 하지만, **아주 쇼크 데야**, 하는 말이 사람들 입에 오르내렸다. '쇼크 데'는 대략 믿을 수 없는 사람이라는 뜻으로, '원주민' 관리가 쇼크 데라고 알려지게 되면 그 사람의 경력은 끝나는 것이다.

상부 어디선가 공포의 턱짓과 눈짓이 오갔고, 원장은 '외과의 보조'로 강등되어 만달레이 종합병원에 전근 조치되었다. 그는 아직도 그곳에 있으며 계속 그럴 것 같다. 만달레이는 상당히 유쾌하지 못한 곳이다. 먼지가 많고 견딜 수 없이 더운 그곳의 주요 산물로는 다섯 가지―불탑, 들개, 돼지, 매춘, 승려―가 있다고 한다. 병원에서 일하는 그의 일과는 따분하다. 베라스와미는 병원 구내 바깥에 붙어 있는 방갈로에서 살고 있다. 골진 함석 울타리가 있고 작은 빵집처럼 생긴 그 집에서 줄어든 수입을 벌충하기 위해 저녁마다 사설 진료소를 운영한다. 그는 인도인 변호사들이 드나드는 어느 이류 클럽의 회원이 되었다. 이 클럽에 주된 후광이 되는 것은 단한 명의 유럽인 회원이었다. 글래스고 출신의 전기기사인 그는 '이라와디 플로티야'라는 회사에서 일하다가 술 문제로 해고된 뒤 어느 차고에서 살며 그날그날 벌어먹는 맥두걸이라는 사람으로, 위스키와 자석발전기 외에는 무엇에도 관심이 없는 둔한 얼간이였다. 백인은 바보일 수 없다고 믿는 베라스와미는 여전히 매일 밤 자신이 '교양 있는 대화'라고 부르는 것에 그를 끌어들이려 애를 쓰지만 결과는 심히 만족스럽지 않다.

코 슬라는 플로리의 유언에 따라 400루피를 물려받았

다. 그는 그 돈으로 가족과 함께 시장에 찻집을 차렸지만 장사에 실패했다. 두 여자가 가게에서 항상 싸우니 실패는 예정된 일이었다. 결국 코 슬라와 바 페는 고용살이로 되돌아가지 않을 수 없었다. 코 슬라는 재주가 많은 하인이었다. 뚜쟁이질을 하고, 대금업자를 상대하고, 술에 취한 주인을 침대에 뉘고, 이튿날 날달걀을 넣은 숙취 해소용 음료를 만들어주는 유용한 솜씨 외에도 바느질하고 옷을 깁고, 탄약통을 채우고 말을 돌보고, 다리미질을 하는가 하면 잘게 자른 이파리와 물들인 쌀알로 멋지고 정교한 문양을 만들어 저녁 식탁을 장식할 줄도 알았다. 그는 월급으로 50루피는 받을 만한 하인이었다. 하지만 바페와 함께 플로리에게 고용살이하면서 게으름 피우는 습관이 든 탓에 매번 한곳에 오래 붙어 있지 못하고 해고되어 이 집 저 집 전전했다. 그렇게 불운하게 빈곤의 한 해를 보내고 어느 숨 막힐 듯 더운 밤 어린 바 신이 기침병에 걸려 기침을 하다가 마침내 숨을 거뒀다. 현재 코 슬라는 랑군에서 끊임없이 잔소리를 하는 신경증 환자를 아내로 둔 어느 미곡 중개인의 조수로 들어가 있고, 바페는 같은 집에서 한 달에 16루피씩 받고 물을 길어오는 일을 한다. 마 홀라 메이는 만달레이의 사창가에서 살고 있다. 예전의 미모는 거의 흔적도 없어 손님에게 기껏해야 4아나밖에 받지 못할 뿐 아니라 걷어차이거나 얻어맞을 때도 있다. 아마 그녀야말로 어느 누구보다 더 쓰라리게 플로리가 살아 있었을 때의 좋은 시절을 아쉬워하며 그때 슬기롭지 못하게도 그에게서 뜯어낸 돈을 저축하지 않은 것을 후회하고 있을 것이다.

우 포 카인은 단 한 가지를 제외하곤 모든 꿈을 이루었다. 원장이 불명예스럽게 물러나자 우 포 카인이 클럽 회원으로 선출되는 것은 필연이었고, 또 실제로 선출되었다. 엘리스의 강력한 항의는 무시되었다. 결국 다른 유럽인들은 그나마 우 포 카인이 선출된 것을 오히려 좋게 생각했다. 그는 추가 회원으로 유럽인들이 참아줄 만했다. 클럽에 너무 자주 들르지 않고 굽실거리는 태도를 보였으며, 그들에게 술도 아낌없이 살 뿐 아니라 금세 브리지를 배워 잘했기 때문이었다. 몇 달 뒤 그는 승진과 함께 카욕타다에서 다른 곳으로 전근을 갔다. 은퇴하기 전 1년 동안은 부판무관의 직무를 수행했는데, 그 한 해에 받은 뇌물만 2만 루피에 달했다. 그리고 은퇴 한 달 뒤에는 랑군의 총독 접견실에 초대되어 인도 정부가 수여하는 훈장을 받았다.

총독 접견실의 광경은 감명 깊은 것이었다. 깃발과 꽃으로 장식된 단상에 마련된 일종의 옥좌에 프록코트 차림의 총독이 한 무리의 부관과 비서관을 뒤에 거느린 채앉아 있었다. 총독을 호위하는 키가 크고 수염을 기른 원주민 기병들은 창기를 단 창을 들고 접견실 안에 빙 둘러서 있었다. 밖에서는 군악대의 연주가 간간이 울려 퍼졌다. 관람석은 여자들의 흰 엔지와 분홍색 스카프가 어우러져 화사해 보였고, 접견실 전체에 훈장을 받을 남녀 100여 명이 대기하고 있었다. 반짝이는 파소 차림을 한 버마인 관리들, 금실을 넣어 짠 천으로 만든 터번을 쓴 인도인들, 쩽그렁거리는 검을 찬 제복 차림의 영국인 장교들, 은손잡이가 달린 버마 전통 칼을 어깨에 둘러메고 백발을 뒤로 묶은 연로한 촌장들이었다. 한 비서관이 높고 낭랑한 목소리로 수여할 상의 목록을 읽었다. 상의 종류는 돋을새김으로 장식한 은갑에 든 인도 제국 훈장부터 명예 증서에 이르기까지 다양했다. 곧 우 포 카인의 차례가 되자 비서관이 두루마리를 펼쳐 읽었다.

"우 포 카인, 부판무관보로 은퇴할 때까지 오랫동안 충성스럽게 봉직했으며 특히 카욱타다 자치구에서 발생한 위험한 반란을 진압하는 일에 때맞춰 조력한 공이 있고"—기타 등등.

이어 그런 목적으로 배치된 두 몸종의 부축을 받아 일어난 우 포 카인은 어기적어기적 단으로 걸어가 뱃살이 허락하는 한 깊숙이 허리를 숙여 절하고 절차에 따라 훈장과 축하를 받았다. 관람석의 마 킨과 다른 지지자들이 열광적으로 박수를 치고 스카프를 흔들었다.

죽을 수밖에 없는 운명인 인간으로서 할 수 있는 것치고 우 포 카인이 안 해본 것은 없었다. 이제는 내세를 위한 준비를 할 때가 되었다. 요컨대 불탑을 세우는 일에 착수해야 하는 것이다. 하지만 불행히도 바로 이 지점에서 그의 계획이 꼬였다. 총독 접견실에 다녀오고 사흘 뒤, 속죄의 불탑을 쌓기 위해 벽돌도 놓기 전에 뇌졸중으로 쓰러져 다시 말 한마디 못 하고 죽었다. 운명의 화살이 뚫지 못할 갑옷은 없다. 마 킨은 그가 그렇게 죽음을 맞이한 것이 비통했다. 그녀가 대신 불탑을 세우더라도 우 포 카인에게 전혀 이로울 게 없을 터였다. 남이 대신해서 공덕을 쌓아줄 수는 없는 것이다. 우 포 카인이 가 있을 곳을 생각하면 마 킨은 마음이 찢어지는 듯하다. 불지옥과 암흑세계, 뱀과 도깨비가 있는 저승은 정말이지 얼마나 무시무시할까. 설령 최악의 벌을 면했다 하더라도 그는 생전에 두려워했던 대로 쥐나 개구리로 환생했을 것이다. 어쩌면 지금 이 순간 뱀이 그 개구리를 집어삼키고 있을지 모른다.

엘리자베스의 경우, 그녀가 기대했던 것보다 모든 일이 더 잘 풀렸다. 플로리가 죽은 뒤 래커스틴 부인은 이번엔 가식 없이 드러내놓고, 이 진저리 나는 곳엔 남자가 없으니 유일한 희망은 랑군이나 메이묘에 가서 몇 달 지내보는 것이라고 말했다. 하지만 엘리자베스를 랑군이나 메이묘에 혼자 보낼 수는 없었다. 그렇다고 그녀와 동행하자니 남편을 알코올 진전 섬망으로 죽게 내버려두는 것이나 마찬가지였다. 그렇게 몇 달이 흘렀다. 우기가 절정에 달했다. 엘리자베스가 결국 결혼도 못 하고 무일푼으로 본국에 돌아가야겠다는 마음을 굳혔을 때, 맥그리거 부판무관이 그녀에게 청혼했다. 사실 그는 오래전부터 그럴 마음을 먹은 터였고, 플로리가 그렇게 죽었으니 적절한 시간이 흐르기를 기다렸을 따름이었다.

엘리자베스는 기꺼이 청혼을 받아들였다. 나이가 좀 많긴 하지만 부판무관이라는 자리는 얕볼 게 아니다. 확실히 플로리보다 훨씬 나은 신랑감이었다. 그들은 매우 행복하다. 맥그리거 부판무관은 원래 관대한 사람이었는데 결혼한 뒤에는 더 인간적이고 호감 가는 사람이 되었다. 목소리는 예전처럼 우렁차지 않고 아침 운동도 그만두었다. 엘리자베스는 놀랍도록 빨리 성숙해졌고, 원래의 다소 엄격한 태도는 더욱 두드러졌다. 하인들은 그녀가 버마어를 못 하는데도 그녀를 두려워하며 살고 있다. 영국 귀족 인명록의 이모저모를 속속들이 꿰고 있는 그녀는 즐거운 약식 디너파티를 열어 부하 직원들의 아내들에게 자신들의 분수를 알려줄 줄도 안다. 요컨대 처음부터 조물주가 의도한 직무, 즉 멤사이브 마님으로서의 직무를 나무랄 데 없이 성공적으로 수행하고 있다.

해설 ——— 기억과 외로움, 그리고 제국주의

공진호

오웰은 1945년 6월 15일 BBC 국내 방송에서 새뮤얼 버
틀러의 반자전적 소설『세상 모든 사람이 가는 길(*The Way
of All Flesh*)』(1903)을 논하며 이렇게 말했다.

사람은 단순히 개인이 아니다. 사람됨은 대체로 환경에
서 말미암으며 유년기의 경험에서 완전히 벗어나는 사
람은 없다. 인격은 어느 정도는 부모에게 어떤 취급을
받았는가에 따라 결정되고 또 부모의 품성은 그들의 부
모에게 어떤 취급을 받았는가에 따라 결정된다. 물론 그
렇게 무한정 거슬러 올라갈 수는 없지만 한 사람의 인생
을 논할 때 그것이 의미 있는 것이 되려면 그 사람의 부
모에 대해—아마 조부모에 대해서도—어느 정도는 알
아야 한다.*

---

* Peter Davison (editor), *The Complete Works of George Orwell* (London: Secker
and Warburg, 1998), xvii, p. 181.

그의 첫 소설 『버마의 나날』(1934)에 대해서도 똑같이 말할 수 있겠다. 오웰과 버마의 관계를 자세히 들여다보는 것은 이 소설의 이해에 의미 있는 깊이를 더해줄 것이다. 『위건 부두로 가는 길』(1937)에서 "버마에서 나는 그 풍경에 악몽처럼 질려버렸고 그곳을 떠나서도 그것은 나를 늘 따라다녔다. 그것을 떨쳐버리기 위한 소설을 쓰지 않을 수 없었다"라고 한 점도 기억할 필요가 있다.

오웰의 어머니 이다 리무쟁은 프랑스인이며 버마 모울메인에서 성장했다. 그녀의 아버지 프란시스 리무쟁은 일찍이 아내 엘리자와 함께 버마로 이주했다. 프란시스의 동생 윌리엄과 조제프도 그들의 뒤를 따랐다. 모두 1850년대 말의 일이었다. 리무쟁 일가는 아름다운 무역항이자 버마 조선업의 중심지인 모울메인에 정착했다. 독신이었던 윌리엄은 조선공으로 취직하고 결혼한 조제프는 종합소매상으로 일했으며 프란시스는 큰 해운업체에 고용되었다. 버마에 정착한 지 얼마 안 되었을 때 윌리엄은 인도 여자를 가까이 하고 아이를 낳았다.(소설 속 유라시아인 한 명의 이름을 프랜시스로 한 것은 우연이 아닐 것이다.)

1864년 프란시스가 스물아홉, 엘리자는 스물세 살이었을 때, 한 살배기 딸이 크루프에 걸려 죽고 두 달 후 엘리자는 이질로 죽은 뒤 아들마저 곧 크루프에 걸려 죽었다. 석 달 만에 처자식을 모두 잃고 홀몸이 된 프란시스는 아내가 죽은 지 여섯 달 만에 테레즈라는 스물두 살의 영국 여자와 재혼했다. 그 후 3년 만에 그는 목재 사업을 시작해서 큰 집으로 이사했다. 프란시스와 테레즈는 자식을 여덟 낳았는데 그중 밑에서 둘째가 이다였다. 그즈음 조제프는 양조장을 운영했고 프란시스의 사업은 번창했다. 모울메인의 리무쟁 가족은 지역 주민들의 존경을 받았다.

이다는 1875년 5월 18일 런던 근교에서 태어났다. 테레즈가 남편과 본가에 다니러 갔을 때였다. 이다는 영국에서 태어나긴 했지만 국적은 여전히 프랑스였다. 8남매 중 아들 둘은 목재업에 종사했고 딸 둘은 학교 선생님이 되었다. 학교 선생님이 된 이다는 대담하게 혼자 집을 떠나 해발 1,800미터나 되는 인도 북서 지방의 산간 지역 학교에 보조 교사로 취직했다. 그곳은 식민지 거주 유럽인 관리들의 인기 피서지였다. 이다가 안락한 집을 떠나 왜 홀로 그렇게 먼 곳으로 갔는지는 분명치 않다. 다만 애인에게 버림받고 모든 것을 잊기 위해 그곳에 갔다는 이야기가 있다. 바로 그곳에 가 있었을 때 리처드 웜즐리 블레어를 만났고, 그들은 훗날 에릭 아서 블레어(조지 오웰)의 부모가 되었다.

그러면 이번에는 블레어 가문에 대해 간략히 알아보겠다. 리처드 블레어(조지 오웰의 아버지)의 할아버지 찰스 블레어는 자메이카 사탕수수 농장과 노예 매매로 부를 이룬 덕분에 1765년 웨스트모어랜드 백작의 막내딸 메리 페인과 결혼했다. 오웰이 훗날 물려받은 성경책에는 버마 주둔 영국군 사령관을 포함한 블레어 문중 인사들의 이름이 기록되어 있었다. 블레어 가문은 후대로 내려오며 차츰 영락했다. 한편 "영국 왕실은 끊임없이 벼락부자들을 새 귀족으로 받아들였으며 영국은 그들에 의해 지배되어왔다"*고 오웰은 말한 바 있다. 어쨌든 블레어 가문은 18세기에는 번창했으며 찰스의 아홉 자식 중 토머스는 1802년 영국 도싯에서 태어났고 토머스의 아들 리처드는 1857년 밀본에서 태어났다. 토머스는 옥스퍼드 대학교에 진학했으나 1년 만에 돌연 그만두고 성공회 복사가 되어 인도로 떠났다가 1839년 캘커타에서 성공회 부제가 되었고 1843년 오스트레일리아 태즈메이니아에서 신부가 되었다. 그는 본국으로 돌아와 웨스트모어랜드의 연줄 덕분에 도싯의 작

---

* G. Bowker, *Inside George Orwell* (New York: Palgrave, 2003), p. 6.

은 마을 밀본의 세인트앤드루 교회를 맡게 되었다. (블레어 집안의 가계도에서 『버마의 나날』과 관련해 한 가지 특기할 만한 것은 오웰 아버지의 사촌 중 육군 대위였던 리처드 찰스 블레어가 인도에서 홍해를 거쳐 집으로 향하던 중 우울증으로 한밤중에 배에서 뛰어내려 스스로 목숨을 끊었다는 사실이다. 이와 관련된 기사는 스크랩되어 보관되어 있다. 오웰의 분신 존 플로리를 생각하지 않을 수 없다.) 블레어 집안의 귀족 연줄은 리처드 웜즐리 블레어가 태어날 무렵엔 희미해져 있었다. 리처드가 왜 인도에 갔는지는 확실히 알 수 없다. 실연을 겪었기 때문에 떠난 것이라고도 한다. 열여덟의 나이였으니 그랬음 직도 하다. 그는 1875년 벵골 주재 식민행정청 아편국에 무계약 문관으로 들어갔다. 주로 중국으로 수출하던 아편 재배를 감독하는 일은 제국의 복잡한 관리 조직에서 가장 낮은 직이었다. 중국이 금지하기 위해 애를 썼던 아편은 영국이 독점하다시피 한 수지맞는 장사였다. 1896년 서른아홉 살의 리처드는 가장 낮은 호봉을 받으며 북부 벵골의 가야에서 근무하던 해에 이다를 만났다.

두 사람은 어울리지 않는 부부였다. 나이 차이가 많은 데다 성격도 어울리지 않았다. 리처드는 나이 서른아홉에 아직 하급관리에 불과했고 이다는 스물두 살이었다. 리처드는 고루하고 속물적인 식민지 거주 영국인이었고 이다는 약동하는 지능을 가진 활달한 여성이었다. 리처드는 키가 180센티미터가 넘고 담청색 눈을 가진 반면 이다는 통통한 얼굴에 짙은 머리와 갈색 눈을 가진 아담한 여성으로 웃기를 잘하고 이국적인 옷차림을 좋아했다. 리처드와 이다는 1897년 6월 15일 세인트존 교회에서 결혼했다. 결혼증명서에 프란시스 리무쟁이 없는 것으로 봐서 그는 딸이 그렇게 나이가 많은 사람과 결혼하는 것을 허락하지 않았던 것으로 보인다.

매력적인 피서지 나이니탈의 편안한 생활을 떠나 찌는 듯이 덥고 질병이 들끓는 갠지스강 유역의 아편 무역 중심지 가야에 가서 살아야 한다는 것은 이다에게 충격이었을 것이다. 게다가 그들은 그곳에서 다시 더 깊은 오지인 모티하리로 발령을 받아 이사를 갔다. 1898년 4월 21일 첫째 마저리가 태어났고 1903년 6월 25일 에릭(조지 오웰)이 모티하리에서 태어났다. 에릭이 태어난 지 얼마 안 되었을 때 역병이 돌자 이다는 영국으로 영구 귀국하기 위해 남편을 설득했다. 식민지 거주 영국인들은 자식들만 본국에 보내 교육을 받도록 하고 자신들은 식민지를 떠나지 않았다. 대부분 영국에 돌아가면 식민지와 달리 커다란 집에서 원주민 하인들을 값싸게 부리는 안락한 생활을 누리며 대접받을 수 없기 때문이었다. 하지만 당시 스물여덟 살의 이다는 더위가 기승을 부리고 좁은 영국인 사회는 답답하며, 치명적인 전염병이 언제든 터져나와 창궐할 수 있는 곳에서 살고 싶지 않았다. 게다가 중년의 남편과 떨어져 영국에 가 있으면 부담스러운 임신 걱정을 덜 수 있을 것 같았다.

그동안 모울메인의 리무쟁 가족은 영락했다. 에릭이 태어나기 얼마 전 프란시스는 조선 사업에 실패하고 미곡 거래를 시작했지만 돈만 잃었다. 이다의 오빠 프랑크는 마흘림이라는 이름의 버마 여자에게서 딸을 낳았는데, 이것이 당시 물의를 빚어 프랑크는 버마를 떠나 샴으로 도피한 것으로 보인다. 하지만 1907년 책임을 지기 위해 돌아와 딸에게 세례를 받게 하고 그들 곁에 머물렀다. 프란시스는 1915년 여든 살에 세상을 떠났고 그의 자식들은 뿔뿔이 흩어졌다. 에릭은 1920년대 버마 제국경찰로 있을 때 외할머니와 혼혈 사촌들을 만났다. 오웰은 외가의 가족사에서 그런 부분에 대해서는 침묵했으나 『버마의 나날』에는 마 흘라 메이나 버마의 유라시아인들이 등장하고 그중 한 명의 이름은 앞에서도 언급한 프랜시스다.

이런 배경에서 태어난 오웰은 양가의 가족사를 의식하

고 죄의식을 느꼈다. 친가 쪽으로는 서인도제도의 노예주들이 있었고 선대에 귀족과 연을 맺어 귀족의 피가 흐른다고는 하나 실속은 없는, 제국에 복무한 공무원 집안이라는 사실이 그의 의식 한편을 차지하고 있었다. 한편 외가는 식민지에 정착한 프랑스인 집안으로 조선업과 목재업으로 한때 크게 번창했지만 오웰이 태어날 때쯤엔 이미 쇠락해 있었다. 오웰은 어려서부터 식민주의를 경멸했지만 버마에서 제국경찰로 복무함으로써 자신이 그토록 경멸하던 식민주의에 참여했다.

영국의 제국주의자들을 비웃었지만 키플링을 칭찬했고, 외가와 같은 식민지 유럽인들을 수치로 여기면서도 프랑스 문학에 심취했다. 특권 계급의 학교에 다녔으면서 손쉽게 얻는 부와 특권은 경멸하고 거부했다. 세인트시프리언스 사립 초등학교에서 주입받은 제국주의 교육은 버마에서 제국주의를 온몸으로 경험하고 나서야 비로소 떨쳐버릴 수 있었을 만큼 강고했다. 의무의 길은 영광으로 가는 길이라는 시프리언스 학교의 교육은 지배계급의 극기심을 전제로 한 스파르타식 교육이었다. 친할아버지가 성직자였던 "에릭은 무신론자로 평생 제도적 종교를 비판했지만 성공회에 대한 애정을 완전히 버리지는 않았다. 국교에 반대한 순교자들과 일체감을 느끼면서도 국교회에서 성사를 받고 결혼을 했으며 마지막 순간엔 자신의 장례를 교회에서 치르도록 했다."[*]

1921년 12월 이튼스쿨을 졸업한 뒤 대학 진학을 포기한 오웰은 아버지의 제안에 따라 인도 제국경찰 시험을 보기로 하고 1922년 1월 서펵주의 사우스월드에 있는 학원에 등록하고 준비를 거쳐 4월 7일에 원서를 냈다. 일곱 과목의 시험을 치른 그는 29명의 합격자 중 7등을 했다. 전반적으로 성적이 양호했지만 말 타기 시험은 200점 만점에 탈락 기준인 100점을 겨우 넘는 104점을 얻어 간신히 통과했다.

열아홉 살 오웰은 안락한 여객선을 타고 버마로 향했다. 승무원은 대부분 인도인이었는데 항해사들과 조타수들은 유럽인이었다. 그중 40대의 금발머리 조타수는 항해사와 대등해 보일 만큼 멋있었다. 오웰은 그들을 우러러보았다. 그들이 먼저 말을 걸어오지 않으면 말도 못 할 것 같았다. 하루는 평소보다 일찍 점심을 먹고 텅 빈 갑판에 나와 있는데 갑자기 그 멋진 조타수가 나타났다. 커다란 두 손에 무언가 감싸 들고 급히 종종걸음 치고 있었다. 그가 오

[*] Bowker, *Inside George Orwell*, pp. 3-8.

웰 옆을 지나 갑판실로 들어가기 직전 오웰은 그것이 무엇인지 알아차렸다. 작은 접시에 담은 푸딩이었다. 승객이 먹다 남은 것을 급사가 몰래 챙겨준 것임이 분명했다. 승무원실로 가져가 느긋하게 먹으려는 듯했다. 오웰은 그때 뇌리에 박힌 그 장면의 강한 인상을 20년이 지나서도 기억했다. 그것을 여러 각도에서 고찰할 수 있기까지는 많은 시간이 흘렀다. 승객들의 안전과 생명을 책임진 숙련된 기술자가 기껏 남의 식탁에 올라갔다 남은 음식을 몰래 빼내 먹는다는 뜻밖의 사실은 사회주의 책자에서 배울 수 있었던 것보다 세상에 대해 더 많은 것을 가르쳐주었다.

제국경찰은 제국문관(ICS)보다 서열이 낮았다. 제국문관(행정관)이 되려면 케임브리지에서 3년 공부한 뒤 1년 동안 준비를 해서 경쟁률이 높은 시험을 봐야 했다. 제국문관처럼 제국경찰에게도 근무지를 선택할 특권이 주어졌다. 오웰은 버마를 선택했다. 버마에 연고가 있었기 때문이다. 오웰은 가세가 기울어 구성원들이 많이 흩어졌어도 "외가 친척들이 3대째 그곳에 살고 있다"고 말한 바 있다.*

---

* Miriam Gross (editor), *The World of George Orwell* (New York: Simon and Schuster, 1971), p. 20.

오웰은 1922년 10월 22일 수습 경찰 임명을 받았고 11월 랑군의 인도 제국경찰에 첫 출근을 했다. 그 뒤 1927년 7월 영국으로 휴가를 떠날 때까지 여덟 번 전근을 다녔으며 마지막 근무지는 카사였다. 만달레이 소재 경찰학교 훈련병으로 첫 해에 받은 월급은 해외 근무 수당까지 합해 총 37파운드였다. 현지 원주민 경관의 월급이 1파운드, 경찰 대학 학생이 5파운드, 경감이 10파운드 받은 것과는 차이가 크다. 1925년 그의 월급은 58파운드(연 696파운드)로 올랐을 텐데, 그로부터 20년 후인 1943년 BBC에 들어갔을 때의 연봉이 640파운드였음을 감안하면 적잖은 보수였음을 알 수 있다.

오웰은 5년 동안 제국경찰로 근무하고 그만두었다. "1927년 휴가차 귀국했을 때 나는 작가가 되기로 결심하고 사직서를 냈다. 1928-1929년에 파리에서 살면서 단편소설과 장편소설을 썼지만 출판사들에게 거절당했다(그 후 그 원고들은 모두 없애버렸다). 그때부터 하루 벌어 하루 사는 생활을 했고 굶을 때도 많았다. 그러다가 1934년부터 비로소 글을 써서 생활을 할 수 있었다."* 이 소설이 바로 『버

---

* Davison, *The Complete Works of George Orwell*, xiv, p. 86.

마의 나날』이었다.『버마의 나날』은 버마에서 함께 일하던 영국인들을 놀라게 했다. 만달레이 경찰학교에서 오웰과 같이 훈련을 받은 한 동료는 오웰이 과거의 동료들에게 망신을 주었다고 생각했다. 경찰학교 교장은 오웰을 보면 가만두지 않겠다며 격노했다. 식민지의 영국인 사회에 대한 적나라한 묘사에 대해 오웰은 "어떤 면에서는 공정하지 않고 세부 묘사에서 정확하지 않은 부분이 있겠지만 대부분은 내가 본 것을 그대로 기록했을 뿐이다"라고 대응했다.

『버마의 나날』에 대한 이해를 돕기 위해 식민주의와 관련해서 버마와 영국의 관계를 간략히 살펴볼 필요가 있다. 양국의 관계는 1752년 동인도회사의 첫 영국 사절이 버마의 왕을 만나면서 시작되었다. 1886년 버마는 영국의 식민지가 되었고, 행정적으로 인도의 한 주로 편입되었다. 오랫동안 이어진 양국 관계는 1948년 버마 주재 영국 총독이 군함을 타고 랑군 항구를 떠나면서 막을 내렸다. 1824-1826, 1852, 1885년의 전쟁을 빼면 양국 관계가 가장 나빴던 해는 1919-1930년이었다. 1919년에는 영국 의회에서 인도통치법이 통과되었고 1930년에는 영국의 통치에 반대하여 농민들이 무장 봉기를 일으켰다. 영국과 버마의 관계는 1919년 전까지는 괜찮았으나 1919년의 개혁 대상에서 버마가 제외되면서 적대적으로 변했다. 영국의 차별 정책에 반발한 버마 시민들은 승려들과 함께 저항 운동을 벌였다. 영국군이 인도의 시위 군중에게 발포를 해서 379명의 민간인이 죽고 1,500여 명의 부상자를 낸 암리차르 학살사건이 그해에 일어났다. 민간인에게 발포를 명령한 레지널드 다이어 장군은 본국으로 돌아가 보수 정치인들에게 영웅 대접을 받았다(『버마의 나날』 2장에서 이 사건이 언급된다). 어쨌든 결과적으로 영국 정부는 버마에도 인도에 허락한 개혁 정책을 약속했다. 조지 오웰이 버마에서 근무하기 시작한 것은 그런 사건이 있고 오래지 않았을 때였다. "오웰이 일한 5년 동안 지역 주민과 영국인 점령자들 사이의 응어리가 풀리지 않았다."* 1934년 출간된 『버마의 나날』에 당시 버마에 팽배했던 갈등과 의심, 절망과 혐오가 잘 나타나 있다. 버마는 1948년 영국으로부터 독립했다.

오웰의 소설 중 가장 전통 형식의 소설에 가깝다고 할수 있는 『버마의 나날』은 식민지의 외로운 영국인의 자살로 막을 내린다. 영국 목재 회사 직원인 존 플로리는 서른

---

* Edward Quinn, *Critical Companion to George Orwell: A Literary Reference to His Life and Work* (New York: Facts On File, 2009), p. 79.

아홉 살로 버마 카욕타다에 주재하는 현장 관리자다(허구의 도시 '카욕타다'는 '카사'를 모델로 했다). 그는 백인들이 '깜둥이'라고 부르는 원주민들에 대해 자유주의적 견해를 가지고 있다. 그의 얼굴 한쪽을 차지하는 모반(母斑)은 소외를 상징한다. 학창시절 자신의 외모와 처지에 열등의식을 가지고 있던 오웰의 심리적 자화상일 것이다. 원주민도 유럽인 클럽 회원으로 받아들이라는 포고령에 모든 백인들이 거세게 반발한다. 그러나 플로리는 백인 중 유일하게 인도인 의사 친구가 회원이 되는 것을 지지한다.

한편 플로리는 이웃 백인의 조카로 버마에 새로 온 엘리자베스 래커스틴에게 반한다. 그러다 베럴이라는 연적이 생기고 일시적으로 엘리자베스를 그에게 빼앗긴 듯했으나 베럴은 도망하듯 그곳을 떠난다. 원주민 폭동이 일어나자 플로리는 백인들을 구하고 다시 그녀를 되찾는다. 군 치안판사 우 포 카인은 백인 클럽에 자신이 아니라 플로리의 친구인 베라스와미가 선출될까 봐 전전긍긍한다. 플로리가 폭동 사건에서 영웅이 되어 그 영향력으로 베라스와미 원장이 회원이 될 것이 분명해지자 우 포 카인은 플로리의 정부였던 원주민 여자를 사주해 엘리자베스 앞에서 플로리에게 망신을 준다. 이 일로 플로리는 스스로 목숨을 끊기에 이른다. 엘리자베스에 대한 플로리의 구애와 번민, 원주민 친구의 선출 문제로 발생한 도의적 딜레마, 우 포 카인의 모략이 맞물려 전체 플롯을 이룬다.

플로리는 선대로부터 버마와 깊은 관련이 있고 버마를 몸소 깊이 체험한 오웰 자신의 분신이라고 할 수 있지만 『버마의 나날』을 자서전적 소설이라고 하기는 힘들다. 이 책은 그가 버마를 떠난 뒤에도 마음속에 끈질기게 출몰하던 버마의 기억을 처리하기 위한 일종의 살풀이였고 제국주의에 대한 기소장이었다. 그곳에서 느낀 수치심, 증오심, 좌절감, 분노가 소설에 그대로 녹아들어 있다. 이 작품에서 오웰은 식민주의뿐 아니라 영국의 교육과 도덕, 성에 관한 태도까지 비판한다. 버마에서의 경험을 통해 통렬한 반제국주의자가 된 오웰이 『버마의 나날』로 영국 제국주의를 고발한 것이다. 소설이 말해주듯 대영제국은 "영국인들에게 전매권을 주는 장치일 뿐"이다.

번역에서는 드러나지 않지만 『버마의 나날』원문은 오웰이 「정치와 영어」에서 "능동태를 쓸 수 있는 자리에 수동태를 쓰지 말 것"이라는 법칙을 설파하기 오래전부터 이미 그 기본 원칙을 실천하려고 노력한 흔적을 보인다. 또

특기할 만한 점은 일반적인 사람을 주어로 할 때 쓰는 대명사 'one'(거만하고 냉랭한 느낌을 주는 대명사)이 들어갈 자리에 'you'를 쓰는 것인데, 여기서 우리는 영어의 현대화를 반영해서 상류층의 어투를 의식적으로 멀리하려는 저자의 의도를 알 수 있다. 처음엔 주로 'one'을 쓰는데, 이것으로 저자인 오웰이 주인공과 경험을 함께한다는 서술 효과를 얻을 수 있다. 그러다 후반부로 접어들어 뒤로 갈수록 수동태를 쓰지 않기 위해 'you'를 주어로 쓰는 경우가 빈번해진다.

오웰은 자신의 작품 번역에 지대한 관심을 보였다. 『버마의 나날(*Burmese Days*)』의 프랑스어 번역판은 오스카 와일드를 주로 작업한 번역가 기요 드 세(1885-1964)에 의해 1946년 『버마의 비극(*Tragédie Birmane*)』이라는 제목으로 번역 출간되었다. 1947년 11월 24일 주라섬 반힐에서 소설가 친구 아서 케슬러에게 보낸 편지에서 오웰은 이렇게 말하고 있다.

"프랑스어 번역본에 대해서는 나도 같은 생각이야. 가끔 창피할 지경인 수준의 번역들이 있지. 내 책 하나는 번역을 완전히 망쳐버렸어. 프랑스 출판사들의 번역료가 짜서 그런가 하는 생각이 드네. 하지만 프랑스어로 번역된 다른 책들은 대체로 괜찮은 것 같은데 말이지."

그는 폐결핵 때문에 몇 달째 너무 아파서 잠도 못 자다가 3주 전에야 겨우 잠을 잘 수 있었다고 했는데, 그런 가운데서도 번역 불평을 하는 것이었다. 그런가 하면 1948년 3월 24일 파리의 《옥시당(Occident)》 편집자이자 오웰의 친구였던 실리아 커원에게 보낸 편지에서도 프랑스어 번역에 대한 불만을 토로했다. "작년에 나온 프랑스어판은 전혀 호응을 받지 못했어요. 번역이 엉망이라 그럴 만도 하죠." 여기서 그치지 않고 1949년 6월 유저(遺著) 관리인에게 보낸 편지에서는 "아주 형편없는 번역"이라며 또 불만을 터뜨렸다. 번역가로서는 가슴이 졸아드는 일이 아닐 수 없다.

『버마의 나날』은 "이 접근하기 어려운 광야에서/우수에 젖은 나뭇가지의 그늘 아래서"라는 제사(題辭)로 시작하는데 이것만으로도 우리는 소설의 분위기를 짐작할 수 있다. 1920년대 말 이 작품을 쓰기 시작했을 무렵 오웰이 버마 관청 용지에 메모한 존 플로리의 비문을 소개하는 것으로 이 글을 마치도록 하겠다. 영국으로 가는 배에서 썼으리라 추정되는데 출간된 책에는 포함되지 않았다.

존 플로리

1890년 출생하고

1927년 음주로 사망하다

여기 가엾은 존 플로리의 유골이 묻혀 있다오

그의 인생사는 흔하디흔한 이야기

돈과 여자와 카드놀이와 술

이 네 가지가 그를 죽였다오

그는 어리석은 여자들과 사랑을 나누느라

헤엄을 칠 만큼 많은 땀을 흘렸고

우울한 음주의 예술 속에 허우적거리며

생각도 할 수 없는 비참을 경험했다오

아, 이름 모를 나그네여, 여행길에

이 환영의 비문을 읽더라도 눈물일랑 흘리지 말고

나처럼 살지 말라는 교훈이나

선물로 받아 가구려

1903	6월 25일, 인도 벵골의 모티하리에서 식민행정청 아편국 공무원으로 일하던 영국인 리처드 윔즐리 블레어와 프랑스인 이다 리무쟁 사이에 1남 2녀의 둘째로 태어남. 본명은 에릭 아서 블레어(Eric Arthur Blair).
1904	여름, 온 가족이 영국에서 휴가를 보냄. 리처드 블레어는 가을에 홀로 인도로 돌아가고 이다는 아이들의 교육을 위해 옥스퍼드주에 남음.
1908-11	우르술라회 수녀원에서 운영하는 초등학교에 다님.
1911-16	세인트시프리언스 사립 기숙학교에 다님.
1912	아버지 리처드 블레어가 대영 식민행정청을 그만두고 본국으로 돌아옴.
1914	7월, 제1차 세계대전 발발.

1917-21	장학금을 받아 명문 사립 이튼 스쿨에 다님.
1922	4월, 스탈린이 소련 공산당 중앙위원회 서기장에 취임. 10월, 영국령 인도의 제국경찰이 되어 버마에서 복무하기 시작.
1927	작가의 길을 걷기로 마음먹고, 휴가차 돌아온 런던에서 사직서 제출. 이후 런던의 싸구려 하숙집에 살며 하층민들과 어울림.
1928-29	저임금 일을 하며 파리의 노동자 계층 지역에서 거주. 기사와 평론을 쓰기 시작. 『파리와 런던의 부랑자(Down and Out in Paris and London)』와 『버마의 나날(Burmese Days)』 집필에 착수.
1932	4월, 미들섹스주의 작은 사립학교 호손스 남자 고등학교에서 교사로 부임하여 이듬해까지 일함.
1933	1월 9일, '조지 오웰'이라는 필명으로 첫 책 『파리와 런던의 부랑자』를 출간.
1934	10월 25일, 『버마의 나날』이 미국에서 먼저 출간됨.

1935	3월 11일, 『신부의 딸(*A Clergyman's Daughter*)』 출간.
	6월 24일, 영국판 『버마의 나날』 출간. 런던의
	서점에서 일하면서 저술 활동을 이어감.

1936	4월 20일, 『엽란을 날려라(*Keep the Aspidistra Flying*)』
	출간.
	6월 9일, 하트퍼드셔주 월링턴의 교회에서 아일린
	오쇼너시와 결혼.
	7월, 스페인 내전 발발.
	12월, 스페인 내전을 보도하기 위해 스페인으로
	향함.

1937	1월, 영국 독립노동당원 자격으로 스페인
	마르크스주의 통합노동당 의용군에 가담해 참전.
	3월 8일, 『위건 부두로 가는 길(*The Road to Wigan Pier*)』 출간.
	5월, 스페인 북동부의 우에스카에서 저격수의 총에
	목을 맞음.
	6월, 아일린과 함께 기차를 타고 스페인에서
	프랑스로 피신.

1938	3월, 폐결핵 진단을 받고 요양소에서 치료받음.
	4월 25일, 스페인 내전의 경험을 바탕으로 쓴

『카탈루냐 찬가(*Homage to Catalonia*)』 출간(1,500부).
9월, 요양을 위해 간 프랑스령 모로코에서 『숨 쉴 곳을 찾아서(*Coming Up for Air*)』 집필 시작.

1939	3월, 스페인 내전이 끝나고 프랑코의 군사 독재 정권이 들어섬. 6월 12일, 『숨 쉴 곳을 찾아서』 출간. 8월, 히틀러와 스탈린이 상호불가침 조약을 맺음. 제2차 세계대전 발발.
1940	3월 11일, 수필집 『고래 배 속에서(*Inside the Whale*)』 출간. 6월, 건강상의 이유로 참전을 거부당했지만 국방 시민군에 자원해 런던에서 복무.
1941	2월 19일, 수필집 『사자와 유니콘(*The Lion and the Unicorn*)』 출간. 12월, BBC에 채용되어 나중에 시사 토크 프로그램의 프로듀서가 됨. 매주 정기적으로 전쟁 상황에 대한 시사를 다룸. 오웰이 원고를 쓰고 대부분의 방송 진행까지 맡음.
1943	가을, BBC를 그만두고 《트리뷴(*Tribune*)》의 문학 편집자로 일함(1945년 2월까지).

1944	2월, 『동물농장(*Animal Farm*)』 탈고.
	6월, 갓난아이를 입양하고 리처드 호레이쇼
	블레어라고 이름을 지어줌.
1945	3월 29일, 아내 아일린 블레어 사망.
	8월 17일, 『동물농장』 출간(초판 4,500부).
1946	2월 14일, 『문학평론집(*Critical Essays*)』 출간.
	8월, 스코틀랜드 주라섬에 머물며 『1984』를 ('유럽의
	마지막 인류'라는 제목으로) 쓰기 시작.
	8월 26일, 『동물농장』 미국판이 출간되고 전 세계적
	반향을 일으키며 큰 성공을 거둠.
1947	11월, 『1984』 초고 완성.
	12월, 폐결핵으로 글래스고 근교 헤어마이어스
	병원에 입원해 7개월 동안 치료받음.
1948	5월, 『1984』 두 번째 개고를 시작.
	10월, 출판인 프레드릭 워버그에게 보낸 편지에
	'1984'와 '유럽의 마지막 인류'라는 제목을 놓고 갈등
	중이라고 씀.
	11월, 『1984』를 탈고하고 손수 타자 원고를 작성.
	12월, 『1984』의 정서본을 완성해서 출판사로 발송.

1949	1월, 폐결핵이 악화되어 글로스터셔주의 코츠월드 요양원에 9월까지 입원. 6월 8일, 『1984』 출간(초판 2만 5,500부). 10월 13일, 런던 유니버시티 칼리지 병원의 병상에서 소니아 브라우넬과 결혼.
1950	1월 21일, 46세에 폐결핵으로 사망. 1월 26일, 런던의 크라이스트처치에서 장례식을 치르고 버크셔주의 올 세인츠 공동묘지에 본명 '에릭 아서 블레어'로 묻힘.